Collection Témoignages
dirigée par Michka Seeliger-Chatelain et Tigrane Hadengue

ISBN 978-2-84594-606-4
Mama Éditions, c/o Hachette Livre, 58 rue Jean Bleuzen, 92170 Vanves

LORSQUE J'ÉTAIS QUELQU'UN D'AUTRE

Du même auteur

La mort n'existe pas
HarperCollins, 2023

Un fantôme sur le divan
Albin Michel, 2022

Nos âmes oubliées
Albin Michel, 2021

Entre ombre et lumière
(Album photos)
Flammarion, 2019

Après...
Quand l'au-delà nous fait signe
Albin Michel, 2018

Accompagner un proche en fin de vie
(participation au livre du Dr Christophe Fauré)
Albin Michel, 2016

Le Test
Une enquête inouïe: la preuve de l'après-vie?
Albin Michel, 2015

Les Mystères d'Alexandre le Grand
avec Michel de Grèce
Flammarion, 2014

La mort n'est pas une terre étrangère
Albin Michel, 2009

Manuel clinique des expériences extraordinaires
collectif sous la direction de Paul Bernstein et Stéphane Allix InterEditions,
collection Nouvelles Évidences, 2009

Extraterrestres, l'enquête
Albin Michel, 2006

Afghanistan
Visions d'un partisan
Transboréal, collection Visions, 2003

Afghanistan, aux sources de la drogue
Ramsay, 2002

Carnets afghans
avec Natacha Calestrémé
Robert Laffont, 2002

La Petite Cuillère de Schéhérazade
Sur la route de l'héroïne
préface de Larry Collins, Ramsay
collection Albert Londres & Cie, 1998

Stéphane ALLIX

LORSQUE J'ÉTAIS QUELQU'UN D'AUTRE

Préface
Amélie Nothomb

Photos
Stéphane Allix

MAMA ÉDITIONS

Aux esprits.

Préface

J'ai commencé ma lecture en me demandant comment ce sympathique Stéphane Allix, que je connais depuis maintenant quelques années, pouvait avoir été un personnage aussi sombre dans une vie antérieure. Ces choses qu'il raconte sont extrêmement troublantes. D'autant que Stéphane Allix est un être particulièrement obstiné qui vérifie toutes ses intuitions, au point même de finir par se rendre en Allemagne pour rechercher la personne dont il se sent la continuation.

On comprend bien que tout cela est beaucoup plus compliqué qu'un simple cas de réincarnation. Il ne cherche pas à aimer cette personne mais à savoir qui elle était et, à travers ce qu'il découvre de ce personnage ô combien mystérieux, à comprendre certaines pulsions que lui-même éprouve. C'est passionnant.

Il ne s'agit pas d'y croire ou de ne pas y croire. C'est beaucoup plus complexe que ça. Ce témoignage que Stéphane partage avec nous est forcément vrai. Et c'est drôle. C'est terriblement troublant quand il retrouve les lieux où l'officier est mort, quand il sent, quand il revit la mort du personnage. Comment douter que quelque chose s'est passé ?

C'est difficile d'en dire plus parce qu'aujourd'hui, parler d'un livre consiste à dire qu'on adhère ou pas. Or on comprend bien qu'il n'y a pas moyen de le faire ici. Ce livre est un récit, un récit de réflexion qui amène forcément à se poser des questions sur ce qu'est la vie, sur ce qu'est la mort, sur ce qu'est la réincarnation, sur ce que sont ces énergies qui nous traversent, sur ce que peut être une obscurité intérieure très forte qu'on peut éprouver.

C'est un livre passionnant et drôle. J'ai été emballée. Quelles que soient ses croyances, il faut absolument le lire. Une question de santé, de survie même.

Amélie Nothomb

Partir

Alors que mon avion survole l'océan végétal de la forêt amazonienne, je suis à des années-lumière de me douter de ce qui m'attend. Je savoure avec une certaine impatience les derniers instants d'un voyage de plus de vingt heures commencé la veille, à Paris.

Encore une poignée de minutes et l'appareil en provenance de Lima, la capitale du Pérou, se pose sur le tarmac humide de la petite bourgade tropicale de Tarapoto.

Comment imaginer que ma vie va prendre un tour si inattendu ? La *rencontre* va se produire ici, mais elle aurait pu tout aussi bien avoir lieu à Paris, ou ailleurs. C'est le moment qui est important, plus que l'endroit. Et le moment est particulier : après des années d'activité intense, je m'accorde enfin une pause. Une parenthèse.

L'occasion de faire le point sur ma vie.

Le temps file tout seul depuis trop longtemps. Je veux me retrouver, avoir confirmation que je suis sur le bon chemin, me pencher sérieusement sur les blessures que je porte, comprendre ma colère, guérir de mes ombres. Cette colère ne se manifeste pas dans des gestes, mais davantage par une sorte d'angoisse intérieure quasi permanente. Aussi en guérir est devenu impératif, une question de santé, de survie même. Il y a des moments dans une existence où quelque chose ne va pas, et où *l'urgence* de changer devient trop forte. C'est ce qui m'arrive aujourd'hui. Je ne peux plus reculer.

Je vais découvrir que lorsqu'on demande de l'aide à l'univers le destin nous vient en aide. Même s'il est parfois difficile de s'en rendre compte, c'est *toujours* le cas.

Côtoyer la mort depuis tant d'années m'a permis de comprendre combien ne pas écouter sa petite voix intérieure, et au-delà ne pas accepter de voir ce qui souffre en soi, c'est prendre le risque finalement de passer à côté de sa vie.

Remettre à plus tard, c'est souvent remettre à trop tard.

Mon frère est mort devant mes yeux dans un accident de voiture. Il venait d'avoir trente ans et en une fraction de seconde, alors qu'il débordait de force, il a disparu. Lui avait su suivre ses instincts et ne jamais transiger. Il a bien fait.

J'ai également accompagné mon père, âgé de quatre-vingt-cinq ans, jusqu'à son dernier souffle. Alors qu'il était en train de s'éteindre, une phrase qu'il a prononcée m'a marqué à jamais. Assis sur son lit d'hôpital, il m'a regardé et m'a dit, sur un ton étonné : « Quand je pense à l'avenir, je comprends que c'est fini, et quand je regarde en arrière, je m'aperçois que la vie est passée en un clin d'œil. » Et il accompagna ces mots d'un claquement de doigts, sec, le regard marqué par la stupeur de ce constat sans appel. Qu'aurait-il voulu changer, s'il avait pu revenir en arrière ? Qu'est-ce qu'il n'avait pas mené à bien lorsque cela était encore possible ? Qu'aurait-il pu guérir ? Quels regrets avait-il au crépuscule de sa vie ?

L'expérience m'a démontré combien il est important de suivre son intuition, même quand elle semble nous conduire vers de grands bouleversements. Vouloir être libre nécessite de prendre des risques et de se remettre en question.

Le monde n'est qu'incertitude, mais est-ce une raison pour ne rien entreprendre quand notre être intérieur nous hurle d'agir ? Certes, on trouve toujours des excuses valables pour ne pas bouger, mais jusqu'à quand pense-t-on pouvoir reporter de découvrir qui l'on est vraiment, alors que tout brûle en nous ? Est-ce la prudence, la raison qui nous en dissuade ? Ou l'habitude, la paresse, la peur ? Et n'est-ce pas cette cécité volontaire qui finit par nous rendre malades ?

Je reculais la confrontation depuis trop longtemps, alors j'ai décidé de sauter le pas, quoi qu'il en coûte. Je suis parti pour me regarder en face, dans la solitude et la méditation, sans les œillères que la vie quotidienne maintient en permanence. Je m'engage dans cette retraite loin du monde avec le désir de me rencontrer. Je n'imagine pas combien cela va être le cas.

J'ai la chance de cheminer dans l'existence au côté d'une femme qui me ressemble. Alors qu'hier Natacha m'avait accompagné à Roissy, au moment de nous dire au revoir, dans le parking de l'aéroport, nous nous sommes pris dans les bras l'un de l'autre. Serré contre elle, j'ai compris cette chose incroyable : ma femme est mon *refuge*. Comme je tiens à elle ! Rompre notre embrassade a été un déchirement, nous allions être séparés plusieurs semaines. Je n'ai rien voulu en montrer sur le moment. Et nos mains se sont lâchées, et je me suis dirigé vers l'aérogare, et elle est repartie en voiture ; nous pleurions tous les deux. Cette vie qui bout en moi avec violence a des répercussions sur notre couple. Mais je vis avec Natacha tellement de moments extraordinaires que l'évidence des efforts à faire pour éclairer nos zones d'ombre respectives s'impose à tous les deux. Et c'est avec confiance et un profond respect mutuel que nous grandissons ensemble. C'est l'amour que nous nous portons qui lui permet de comprendre et d'accepter ce besoin de me retrouver seul, parfois. Je lui en suis extrêmement reconnaissant.

Juste avant d'embarquer, encore secoué, j'ai reçu un texto de ma fille, Luna, me disant: «Voyage comme avant.» Nouvelle émotion. Sa délicatesse et la force de son intuition ne cessent de me surprendre. Ce nouveau-né, que je tenais dans les bras avec tendresse il y a si peu de temps, est devenu une adulte à la maturité impressionnante. Que le temps passe vite sur le visage de son enfant. Mais quelle joie de voir se construire un être humain. Un être humain pour lequel on donnerait tout sans la moindre hésitation. Qu'il est beau et évident, cet amour-là.

Si l'intensité émotionnelle d'un départ est à la mesure de ce que le voyage réserve, alors je devrais attacher ma ceinture.

Les roues de l'appareil touchent le sol. La frange des arbres en bordure de piste danse dans les hublots, puis l'avion ralentit, roule jusqu'à son point de stationnement et vient s'immobiliser en face de l'aérogare. Agitation des passagers, les portables qu'on rallume, les coffres à bagages qu'on ouvre avec impatience. Les portes déverrouillées laissent entrer dans la carlingue une chaleur moite et une odeur de terre mouillée mêlée à des relents de kérosène. Je descends bientôt, pénètre dans le petit aéroport, récupère mon bagage, et prends la route du centre qui va m'accueillir, à l'extérieur de la ville.

La saison des pluies approche, des nuages d'altitude se présentent déjà dans le ciel à une poignée de kilomètres au nord. Alors que je laisse derrière moi les ultimes maisons de Tarapoto, je découvre un paysage vallonné fait de collines, de champs et d'une forêt riche, chaude et bruyante. Je quitte bientôt la route pour un chemin de terre rouge puis, arrivé dans un village, je sors du véhicule et termine à pied.

L'endroit où j'arrive après quarante-cinq minutes de marche s'appelle Terra Nova. « Nouvelle Terre ». C'est bien nommé et c'est isolé. Je suis en sueur. Quelques casemates, de gros rochers noirs sur l'esplanade, je passe ma première nuit dans un hamac tendu sous un toit précaire. Ma cabane, située à bonne distance du camp, n'est pas totalement achevée. Je la découvre le lendemain à l'aube : une plate-forme de planches épaisses, un toit de palmes et des murs qui seront simplement tendus de moustiquaires qu'il reste encore à poser, le tout construit contre un arbre imposant, un *ojé,* me dit Yann, le jeune Français qui dirige ce centre depuis peu. C'est là où je vais passer les semaines à venir, dans une bicoque ouverte aux quatre vents. Tout seul, juste avec moi-même... et les esprits.

Un lit recouvert d'un rectangle de mousse, un drap fin, une table et une chaise : le paradis de l'introspection. Les toilettes : un trou creusé dans le sol. Sur le devant de la cabane, un espace dégagé dans la végétation m'offre une vue large sur le ciel. Partout ailleurs les arbres gigantesques élancent leur feuillage très haut. Yann m'explique qu'il est possible de descendre vers la rivière située à une cinquantaine de mètres en contrebas par un petit chemin que je serai seul à emprunter. Il y a des sortes de douches au camp, mais je pense déjà que la rivière fera très bien l'affaire. J'ai un tel désir de solitude. Pour les repas, on me les apportera deux fois par jour. L'isolement va être total. Le rêve.

Solitude

Je pose mes marques durant cette première journée, peinant à comprendre que le temps vient de s'arrêter. Je n'ai plus *rien* à faire. Pas d'e-mails à consulter, pas de coups de téléphone à passer, pas d'articles à relire, pas de rendez-vous à préparer, de réunion à anticiper... rien. C'est à peine croyable. Le choc est presque trop violent, je trouve rapidement des bricoles à améliorer dans mon nouveau chez-moi, et la journée passe, chaude, agréable, irréelle.

Lorsque la nuit enveloppe complètement ma cabane, insectes, grenouilles et autres animaux invisibles se lancent à l'unisson dans des chants aussi variés que bruyants. Ils vont désormais bercer mes nuits. La forêt bruisse, bourdonne, siffle, vibre, et cela ne cesse qu'une fois le jour revenu. Déjà de nombreux insectes viennent s'accrocher à l'extérieur de la moustiquaire, attirés par la lampe installée au-dessus de la table. Le rayon de lumière éclaire un large cône mais laisse une partie de l'endroit dans l'obscurité. J'écris quelques lignes sur les pages de mon cahier bleu, racontant le détail de mon installation. Le temps va être long.

Je n'ai emporté qu'un seul livre : *Guerre et Paix*. La Russie de Tolstoï dans la forêt amazonienne. J'ai pris soin d'acheter une nouvelle édition de poche et de ne pas emporter les volumes annotés que j'ai déjà lus, pour être en mesure de brûler l'ouvrage sans regret si sa lecture devenait incompatible avec le travail d'introspection que je compte faire. En effet, dans ma solitude, la lecture deviendra peut-être un ultime moyen de m'échapper et de reculer encore la confrontation avec moi-même ? Alors je détruirai le livre, pour me laisser totalement gagner par la richesse de l'ennui.

Pourquoi *Guerre et Paix* ? D'abord parce que c'est un chef-d'œuvre. Puis, plus prosaïquement, parce que même sans me restreindre, il me tiendra tout le séjour. Enfin, je me sens relié à mon père avec ce texte. Mon père mort, qui me manque, et qui a bien dû le lire une *quarantaine* de fois.

J'éteins et aussitôt le noir se répand. Durant les longues secondes qui suivent, tandis que mes yeux s'habituent à l'obscurité, les formes incertaines de la végétation extérieure commencent à apparaître derrière les moustiquaires. Je suis fatigué par le voyage, et mon esprit vagabonde entre sommeil et veille, bercé par les chants de la nature. Rapidement, je me glisse dans ce lit improbable, il fait chaud, je me recouvre à peine d'un léger drap et m'endors aussitôt.

Je suis debout à l'aube, avec la clarté pâle du jour naissant. Une délicate mante religieuse vient me rendre visite alors que j'avale le contenu de mon bol : céréales au lait de soja. L'humidité chaude de la nuit se dissipe en volutes de brume au-dessus de la canopée à mesure que le soleil apparaît. Un café soluble dans un peu d'eau froide complète ce petit-déjeuner. Quel bonheur. J'ai le vertige de réaliser où je suis.

La seule chose que je veux suivre avec régularité et discipline, c'est le programme de travail corporel et énergétique que j'ai commencé à Paris, sous la direction de Serge Augier.

Il s'agit d'exercices d'arts martiaux consistant en des mouvements lents destinés à faire travailler le corps en profondeur, prélude à un engagement plus assidu. Ces exercices physiques vont accompagner mon cheminement spirituel à venir. Car comment pacifier et explorer l'esprit sans nettoyer et fortifier le corps, qui en est le reflet ?

Simplement vêtu d'un paréo, je commence un premier exercice qui consiste à travailler l'équilibre et mon centre de gravité. Les pieds nus sur le sol de planches, les bras le long du corps, je porte mon poids alternativement sur mes talons puis sur l'avant de mes pieds. Dans le balancement lent que cela implique, je me concentre sur mon axe. C'est une sorte de méditation du corps. Mon regard se porte à l'extérieur de ma cabane, sur le tronc de l'arbre majestueux qui me fait face. Mes pensées obsédantes vont et viennent. Je n'arrive pas à avoir l'esprit calme. Il y a trop d'énergie en moi, elle se manifeste en une agitation mentale, provoquant presque une sorte d'irritabilité permanente. Tout en respirant avec lenteur, je me concentre sur la douceur. Je suis trop agité dans ma tête, et par contrecoup dans mon corps également. Je me trouve gros. Enfin lourd, plutôt, parce que objectivement je ne suis pas gros. Mais mon ventre m'obsède, il m'encombre. Si le ventre est un deuxième cerveau, je me demande vraiment *ce qu'il n'a pas digéré*. Il faut que je m'allège. Alors que j'enchaîne les exercices, je remarque que je ne sais pas respirer. J'inspire avec brusquerie, par à-coups, comme un poisson sorti de son élément ; je cherche constamment mon air. Sans doute est-ce dû à cette lourdeur dans le ventre. Pourtant, je respire comme ça depuis l'enfance. L'enfance oubliée.

La matinée s'écoule, je transpire, conscient de l'océan de contractions et de tensions qui se débat en moi.

Je dois faire confiance à mon corps.

L'enjeu de ce voyage est que je parvienne à lâcher prise. Que j'arrive à stopper la machine à penser, celle qui culpabilise à l'idée de ne pas bien faire, celle qui n'a jamais appris à arrêter de vouloir tout contrôler. « Montre-moi. Je te fais confiance, donne-moi de la douceur. »

Soudain, je sens que l'on m'observe. Je me retourne aussitôt, m'attendant à voir quelqu'un, mais il n'y a personne. Juste l'écran de la forêt. Pourtant, j'ai le sentiment qu'une chose était présente. Reste-t-elle invisible afin de ne pas me faire peur ? Quelle étrange sensation.

Je reprends l'entraînement, plus calme, avec cette idée qui tourne en boucle : je voudrais me rencontrer, savoir qui je suis vraiment...

J'ai le sentiment d'arriver au terme du travail entrepris sur la mort depuis les décès de mon frère et de mon père. En dix ans, je me suis nourri de mes recherches, j'en ai été transformé, bouleversé, profondément apaisé. Mais aujourd'hui, je ne veux plus aller voir les morts. Je veux la vie, pas la mort. C'est la vie qui est importante. Vivre l'expérience de la vie sans attendre autre chose de particulier.

La matinée passe et la chaleur augmente. Les cuisses brûlantes et les bras douloureux, j'emprunte le chemin qui descend vers la rivière. L'endroit est désert et majestueux. Je m'engage dans l'eau peu profonde, essayant de ne pas perdre l'équilibre sur les cailloux glissants. J'avance jusqu'à une partie plus encaissée. La rivière serpente au milieu d'une végétation luxuriante, je suis dans un rêve et je me laisse couler avec délice. Je me cale pour ne pas être emporté, et plonge la tête sous la surface. La fraîcheur de l'eau caresse mon corps, délassant mes muscles avec sensualité, emportant crampes et contractions. Je sens le courant frôler mes paupières, ma nuque et mon dos, ramper sur mes jambes. Au-dessus de moi des aigles tournoient.

Je remonte vers ma cabane. Au menu du repas déposé discrètement par la cuisinière du centre, un morceau de poisson grillé, de la purée, des tomates coupées en tranches, un peu de carottes râpées et quelques rondelles de concombre. Je regarde l'assiette sur ma table et suis surpris par la bouffée d'angoisse qui monte : est-ce assez ? L'assiette est bien remplie, elle suffira amplement à me nourrir, pourquoi cette nécessité d'en avoir plus ? C'est comme si quelque chose avait faim en moi. Peur du manque, besoin de compensation qui ne sera pas rassasié par la nourriture. Je suis étonné par l'intensité de ma crainte. Au quotidien, en France, je grignote un bout de chocolat par-ci, une friandise par-là. Les aliments sucrés, et le chocolat en particulier, me consolent de ce vide à l'origine mystérieuse. La cause est en lien avec mes émotions, mais une fois que j'ai dit ça, je ne suis pas plus éclairé. Et le fait de me retrouver sans rien qui puisse étancher ce besoin compulsif déclenche plusieurs fois dans la journée des vagues de micro-panique. Nouvelle découverte qui apparaît dans une grande netteté. Waouh... j'ai du boulot !

Dans l'après-midi, il se met à pleuvoir. L'averse dense et chaude marque l'avant-garde de la saison des pluies qui va atteindre la région dans quelques semaines. Je sors sans hésiter me mettre dessous. Visage dressé vers le ciel, bras écartés. Les grosses gouttes fouettent mon visage et mes épaules. Comme l'eau du torrent, elles marquent les limites de mon corps, m'en font ressentir le contour, augmentent les perceptions que j'en ai, et, d'une certaine manière, m'ancrent, me ramenant à la matière biologique dont je suis fait. En coulant sur mon épiderme, la membrane de mon organisme, l'eau me fait ressentir l'unité de mon corps. Il n'y a plus mon esprit qui pense d'un côté, mes jambes qui marchent d'un autre, ma main qui écrit; mon corps redevient un ensemble fini, sous l'effet du contact de la pluie ou de l'eau du ruisseau. Je masse mes épaules, mes bras, mon ventre, mes cuisses, je sens sous mes paumes la force de mes muscles, la chaleur de ma peau. Je sens la vie en moi, organique, animale.

Lorsque l'averse cesse, je laisse le soleil me sécher, puis je rentre et m'installe dans le hamac tendu entre deux poutres. La rêverie me gagne dans cet état de détente. Mes pensées sont plus calmes que ce matin. J'attrape *Guerre et Paix* et en lis quelques pages qui m'offrent instantanément un dépaysement tout à fait frappant. Me voilà, à la seconde, dans la proximité de mon père. J'en suis au tout début, lorsque Pierre, contre toute attente, est désigné par son père mourant comme l'unique héritier du titre et de la fortune colossale des comtes Bézoukhov. Le crépuscule descend tôt. Puis vient la nuit et ses mélopées sauvages.

Dans l'obscurité naissante, je rejoins Yann dans la Maloca, la grande hutte au toit de palme dans laquelle se tiennent les cérémonies chamaniques. Yann Rivière est un jeune chamane formé à la médecine Shipibo. Ce soir, il va « m'ouvrir » ma diète. La diète est le socle de la médecine traditionnelle chamanique. Elle consiste en un régime alimentaire strict censé favoriser la connexion avec le monde des esprits. Cette discipline alimentaire mais aussi psychologique – l'abstinence sexuelle est primordiale, par exemple – permet d'activer dans le corps des énergies subtiles propices au travail spirituel. Pendant la diète, on consomme en outre une ou plusieurs de ce que les chamanes appellent des « plantes maîtresses » et dont l'enseignement va nous être transmis directement à travers des visions, des rêves, des synchronicités et autres signes subtils. On dit alors que le monde de la plante s'ouvre. Après lui avoir fait part de mon désir de faire le point, d'y voir plus clair en moi, Yann me propose de diéter l'Ajo Sacha. Cette plante maîtresse ne contient pas de molécules psychoactives comme l'Ayahuasca, mais au dire du chamane, son pouvoir est adapté à ma demande. L'esprit de l'Ajo Sacha est réputé se manifester à travers les rêves notamment.

Durant cette ouverture de diète je fais part à Yann de mon désir de ne pas participer à des cérémonies lors de mon séjour.

Sitôt le travail effectué, je quitte la Maloca et rejoints ma cabane avec bonheur. Et le sommeil m'emporte sans prévenir.

Nouvelle aube, pareille à celle d'hier, dans le bonheur et la certitude d'un rendez-vous qui se prépare. La rencontre avec mon corps, d'abord au cours des exercices physiques du matin, puis dans mes longues promenades dans la rivière, active et désoriente la circulation de l'énergie en moi. Je le remarque dès ce deuxième matin, c'est très subtil, mais la sensation va aller grandissant au fur et à mesure des jours. Je sens que ma vitalité augmente. Mon désir aussi. Sans doute un des premiers effets de la diète, et de l'abstinence sexuelle. Et je perçois confusément que cette énergie qui se déploie va être le moteur d'une expérience importante dont je ne devine pas encore la nature. À travers ces sensations énergétiques j'ai l'impression que se joue quelque chose de plus profond, lié à mes capacités générales à sentir et à *voir*.

Au fil des jours qui s'égrènent, il est de plus en plus manifeste que le calme dans lequel mon esprit s'installe, la déconnexion profonde que je vis, alliés à la discipline physique à laquelle je m'astreins, sont en train de permettre la canalisation de ce qui jusqu'alors était complètement dispersé en moi. Ça bouge. J'adore.

Confusément, je perçois que d'autres dimensions de mon être commencent doucement à se manifester. Elles étaient jusqu'alors imperceptibles, noyées dans l'incessant bruit mental de mes pensées.

Les après-midi j'alterne temps de méditation, moments de rêverie et promenades le long de l'eau. J'écris aussi, beaucoup, comme à chacun de mes voyages solitaires depuis près de trente ans, mais plus encore durant celui-là; ce voyage immobile. Mon journal devient un autre moi-même avec qui je dialogue. Je m'épanche, livre mes doutes et mes questionnements. Je devine qu'une des choses les plus importantes à mettre en œuvre sera de cesser de vouloir tout analyser.

Et en effet, un matin, immobile et en silence alors que je n'attends rien de particulier, étant plongé dans un état contemplatif, je comprends après un bref instant d'absence que mon esprit vient de cesser de penser l'espace de quelques secondes. Durant ce moment, il m'a semblé percevoir mon environnement avec une netteté accrue. Une sorte de perception pure de la nature des choses. Le temps d'un clignement d'œil. Trop fugace pour laisser ne serait-ce qu'un *souvenir*. Car sitôt *revenu à moi*, mon cerveau s'est remis à tourner à plein et mon mental, mon esprit analytique, m'a coupé instantanément de cette expérience sensorielle. Pourtant, une fraction de temps non négligeable, j'ai *senti une chose nouvelle*. Au-delà de la pensée, une porte s'est entrebâillée.

Mes mécanismes mentaux se révèlent. Je me rends compte progressivement que durant ce voyage il n'y a peut-être rien à comprendre, je ne dois attendre aucune révélation, n'atteindre aucun but. Il me faut juste vivre et être pleinement dans mes expériences, dans le présent. Sans chercher à raisonner, moi qui cogite en permanence. Je m'aperçois que, dans ma vie en France, tous mes actes ont un objectif ou une raison. Aller ici, faire cela, etc. Pas une seconde je ne suis disponible, pas un instant mon esprit ne fait rien. Et je m'étonne d'être coupé de mes ressentis ? Mais à quel moment de mes journées serais-je disponible pour permettre l'éclosion de ces manifestations si subtiles, si fragiles, alors que je cours en permanence ? Comment être *interpellé* par l'inattendu quand je suis constamment occupé ? Il suffirait pourtant que je m'accorde un temps régulier. Quinze minutes quotidiennes sans rien faire seraient d'un bénéfice inestimable. On trouve bien le temps pour tant de choses futiles. À mon retour, je dois m'imposer ces moments de méditation. La solution est là, quelque part en moi.

La discipline est la clé.

Suivre « la voie du guerrier », comme l'entendait le maître tibétain Chögyam Trungpa. S'imposer avec rigueur la possibilité d'une confrontation volontaire et lucide avec qui l'on est. Cela se révèle lors de l'introspection que provoque un temps régulier de non-activité. Mais le face-à-face peut être inconfortable. A-t-on envie de se connaître *vraiment* ? Je mesure confusément combien mon activité permanente et mon désir mental de tout interpréter cachent une peur, la peur de cet inconnu qui m'apparaîtrait si je laissais mes perceptions s'ouvrir pleinement. De quoi, ou de qui, ai-je peur ? Où va m'emporter cette énergie qui est en train d'exploser en moi ? À quoi se rattachent ces pulsions, ces désirs, ces émotions parfois violentes qui surgissent ? Confronté à ces innombrables questions, je commence à mesurer combien il me faudra conserver la pratique de ce temps de pause quotidien après mon retour. Suivre la voie du guerrier avec confiance, bienveillance, discipline, joie, lucidité, vaillance et compassion.

Une fin d'après-midi, alors que j'achève un moment de méditation, je regarde vers mon ventre une seconde et je vois un océan noir, comme du pétrole. Et de la tristesse. Mon énergie et mes blessures deviennent-elles visibles ?

J'ai pris l'habitude de descendre faire mes promenades dans la rivière plusieurs fois dans la journée. Marchant sur les galets en prenant garde de ne pas mettre le pied sur un serpent, car j'en ai déjà surpris à deux reprises se réchauffant contre les pierres rondes, je goûte au plaisir de mon isolement. L'eau est claire, agréable, je m'y plonge chaque fois avec délice. Des aigles survolent constamment ce coin de vallée, portés sur des courants d'air chaud.

Un jour, flottant allongé sur le dos, je suis du regard l'un de ces maîtres du ciel alors qu'il passe devant le soleil, je cligne des yeux et me laisse couler dans le courant, suspendu comme un fantôme sous la surface, au ralenti. Après quelques instants je remonte et me hisse, dégoulinant, sur un rocher brûlant qui me sèche. Assis en tailleur, face au soleil, je ralentis ma respiration et ferme les yeux. À peine distrait par une brise tiède et le bruit de l'eau, je me laisse pénétrer par la majesté de l'instant. Et il se passe quelque chose d'inattendu : immobile sur mon rocher, voilà que je ne suis plus seul. Un *Indien est là*. Non pas à côté de moi, mais comment dire ? *En moi*. La sensation est nette, ce n'est pas mon imagination, et c'est très étrange. Comme si je percevais un habitant *d'avant*. J'ouvre les yeux, je ne vois rien, mais je sais que mes yeux ne peuvent observer qu'un tout petit fragment de la réalité, alors je ne suis pas surpris et me concentre sur cette sensation. Je perçois encore sa présence, elle est bien réelle, aussi je ne bouge pas, essayant de savourer ce qui se passe. Je ne suis sûr que d'une chose : je ne suis pas seul en cet instant. Il y a là un Indien, dans un temps hors du temps, à l'endroit où je me trouve, moi, l'étranger, qui depuis quelques jours commence à entrouvrir une porte vers les mondes invisibles. Quelques secondes, nos réalités se chevauchent. Quelques secondes, l'Indien a été plus dense qu'un esprit.

Sans doute me fallait-il ce rappel que le monde invisible est constamment accessible, présent autour de nous, où que nous soyons. Ce n'est pas dans un lieu lointain qu'il est à découvrir, la porte qui en permet l'accès est en nous, elle n'a jamais été ailleurs.

Je remonte vers ma cabane, à la fois bouleversé et très serein. Je me sens fort. Quelle expérience extraordinaire ! Je m'empresse de la coucher par écrit dans mon journal. Les nuages approchent de l'est, là où le tonnerre gronde, en même temps qu'avance l'obscurité de la fin du jour. Je dîne d'une sorte de galette de lentilles avec de l'avocat, du riz et un peu de légumes. Voilà plus d'une semaine que je vis comme un ermite dans une petite hutte construite au milieu de la forêt amazonienne.

C'est le lendemain que cela arrive.

La rencontre

Le soleil est déjà haut lorsque commence cette expérience si particulière. Des aigles font leur ronde habituelle au-dessus de ma tête, dans un ciel limpide. Je termine ma série d'exercices physiques avant que la chaleur ne soit trop forte. Je me sens bien, je retrouve mon corps, la sensation des muscles qui travaillent, de l'énergie qui circule. Mon esprit s'apaise. Et, soudain, j'ai cette intuition qu'il faut que je me pose, que je sois immobile et à l'écoute de mes ressentis. Surtout, je suis pris d'une très forte envie de prendre plus tôt que prévu une gorgée de cette décoction au fort goût d'ail, faite à partir de l'Ajo Sacha, cette plante maîtresse dont je dois normalement boire un tout petit verre chaque soir avant de me coucher. Délicatement, je verse le liquide dans un petit verre, je le monte à mes lèvres, et j'avale la «plante maîtresse» avec respect.

Puis je m'allonge sur mon petit lit de bois un casque sur les oreilles diffusant un enregistrement de tambours chamaniques, rythme rapide, répétitif et sourd et je ferme les paupières. J'ignore pourquoi je fais cela, je m'abandonne simplement à la rêverie. Je suis étendu, les yeux fermés, et mon esprit se met à vagabonder. Au début, je ne sais pas trop quoi faire, et puis je m'imagine être un aigle qui vole. Je pense soudain à mon frère

Thomas ainsi qu'à mon père, et me retrouve sur un chemin familier, face à eux. Thomas se tient debout et, d'un signe de la main, il me désigne l'espace devant nous. Je ne comprends pas. Y a-t-il un message ? Que me montre-t-il ? Progressivement, je m'envole à nouveau. Je visualise en pensée la vallée où je me trouve, comme si mon point de vue était celui d'un oiseau, d'un des aigles qui se trouvent certainement en ce moment même au-dessus de moi. Je distingue ma petite cabane d'en haut, puis je plane vers la rivière, comme si mon esprit la survolait à bonne hauteur. À cet instant je suis parfaitement conscient que c'est moi qui imagine cette vision. Mais voilà que quelque chose d'inattendu se produit. Une image me surprend, je ne l'ai pas échafaudée, et pourtant elle s'impose avec netteté : je survole toujours la rivière, mais j'observe soudain des hommes qui avancent. Des gens qui marchent dans la rivière. À cette hauteur, ce sont des petits points noirs. S'agit-il d'Indiens qui habitaient autrefois cette forêt ? De conquistadors ? Alors je me rapproche, et à mesure que je descends vers le sol, la végétation s'efface, la rivière disparaît et laisse place à un paysage uniformément blanc, comme recouvert de neige. Je suis à leur niveau maintenant, au sol. C'est très surprenant : je vois un char d'assaut, les hommes avancent protégés derrière, ce sont des soldats. Ce sont des Allemands, c'est la guerre. Ils avancent en s'abritant du char. Ce qui est parfaitement étrange est que je suis l'un d'eux. Un officier SS. Je vois un visage qui me crie dessus, je suis dans un village détruit, et je vais mourir, blessé à la gorge par un éclat d'obus qui me sectionne la jugulaire. Je meurs.

Je suis subjugué et stupéfait par l'intensité de ce qui se passe.

Je suis allongé, les yeux fermés mais parfaitement éveillé et conscient, sur une couchette au Pérou, et dans le même instant mon esprit est catapulté dans un autre temps, un autre lieu. Je sais soudain comment s'appelle cet homme. Son prénom, Alexander, vient de sortir du néant et de s'imposer à moi. Je ne distingue pas bien son visage, juste qu'il est châtain clair, presque blond, les cheveux coupés assez ras sur les côtés et la nuque, plus longs sur le dessus. Je le vois marcher dans un paysage de désolation et de cadavres. Tout est blanc, comme recouvert de poussière de plâtre, ou de neige. Les silhouettes sont noires. Des visages hurlent. Ma gorge est sèche. Il porte un long manteau sombre. Il est grand, maigre mais bien bâti, ses muscles sont fins. La scène de sa mort se répète.

Pourquoi ai-je le sentiment qu'il s'agit de *moi*?

C'est trop incroyable, trop puissant, ça ne peut pas être possible… Je *demande* à avoir un élément que je pourrais vérifier par la suite, et je vois apparaître ce qui me semble être une carte d'identité écrite en gothique. Je distingue « Herman » là où est inscrit le nom de famille. Il s'appelle Herman, Alexander Herman. De la même manière que j'ai *su* que son prénom était Alexander, je *sais* quel est son grade: « Obersturmführer » a jailli dans mon esprit, moi qui ne parle pas un mot d'allemand. Et je suis assailli de plusieurs autres visions. Comme des scènes de vie qui surgissent avec fracas devant mes yeux fermés. Des scènes de sa vie dans le civil. Je vois une petite fille, une gamine blonde, souriante et joyeuse, qui doit avoir entre deux et trois ans. Il est avec elle. Est-ce sa fille? Et puis à nouveau la mort, des visages qui hurlent, et soudain il est devant un lac, dans un paysage champêtre, c'est l'été. Il est torse nu, un autre homme se trouve allongé sur le ventre à côté de lui, un homme un peu plus âgé dont je distingue bien le visage. Il y a un lien fort entre eux. Sont-ils amants? Je vois un tatouage avec « 25 » sur l'intérieur de l'avant-bras gauche d'Alexander. À nouveau une ville ou un village détruit, la sensation qu'il s'agit d'un endroit appelé Bagneux ou Bayeux, enfin ni l'un ni l'autre, mais un nom approchant… et puis la petite fille est là, à nouveau, dans cette scène champêtre, en compagnie d'Alexander et de l'autre homme. Les cheveux blonds de la petite sont coupés en un carré court. Je vois ensuite Alexander à Paris, dans le haut de la rue Gay-Lussac, dans le 5ᵉ arrondissement, là où elle devient la rue Claude-Bernard, comme s'il passait dans ce quartier. Il marche ensuite dans le jardin du Luxembourg, qui est tout proche… Il se retourne, me regarde avec dans les yeux une certaine espièglerie, comme s'il s'amusait de ma stupeur. Je peux observer alors très nettement son visage. Puis je le vois à nouveau s'effondrer, le sang pulse de son cou, s'épanche sur son col, sur le sol, il se tient la gorge, sa vie s'échappe. Son regard s'éteint. Cette poussière blanche le recouvre. La terre est pulvérisée par les explosions, projetant de la neige et du feu, de la fureur et du froid. Il est mort. Il est moi. Son corps est le mien.

Lorsque l'enregistrement de tambour s'arrête la vision s'achève, il s'est écoulé une demi-heure et je suis sonné. L'expérience est totalement imprévue, incompréhensible, et d'une force stupéfiante. Ai-je imaginé tout cela ? Mais pourquoi ? Qui est cet homme ? Qu'est-ce qui vient de se produire ?

Plus tard dans la journée, puis le lendemain, les images de cet Allemand ne parviennent pas à s'effacer. Il est apparu du tréfonds des ténèbres, il a pénétré dans ma réalité, et reste là, comme s'il *vivait en moi*. Je revois ce paysage sinistre, la mort, la violence, son regard… mais pas une seconde je n'imagine la déflagration qui va suivre à mon retour en France.

Quand je vais découvrir que cet homme a réellement existé.

Confirmation

Au fil des jours qui suivent, malgré le caractère émotionnellement saisissant de cette expérience, j'en viens à me dire qu'il doit bien y avoir une explication rationnelle. Aussi, avant même que mon séjour amazonien ne s'achève, j'ai repris une certaine distance. Le visage de l'homme apparu dans ma vision continue d'habiter mes pensées mais le caractère étrange de l'épisode s'efface progressivement au profit d'une interprétation psychologique, même si le message en demeure encore mystérieux.

Je ne peux tout simplement pas croire que cet homme soit réel. Ce serait trop incroyable, trop perturbant. Non, ce doit être dans mon esprit que se trouve la source de ces images. C'est nécessairement mon imaginaire qui a construit ce scénario. Herman est en effet un nom que j'inventerais spontanément, comme Günther ou Helmut, si l'on me demandait d'imaginer un patronyme aux consonances allemandes. Pour ce qui est du prénom, Alexander, j'ai écrit un livre sur Alexandre le Grand avec Michel de Grèce, et la figure du Macédonien me fascine depuis mes premiers voyages en Asie centrale. Quant au grade d'Obersturmführer, j'ai dû l'entendre dans un film, ou le découvrir dans un livre, comme *Les Bienveillantes* par exemple, ce texte magistral de Jonathan Littell qui obtint le prix Goncourt en 2006 et qui raconte avec froideur le parcours d'un officier SS. Sa lecture m'avait marqué. Pour le reste ? Je ne sais pas... Alors oui, si singulière qu'ait été cette *rencontre*, je ne vois pas pourquoi il s'agirait d'autre chose que du fruit curieux de quelques processus inconscients. En rentrant en France, lorsque j'aurai à nouveau accès à Internet, je me promets néanmoins de faire une recherche sur Google. Juste pour voir.

Le jour de mon départ, le ciel se brise et laisse enfin échapper ces averses dantesques de la saison des pluies qui tardait tant. J'ai rarement vu ça : des masses d'eau s'abattent littéralement sur la forêt. Le chemin de terre se transforme en un torrent, mes chaussures sont noyées, et malgré le poncho dont j'ai eu la bonne idée de me couvrir dès les premières gouttes, le temps de rejoindre le village à pied, je suis trempé jusqu'aux os.

Une voiture est là qui m'attend. Entassé avec d'autres villageois dans ce taxi poussif dont les vitres se recouvrent de buée, je gagne le centre-ville de Tarapoto avec le sentiment de voyager dans un réduit opaque et brinquebalant. En ville, l'averse s'est calmée et je peux me changer avant de gagner l'aéroport.

Je suis toujours heureux de partir en voyage, et ce même bonheur m'envahit à nouveau lorsque vient le moment de rentrer chez moi. Car je vais retrouver les personnes que j'aime, moi le solitaire qui ne peut vivre sans la douceur de mes proches.

Ce paradoxe, c'est ma vie.

M'étant extrait du monde quelques semaines, je rentre avec l'intuition que chercher à trouver l'équilibre tout seul, loin des turpitudes de la vie sociale, ne constitue qu'une partie de la solution et que la véritable paix intérieure naîtra lorsque je parviendrai à ne plus être secoué par les aléas du quotidien, tout en y étant plongé. Je voulais m'échapper, fuir, mais confronté à l'existence de cette colère en moi, je me rends compte que je ne parviendrai pas à la guérir durablement en me coupant définitivement de la société, même si c'est ce dont je rêve. Au contraire, c'est en me confrontant à ce qui déclenche cette irascibilité, plutôt qu'en cherchant à m'en protéger, que je réussirai à en comprendre la source et à la soigner.

Ma retraite a ouvert des portes en moi, mais je ne rentre pas pour autant en ayant résolu mes problèmes comme par magie. Durant ces semaines de pause je me suis ouvert à l'invisible, j'ai gagné de l'énergie et laissé éclore des intuitions, mais le travail doit se poursuivre ici, dans la vie, dans les épreuves, dans le quotidien.

Il m'appartient maintenant de ne pas laisser se rendormir ce qui a été éveillé. Mais dans ce contexte, quelle signification peut avoir mon histoire d'Allemand ?

Par curiosité, le lendemain de mon arrivée, je tape son nom dans le moteur de recherche de mon ordinateur, en lui adjoignant ces deux lettres terribles : SS. J'essaye « Herman » en l'écrivant avec un seul « r », puis deux ; avec deux ou un seul « n ». Je répète mes recherches avec « Alexander » ou « Alexandre ». En seulement quelques minutes je trouve deux Alexander Herrmann dans ce qui apparaît comme des listes d'officiers SS rédigées en polonais et accessibles en ligne. Les minutes se transforment en heures et je n'obtiens guère plus que la confirmation de mes premiers résultats : deux officiers SS portaient le nom d'Alexander Herrmann.

Et l'un des deux avait le grade d'Obersturmführer.

Ce moment est étrange.

Je suis comme en équilibre sur une poutre étroite surplombant un vide obscur.

Je ne sais pas si je m'y attendais. Je suis troublé, certes, mais très sincèrement je ne peux pas me résoudre à y voir autre chose qu'une coïncidence.

Au fond de moi je n'ose envisager d'autres hypothèses.

Parce que, objectivement, comment le pourrais-je ? Oui, la coïncidence est incroyable, mais quelle conclusion permet-elle de tirer ? Si je veux rester rationnel, aucune. C'est un mystère, une énigme cocasse. Cela peut être un étrange hasard, ou un fait plus dérangeant. En réalité, je suis incapable de pousser plus loin. Depuis que je suis journaliste, lorsque je me trouve confronté à un fait troublant, je privilégie toujours spontanément l'explication la plus rationnelle. Dans cette histoire, il doit s'agir de quelque chose d'un peu bizarre, situé entre le hasard et la synchronicité. Je sens bien qu'il s'est passé quelque chose, mais de là à échafauder des scénarios fumeux, ce n'est pas mon habitude.

Dans cette expérience, la guerre et la violence constituent des éléments centraux, et au regard de ma vie il est évident que cela a son importance, moi qui ai voulu devenir reporter de guerre si jeune, moi qui suis envahi en même temps que fasciné par la violence du monde.

Et à l'image d'un rêve particulier susceptible d'avoir un rôle central dans un travail de psychothérapie, je subodore que le sens de cette vision élaborée doit probablement se trouver dans les arcanes de mon monde psychique. La clé, si clé il y a, émergera à travers une psychothérapie plutôt que sur Google.

En effet, bien que je sois tout de même désarçonné par cette découverte, ce serait davantage vers la psychologie que mon intuition me porterait que vers toute autre chose. La découverte, dans ces listes de dizaines de milliers d'officiers, d'un nom identique à celui de ma vision me semble due à une sorte de concours de circonstances *signifiant*, pour reprendre un terme de psychanalyse.

Mais il a tout de même existé un Obersturmführer Alexander Herrmann.

Une émotion imprévue

Après quelques heures, j'ai l'impression d'avoir épuisé mes angles de recherche sur le Net et j'ignore comment obtenir plus d'éléments, si tant est que cela soit possible. Je ne parle pas un mot d'allemand, je ne suis pas historien, non, vraiment, je ne saurais quoi accomplir de plus. Je ne pense pas être en mesure de faire davantage la lumière sur cette expérience.

Oui, sans doute l'explication a-t-elle quelque chose à voir avec ma fascination pour la guerre, et plus particulièrement la Seconde Guerre mondiale. C'est un fait que je suis obsédé par cette période tragique de notre histoire récente. Quoi qu'il en soit, j'éteins mon ordinateur et je passe à autre chose. Bientôt, la vie parisienne et mes activités me reprennent, et je laisse cette expérience rejoindre la cohorte des « trucs bizarres » qui me sont arrivés. À ce moment de ma vie, je veux me donner les moyens de poursuivre efficacement ce travail intérieur amorcé durant ma retraite. C'est ma priorité, ce qui m'apparaît comme nécessaire et utile. Pas d'explorer une pseudo-piste ayant émergé lors d'un rêve éveillé, ambigu et imaginaire.

Je décide de me faire aider. J'ai longtemps imaginé que je pouvais me débrouiller seul, gérer moi-même les problèmes de l'existence. Sans doute est-ce un travers masculin, mais c'est une erreur. Après la mort de mon frère, il avait fallu la douce insistance de ma femme pour me pousser à faire plusieurs séances de thérapie psychocorporelle, et soigner ainsi une vraie blessure consécutive à l'accident, dont je m'évertuais à nier l'existence. Certes, les ressources intérieures sont une indiscutable force d'autoguérison, mais parfois l'aide d'une tierce personne peut être décisive dans leur activation. J'ai compris en l'observant sur moi – et sur des proches – que même en ayant conscience des efforts à entreprendre, on peut être incapable de les mettre en œuvre car on est bloqué par tel nœud émotionnel, tel obstacle inconscient. Et parfois une simple parole extérieure, un soin, une thérapie brève, le seul regard d'un autre que soi peuvent faire s'effondrer le mur invisible qui inexplicablement nous tenait à l'écart de la guérison. Mais pour cela il faut demander de l'aide et avoir l'humilité de l'accepter. C'est Natacha qui m'a permis d'en prendre pleinement la mesure.

Quelques semaines après mon retour, j'ai rendez-vous avec Marie-Pierre Dillenseger. Marie-Pierre est maître feng shui, une discipline chinoise qui consiste à décoder les influences en termes d'énergie temporelle et spatiale. Centrée sur la pratique de l'astrologie chinoise, son approche prend en compte l'analyse du lieu de vie – et pas la « décoration », ce à quoi on associe encore trop souvent le feng shui en Occident – en même temps que celle des potentiels de l'individu, ainsi que du moment dans lequel s'inscrit le questionnement qui motive la consultation. Natacha avait découvert Marie-Pierre lors du tournage de la saison 2 des *Enquêtes extraordinaires* qu'elle avait réalisée pour M6, et dans lesquelles la pratique du feng shui était présentée. Ayant vu la pertinence des analyses de Marie-Pierre, et connaissant par ailleurs la richesse de l'astrologie, car ma mère s'était formée à l'astrologie humaniste lorsque nous étions enfants, mes frères et moi, je fais régulièrement appel à elle aux moments charnières de ma vie. C'est d'ailleurs aidé de ses conseils que j'étais parti pour ce temps d'isolement au Pérou. J'ai encore ses recommandations à l'esprit: « Tu ne pars pas de zéro. Souviens-toi que tu n'es pas au niveau zéro d'un apprentissage, tu as une force accumulée et pas que de cette vie-ci... tu es épaulé et par ton frère et par ton père. Tu as un galop d'avance en termes d'ouverture au monde des énergies. Donc ne prends pas cette retraite à venir comme une expérience de vulnérabilité majeure. Au contraire, cette retraite va te confronter à ta force. La question, ce n'est pas les peurs, c'est la force. Voilà ton apprentissage. Il ne faut pas le différer. Tu as été extrêmement attaqué, mais les vrais dangers sont derrière toi. Tu es protégé, tu es sacrément accompagné, tu ne vas pas être tout seul. »

« Cette retraite va te confronter à ta force. »

Marie-Pierre, qui habite une grande partie du temps aux États-Unis, me reçoit dans le pied-à-terre qu'elle et son mari possèdent à Paris. La consultation est très enrichissante, apportant sur mes ressentis intuitifs cette cohérence d'ensemble qu'offre une vision cyclique des énergies et des forces. Nous parlons des leçons que je pense avoir retirées de mon récent séjour au Pérou, et incidemment, vers la fin de la séance, j'en viens à parler de cette expérience avec Alexander Herrmann.

— Il faut que je te parle d'un truc très bizarre qui m'est arrivé vers la fin de ma retraite. Un jour, alors que je faisais ma séance d'exercices physiques, j'ai ressenti le besoin de m'allonger et de me laisser aller à une sorte de méditation, ou de rêve éveillé, je ne sais pas trop... Au début, j'avais les yeux fermés et je m'imaginais comme un oiseau, un aigle, volant au-dessus de la vallée dans laquelle je me trouvais. Et puis l'expérience a commencé à devenir étrange.

Je lui raconte alors ma « rencontre » avec Alexander Herrmann, n'omettant aucun détail. Marie-Pierre me regarde en silence et lorsque j'en viens à la scène du décès de cet homme, mortellement blessé à la gorge, je la vois frissonner.

— J'en ai la chair de poule... tu l'as vu mourir ? me demande-t-elle.

— Oui... c'était net, et cette scène où il meurt s'est répétée plusieurs fois.

Je poursuis mon récit. Je mentionne la vision de la petite fille, de l'autre homme, des différents endroits entraperçus : ce village détruit à proximité duquel l'homme meurt, ces rues de Paris où je le vois marcher. Et tandis que je raconte mon expérience, c'est le souvenir de l'énergie que j'ai ressentie qui me frappe. En effet, alors que les visions se succédaient derrière mes paupières closes, des vagues d'énergie m'avaient *physiquement* traversé. De l'énergie, des pulsions, et encore cette sensation presque de désir, comme si la soudaineté et le côté très inhabituel d'une telle activité énergétique en moi chamboulaient absolument tous mes *réglages* internes. Je tente de le décrire à Marie-Pierre, cherchant mes mots.

— Pendant toute l'expérience, je sentais une énergie énorme me traverser le corps, c'était presque... frénétique, oui, c'est le mot, frénétique. J'étais littéralement secoué par elle. Cette énergie remuait beaucoup d'émotions, aussi. Et donc à mon retour, en cherchant sur le Net j'ai trouvé deux Alexander Herrmann, dont un avait le grade d'Obersturmführer. Bon, je ne sais pas trop ce que ça signifie. Mais ma vision avait une telle force ! C'est ça qui m'a surtout marqué. Qu'en penser ?

— Ce qui me vient, de toute évidence, c'est qu'il s'agit de « matériau ». De forces porteuses de messages, me dit Marie-Pierre avec assurance. Ces forces de l'ombre sont des alliés. S'il y a une seule chose à entendre, c'est ça...

— Un officier SS, un allié ???

— Oui... Il est mort, mais peut-être a-t-il eu le temps de se rendre compte de ce qu'il était en train de faire ? Va savoir. Ça ne fait pas de toi un SS, ou quelqu'un qui aurait cette énergie-là. Mais n'est-ce pas celui qui a vraiment côtoyé l'horreur qui peut ensuite œuvrer à ce qu'il n'y en ait plus ? En tout cas...

Cette phrase me fait l'effet d'un uppercut. Je suis littéralement sonné. Mon émotion est si brutale, si inattendue que je suis complètement désorienté. Je baisse la tête, la gorge soudain nouée, remontant une main devant mes yeux, réprimant l'envie, le besoin impérieux de hurler et de laisser éclater mes sanglots. « N'est-ce pas celui qui a vraiment côtoyé l'horreur qui peut ensuite œuvrer à ce qu'il n'y en ait plus ? » Marie-Pierre ne s'est pas encore rendu compte de l'effet de sa phrase, en apparence anodine, sur moi.

— ... ce sont des forces alliées, termine-t-elle.

Je ne parviens plus à dire un mot, une boule d'émotion vient d'exploser en moi. La stupeur et l'émoi abolissent ma pensée comme mon discernement. Plus aucune question ne me vient, je suis abasourdi. Et pourtant ce que ses mots reflètent est *juste* ; ma réaction n'en est-elle pas la preuve ? Que se passe-t-il ? Qu'est-ce que je ressens ? Pourquoi une telle agitation intérieure ? Qu'est-ce qui m'arrive ? Je veux comprendre, sentir, savoir, alors je m'accroche à ce vertige comme s'il renfermait toutes les réponses. Je veux me laisser tomber dans cette faille infime qui déchire la réalité si tranquille de cet appartement baigné de soleil. Et en même temps je désire garder le contrôle, ne pas tout perdre, j'ai peur. Je reprends mes esprits, je regagne la maîtrise de ma conscience, mais alors j'ai cette sensation de voir s'effacer dans le lointain un morceau de vérité qu'il m'avait été donné d'apercevoir l'espace d'un battement de cils. Voilà, le lien a disparu, comme un rêve absorbé par la nuit. Je ne sais plus pourquoi je viens de réagir comme cela. Je regarde Marie-Pierre en affectant de retrouver ma contenance.

— Excuse-moi, ça me secoue, ce que tu viens de dire... une émotion est montée...

— Une émotion de peur?

— Non, non. De la douleur... une envie de... pleurer.

— De la douleur pour cet homme-là?

— Je ne sais pas, dis-je sincèrement.

Et c'est vrai que j'ignore ce qui vient de se produire. L'émoi si puissant et en même temps si subtil, si fragile, cet écho du monde invisible s'est dissous dans la densité du réel.

— Tu vois, poursuit-elle, c'est la vie que tu ressens à l'instant, il s'agit de forces présentes. Des forces fondamentalement alliées. Il faut que tu les laisses venir... que tu fasses de la place à ces énergies-là. Quelle histoire cet homme a à te raconter? Et puis quel est le lien avec toi?... Pleure un bon coup, si tu veux, dit-elle en me voyant encore choqué.

— Non, merci, ça va mieux...

Vais-je vraiment mieux? Je demeure incapable de penser et n'ai plus trop envie de poursuivre notre discussion. Pas un instant je ne réagis à ce qui vient de m'être dit. Je reste sans voix. Marie-Pierre poursuit en reliant ce dernier épisode à l'ensemble de ce qui a été abordé précédemment lors de notre consultation et qui portait sur ma vie en général.

— Pleure, si tu en ressens le besoin. Il y a un lien avec la perte dans cette histoire. La perte de l'autre. C'est lié à cette énergie que tu portes, ne l'enfouis pas dans le fond de ta mémoire ! Elle est palpable... Il faut que tu parviennes à ouvrir en toi le « mode réception », afin de mieux percevoir et comprendre ces mémoires. Demande de l'aide en t'adressant à ton armée de l'ombre...

Que veut-elle dire par « mon armée de l'ombre » ? Je n'ai pas la présence d'esprit de lui poser la question, trop désarçonné. Entend-elle « ombre » dans le sens jungien ? Cette partie cachée et inconsciente de l'être humain susceptible d'émerger durant les rêves, par exemple ? Tout se télescope dans ma tête. Je choisis de rentrer à pied, même si j'habite à bonne distance. Un officier SS, une ombre alliée ? *Parce qu'il faut avoir connu le pire pour savoir ce qu'on ne veut plus ?* Je ne peux pas entendre ça. Comment un artisan de l'horreur la plus innommable qu'ait connue l'humanité pourrait-il être un allié ? Je dois avoir mal compris. J'ai forcément entendu les choses de travers.

Comprendre l'horreur

De ma vie je n'ai jamais éprouvé la moindre attirance pour l'Allemagne, le moindre désir d'y aller, et encore moins d'apprendre la langue. Durant toute mon adolescence j'ai eu une sorte d'antipathie pour ce pays, sans aucune raison logique. Au lycée, j'ai étudié le russe en première langue, puis l'anglais. Est-il besoin de préciser que tout ce que représente le régime nazi est pour moi la chose la plus abjecte qui soit ? Et si j'ai cet attrait ambigu pour la période de la Seconde Guerre mondiale, j'éprouve avant tout une indicible compassion pour la souffrance indescriptible des victimes de l'Holocauste. Comment une telle chose a-t-elle pu se produire ? Comment des millions d'hommes, de femmes et d'enfants ont-ils pu se voir infliger une telle abomination ? C'est tellement absurde. Si éloigné de nous – et en même temps si récent ; mon père avait dix-sept ans à la fin de la guerre.

Alors que je marche, encore sonné, dans les rues du 14e arrondissement, des souvenirs se bousculent et émergent sous la forme d'images. Des scènes de violence dont j'ai été témoin en Afghanistan et ailleurs, des morts absurdes, des cadavres mutilés, des regards éteints. Mille pensées me ramènent des années en arrière, lorsque, sortant de l'adolescence, je n'avais qu'une obsession: devenir photographe de guerre. Qu'est-ce qui avait motivé cette aspiration si forte? Pourquoi voulais-je absolument « voir » la guerre, la destruction? Pourquoi la peur était-elle alors totalement absente de l'équation? La réponse est très claire, j'en ai toujours eu conscience: je voulais comprendre le Mal.

Voilà pourquoi je suis devenu journaliste.

C'en est même l'unique raison: le désir de comprendre.

Comprendre comment on peut tuer. Comprendre celui qui tue, celui qui devient le bourreau. Comment peut-on être capable de tirer sur un autre homme? Plus encore s'il est désarmé, et que dire d'un enfant? Comment peut-on encore vivre après avoir conduit consciemment un enfant à la mort? Une famille? Des civils qui n'ont rien fait, rien demandé? Quel homme est-on lorsque l'on commet de tels actes? Quel regard a-t-on? Qui sont ces hommes qui, par millions, ont commis l'Holocauste?

Et dans ce désir écœurant à vouloir regarder le Mal en face, les SS représentent le bras armé du régime le plus abominable que l'humanité ait porté. Des êtres insondables, et pourtant si *proches* dans le temps et l'espace. Des Européens, il y a moins de quatre-vingts ans.

Je tangue sous le soleil de Paris. D'aussi loin que mes souvenirs remontent, habite en moi cette question ouverte, comme une plaie infâme. Comment l'homme peut-il par moments s'éloigner autant de son humanité? Cette question est une plaie béante dans ma vie, une obsession, et sans cesse depuis trente ans la réponse se dérobe. Je l'ai cherchée jusque dans les yeux emplis de bienveillance de Samuel Pisar, l'un des plus jeunes survivants de l'Holocauste, déporté à Auschwitz à l'âge de treize ans. Il avait accepté de me recevoir pour évoquer sa vie. Nos entretiens s'étaient prolongés durant des heures et des heures. Lui me demandant inlassablement de revenir le voir dans son bureau lambrissé pour ajuster un mot, corriger une phrase. En préparant l'entretien, j'avais souligné cette phrase dans son livre *Le Sang de l'espoir*, saisi par l'horreur de ce qu'elle révélait: « La vie, la vie normale, se poursuivait à quelques mètres de ces wagons, tandis que derrière ces portes, toujours verrouillées, des milliers d'êtres humains entassés s'éteignaient dans un désespoir absolu.[1] »

Je suis quelqu'un de bien. Je suis un homme tolérant, éduqué par des parents qui ont inculqué à leurs enfants les plus nobles valeurs morales. L'égalité de toutes et tous. J'exècre tous les extrémismes et suis intimement convaincu que la non-violence, tant dans la sphère privée qu'à l'échelle des nations, est la seule et unique voie pérenne de règlement des conflits. L'idée de race est une absurdité sans nom. L'inégalité raciale, un non-sens. Et j'ai une compassion infinie, de chacune de mes plus petites cellules, envers toutes les victimes de toutes les injustices qui gangrènent notre monde, et en premier lieu celles des camps d'extermination de l'Allemagne nazie.

Mais j'ai aussi en moi cette obsession à vouloir comprendre les exécuteurs.

C'est elle qui a orienté ma vie lorsque je me suis lancé dans le grand reportage. Un peu plus de quarante années après la fin de la Seconde Guerre mondiale, la question du Mal qui avait recouvert l'Europe puis le monde se posait à nouveau en bien d'autres lieux. Dans les années 1980, c'est le régime des Khmers rouges et le génocide qu'ils avaient perpétré au Cambodge de 1975 à 1979 qui symbolisait la dernière manifestation en date de l'horreur absolue dont l'homme est capable. Alors que j'avais quitté les bancs de l'école très tôt, j'échafaudais toutes sortes de plans pour rejoindre ce pays du Sud-Est asiatique. Avec beaucoup de naïveté, je voulais me lancer à la recherche de Pol Pot, le leader khmer rouge réfugié dans le maquis depuis la fin du régime, et lui poser cette unique question, en le regardant dans les yeux: « Comment avez-vous pu faire ça ? »

Mais je devais avoir dix-sept ans à l'époque, et aucune expérience. Aussi, quand je me suis jeté à l'eau, à l'âge de dix-neuf ans, le Sud-Est asiatique était passé de mode dans les médias et ce sont les maquisards afghans que j'ai finalement rejoints. Nous étions en 1988 et leur pays pourtant indomptable était encore occupé par les Soviétiques. Des centaines de milliers de morts, des millions de réfugiés, un drame humain dont les conséquences n'ont pas fini, encore aujourd'hui, de nous toucher directement. Et toujours en moi ce désir de voir la guerre de près.

Je l'ai vue.

Mais je doute que ce soit la seule explication à mon émotion en entendant cette phase de Marie-Pierre: « N'est-ce pas celui qui a vraiment côtoyé l'horreur qui peut ensuite œuvrer à ce qu'il n'y en ait plus ? » La fin déstabilisante de cette séance avec elle me laisse circonspect. Il doit y avoir un peu de déni dans la rapidité avec laquelle je l'occulte. Pas volontairement, mais je ne fais rien de particulier pour aller au-delà. Que faire de plus ?

« Alexander » ne peut être prioritaire.

Cette vision est un accident, un hasard, un *truc bizarre*.

Sur le reste, le désir de poursuivre un travail sur moi est intact et il y a une autre femme que je veux rencontrer dans ce but. Lorsque je me présente au cabinet de la guérisseuse Agnès Stevenin, quelques semaines plus tard, il ne s'agit donc toujours pas d'aller farfouiller dans l'histoire de l'Allemand, mais d'accompagner le nettoyage physique, psychique et énergétique que j'ai entamé. Je viens de lire le livre admirable qu'Agnès s'apprête à publier et dans lequel elle raconte son parcours[2]. Et j'ai eu l'intuition qu'il me fallait faire appel à ses soins.

Une souffrance ancienne

Elle me demande de m'asseoir à côté d'elle sur un petit canapé et me pose plusieurs questions sur les raisons de ma présence. Je lui explique dans les grandes lignes avoir le sentiment d'atteindre un moment de transition. Tout en lui livrant les détails de mes ressentis physiques, je suis un peu décontenancé de la voir opiner de la tête alors qu'elle regarde *autour* de moi. En effet, alors que nous avons une conversation, ses yeux ne sont pas dans la discussion mais suivent un ballet invisible qui se déroule tout autour de ma personne. C'est déstabilisant. Elle revient, plante ses yeux doux dans les miens, puis, alors que je parle, son regard glisse vers le vide à gauche de ma tête, derrière, ou encore à droite, comme si je devenais un être parfaitement transparent pour elle. J'ai vraiment la sensation qu'elle ne m'écoute pas. Ou que mes mots n'ont en définitive aucune importance, son diagnostic se façonnant autrement, avec l'aide d'informations qui viennent de moi mais qui ne sont pas celles que j'exprime verbalement.

Et tandis que cette opération se joue, Agnès dégage une douceur envahissante. Ses yeux, sa peau, ses cheveux, ses mains, tout son être déborde d'amour maternel.

Le soin proprement dit se fait au sol, sur un matelas épais et confortable. Une fois allongé, elle me recouvre d'une couverture. Je reste habillé et suis enveloppé comme dans un cocon de laine chaude. Agnès se place tout d'abord à genoux, à hauteur de mes pieds. Elle perçoit que mon corps d'énergie est décalé sur la gauche, complètement à côté de mon corps physique. Elle va essayer de les réaligner. Je ne me pose pas la question de savoir de quoi elle parle, je lui fais confiance. Puis elle se place délicatement à ma droite et entame son soin en plaçant sa main au-dessus de moi, à hauteur de ma poitrine. Je préfère fermer les yeux pour me rendre entièrement disponible et sens bientôt sa main se poser sur mon plexus. Elle ne la bouge qu'imperceptiblement, tandis que des informations continuent de lui venir.

Pas de mouvements importants, pas d'agitation, mais un soin qui remue en profondeur, sans que rien de visible ne se passe, voilà ce qui s'engage.

Mon esprit se relâche.

Elle me dit que je suis un homme bon. C'est cool. Puis sa main descend sur mon ventre, et, en mouvements très lents mais appuyés, palpe avec curiosité. Ses doigts pianotent comme s'ils lisaient un message écrit en braille sur la couverture recouvrant mon estomac. Et en effet, par sa main semble remonter des informations. Une main comme une antenne. Et elle m'annonce tout à coup percevoir des choses.

— Je vois de la noirceur, des images de destruction, de douleur... d'horreur, me précise-t-elle.

Elle parle d'un volcan, d'un cône à l'envers partant du sol. D'explosions qui jaillissent. De destruction colossale, de fumée, mais elle n'arrive à identifier ni un lieu, ni une époque.

— Vous avez connu cette destruction gigantesque.

C'est une affirmation. Et tandis qu'elle énonce ces premiers mots, les images de la Seconde Guerre mondiale me viennent immédiatement à l'esprit. Mais je garde le silence.

— Vous avez connu cette destruction gigantesque, mais cela ne date pas de votre vie actuelle...

D'une voix rendue hésitante par l'état de relâchement dans lequel je suis plongé, je l'invite à me décrire ce qu'elle capte. C'est alors qu'elle se met à bâiller compulsivement. J'ai lu dans son livre qu'elle fait cela lorsque beaucoup de choses à nettoyer et à expulser sont en train de passer par elle.

— Je vois un homme, en blanc, debout, contemplant les destructions... il y a aussi un homme qui rampe à côté de lui.

Dans la courte discussion du début, j'avais parlé à Agnès de mon goût et de ma recherche de solitude, et de la difficulté d'accéder à de tels moments dans ma vie active. Ce point revient, éclairé d'un jour nouveau.

— La solitude, me dit-elle, c'est aussi celle de cet homme assistant à une si grande horreur, comme s'il était l'unique survivant dans un monde détruit. Aussi, ajoute-t-elle, d'une certaine manière si votre désir de solitude est contrecarré actuellement, sans doute est-ce parce que quelque chose vous protège en vous maintenant à distance de cette souffrance ancienne.

— ...

Je reste silencieux, déstabilisé. Quelque chose *monte*. Elle poursuit.

— En étant seul, vous risqueriez d'être happé par cette souffrance ancienne.

Le visage de l'Allemand fait soudain une irruption fracassante derrière mes paupières closes. Comme si les mots d'Agnès venaient de le réveiller. Ou de lui permettre une seconde fois de m'apparaître. J'assiste à un nouveau frôlement des mondes. Une proximité de la réalité dans laquelle Agnès et moi sommes, avec une *autre* réalité. Les barrières du temps et de l'espace sont abolies. Je suis transporté. Mon être est dans deux univers en même temps. Ma vision, mon rêve éveillé du Pérou se déploie à nouveau avec excès.

— Tout votre être ne veut pas que cette destruction se reproduise, continue-t-elle.

L'émotion est là, intense et si déstabilisante.

La vision du SS me submerge. « Tout votre être ne veut pas que cette destruction se reproduise » fait écho à la phrase de Marie-Pierre : « N'est-ce pas celui qui a vraiment côtoyé l'horreur qui peut ensuite œuvrer à ce qu'il n'y en ait plus ? » et je suis saisi de stupeur. Comme lorsque l'on résout un problème qui nous a longtemps occupé l'esprit. À cet instant, je suis happé, déconcerté, mon âme entière est catapultée *ailleurs*. Contre cet autre homme. Dans la proximité de sa chair. Son visage est collé au mien comme si nous étions joue contre joue. C'est un soldat. Il porte une casquette d'officier et il est recouvert de poussière blanche ; et de sang. Je distingue un autre homme allongé, mort lui aussi. Des morts, il y en a trop, enchevêtrés dans la poussière et dans un paysage de destruction, de ville rasée. La puissance et la similitude de la scène avec celle du Pérou font disparaître le moindre doute : c'est le même officier SS. Et alors qu'Agnès continue son travail, maintenant silencieuse, et que je suis envahi d'émotion, cette pensée me vient : il ne savait pas ! Il ignorait l'ampleur de l'Holocauste, il n'est jamais allé dans un camp d'extermination. Et tout en ayant ces intuitions, je ne peux m'empêcher de m'interroger : est-il possible qu'un SS n'ait jamais su ? N'ait jamais eu connaissance de l'ampleur de l'Holocauste ? Ça me semble vraiment improbable. Car j'ai maintenant des sensations contradictoires, mais très nettes, me donnant des grands traits de sa personnalité. Je sens qu'il éprouve une immense fierté d'appartenir à un corps d'élite, et qu'il est à la fois frappé d'effroi en comprenant *après sa mort* ce à quoi il a participé.

Puis la vision se dissipe. Le silence intérieur revient, comme si les scènes apparues dans cette sorte de songe avaient été accompagnées de vacarme et de fureur. Agnès est toujours immobile à ma droite, sa respiration est désormais tranquille. Elle continue de travailler sur mon ventre. Avec douceur.

Que ces impressions sont précises ! Et si étranges. Mais n'est-ce pas là mon esprit qui projette, imagine, construit un scénario épique et malsain ?

Mon cerveau se remet déjà à raisonner et tente de ramener un semblant d'ordre dans ma tête.

Évidemment, seule une recherche historique me permettrait d'avancer sur cette piste d'un officier du nom d'Alexander Herrmann et de faire un peu la lumière sur notre *relation*. Mais comment m'y prendre ? Par quel angle l'amorcer ? Je verrai ça plus tard, mais il faut que je travaille dans cette direction, et je me laisse reprendre par le calme qui se dégage d'Agnès.

Alors que je suis toujours allongé sur le dos et qu'elle se trouve assise à côté, sa main maintenue sur mon torse, je sens progressivement de l'énergie s'élever de mon cœur ainsi que de mon ventre. Je *vois* des fils de lumière, des éclaboussures, des sortes de fins serpents étincelants qui montent sur son bras. Il y a tellement de ces filaments brillants qu'ils forment des gerbes, des explosions. Puis cette nouvelle perception s'étiole.

Agnès termine son soin.

Les yeux toujours fermés, je suis dans cet état entre veille et sommeil, parfaitement détendu. Elle me dit avec délicatesse que je peux me lever quand je le sentirai, ce que je fais après quelques secondes.

Je ne garde que des bribes de ce qu'elle a partagé avec moi à l'issue du soin. Je suis encore trop imprégné de ce qui s'est produit, et un peu groggy. Elle m'a dit avoir sorti une boule noire difforme de mon ventre. De cela je me souviens, parce que j'ai ce souvenir d'avoir moi-même vu un *truc noir* sur mon ventre au Pérou. Agnès pense qu'elle est parvenue à me débarrasser d'une bonne partie de cette noirceur. Elle redit également que je suis en train de muer, de changer de peau et de me reconnecter à mon âme. La tête est déjà passée, annonce-t-elle, et mon corps est lourd, il pèse, mais cela va se faire dans peu de temps.

— Votre tête était déjà dans la lumière, elle dégage une immense lumière.

Ses yeux me regardent en face maintenant. Des yeux qui rient, qui respirent la gentillesse.

La nuit est tombée sur l'Ouest parisien. Je suis un peu ailleurs, à distance de cette foule agitée et bruyante qui court d'un magasin à un autre, d'une activité à une autre. Les lumières sont vives, colorées. Je retrouve ma voiture et m'y glisse. Une fois la portière fermée, les éclats de la ville sont légèrement feutrés, accentuant l'irréalité de l'instant. Je me sens bien, presque un peu soûl. À la fois heureux et apaisé mais tout de même encore très intrigué par ce qui m'est apparu en milieu de séance – la réactivation de ma vision de la guerre et de cet Allemand. Je sors mon petit calepin de ma poche et entreprends de noter le moindre détail de la consultation. Et je ne sais pas pourquoi, mais une fois les faits clairement couchés sur les premières pages, je laisse aller le flot de mes pensées. Et je note : « Pourquoi la mémoire de nos vies disparaît-elle quasiment entièrement dans la suivante ? Car en réalité la mémoire est là, à la fois accessible et pourtant impénétrable tant que l'on ne s'est pas reconnecté à soi-même, à cette "personne" que nous sommes, au-delà des personnalités successives. »

Pourquoi ai-je écrit cela ?

Le spécialiste

Ces deux épisodes distillent en moi l'idée étrange et perturbante que cette histoire plonge ses racines au cœur de ce qui me constitue. L'idée que me soit apparue une mémoire de vie antérieure me traverse l'esprit, bien sûr, mais j'aime pouvoir vérifier les hypothèses que j'avance et, dans le cas présent, comment vérifier ?

Après ma consultation avec Agnès Stevenin les semaines s'écoulent, puis les mois, au cours desquels l'Allemand se rappelle épisodiquement à ma mémoire. Je me familiarise progressivement avec l'idée qu'il s'agisse de la manifestation d'une facette inavouable de ma personnalité, la personnification de ce que je porte de sombre en moi. De mon ombre. J'intègre son existence en l'acceptant comme celle d'un archétype : un trait inconscient de personnalité. Celui de la violence, de la guerre et de la colère. Parce que ces éléments sont en moi. Parce que certains de mes rêves sont des rêves de combat et de meurtre. Alors il m'apparaît naturel que cette partie obscure de moi, si elle surgit parfois dans le secret de mes nuits, puisse également s'être manifestée dans une sorte de rêve éveillé, au Pérou.

Et puis un jour, je franchis une nouvelle étape dans ce voyage introspectif étrange. J'ai beau essayer de me rappeler pourquoi précisément ce 17 mars, il m'a pris à nouveau d'entrer « SS Alexander Herrmann » dans la barre de recherche de Google, je suis bien incapable de trouver une réponse. Ce jour-là, assis devant mon ordinateur, j'ignorais que j'ouvrais en grand la boîte de Pandore. Dès lors il n'a plus été possible de la refermer. Sans doute fallait-il que je sois prêt. Je l'étais.

Ce matin du 17 mars donc, alors que j'ai plusieurs rendez-vous programmés dans la journée, le destin me pousse à reprendre une recherche que je pensais avoir effectuée avec toute l'exhaustivité dont je sais être capable. Et en effet, les premiers résultats proposés par Google me sont familiers. Bientôt, je mets à nouveau la main sur ces listings d'officiers SS écrits en polonais. Puis défilent des pages d'homonymes qui n'ont rien à voir, des liens vers des sites divers, des fausses pistes manifestes, mais je suis les orientations qui me sont proposées et, d'association en association, ma recherche s'élargit aux SS en général. Je ne suis pas très à l'aise, aussi je reste attentif à ce que mon exploration se cantonne à des sites où la démarche historique prédomine. Sites d'universités, d'historiens, encyclopédies sur la Seconde Guerre mondiale en ligne, je navigue en aveugle mais avec prudence.

Et c'est de cette manière que je repère à plusieurs reprises le nom de Charles Trang. Manifestement, cet homme est l'auteur de livres sur l'armée allemande et, plus spécifiquement, sur la Waffen-SS. Je recentre ma recherche sur lui et apprends qu'il n'est pas à proprement parler historien, mais qu'il est qualifié de spécialiste sur plusieurs sites de référence et se présente lui-même comme un passionné de la Seconde Guerre mondiale. Dans la vingtaine de livres qu'il a signés, une majorité est consacrée à la Waffen-SS, mais il en a également écrit sur les *Marines* américains, et il publie chez un éditeur spécialisé dans l'histoire militaire, les éditions Heimdal. Il a dirigé plusieurs ouvrages illustrés et je découvre sous sa plume de nombreux articles sur la Seconde Guerre mondiale dans des magazines d'histoire militaire. Il me vient alors l'idée de lui demander son aide. Sans doute aura-t-il accès à plus d'éléments que ces listes sommaires — des informations plus détaillées, peut-être ?

Avec cette énergie décuplée qui vient soudain lorsque vous suivez une intuition dont vous sentez qu'elle est importante, j'entreprends de trouver ses coordonnés. Ce qui ne me demande pas bien longtemps. Mais que vais-je lui dire ? Il n'est pas dans mon caractère de mentir. Toute ma vie de journaliste, j'ai privilégié la sincérité et la franchise, aussi vais-je lui parler de mon rêve éveillé, en espérant vivement qu'il m'écoutera sans me raccrocher au nez.

Dans un premier temps, l'homme est réservé, mais se montre rapidement curieux et disposé à m'aider. Je lui livre alors le détail de mon rêve, lui décrivant les scènes perçues, le nom d'Alexander Herrmann, son grade, je ne lui cache rien. L'accueil est positif malgré l'incongruité de ma démarche. Je suis enchanté de tomber sur un homme ayant cette ouverture d'esprit. Pas de jugement, il est plutôt interloqué, comme je le suis moi-même.

À peine quelques minutes suffisent à Charles Trang pour trouver trace des deux Alexander Herrmann dans ses archives, dont celui qui avait le grade d'Obersturmführer. Il a accès aux mêmes listings que ceux dont j'avais découvert quelques bribes, mais les siens sont complets et il sait interpréter les informations qu'ils recèlent. Il me confirme ce que j'avais déjà relevé, à savoir qu'aucun autre Alexander

Herrmann en dehors de ces deux-là ne se trouve chez les SS, quelle que soit la manière dont on orthographie leur nom. Charles Trang partage ces informations en même temps qu'il en prend connaissance, je l'imagine devant l'écran de son ordinateur, scrutant ses dossiers d'archives.

— L'Obersturmführer Alexander Herrmann portait le numéro SS 122 211, il est né le 21 août 1916 et est décédé... le 20 octobre 1941, m'annonce-t-il.

— Et l'autre ?

— Lui, je le trouve dans un document listant les promotions d'officiers de tous grades et de toutes les branches de la SS, daté de janvier 1940. Il mentionne un Dr Alexander Herrmann portant le numéro SS 292 024 et promu au grade d'Untersturmführer le 10 septembre 1939. Je n'ai pas de date de naissance le concernant...

— C'est quoi, Untersturmführer ?

— La SS avait des grades à part, ce serait l'équivalent de sous-lieutenant.

— Et Obersturmführer ?

— C'est le grade juste au-dessus, qui correspond peu ou prou à celui de lieutenant dans l'armée.

— Vous avez d'autres éléments sur ce Dr Alexander Herrmann ?

— Je vois qu'il était affecté à l'Allgemeine-SS, au régiment 67, basé à Erfurt. Il s'agit donc d'un médecin rattaché à cette unité de la SS. Compte tenu de son numéro, il a dû entrer dans la SS comme sous-officier plus tôt, dans les années 1930. Ce qui est sûr est qu'il n'a pas été officier dans la Waffen-SS.

— C'est-à-dire ?

— La Waffen-SS est l'unité combattante de la SS, différente de l'Allgemeine-SS. Le statut de cet homme était soit celui de médecin attaché à plein-temps au sein de l'unité médicale SS, mais c'est peu probable, les médecins SS à plein-temps étaient rattachés à des unités plus importantes. Soit un médecin libéral ou hospitalier effectuant des astreintes de service, et sans doute membre honoraire de la SS. Et puis il était Untersturmführer, alors que vous dites avoir eu l'information que votre homme était Obersturmführer. En outre, la scène de guerre que vous décrivez incite plus à croire qu'il faisait partie d'une unité combattante. C'est le cas de l'Obersturmführer Alexander Herrmann, qui porte donc le numéro SS 122 211.

— Oui, je pencherais plus pour lui également, comme il porte le grade que j'ai perçu dans mon rêve. Savez-vous ce qu'il faisait ?

Je crains d'entendre le pire...

— Non, en dehors du fait qu'il est mort en Russie, donc qu'il participait à la campagne de l'Est. Il est décédé... à Sukhaya Niva, d'après ce que je vois, dans la région du Valdaï, c'est en Ukraine, il me semble.

Mes cheveux se hérissent. La Shoah a commencé à prendre une ampleur inédite avec l'invasion de l'URSS par les forces allemandes. En Ukraine, notamment, dès l'été 1941. Des groupes d'exterminations de la SS, les sinistres Einsatzgruppen, y ont massacré des centaines de milliers de Juifs dans ce que les historiens ont appelé la « Shoah par balles ». Car, en effet, c'est par balles que furent exécutés un par un des centaines de milliers d'hommes, de femmes, d'enfants, bien avant les camps d'extermination, devant des fosses communes creusées pour l'occasion ou jusque dans des vallons naturels lorsque le nombre de victimes était trop important, comme ce fut le cas les 29 et 30 septembre 1941 près de la ville de Kiev, quand trente-trois mille sept cent soixante et onze Juifs furent assassinés par les nazis et leurs supplétifs ukrainiens dans le ravin de Babi Yar.

Abominable réalité.

À quoi m'attendais-je ?

Cet échange téléphonique avec ce spécialiste me plonge dans la réalité la plus crue du régime nazi. On n'est plus dans l'abstrait, mais dans un réel bien concret, triste et terrifiant. Mais la porte est entrebâillée et il faut que je sache désormais. Tout ce qu'il me sera possible d'éclairer doit l'être. J'interroge Charles Trang.

— Pensez-vous que le premier Alexander Herrmann, celui qui porte le numéro 122 211 et était Obersturmführer, ait pu faire partie de groupes d'extermination en Ukraine ?

— J'ignore ce à quoi il a pris part. Il faudrait que je fasse quelques recherches dans mes archives.

— Je peux vous rappeler plus tard, si vous le souhaitez.

— Oui, je vais regarder si j'ai plus d'éléments. Pouvez-vous me téléphoner ce soir ?

Bien sûr, dis-je, trop heureux qu'il me donne rendez-vous si rapidement.

Toutefois, tardant à raccrocher, il poursuit :

— Il est mort relativement tôt durant la campagne de Russie. Les Allemands ont envahi l'URSS le 22 juin 1941 et lui a été tué le 20 octobre, à peine quatre mois plus tard. Août 1916, octobre 1941, il est décédé à l'âge de… vingt-cinq ans, calcule rapidement Charles Trang.

— Oui, c'est exact, vingt-cinq ans.

Je ne peux empêcher un frisson de me parcourir le dos alors que nous mettons fin à la conversation. Vingt-cinq est le chiffre que j'avais vu tatoué sur le bras d'Alexander lors de mon rêve au Pérou.

Le dossier militaire

Cette histoire me concerne. Il ne s'agit pas d'un accident. J'en ai l'intuition, plus forte chaque jour. Depuis mon retour du Pérou, je sais au fond de moi que l'expérience ne s'est pas produite par hasard. Néanmoins, sans doute par appréhension, j'ai jusqu'à présent évité de donner trop de poids à des hypothèses extraordinaires, cantonnant ma réflexion à la psychologie, malgré la découverte de l'existence réelle d'un Obersturmführer Alexander Herrmann.

Toutefois, je dois bien admettre que la réalité de cet homme est aujourd'hui encore renforcée par ma discussion avec le spécialiste français Charles Trang. Entendre quelqu'un d'autre prononcer ce nom, Alexander Herrmann, et évoquer sa vie, même si brièvement, le rend un peu plus tangible, davantage réel. Et cela accroît encore le mystère de mon rapport avec lui.

Je me prends alors à envisager plus sérieusement une théorie que mon esprit rationnel – et sans doute aussi une inquiétude inconsciente – m'empêchait de considérer depuis mon retour de voyage: celle de la réincarnation. Des vies antérieures. Ne serait-ce pas me conduire de manière irrationnelle que de m'évertuer à refuser de creuser cette piste?

Certes, examiner ma *rencontre* avec Alexander Herrmann sous l'angle des mémoires antérieures est dérangeant. C'était un nazi.

Comment assumer ça ?

Comment ne pas haïr un tel être ? Si cet homme se révélait être *moi avant*, comment en avoir la preuve d'abord, mais ensuite comment vivre avec cette idée ? En ayant en horreur une part de moi ? Comment vivre avec la culpabilité de porter l'empreinte d'un tel personnage ? Quand le pardon devant une telle abomination n'est pas envisageable, comment admettre en être une sorte d'écho ?

Comment aimer ce que je ne peux que détester ?

Ces questions restaient purement théoriques auparavant, elles deviennent désormais palpables. Suis-je la réincarnation de cet homme ? Est-ce pour cela que ces scènes de sa vie me sont apparues ? Car je dois bien admettre que le personnage a existé.

Il ne s'agit plus là d'une énigme exotique. On ne parle pas d'un roi, d'un héros ou d'un vieux sage. Cet Alexander n'est pas une figure à moitié mythique issue d'un passé lointain, c'est un lieutenant de la SS, tué alors que mon père avait quatorze ans !

Il ne m'est plus possible de me tenir à distance du gouffre.

Au-delà de sa pensée abjecte et de son adhésion à un régime qui m'inspire le plus grand dégoût, je ne peux empêcher mon esprit de commencer à faire des rapprochements entre certains de mes traits de caractère et ceux qui auraient également pu avoir été les siens. Comment dire cela ? En effet, depuis ma conversation avec Charles Trang, je m'interroge sur ce qui serait susceptible de passer d'une vie à une autre. Des souvenirs ? Il n'y en a aucun. Mais qu'en est-il des émotions ? Des pulsions ? Des traumatismes ? Des phobies ? Des images qui apparaissent dans mes rêves ? De toutes ces choses qui, bien qu'inconscientes, se sont révélées être présentes en moi ?

Quelles pourraient être mes tendances psychologiques témoignant que je ne suis pas *indifférent* à ce personnage et à ce qu'il a traversé ? Me revient immédiatement en tête cette obsession durant toute mon adolescence, cette fascination qui m'a conduit à vouloir devenir grand reporter et dont j'ai déjà parlé plus haut. Effectivement, j'étais un adolescent obsédé par la mort, le sang, la violence et l'horreur. Ce n'est pas, que je sache, le cas de tous les adolescents. J'étais excessif dans ce domaine. Mes frères, par exemple, ne montraient pas les mêmes dispositions, alors que nous avions pourtant reçu la même éducation. D'où me venaient ces pulsions noires ?

Chez moi, la violence est un mystère ancien.

Puis, au cours de l'adolescence, ma quête s'est transformée en désir de confrontation avec cette violence du monde. Confrontation pour décrypter, saisir les motivations, les raisons de l'existence de ce Mal si répandu sur notre planète. La voie du journalisme – vouloir comprendre et expliquer – fut rapidement une évidence chez moi, à un âge où la majorité de mes amis au collège se cherchaient encore avec légèreté. Collège que j'ai quitté très tôt, avant le bac que j'avais décidé de ne pas passer tant je me sentais appelé par une intuition impérieuse. Alors que les garçons et les filles de mon âge ne pensaient qu'à s'amuser et à profiter avec insouciance de leur jeunesse, moi je vivais seul dans une chambre de bonne à Paris, je faisais des photos dans les manifestations et me prenais à rêver que j'étais au cœur du danger lorsqu'elles dégénéraient en affrontement avec la police. Puis, à dix-neuf ans, j'ai rejoint le maquis afghan, la vraie guerre, comme s'il avait été clair depuis toujours que j'allais connaître cette expérience, le cachant même à mes parents qui me croyaient en sécurité au Pakistan.

Je me suis plongé dans le conflit afghan et cela a changé ma vie.

Ne sortant d'aucune école de journalisme, je bénéficiais à la fois des avantages et des inconvénients de cette absence de formation. À côté de ma naïveté et de mon manque total d'expérience, j'avais pour moi ma candeur, mon désir intense de tout découvrir et ma capacité à écouter sans aucun a priori ni jugement préétablis.

Les ennemis des moudjahidin avec qui je partageais le quotidien étaient les Soviétiques. Ils occupaient l'Afghanistan depuis neuf ans. Je ne peux désormais ignorer ce rapprochement : Alexander Herrmann est mort en affrontant... les Soviétiques. Certes, la situation était différente. Dans son cas, il était l'envahisseur, tandis qu'en Afghanistan ce sont les Soviétiques qui avaient déferlé sur le pays. Et puis surtout les Soviétiques n'étaient pas *mes* ennemis. J'étais journaliste.

Mais pour être tout à fait honnête, les choses n'étaient pas si claires. J'étais jeune, inexpérimenté, et surtout non encore formaté à l'exercice d'un métier et à ses règles éthiques. J'étais libre, un oiseau fou, encore agité de toutes mes pulsions. Durant mes premières semaines passées au cœur du maquis, tandis que je découvrais la lenteur de l'écoulement du temps dans un pays en guerre et que je nouais des liens forts avec les hommes, une question totalement imprévue s'est posée à moi lorsqu'un des combattants m'a tendu son arme. Alors que je saisissais le métal froid de sa kalachnikov, il me suggéra, sur un ton qui indiquait qu'il ne plaisantait qu'à moitié, de combattre à leurs côtés lors de la prochaine patrouille.

Pour ces moudjahidin désœuvrés, c'était une sorte de jeu un peu provocant. Ce qui fut profondément déstabilisant pour moi est qu'il me fallut quelques secondes avant de répondre. Quelques longues secondes de trop.

Pourquoi ne participerais-je pas à leur combat finalement ? Il était juste. Ces hommes luttaient contre un envahisseur implacable et étaient appelés les « combattants de la liberté » en Occident. Et je m'y trouvais déjà, équipé seulement de mes boîtiers photo, courant les mêmes risques qu'eux quand j'approchais des lignes russes en silence avec un groupe d'assaut, quand je traversais en transpirant à grosses gouttes un champ de mines, quand je subissais avec les autres un énième bombardement à vous décoller le cerveau, alors pourquoi ne pas empoigner une kalachnikov à la place et prendre part au combat pour la liberté ? Je n'en éprouvais pas particulièrement le désir. Mais la question du moudjahid sema le trouble un court instant, parce qu'en Afghanistan j'avais *le droit* de le faire.

Je le pouvais.

J'avais ici le droit de tuer, si je le désirais.

Les moudjahidin auraient même trouvé ça très bien, que je fasse le coup de feu avec eux. D'autres étrangers venus de l'ensemble du monde musulman, et même d'Europe, ne s'en privaient pas. Leur engagement était loué par les résistants.

Quel malaise de découvrir que si cette question ne s'était jamais posée à moi en France – pourquoi je ne tue pas ? –, ce n'était pas parce que la réponse était évidente, car elle ne l'était pas ! Mais parce que je vivais dans un pays en paix où les circonstances, et la loi, m'avaient permis de ne jamais avoir à me le demander. Et là, soudainement, à dix-neuf ans, je devais découvrir en moi une *vraie raison* pour ne pas vouloir tuer un homme.

C'est se trouver au bord d'un précipice. Devant un choix qui semble aller tellement de lui-même mais qui, au moment où il se pose, provoque dans mon organisme une décharge de venin et couvre mes yeux d'obscurité.

Bien sûr que je n'ai pas hésité longtemps. Mais il y a eu un temps, une poignée de secondes d'interrogation.

Et cette hésitation est terrifiante.

Est-elle en lien avec Alexander Herrmann ? Est-ce parce que lui et moi partageons *quelque chose* que j'ai éprouvé cette interrogation à laquelle la plupart des gens normaux ne songent même pas ? Est-ce que je tue ? Dans les collines brûlées d'Afghanistan, dans le danger d'une guerre qui m'enveloppait, je revois mon émoi. L'espace d'un instant rien ne me distinguait de ces hommes autour de moi. Eux qui, pleins de courage et de morgue, partaient au combat, eux qui s'exposaient aux balles avec défi. Ces hommes qui allaient tuer, peut-être sans hésiter, un ennemi détesté. Dans un espace hors du temps, je tenais cette arme inerte dans mes mains séchées par le soleil et la poussière, le regard perdu dans le vague.

Comment un homme peut-il en tuer un autre ? Cette interrogation n'a d'ailleurs pas été éteinte en moi, malgré tout ce que mes yeux ont vu par la suite. La vision de la mort d'Alexander Herrmann est dans ce sens une vision *familière*.

La question de sa propre *capacité à tuer*, à laquelle il est si difficile de répondre tant que l'on n'y a pas été confronté, est au cœur du livre de Jonathan Littell *Les Bienveillantes*. Rarement, voire jamais, un ouvrage n'a eu un tel effet sur moi. Peut-être parce que dès les premières pages il s'adresse au lecteur en le pressant de s'interroger sur ses propres limites, comme l'a fait de façon si déstabilisante ce moudjahid en me tendant son arme. Et Littell a le talent de poser les questions crûment : « Si vous êtes né dans un pays ou à une époque où non seulement personne ne vient tuer votre femme, vos enfants, mais où personne ne vient vous demander de tuer les femmes et les enfants des autres, bénissez Dieu et allez en paix. Mais gardez toujours cette pensée à l'esprit : vous avez peut-être eu plus de chance que moi, mais vous n'êtes pas meilleur. Car si vous avez l'arrogance de penser l'être, là commence le danger.[3] » En effet, que ferions-nous, confrontés à un tel choix ?

Ce livre de Jonathan Littell est un roman, mais il fut salué à sa parution pour son impressionnante érudition, en même temps que pour son caractère profondément dérangeant. L'auteur, en effet, y donne la parole à un SS et nous fait suivre, par sa traversée de la guerre, l'histoire du régime nazi de l'intérieur jusqu'à l'effondrement du IIIe Reich. C'est un livre dense, de plus d'un millier de pages.

Je l'ai lu deux fois. À la troisième, j'ai arrêté au milieu tant il semblait *m'aspirer*. C'est Natacha, alarmée par l'état détestable dans lequel ces pages me plongeaient, qui m'a permis de prendre conscience que l'ouvrage m'emportait *physiquement* vers la mort.

Ce texte semblait réveiller quelque chose en moi.

Des pulsions noires.

Une atmosphère délétère se répandait dans notre appartement, sortie de mes ténèbres intérieures que la lecture des pages de l'épais volume ramenait à la vie. Pourquoi l'histoire contée dans ce livre avait-elle un tel effet sur moi ?

Ma rencontre avec Alexander Herrmann va-t-elle m'aider à guérir ce qui m'attire dans l'ombre depuis tant d'années ? Cette espérance l'emporte sur mes craintes initiales et légitimes de me voir associer, d'une manière ou d'une autre, à ce triste personnage.

En fin d'après-midi, attendant le moment de mon deuxième rendez-vous téléphonique avec Charles Trang, je tente de situer la région de Valdaï en Ukraine. Sans succès. Je tape toutes les orthographes possibles, mais suis sans cesse ramené vers une zone de lacs à des centaines de kilomètres de l'Ukraine, quelque part dans le nord de la Russie actuelle, à mi-chemin entre Moscou et Saint-Pétersbourg. Quand le téléphone sonne un peu plus tard, c'est le premier point que je soulève.

— Pardonnez-moi mais je ne parviens pas à trouver trace de Sukhaya Niva ni de la région de Valdaï en Ukraine, dis-je à Charles Trang.

— Oui, excusez-moi, mais effectivement le Valdaï est une région située au sud du lac Ilmen, et pas du tout en Ukraine, comme je vous l'ai indiqué par erreur.

— Ça se trouve dans le nord de la Russie, c'est ça ?

— Oui, au sud de la région de Novgorod. La ville de Valdaï est à environ trois cents kilomètres au sud-est de Saint-Pétersbourg.

— Avez-vous trouvé quelle était l'activité de Herrmann ? Savez-vous s'il aurait pu faire partie des groupes d'extermination sur les arrières, les Einsatzgruppen ?

— Il ne me semble pas, non. La division à laquelle il appartenait devait être intégrée au groupe d'armée nord, qui se dirigeait vers Saint-Pétersbourg, et votre Alexander est mort dans une zone où les affrontements ont été féroces durant cette phase initiale de l'opération Barbarossa... Il devait participer aux combats de première ligne.

— L'opération Barbarossa ?

— C'est le nom donné par les Allemands à leur campagne militaire en URSS. Plusieurs millions de soldats allemands y ont participé. Elle a commencé le 22 juin 1941 et votre homme en faisait partie.

Je me note de replonger dans les livres d'histoire et de me documenter sur cette période de la Seconde Guerre mondiale.

— Comment connaître le rôle d'Alexander ?

— C'est difficile à dire, mais peut-être existe-il un dossier d'officier le concernant. Avez-vous fait des recherches auprès des archives allemandes ?

— Non, j'ignorais que c'était possible.

— De nombreux documents administratifs d'officiers SS sont encore accessibles, et si vous avez de la chance, peut-être y a-t-il quelque chose sur Alexander Herrmann.

— Ce serait extraordinaire ! Comment savoir ? Et comment fait-on pour y avoir accès ?

— Ces documents sont conservés aux Bundesarchiv de Berlin, mais les copies des mêmes dossiers sont accessibles aux Archives nationales américaines qui se trouvent à proximité de Washington D.C., à College Park, dans le Maryland. Je connais un doctorant français qui travaille actuellement là-bas pour sa thèse et s'y rend sans doute quotidiennement.

— Vous pensez que je pourrais lui demander de l'aide ?

— Oui, si vous lui proposez un petit dédommagement pour le temps passé je pense qu'il ne verra pas d'inconvénient à faire cette recherche. Il s'appelle Antonin Dehays... Attendez, je vous donne son adresse e-mail...

À peine notre conversation achevée, j'écris sans tarder à cet homme : « Cher monsieur, Charles Trang vient de me donner votre contact. Dans le cadre d'une recherche personnelle, je désirerais obtenir le maximum de documents et d'informations sur Alexander Herrmann, né le 21 août 1916, numéro SS 122 211, décédé le 20 octobre 1941 à Sukhaya Niva (région du Valdaï). Par ailleurs, pour ouvrir plus mes recherches, je serais vivement intéressé par tous documents et informations sur tout autre officier ou sous-officier SS ayant porté le nom d'Alexander Herrmann, dans toutes les orthographes possibles. (Herman, Herrman, etc.). Dans l'attente impatiente de vous lire... »

Un dossier. Et s'il existait un dossier ? Ce serait tout bonnement incroyable. Cela m'offrirait peut-être de comprendre la nature de notre rencontre. Et s'il contenait une photo ? Je n'ose imaginer que je puisse découvrir le visage de cet homme aperçu à la frontière d'un monde immatériel. Son visage. Comme une confirmation que cet épisode fut vraiment réel. Je n'ose trop espérer, mais, inexplicablement, je suis confiant.

Et la réponse ne tarde pas. L'historien me répond le soir même depuis les États-Unis : « Cher monsieur, le dossier d'Alexander Herrmann est disponible sur microfilms. Il semble assez complet (quatre-vingts pages). Je n'ai pas trouvé d'autres Alexander Herrmann (ou Herman ou Herrman...). Je vous l'envoie dès que j'aurai retravaillé les images. »

C'est surréaliste. J'ai beaucoup de mal à maîtriser mon impatience. Les trois prochains jours vont être très longs. Et le 23 mars, à 14h43, je reçois un e-mail d'Antonin Dehays comportant un lien pour télécharger soixante-dix-huit pages de documents conservés sur microfilms depuis plus d'un demi-siècle.

La vie de l'Obersturmführer Alexander Herrmann.

Le choc

Je ne mesurais pas à quel point ne pas maîtriser une langue pouvait conduire à une telle frustration. Alors que je prends connaissance des documents envoyés par Antonin Dehays, documents qui consistent en soixante-dix-huit pages de dossiers militaires copiées à partir d'archives conservées sur microfilms, je suis terriblement désappointé. Tout est évidemment écrit en allemand. Et je n'en parle pas trois mots.

Je fais suivre le lien à Charles Trang, qui a aimablement offert d'en effectuer une rapide lecture et de me livrer sa synthèse plus tard dans la journée.

Une journée spéciale, d'ailleurs. Nous sommes le 23 mars, date anniversaire de la naissance de mon frère Thomas, décédé en Afghanistan des années auparavant. Mon frère qui m'était apparu au début de mon rêve éveillé et qui, en me désignant l'espace devant nous, m'avait, d'une certaine manière, guidé vers Alexander. Encore un hasard ? Que ce soit précisément aujourd'hui que je reçoive ce dossier dans lequel je vais découvrir qu'il renferme une des clés de mon expérience me laisse la sensation que *quelqu'un* joue avec moi. Ce n'est pas nécessairement inquiétant. Juste impressionnant.

En attendant le retour de Charles Trang, j'ouvre tous les fichiers un à un, passant un temps infini sur chaque page à tenter de décrypter cet alphabet gothique qui, par endroits, complique encore plus l'affaire. Avec l'aide d'un dictionnaire en ligne, je m'efforce d'extraire patiemment quelques bribes d'information.

Je découvre des pages administratives incompréhensibles, ce qui ressemble à des listings d'affectation, des évaluations, des questionnaires informatifs, de trop nombreux chiffres, des abréviations qui me sont tout à fait obscures. Je lis toutefois, en de nombreux endroits, le nom d'Alexander Herrmann et j'en suis étourdi. C'est à peine croyable, quand j'y pense, d'avoir subitement accès à tant de données brutes sur la vie d'un homme dont j'ai fait la connaissance dans une sorte de rêve éveillé, des mois auparavant.

Plusieurs pages sont manuscrites. C'est *son* écriture, sa main a tracé ces lignes il y a moins de quatre-vingts ans. Il a touché ces pages, s'est appliqué. Je parviens à lire le début : *Ich, Alexander Herrmann, wurde am 21. Aug. 1916...*, « Moi, Alexander Herrmann, né le 21 août 1916... » Cela ressemble au début d'une sorte de curriculum vitae. « Moi, Alexander Herrmann », écrit de sa plume. Le trait est fin, les lettres orientées vers la droite et difficilement lisibles. Une écriture pattes de mouche un peu comme la mienne... C'est si déconcertant.

Lorsque, plus tard, je suis à nouveau au téléphone avec Charles Trang, j'ai l'impression d'avoir peu avancé. Même s'il émane de ce dossier une sensation de familiarité, seule une infime partie a pu se révéler à moi jusqu'à présent.

D'une voix calme, Charles Trang me livre les éléments qui lui ont paru importants.

— Sur le document 3, me dit-il, je vois qu'Alexander Herrmann a appartenu à l'unité chargée de la garde du camp de Dachau. Cette unité a servi de noyau pour la constitution de la fameuse SS-Totenkopf Division.

— Dachau!... Était-il garde de camp de concentration? Il y a écrit Dachau? Il était à Dachau?

Ce nom est tellement marqué d'infamie, est-il possible que cet homme?...

— Je ne sais pas mais je vois qu'il faisait partie, avant guerre, du régiment SS-Brandenburg qui a constitué ensuite la SS-Totenkopf Division. Les régiments de cette division étaient stationnés dans plusieurs camps, dont celui de Dachau. Dachau était à l'époque un camp d'internement où le régime nazi enfermait les opposants politiques, mais c'était également une caserne où vivaient des régiments SS, donc il n'a pas nécessairement été affecté à la garde proprement dite. Il faut que je regarde plus en détail parce que, en l'état, je ne sais pas ce qu'il y faisait... Mais quoi qu'il en soit ça ne devait pas être un tendre: il était membre de la division SS-Totenkopf, la division «Tête de mort».

— Cela ne me dit rien.

— La division SS-Totenkopf était une division armée de la Waffen-SS qui a participé à la campagne de France, notamment. Elle a acquis au combat une réputation d'âpreté et de rudesse. Mais je poursuis: dans le document 8 on apprend qu'il a été à l'école de formation des officiers SS de Bad Tölz. en 1937 et 1938.

— Cette école a-t-elle quelque chose de particulier?

— C'est là où se constituait l'élite de l'encadrement de la SS. On y apprenait l'art de la guerre, et l'endoctrinement politique y était particulièrement poussé. Elle se trouvait au sud de Munich, en Bavière. Sur le document 12, ça devrait vous intéresser, on apprend qu'Alexander s'est marié avec une certaine Luise. Luise, née Miller. Ils se sont mariés le 10 mai 1940…

Je suis soudain très impatient, comme à quelques secondes d'une révélation. S'il était marié, se pourrait-il qu'ils aient eu un enfant ? Une petite fille, comme dans ma vision ?

— Est-il fait mention d'un enfant ? demandé-je avec empressement.

— Je n'ai pas vu, mais je suis loin d'avoir tout parcouru. Ah, le document juste avant est un faire-part de décès, sans doute publié par la famille.

En même temps que nous parlons au téléphone, j'ouvre sur l'écran de mon ordinateur chaque fichier mentionné par Charles. Je suis ému, stupéfait. J'agrandis le numéro 11, qui est la photo de mauvaise qualité d'un petit faire-part : *In höchster Erfüllung…*

— Qu'est-il écrit ?

— … *In höchster Erfüllung…* « Dans le plus grand accomplissement de sa vie de soldat, Alex, mon fils tant aimé, est mort à l'Est, au cours d'importants combats, le 20 octobre 1941, à la tête de sa courageuse compagnie… »

— Qui a commandé ce faire-part ? Sa mère ? Je revois pourtant le nom de sa femme, Luise Herrmann, en bas…

— Effectivement, il est signé par sa veuve, Luise Herrmann, au nom de toute la famille. Mais c'est sa mère qui le rédige, manifestement. Elle parle de son fils. Ce faire-part datant de novembre 1941, donc quelques semaines après son décès, nous apprend qu'au moment de sa mort il avait le grade de SS-Ostuf et qu'il était chef de compagnie. Il avait alors vingt-cinq ans.

— Que signifie « Ostuf » ? C'est son grade ? Je croyais qu'il était Obersturmführer ?

— C'est la même chose : SS-Ostuf est le diminutif de SS-Obersturmführer. Sur le document 24, c'est une « évaluation », ses supérieurs qualifient Alexander d'homme ouvert, droit, zélé, conscient de ses responsabilités… ayant le sens de l'honneur, aimant l'ordre… Pas de défauts apparents, votre bonhomme !

— C'est très formel, en effet…

Une mère qui appelle son fils Alex. Dans la froideur de ces quelques lignes figurant sur un faire-part vieux de tant d'années, soudain se révèle le début d'une intimité. Alex. Voilà un homme jusque-là abstrait, au parcours abominable, qui devient un fils aimé, un « Alex ». J'imagine une voix de femme, délicate et timide, s'adressant avec douceur à son enfant. Alex. Je ne peux m'empêcher de faire le rapprochement entre le nom de famille que je porte, et par lequel mes amis m'appelaient à l'école - hé, Allix ! -, et ce diminutif sorti des ténèbres. Alex. Charles Trang, à l'autre bout du fil, ne soupçonne pas les émotions qui me traversent.

— Sur le 32, c'est une autre évaluation, plus militaire celle-ci. Il y est écrit qu'Alexander était solide et aimé de ses hommes. La camaraderie était un principe élevé au rang d'institution, au sein de la SS.

Je découvre, grâce à Charles Trang, une histoire dont j'ignorais tout. Notre conversation s'achève après qu'il m'a suggéré de passer du temps sur plusieurs pages particulières. Il nous faudrait des heures, voire des jours, pour venir à bout de ce dossier. Je suis terriblement frustré de devoir dépendre de quelqu'un, même si Charles Trang ne compte pas son temps depuis notre première prise de contact. Plusieurs documents sont redondants, m'a-t-il dit, je voudrais malgré tout en traduire chaque ligne dans les moindres détails pour être sûr de ne rater aucune information, si anodine paraisse-t-elle. Même insignifiant, un mot, une annotation dissimule peut-être une confirmation importante. Mon rêve a vu émerger quantité de sensations et d'images. Est-ce que cet autre homme que j'ai *vu* en compagnie d'Alexander existe, par exemple ? Et cette petite fille, si présente ? Elle doit être là, quelque part sur l'une de ces pages, cachée parmi ces lignes indéchiffrables. Et ce village où je l'ai vu s'effondrer, ce sol blanc, ce char d'assaut, ces hommes qui tombent autour, cette fureur du combat ?

Après avoir raccroché, je ne parviens pas à arrêter l'examen de ces pages. Je suis hypnotisé, comprenant encore avec peine que je tiens dans les mains le récit haché de la vie d'un homme réel.

Il m'apparaît au fil des heures qu'il ne s'agit pas simplement de traduire les mots, encore faut-il comprendre le contexte et la langue militaire particulière faite de termes dédiés et d'abréviations à n'en plus finir. L'idéal serait de convaincre Charles Trang qu'ensemble nous passions en revue une à une toutes les pages de manière exhaustive. Il habite aux pieds des Pyrénées, je pourrais lui proposer de descendre le retrouver, afin que nous fassions cela ensemble ? Je vais lui soumettre l'idée.

Des secrets se cachent dans ce dossier, je le sens.

Seul devant l'écran lumineux de mon ordinateur, je cherche des mots perdus dans des pages illisibles. Je sais d'ores et déjà qu'Alexander avait épousé une Luise Miller. A-t-il des frères ? Des sœurs ? Qui sont ses parents, que faisaient-ils ? A-t-il eu cette petite fille ? Mes yeux se fatiguent sur cet alphabet aux lettres rugueuses, ils peinent à déchiffrer ces innombrables mots et s'arrêtent sur ces cachets qui accompagnent les signatures d'officiers et de responsables à la fin de nombreuses pages : tampons officiels parfois à moitié effacés, parfois nets et glacials. Un signe devenu la marque de ce temps si proche du nôtre, où les ténèbres menacèrent d'engloutir l'Europe.

Un aigle surmontant une croix gammée.

Après un long survol des soixante-dix-huit fichiers, je reviens sur un document de plusieurs pages intitulé : *Personal Nachweis für Führer der Waffen-SS*, que Charles m'a conseillé d'examiner. Il s'agit d'une sorte de document officiel de synthèse de carrière au sein de la Waffen-SS. Y figure, après l'identité et l'état civil de l'officier, une liste de dates et de ce qui me semble être des noms d'unités et de fonctions. Sur la troisième page, je découvre, ébahi, ce qui ressemble bien au parcours de l'unité d'Alexander, quasiment au jour le jour, après l'entrée des troupes allemandes en France en mai 1940. Au haut de cette liste de lignes, je reconnais le nom de la ville d'Arras : *19.5 - 20.5.40 Durchbruch über Arras...* (« 19 au 20 mai 1940, percée sur Arras... »). Suivent d'autres lieux familiers : Cambrai, Béthune, Artois, Gravelines. Ces noms marquent l'avancée sanglante des forces allemandes en France.

Sur la première page de ce *Personal Nachweis,* j'apprends qu'Alexander est né dans la ville de Plauen. Google Maps m'indique qu'elle se situe à l'est de l'Allemagne, près de la frontière tchèque, en Saxe précisément, dans la région du Vogtland. À égale distance entre Dresde au nord-est et Nuremberg au sud-ouest. Je zoome sur l'image satellite, cliquant sur les rues floues de cette bourgade inconnue comme si j'allais y voir apparaître une réponse.

Les heures passent et la nuit est tombée quand soudain un signal de ma messagerie m'annonce que j'ai reçu un nouvel e-mail. Il provient de Charles Trang. Lui aussi a continué le décryptage de son côté. Il a traduit plusieurs passages et, dans un court message au style télégraphique, il me livre sommairement ce qu'il a découvert de nouveau. Lorsque je lis la dernière phrase, le temps s'arrête : « L'avant-dernier document détaille les raisons de sa mort :

Alexander a été touché par des éclats d'obus à la poitrine et dans le cou. »

Touché par des éclats d'obus à la poitrine et dans le cou.

Dans le silence de la nuit, je suis en état de choc : la blessure à la gorge, c'est la vision que j'ai eue de sa mort.

Pourquoi ?

Comment décrire ce que je ressens ? Moi qui, depuis plus de dix ans, enquête avec une discipline rationnelle implacable sur ces sujets extraordinaires, soudain je ne peux ignorer le caractère incontestable de ce dernier élément : Alexander est mort comme je l'ai vu !

À cet instant, je suis coincé dans les cordes.

Incapable de raisonner, pris de vertige, j'ai envie de pleurer, de comprendre aussi, mais c'est la stupeur qui prédomine. La peur, aussi. Qu'est-ce que tout cela signifie ? Que m'arrive-t-il ? Car c'est un fait : l'élément le plus intense, et sans aucun doute le plus chargé d'émotion de mon rêve éveillé, est justement la scène de la mort de cet Alexander Herrmann.

Je l'ai vu, et revu, touché par un éclat d'obus à la gorge, s'écrouler en perdant son sang.

Le souvenir de cette scène n'a pas quitté mon esprit, il est net, parfaitement clair, tant la séquence de sa mort s'est répétée à plusieurs reprises durant mon expérience au Pérou. Et à nouveau à Paris, dans le cabinet de la guérisseuse Agnès Stevenin.

Je saisis mon journal et l'ouvre à la page où j'avais écrit sur le vif le déroulé de cette expérience, quelques minutes seulement après l'avoir vécue. Et je lis : « Un officier SS. Je vois un visage qui me crie dessus, je suis dans un village détruit et je vais mourir, blessé à la gorge par un éclat d'obus qui me sectionne la jugulaire. Je meurs. »

Et plus bas, à nouveau : « Puis je le vois à nouveau s'effondrer, le sang pulse de sa gorge, s'épanche sur son col, sur le sol, il se tient la gorge, sa vie s'échappe. Son regard s'éteint. Cette poussière blanche le recouvre. La terre est pulvérisée par les explosions, projetant de la neige et du feu, de la fureur et du froid. Il est mort. » Je pianote en tremblant d'émotion sur le clavier de mon ordinateur pour ouvrir cet avant-dernier document que cite Charles Trang. Le voici. La photo microfilm d'une simple petite feuille jaunie au format A5. En en-tête est écrit, à la machine, *Verlustmeldung d. SS- T.-division,* que Charles m'a traduit par « Rapport de pertes de la SS-Totenkopf Division ». Le formulaire est daté du 11 novembre 1941, soit vingt-deux jours après la mort d'Alexander. Et effectivement tous les détails y sont : nom, prénom, grade d'Alexander Herrmann, dates de naissance et de décès, lieu de décès et sur la ligne désignant la cause de la mort est tapé, à la machine, très lisiblement : *Brust-u. Halsschuß (I.G.).*

Je veux encore une vérification et consulte plusieurs sites de traduction en ligne qui proposent effectivement tous quelque chose comme « tir à la poitrine et au cou » pour *Brust-u. Halsschuß.* Des recherches supplémentaires m'apprennent que *« I.G. »* signifie *Infanterie-Geschütz,* c'est-à-dire « canon d'infanterie » – un petit canon.

Le SS-Obersturmführer Alexander Herrmann est mort touché par des éclats d'obus dans la poitrine et le cou.

J'ai « rêvé » d'un SS-Obersturmführer Alexander Herman mort, touché par un éclat d'obus dans le cou.

Je ne peux plus lutter contre l'évidence : il m'est désormais impossible de continuer à croire qu'il ait pu s'agir de mon imaginaire, du hasard, que le fait avéré qu'un SS-Obersturmführer Alexander Herrmann ait réellement existé ne soit dû qu'à une étrange coïncidence. Car voilà la confirmation indiscutable que cet homme lointain est mort exactement comme cela s'est produit dans ma vision. Non, désormais je ne peux que l'admettre : j'ai rencontré une vraie personne par-delà l'horreur, les années et la mort, et j'ai un lien mystérieux avec elle. Je ne peux pas avoir inventé autant de détails exacts. Ce serait absurde et irrationnel de s'accrocher encore à cette idée. Je suis choqué par une telle nouvelle, livrée au soir du jour anniversaire de mon frère Thomas.

La question qui se pose dorénavant est : pourquoi ?

Pourquoi ai-je été mis en relation avec lui ?

Qui est-il par rapport à moi ?

Un fantôme qui traînait par là et que j'aurais « capté » Dieu sait pourquoi et comment ? Ou bien est-il la mémoire de ma vie d'avant ?

Mais que ferait le fantôme d'un soldat allemand, mort en 1941 sur le front de l'Est, dans une bourgade perdue de l'Amazonie péruvienne située à près de quinze mille kilomètres de la Russie ? Ou alors dois-je conclure que *j'ai été* Alexander ?

Étrange journée.

Soyons méthodique. Une première conclusion s'impose : nous sommes liés. *Quelque chose* me relie par je ne sais quel mystère à ce jeune lieutenant de la SS, mort vingt-six ans, neuf mois et douze jours avant ma naissance. Le SS-Ostuf Alexander Herrmann, tué à l'âge de vingt-cinq ans, le matin du 20 octobre 1941, alors que ses hommes s'apprêtaient à prendre la localité de Sukhaya Niva, un petit hameau perdu à trois cents kilomètres au sud de Leningrad, dans un paysage recouvert de neige, après avoir été touché à la gorge. Dire que je suis déstabilisé est un euphémisme. Je suis... inquiet.

En toute objectivité, l'idée d'avoir fait la connaissance de ma vie antérieure vient d'acquérir un certain poids. Mais pourquoi lui ? Et surtout pourquoi maintenant ? Il me faut les réponses. Désormais, ces questions me hantent. Car l'existence de cet Alexander éclaire aussi ma vie présente sous un angle nouveau : ma fascination pour la guerre, ce désir insupportable de vouloir approcher le Mal, l'observer, le sentir, connaître ce qui le déclenche. Ma relation à l'Holocauste, ce moment infernal de notre histoire dont je sens qu'il me *concerne* depuis toujours.

Ma rencontre avec Alexander est-elle une preuve que la réincarnation existe bel et bien ? Est-ce l'explication que j'ai tant cherchée toutes ces années pour comprendre mes souffrances intérieures, cette mélancolie, ces rêves qui ne m'appartiennent pas totalement et qui pourtant impactent ma vie, nourrissent mes émotions, avivent mes peurs et participent à une partie inconsciente de ma personnalité ?

Si tel est le cas... comment vivre avec cet héritage, cet abcès de l'Histoire au cœur de ma propre chair ? Car de la vie de cet homme je n'ai aucun souvenir. En dehors de ma vision, je ne connais pas son visage, je ne parle pas sa langue, je ne connais pas sa famille. C'est un autre homme, un autre individu. S'il est ma vie d'avant, qu'est-ce qui est passé de lui à moi ? Car je ne partage aucune de ses idées et croyances. Cette confirmation si bouleversante que lui et moi avons quelque chose en commun, loin de clore mes interrogations ouvre un champ de questionnements à me donner le tournis.

Il faut que je trouve d'autres traces. Je dois me rendre en Allemagne, tenter de découvrir si des membres de sa famille vivent encore. Aller en Russie également; à cette seconde je sais que quoi qu'il advienne je serai à Sukhaya Niva, ce hameau oublié du nord glacial de la Russie, le 20 octobre prochain, pour le jour anniversaire de sa mort. Dans sept mois. D'ici là, je vais poursuivre cette enquête, l'une des plus essentielles de ma vie.

Chef de compagnie

Le lendemain, je m'ouvre de mon émotion à Charles Trang.

— Je suis très troublé. Après avoir reçu votre e-mail hier soir, j'ai relu la retranscription de mon rêve éveillé fait au Pérou, celle que j'avais écrite immédiatement après l'expérience. Et j'y ai retrouvé à l'identique tous les détails correspondant au vrai Alexander Herrmann : le prénom et le nom, le même grade, le même âge, et hier soir, donc, la même cause de décès : une blessure mortelle au cou. Ça m'a fait un choc, je vous assure.

Je lui lis le passage en question.

— En effet, c'est étonnant, admet-il, circonspect.

J'ai bien conscience de propulser ce chercheur passionné d'histoire militaire dans un univers étrange, mais il me donne le sentiment d'être aussi intrigué que je le suis par cette affaire et désireux d'entendre mes hypothèses. Aussi, tandis qu'il m'apporte une aide irremplaçable dans l'analyse des documents bruts reçus des archives américaines, je me prends à partager avec lui mes sensations intimes ainsi que le cheminement de mes pensées. Une certaine confiance s'établit entre nous.

— Oui, pour l'âge, je ne sais plus si je vous l'avais dit également, mais j'avais vu le chiffre 25 tatoué à l'intérieur de son avant-bras gauche dans mon rêve. Et comme par hasard, il est mort à vingt-cinq ans. J'ai entendu dire que les SS avaient un tatouage sous le bras...

— Oui, mais il s'agissait de leur groupe sanguin, m'apprend-il.

— Il est tout de même troublant qu'il soit mort à l'âge de vingt-cinq ans alors que j'ai vu ce tatouage... Ce n'est pas un élément qui, seul, me convaincrait, mais ajouté à l'ensemble, ça commence à faire...

— Effectivement.

Je poursuis en lui demandant de revenir sur le « rapport de pertes ».

— Au fait, dans quel document avez-vous vu qu'il était mort à Sukhaya Niva ? Sur le « rapport de pertes » qui mentionne sa blessure mortelle à la poitrine et au cou, il est indiqué plusieurs noms de lieux dont je ne comprends pas à quoi ils se rapportent. Kirillowtschina par exemple, ou encore « Orstausgang Mirochny, Grad Nr. 50 », à la suite de l'indication « Grablage » ?

— *Grablage,* ça veut dire « tombe », me dit Charles. Cette ligne indique qu'il est enterré à l'emplacement numéro 50, à la sortie du village de Mirochny.

— Sa tombe ?! Serait-il possible qu'il y soit encore ?

— Impossible de le savoir... *Orstausgang* veut dire « sortie de la ville » et Mirochny, comme d'ailleurs Kirillowtschina, est une autre localité située dans la même zone que Sukhaya Niva. Tous ces lieux doivent être des petits villages. C'est probablement à Kirillowtschina, pour parler de cet endroit mentionné dans le rapport de pertes, que devait se trouver l'état-major de son bataillon, aussi est-ce ce nom qui a été porté sur le rapport de pertes. Mais à cette date, les combats avaient lieu autour de la localité de Sukhaya Niva.

— Comment savez-vous qu'il est mort là-bas ? Dans mon rêve éveillé Alexander progresse à pied, vêtu d'un long manteau, dans un paysage désolé empli de cadavres. Des chars allemands avancent dans la même direction que lui... puis il est touché et s'effondre.

— J'ai découvert l'affectation précise d'Alexander et je sais par ailleurs, grâce à mes archives, où se trouvait précisément son bataillon. Mais il faisait partie d'une division d'infanterie, il n'y avait pas de char d'assaut. Dès la fin de l'été 1941, la division Totenkopf a été engagée dans des combats intenses dans cette région située à l'est de la ville de Demiansk. Votre Alexander y est mort au début de l'hiver, j'ai revu dans mes notes que cet automne 1941 le froid est arrivé assez tôt. Début octobre, il avait neigé et le sol était déjà gelé. Vous parlez d'un paysage blanc. Cela fait un nouvel élément de similitude. Je pourrais vous envoyer le texte que j'ai écrit sur cette campagne militaire, vous verrez si d'autres détails vous évoquent quelque chose.

— J'ai commandé hier soir votre livre *Totenkopf Archives*, est-ce le texte qui l'accompagne ?

— Non, je pensais au récit que j'ai écrit pour mon livre sur l'opération Barbarossa.

— Je serais ravi de lire ce que vous proposez de m'envoyer, je ne sais quasiment rien de cette période, et encore moins sur la division Totenkopf.

Là encore, voilà un des curieux hasards de cette histoire. Il apparaît qu'Alexander a fait toute sa carrière au sein de la division SS-Totenkopf, et la seule et unique personne que je contacte, Charles Trang, se trouve être... le spécialiste français de cette division ! Je vais en prendre la mesure dans les mois qui vont suivre alors que je me documente sans relâche, lisant et contactant tous les historiens spécialistes de l'Allemagne et de la SS : le travail de Charles Trang est salué unanimement par ces historiens comme une référence. *Qui* m'a poussé à contacter cet homme, lui et seulement lui ? *Quelqu'un* tire les ficelles de cette histoire, et m'a fait appeler la bonne personne. C'est tout bonnement incroyable.

— Je peux vous l'envoyer par e-mail, me propose-t-il. Vous verrez, je rapporte avec une certaine précision l'évolution des combats de la division Totenkopf. En outre, sur le même rapport de pertes, comme je vous le disais, est indiquée l'affectation précise d'Alexander. Regardez sur le document en face de « vom »...

J'ouvre à nouveau le fichier, le parcours des yeux... « vom »...

— Je lis... 2... ouf ! C'est obscur : 2./SS-T.-inf.Rgt.1

— C'est ça, cela indique qu'il était dans la 2e compagnie du 1er bataillon du 1er régiment d'infanterie SS-Totenkopf.

— Ah oui ? Expliquez-moi...

— Une division d'infanterie comme la division Totenkopf était constituée notamment de trois régiments.

— Ok..., mais infanterie, ça veut dire quoi, au fait ?

— Historiquement, l'infanterie désigne les troupes de combat qui attaquent à pied.

— D'accord.

— Donc chaque régiment d'infanterie est composé de trois bataillons.

— Ok...

— Chaque bataillon compte quatre compagnies.

— Très bien, l'ordre, c'est donc division, puis régiment, puis bataillon, et enfin compagnie.

— Exactement...

— On parle de combien d'hommes, dans ces différents groupes ?

— Un régiment compte environ trois mille hommes. Un bataillon, huit cents, et une compagnie, autour de cent quatre-vingts à deux cents hommes.

— Le compte n'y est pas. Si un régiment de trois mille hommes se compose de trois bataillons de huit cents hommes, où sont les six cents hommes restant ?

— Bonne remarque, ces chiffres sont généraux. Sur trois mille hommes que compte un régiment, aux forces combattantes (huit cents par bataillon) s'ajoute aussi les services logistiques, l'opérationnel, l'état-major, etc. Dans les huit cents hommes par bataillon je comptabilise les hommes disponibles pour le combat.

— Donc la 2e compagnie dans laquelle évoluait Alexander comptait entre cent quatre-vingts et deux cents hommes ?

— Oui, et il la commandait ! Il était chef de compagnie en Russie. Rappelez-vous, c'était mentionné dans son faire-part de décès. Et j'en ai trouvé par ailleurs confirmation dans mes archives, dans un tableau d'effectifs de la division Totenkopf datant du début de l'opération Barbarossa.

Malgré son âge, Alexander a déjà sous son commandement pas loin de deux cents hommes, ce qui témoigne d'une certaine expérience acquise. Je laisse Charles poursuivre.

— Mais bon, deux cents hommes pour une compagnie, c'est en effectif plein. En pleine opération, en comptant les blessés, les morts, les roulements, c'est sans doute seulement la moitié qui participe aux combats, surtout après plusieurs mois de campagne meurtrière.

— Votre aide est inestimable, Charles. Je ne saurais comment vous remercier. En plus, mon histoire doit vous paraître tellement bizarre...

— Oui, c'est vrai. Mais vous savez, je fais partie de ces gens qui pensent que l'on n'explique pas tout...

— J'aimerais vraiment parler de tout cela avec vous. Je suis un peu loin, mais si vous en êtes d'accord, peut-être pourrions-nous en discuter un jour de vive voix. Je ne veux pas m'imposer ni prendre de votre temps, mais il me semble que le sujet vous intrigue autant que moi, non ?...

— Pourquoi pas, ce serait avec plaisir.

Je raccroche avec une sensation d'avoir fait d'énormes progrès, même si tant de pages restent encore à explorer. Alexander commandait une compagnie. Il était à la tête de plus d'une centaine d'hommes au combat. Et, au moment de sa mort, cela faisait près de neuf ans qu'il était dans la SS.

En effet, un autre fichier nous renseigne sur son parcours. Cet homme est entré dans la Schutzstaffel – littéralement « Groupe de protection » : les SS – à l'âge de seize ans et demi, au début du mois d'avril 1933, après avoir été membre des jeunesses hitlériennes, avant même l'arrivée de Hitler au pouvoir, fin janvier 1933.

Il a désiré cet engagement avec ardeur. C'est glaçant.

Néanmoins, avec les éléments à notre disposition, il ne semblerait pas qu'Alexander Herrmann se soit trouvé dans une position où il aurait eu à participer directement aux pages les plus sombres de la Seconde Guerre mondiale. Son rôle paraît être, tout le moins pour les derniers mois de sa vie, lors de l'offensive à l'Est, identique à celui de millions d'autres soldats de l'armée régulière allemande : celui de combattant. Mais à la différence des conscrits de la Wehrmacht, Alexander montre, lui, une adhésion idéologique totale au régime nazi et à la personne du Führer – entrer dans la SS était un acte volontaire et nécessitait de faire preuve de motivation et d'une volonté implacable. Il fut le bras volontaire et plein d'enthousiasme du monstre. Pas une seconde je ne peux oublier cela.

Mon désir de comprendre ne sera jamais celui d'absoudre. Mais je veux découvrir pourquoi ce jeune Allemand, comme tant d'autres, s'est engagé dans une aventure impensable. Pourquoi, chez un garçon comme lui, apparaît soudain ce désir de danser avec le diable.

La nuit qui suit je fais un rêve au scénario familier mais que je croyais pourtant derrière moi. Un rêve où je tue. Voilà qu'il resurgit, comme sorti de l'ombre. Je commence à comprendre pourquoi mes nuits sont parfois hantées par de telles scènes. Ce n'est *pas moi*. Ce ne sont pas *mes* rêves.

Dans ce rêve, je suis assis sur les marches d'une maison en compagnie de plusieurs personnes, dont des enfants, me semble-t-il. Soudain, deux voitures passent dans la rue et leurs occupants ouvrent le feu sur nous. Deux individus à mes côtés meurent criblés de balles. Pourtant, je reste tranquille. Un homme assis avec nous se trouve impliqué dans la fusillade, je ne sais comment, sans doute est-il complice des passagers des voitures. Dans la confusion du rêve, je me souviens simplement de devoir me débarrasser de lui. Alors, d'un geste sûr, je lui enfonce un couteau aiguisé à la base du cou, sectionnant la veine à la gauche de sa gorge. Très calmement. L'homme se lève en se moquant de moi, sans doute pense-t-il que j'ai raté mon coup. Mais le sang coule abondamment et je le lui fais remarquer, ajoutant qu'il n'a plus que quelques minutes à vivre. Lorsqu'il voit que je dis vrai, il semble finalement ravi de mourir et continue de me parler, jusqu'à ce qu'il perde connaissance et meure.

Ce rêve me réveille au milieu de la nuit, perturbé et en sueur. Voilà plusieurs mois que je n'avais plus tué quelqu'un dans l'une de mes errances nocturnes... mais à chaque fois, c'est le même scénario : armé d'un couteau ou d'une arme à feu, je suis toujours calme, détaché, pas le moins du monde affecté par ce que je m'apprête à commettre. Sans colère, sans passion, très mécaniquement.

Un être froid, dénué de la moindre empathie.

Le tir d'artillerie

Je suis maintenant immergé dans l'histoire d'Alexander et il ne m'est plus possible de faire demi-tour. Je n'ai d'autre choix que d'aller au bout de cette confrontation. Comme un rendez-vous programmé de longue date avec l'Ordre noir, l'autre nom de la SS. Car cela en est un, un rendez-vous par-delà la mort, une rencontre désirée, née dans un autre espace-temps, mais qui dorénavant fait partie de ma vie et de celle de ma famille. Un rendez-vous avec un autre être – ou un autre moi-même ?

Que ce soit au travail, lors d'un rendez-vous, ou encore à la maison, dès que mon esprit s'échappe un tant soit peu de la tâche qui l'occupe, je pense à lui. À Alexander. Qui peut-il être ? Un monstre, une victime du temps, un fantôme, *moi* avant, un parasite, un souvenir, un de mes visages ? Il est là. Mystérieux et inaccessible. Imposé par une force qui nous dépasse.

Aux souvenirs de mon rêve éveillé se superposent désormais de nouvelles images nées durant ces dernières semaines, à la suite de mes lectures ; des pages de son dossier, de livres, ou encore de toute cette documentation historique variée que je dévore.

Deux questions virent à l'obsession : à quoi ressemble-t-il ? A-t-il le même visage que celui que j'ai vu ? Une forme ovale, un peu maigre, fin, les cheveux blonds et drus coiffés en arrière sur le dessus tandis qu'ils sont presque rasés sur les côtés, et ce regard espiègle, provocant, comme s'il était revenu de mille batailles et conservait encore la capacité de s'amuser de ma stupéfaction.

Et a-t-il eu une fille ? Je cherche également cette enfant avec impatience, car si tout ce que j'ai été en mesure de vérifier de mon rêve éveillé s'est jusqu'à présent avéré, elle doit bien être réelle, elle aussi. Sinon, pourquoi me serait-elle apparue ? Se pourrait-il qu'elle soit même encore vivante ?

Charles Trang a trouvé plus d'informations sur la localisation exacte du lieu de décès d'Alexander et sur les circonstances qui ont conduit à sa mort. Un matin, il m'envoie la copie d'une carte du secteur qu'il a dénichée dans un livre militaire en allemand, accompagnée d'un paragraphe de synthèse sur les combats de cette journée du 20 octobre 1941. La carte a été établie par le service de renseignements de la division Totenkopf le 23 octobre, soit trois jours après la mort d'Alexander. Je suis estomaqué par le nombre de documents qui nous sont accessibles. Les positions militaires décrites sur la carte sont celles qui ont été arrêtées après les combats du 20 octobre, me dit Charles. Des petits fanions et des numéros désignent les unités de l'Armée rouge dont les localisations précises ont été établies à la suite de l'interrogatoire de prisonniers. Les positions d'artillerie soviétiques y figurent également. Sukhaya Niva se trouve directement sur la ligne de front. Charles me rappelle qu'Alexander a été tué lors de l'attaque de son bataillon alors qu'il avançait dans une sorte de vallée suivant le petit cours d'eau qui passe légèrement au sud de Sukhaya Niva. Son bataillon constituait alors la pointe de l'attaque de la division Totenkopf à l'est de Sukhaya Niva, en venant d'un village appelé Cholmy. À huit heures, après une progression aisée, le bataillon s'est heurté à une forte résistance à quelques kilomètres de son objectif alors qu'il atteignait la route reliant Sukhaya Niva à Cholmy. Ce n'est que vers neuf heures et demie que le bataillon investissait la localité, qui fut prise après de violents combats. Une demi-heure plus tard, le bataillon prenait d'assaut une hauteur abritant un poste de défense soviétique à cinq cents mètres au sud-ouest de Sukhaya Niva. Ils avaient dépassé la bourgade. Charles m'écrit que l'on ne sait pas à quel moment Alexander a été tué, mais c'est dans ce secteur que cela s'est produit, durant les premières heures du jour. Est-ce lors de la progression sur la petite route entre Cholmy et Sukhaya Niva ? Ou bien encore à l'abri illusoire des sous-bois ? Ou alors le long de cette rivière marquée par un simple trait sur le plan du renseignement ? Il faisait froid à cette période, me précise Charles, la neige était tombée, d'après les témoignages des survivants.

Charles termine sans s'en rendre compte sur une nouvelle petite révélation. Ce jour-là, le bataillon d'infanterie d'Alexander avait reçu le renfort de *sturmgeschützen* - les canons d'assaut. La SS-Totenkopf comptait une dizaine de ces gros véhicules blindés. Les canons d'assaut, détaille Charles, ressemblent à des chars, à la différence qu'ils sont dépourvus de tourelles. Ils servent d'artillerie mobile lors d'offensives importantes. La réalité, une nouvelle fois, correspond à ma vision. En effet, dans mon rêve, Alexander et les autres soldats avançaient en s'abritant derrière ce que j'avais pris pour des chars. Dans les combats ayant conduit à la prise de Sukhaya Niva ce matin-là, exceptionnellement les SS du 1er bataillon avancèrent à couvert des canons d'assaut de la division ! Situation qui était loin d'être la règle d'engagement.

Mais précisément ce jour-là, celui de la mort d'Alexander, et comme dans mon rêve, lui et ses hommes avançaient à l'abri de ce qui ressemblait à un char.

Après le prénom, le nom, le grade, l'âge, la blessure mortelle au cou, sixième point en commun entre mon *rêve* et la réalité. À nouveau ce pincement dans le ventre. Je ne m'y habitue pas.

Le compte rendu succinct et froid des combats du matin du 20 octobre 1941 fait naître en moi des images très nettes et évocatrices, comme si je *savais* comment les choses s'étaient déroulées. Je vois l'attaque menée par la compagnie d'Alexander, lui en tête, à l'abri précaire de ce canon d'assaut, l'artillerie ennemie qui se déclenche...

Et cela éveille en moi d'autres souvenirs. Cette fois des souvenirs qui m'appartiennent bien. Une situation vécue en 1998 dans le nord de l'Afghanistan et qui ressemble à s'y méprendre - j'en prends conscience à l'instant - aux circonstances de la mort d'Alexander. Ce jour-là, je me trouvais avec mon ami Ludovic Place près de la frontière tadjike, sur les dernières positions tenues par le commandant Massoud. Ludovic et moi réalisions un film pour Arte sur le commandant légendaire.

Dans cet extrême nord de l'Afghanistan, sur les berges de l'Oxus, se trouve l'antique cité grecque d'Aïkhanoum, littéralement « Dame Lune ». Une cité mystérieuse, redécouverte par des archéologues français dans les années 1960 et érigée là dans les décennies qui suivirent le passage d'Alexandre le Grand, au IVe siècle avant notre ère.

C'est précisément sur ce lieu chargé d'histoire que Massoud avait été contraint de se replier. À l'endroit où se trouvait la citadelle antique, sur le plateau surplombant la ville basse, des tranchées étaient creusées et plusieurs positions d'artillerie installées. En face, invisibles à quelques centaines de mètres, de l'autre côté de la rivière Kokcha qui se jette dans l'Oxus non loin, les talibans avaient pareillement fortifié leurs positions. Ludovic voulait avancer en première ligne afin de filmer quelques plans. Je n'étais pas chaud, mais je l'ai suivi.

Nous avions pris place dans une jeep russe conduite par des hommes de Massoud et roulions lentement le long des berges de la Kokcha, en direction des positions de défense. Alors que nous approchions de la rampe permettant de monter vers la ville haute et la citadelle transformée en champ de bataille et défigurée par les tranchées, la jeep tomba en panne.

À découvert, au milieu des restes d'un village en ruines.

Dans le silence et la chaleur écrasante, le conducteur bataillait pour faire repartir le moteur. Soudain, une violente explosion retentit derrière nous. Je me retournai, les yeux écarquillés et sans comprendre. Là où nous étions encore quelques secondes auparavant s'élevait un nuage de poussière. Je ne saisis pas sur l'instant ce qui venait de se produire, pourtant quelque chose me hurlait de sauter de la voiture et de m'en éloigner au plus vite. Mais tandis que mon esprit hésitait, la jeep démarra finalement et effectua une embardée vers l'avant pour se sortir au plus vite de ce piège : nous étions pris pour cible par les talibans, trop heureux - mais, Dieu merci, maladroits - de voir stopper un véhicule ennemi à portée de tirs. Le conducteur fit hurler son moteur et, quelques secondes plus tard nous avions rejoint les combattants sur le plateau. Une étendue pelée et sèche, recouverte de poussière et de quelques hommes rigolards aux yeux injectés de sang, la peau fatiguée par des nuits d'insomnie. Des visages qui me terrifièrent.

Ces hommes décidèrent de répliquer au tir des talibans, qui nous avait manqués de peu.

Un premier coup, sourd, souleva la poussière et me martela la tête en partant vers l'ennemi. Puis un deuxième, et un troisième, tiré cette fois depuis un vieux char enterré en première ligne, vingt mètres devant.

C'est là que je fus pris de panique. Je voulus immédiatement fuir cet endroit. Tandis que Ludovic filmait les hommes de Massoud ouvrir ainsi le feu avec désinvolture, je cherchais un abri, affolé, persuadé que nos tirs allaient déclencher de nouvelles répliques de la part des talibans. Les yeux ronds, la bouche ouverte pour que mes tympans n'éclatent pas en cas d'impact proche, je fus saisi par un atroce sentiment d'impuissance. Le ciel était immaculé et bleu, mais la mort y était cachée. Je m'attendais à voir fondre, invisible et trop rapide pour que je m'en rende compte, un obus ennemi. La terreur que j'éprouvais était intense. Je me moquais éperdument des regards amusés des combattants qui observaient ce journaliste chercher désespérément un trou, une anfractuosité. Je me glissai dans un creux, m'aplatissant contre la terre, me collant littéralement au sol, la langue sèche. Tout allait voler en éclats, le souffle projeter éclats et pierres sur moi, et je hurlais à Ludo de se dépêcher pour qu'on foute le camp au plus vite. En lui rappelant, d'une voix aiguë, le premier commandement du photographe de guerre : « La meilleure photo est celle... que tu ramènes vivant. On n'a pas besoin de ces images, Ludo ! On ne va pas se faire tuer pour ça ? » Sans m'écouter, il continua de filmer calmement. Et aucun obus ne fut tiré depuis les lignes talibanes. Lorsqu'il eut terminé ses plans, nous quittâmes sains et saufs cette poignée d'hommes déjà morts et qui attendaient simplement la délivrance.

J'ai eu peur à de nombreuses occasions, sous des bombardements d'avion en Afghanistan ou dans d'autres situations rencontrées en zones de guerre, mais jamais je n'avais éprouvé cette frayeur qui paralyse, qui empêche tout mouvement et vous laisse tel un petit être impuissant balayé par le souffle d'une tempête infernale. Les autres situations de combat que j'avais connues avaient provoqué des giclées de peur, mais jamais un tel sentiment d'effroi.

Être pris sous le feu de l'artillerie ennemie me terrifia à un point inimaginable.

Alexander trouva la mort dans des circonstances rigoureusement identiques, pris sous le feu de l'artillerie russe, lorsqu'un éclat lui déchira la gorge.

J'ai compris dans cette enquête qu'il me fallait porter une attention particulière à mes sensations sans immédiatement chercher à les juger. Car interpréter peut me faire perdre le contact. Certaines clés de ma relation avec Alexander émergeront si je parviens à laisser venir mes perceptions. Moi qui suis depuis toujours un être mental, je commence à mesurer l'importance de m'ouvrir à mon sixième sens. Après tout, c'est lui qui a permis le contact initial avec Alexander ! Il faut certes trouver le bon dosage, l'équilibre juste entre intuition et réflexion.

Le récit de l'assaut livré par Charles Trang fait remonter spontanément cette mémoire de terreur éprouvée lorsque je fus pris pour cible par les talibans sur la citadelle d'Aïkhanoum ; cela signifie quelque chose.

La photo

Le moment de la mort d'Alexander tourne en boucle dans ma tête les jours suivants. La nuit, mes rêves se teintent de scènes d'affrontements. Je n'en garde pas systématiquement le souvenir au réveil, mais la guerre est présente en permanence dans mon esprit. La guerre, mais aussi des mots en allemand, qui surgissent comme des pensées saugrenues. Et je remarque jusqu'à des mouvements inhabituels de mon corps.

De l'énergie est en mouvement.

Mon corps est le théâtre de l'agitation de mon inconscient.

Je remarque aussi que mon humeur est changeante depuis quelque temps. À quoi est-ce dû ? La vie est étrange. Elle me semble parfois d'une si grande limpidité, claire, cohérente, et à d'autres moments je ne ressens que chagrin et solitude. Et aujourd'hui la tristesse m'envahit. Je me vois embarqué dans la course inexorable du temps qui s'écoule et nous reprend ce qui nous avait été offert. Mon enfance n'a pas été difficile, au contraire, nous nous sommes bien amusés, avec mes frères, nous avons été heureux. Nos parents nous aimaient et nous ont inspirés. Papa dans son style peut-être parfois un peu distant, et maman avec son écoute extraordinaire, sa bienveillance. Mais où est passé ce monde joyeux, maintenant que deux d'entre nous sont passés chez les morts ? Deux qui nous manquent.

La mélancolie se glisse dans tous les espaces laissés vacants, et me voilà bientôt assailli par la noirceur du monde. L'actualité est terrible, et résonne de façon sinistre avec tous ces documents sur l'Allemagne nazie que j'accumule pour mon enquête. Comme il est effrayant de constater la facilité avec laquelle l'un des pays les plus cultivés d'Europe s'est laissé entraîner dans la folie suicidaire du IIIe Reich. Comment un homme comme Hitler a-t-il pu être élu par des millions d'Allemands qui voyaient en lui la solution à leurs problèmes ?

Je suis pris de vertige en comprenant que ce ressentiment social du début des années 1930 en Allemagne ressemble beaucoup à celui qui touche la France, et plus largement le monde occidental, aujourd'hui. « Plus jamais ça ! » a-t-on clamé haut et fort. Ah oui ? En est-on bien certain ? Que fait-on pour que cela ne se reproduise pas, en dehors de beaux discours ? L'Occident est touché par les mêmes maux aujourd'hui que l'Europe dans la fin des années 1920 : crise financière, perte de crédibilité des formations politiques traditionnelles, montée des discours populistes extrêmes, repli communautaire, inquiétude, peur sociale grandissante, menaces terroristes...

Ça me fait peur. L'actualité m'entraîne vers le noir et le découragement. Devant le spectacle du monde, je suis tenté de me laisser aller à croire que, finalement, c'est sans espoir. Nous sommes trop aveugles, inconscients, paresseux ; *ça va recommencer*.

Le désespoir me recouvre.

En même temps qu'au fond de moi ne parvient pas à s'éteindre l'espérance.

L'ombre et la lumière s'affrontent et se débattent dans mon corps.

Me déchirent, me blessent; depuis que je suis un enfant.

Enfant d'un monde brutal et injuste.

Héritier d'une Europe de sang.

Une plume sur le fil d'une lame, sans cesse oscillant entre tristesse et espérance.

L'espérance, c'est la confiance dans le fait que l'adversité ne nous atteindra pas dans nos valeurs et notre éthique, quoi qu'elle nous impose au quotidien. L'espérance, c'est la certitude que les difficultés de la vie peuvent nous rendre meilleurs, et que c'est en parvenant à être meilleur dans ces circonstances pénibles que nous améliorerons le monde. L'espérance, c'est la confiance. La confiance dans la vie, dans les forces invisibles qui agissent sur le destin de l'homme et de la Terre. La certitude que notre avenir sera construit par nos actions du présent.

L'ombre, c'est la peur de perdre nos richesses, notre confort. C'est la facilité avec laquelle on s'accommode des souffrances de ceux *qui sont loin*, en fermant les yeux. L'ombre, ce sont les discours de haine et de repli, la croyance que si on s'enferme on se protège, et ça ira mieux. Qu'être réaliste, c'est ne penser qu'à soi, être égoïste en ayant bonne conscience.

Pourtant, l'espérance aussi est réaliste car elle se base sur le constat lucide des mutations de notre monde et du pouvoir de l'action de chaque individu. Elle ne se voile pas les yeux face aux difficultés qui nous attendent. Oui, il est réaliste d'être optimiste dans notre monde confronté à tant de défis et de menaces. Car être habité par l'espérance, c'est accepter de se remettre en question; c'est être volontaire, lucide et généreux.

L'ombre et l'enfer sont constamment autour de nous. En nous; comme des graines qui attendent de germer. En chaque femme, en chaque homme, en chaque enfant, la peur, l'égoïsme, la bêtise ou la paresse peuvent à chaque instant éclore et grandir. La force, la confiance, la détermination, la bienveillance et l'amour – surtout l'amour – sont nécessaires pour que l'homme ne glisse pas naturellement vers ses penchants les plus opaques. Parce que renoncer est facile. Très facile même, c'est un mouvement naturel, reposant pour l'esprit. L'être humain penche spontanément vers l'ombre quand il décide que sa vie doit être commode et confortable, avant tout. Or, ce sont les efforts constants et quotidiens qui nous rapprochent de la lumière.

Mais pourquoi faire ces efforts ? Je me demande parfois.

Oui, pourquoi choisit-on d'être un homme bien plutôt que l'inverse ? Après tout, écraser les autres, être le plus fort, ne peut-il pas me rendre heureux ?

Pourquoi *doit-on* faire le bien ?

Cette question est-elle la mienne ? Elle me noie en tout cas, pénètre ma gorge, enserre mon cœur et voile mon regard. Heureusement, ma femme est lumineuse et me ramène chaque fois à la vie. Oui, l'espérance a le regard de la femme que j'aime. Sans elle, l'ombre aurait sans doute déjà gagné.

Charles Trang s'est impliqué comme jamais je n'aurais pu l'imaginer. Il a cherché dans les très nombreux documents d'archives dont il dispose afin de voir s'il ne pouvait pas mettre la main sur une photo d'Alexander. Il a accès à quantité de documents visuels datant des différentes campagnes menées par la division Totenkopf et il connaît désormais son affectation précise. Malheureusement, sa quête n'a pas fourni le résultat que nous espérions. Mais voilà qu'il m'appelle pour me soumettre une nouvelle idée.

— J'ai pensé à quelque chose. Ça ne m'était pas venu à l'esprit jusqu'à présent, mais hier je me suis dit qu'il existait peut-être un autre dossier sur Alexander. Figurez-vous en effet qu'au sein de la SS tous les mariages devaient faire l'objet d'une enquête approfondie et être approuvés par le très officiel Bureau pour la race et le peuplement, le Rasse-und Siedlungshauptamt der SS, dont l'acronyme est RuSHA.

— Approuvés ?

— Oui, notamment sur la pureté raciale des époux.

— La pureté raciale ! C'est du délire ! Comment procédaient-ils ?

— Ce bureau était chargé de contrôler l'idéologie et l'origine raciale de tous les membres de la SS. Une enquête avec des questionnaires et des investigations généalogiques était menée sur les deux familles, dans le cas de dossier de mariage, et remontait jusqu'à quatre générations en arrière.

— Et vous pensez qu'Alexander et sa femme ont dû se soumettre à cette procédure ?

— Forcément ! Pour un membre de la SS désirant se marier, c'était obligatoire. Un dossier a nécessairement été constitué et peut-être est-il encore accessible.

— Où ça ?

— Là où vous avez obtenu le premier dossier militaire : aux Archives nationales américaines. Si ce dossier n'a pas disparu, il doit y être conservé, comme des centaines de milliers d'autres. Demandez à nouveau à Antonin Dehays.

Le jeune doctorant en histoire installé à Washington me répond avec la même diligence que la première fois. Son message provoque en moi un état de fébrilité que j'ai peine à contenir. Non seulement le dossier RuSHA d'Alexander existe, il semble complet, mais en outre il contient... une photo !

Une photo d'Alexander.

Une photo de l'homme que j'ai vu dans un rêve.

Attendre l'arrivée de ce dossier me demande un immense effort de patience. Je ne tiens pas en place. Je réceptionne l'ensemble après quelques jours nécessaires à Antonin Dehays pour traiter les images microfilms. Et je prends connaissance d'une nouvelle série de documents, que j'ouvre page après page sur l'écran de mon ordinateur. Des formulaires compliqués, des pages manuscrites, des questionnaires impénétrables, à nouveau. Il contient, à peu de chose près, autant de fichiers que le dossier d'officier, et chaque page met plusieurs secondes à s'ouvrir. À nouveau hypnotisé par tant de promesses de réponses, mes yeux s'usent à vouloir reconnaître des mots, décrypter telle phrase. Je me laisse couler dans cette contemplation d'archiviste, mes yeux découvrent des pans de vie. Le nom des futurs époux est visible à de très nombreuses reprises.

Et soudain un fichier s'ouvre et son visage apparaît.

Une claque, un coup de poing dans le ventre. Je ne m'y attendais pas. Pas comme ça, tellement pris par mes tentatives de lecture des fichiers de texte précédents que, dans un état second, j'avais presque oublié qu'elle était là, à m'attendre. Sa photo.

L'image est de mauvaise qualité. Très sombre. Mais on distingue un peu l'expression de ce visage qui émerge du noir, légèrement plus éclairé d'un côté. Les cheveux sont plaqués en arrière, une raie soignée se dessine sur la gauche du crâne. La mâchoire est ferme, le port de tête est volontaire et fier. Alexander est plutôt bel homme à ce que je peux en juger, il y a de la prestance dans cette photo. Un front dégagé et droit, le nez court. Ses lèvres sont charnues, en revanche les yeux se devinent plus qu'ils ne se voient. Ils demeurent en effet partiellement invisibles dans l'ombre à cause de la piètre qualité du microfilm. Pourtant je décèle de l'assurance. Est-ce l'accent du sourcil ? Sans être facétieux, ce regard qui plonge en moi est sûr de lui.

Mais je ne suis pas certain de le reconnaître.

Parce que le souvenir si ténu, si fragile, que j'avais depuis mon rêve éveillé vient instantanément et irrémédiablement d'être affecté par la densité, la force de la réalité de cette image que je découvre. Les souvenirs sont trop instables. Celui sorti d'un rêve plus encore.

Malgré cela, le visage sur cette pâle photo n'est pas non plus éloigné de la vision que j'ai eue d'Alexander. Il correspond même en tous points, c'est un fait. Peut-être à l'exception des cheveux que j'avais vu blonds et qui semblent plus sombres sur la photo. Mais peut-être cela est-il dû à la mauvaise qualité du document ?

Je ressens un trouble devant cette photo. Je voudrais mieux voir ses yeux, mais assurément le visage *ressemble* à celui que j'ai vu. Cela pourrait être le même homme, aucun élément n'est éloigné de ce que j'ai contemplé. Voilà, c'est cela, je n'ai pas assez de détails pour le reconnaître, mais rien sur ce visage n'est éloigné de mon souvenir.

Le dossier de mariage contient en tout trois photos. Deux au format identité, celle de face que je viens de découvrir et une autre de profil. La troisième montre Alexander debout, en pied. À la suite, c'est le visage de Luise qui apparaît. Sa femme. Trois photos aussi pour madame. Un visage jeune mais effacé, un regard sans doute légèrement en amande. Se dégage d'elle une sorte de retenue officielle encore accentuée par la pâleur du mauvais cliché. Une esquisse de sourire timide, peut-être ?

Je retravaille comme je peux la luminosité, le contraste de l'image, je tente de faire mieux ressortir Alexander sans parvenir à beaucoup améliorer le résultat. J'imprime la photo. Le visage de mon rêve est sorti de l'espace subtil de mes souvenirs pour habiter le monde réel. Assez souvent, je me fais la réflexion que toute cette histoire est impossible. Pourtant, voilà un visage bien concret. Comme c'est intimidant.

L'été s'installe. Charles Trang a accepté de me recevoir chez lui dans quelques jours. Je me prépare avec méthode à ce voyage dans les Pyrénées. J'ai imprimé toutes les pages des deux dossiers afin de constituer deux documents brochés aisément manipulables et sur lesquels il me sera possible de prendre des notes, au fur et à mesure de leur examen.

La veille de mon départ, j'ai rendez-vous avec mon amie la psychologue Agnès Delevingne, qui dirige le réseau des professionnels de santé de l'Inrees. Elle est l'une des premières à qui je raconte mon étrange aventure. À l'occasion de notre déjeuner, alors que j'en suis encore au milieu de mon récit, je vois son visage se décomposer. Très émue, Agnès me regarde et me demande :

— Tu te rappelles comment t'appelait Florence Lecuyer au début de votre collaboration ?

Je ne capte pas tout de suite à quoi Agnès fait allusion, et puis soudain je me souviens. Florence Lecuyer est une éditrice de talent qui, à l'époque, dirigeait un département aux Éditions de La Martinière. Avec elle, j'ai créé une collection ambitieuse de livres consacrés à l'extraordinaire. Nous nous voyions très régulièrement durant cette période qui remonte à plusieurs années en arrière. Florence est une personne d'une grande sensibilité, et elle s'investissait corps et âme dans le projet. Sauf que pendant les premiers mois elle ne parvenait pas à m'appeler Stéphane, et c'était si systématique que nous en avions fait un sujet de plaisanterie.

— Florence t'appelait tout le temps Alexandre.

Je regarde Agnès, stupéfait et aussi ébranlé qu'elle.

Visite pyrénéenne

L'autoroute A64 est déserte. Ma voiture file comme un vaisseau lancé sur une trajectoire sans retour. Toulouse est loin derrière, j'ai dépassé Saint-Gaudens depuis un certain temps et je me rapproche du but. Sur ma gauche, le paysage est de toute beauté. Quelques sommets des premières crêtes pyrénéennes frôlent des nuages épars. Le soleil reste le maître, et un ciel bleu cobalt prédomine. Mon esprit rendu méditatif par la conduite ne cesse de penser à Alexander et à toutes les révélations qui ont suivi sa découverte, il y a maintenant plusieurs mois. Un fantôme m'accompagne désormais, comme un souvenir devenu autonome. Natacha le sent et commence à s'en alarmer. Elle veille, tout à la fois protectrice et inquiète. Si cet homme est un peu moi, je ne veux pas le haïr. Pourtant, tout ce qu'il représente devrait m'y inciter. Alors que faire ? Comment aimer ce que l'on déteste en soi ? Je n'ai pas envie de consacrer des années à ce travail de recherche sur Alexander, cela commence à être... envahissant. Je ne souhaite pas demeurer dans cet entre-deux-vies, il me faut aller au bout de ma relation avec lui, soigner, et couper ce qui doit l'être.

Charles Trang habite en bordure d'un petit village au pied des Pyrénées. J'arrive plein d'espoir, bien décidé à ce que ces dossiers nous livrent l'ensemble de leurs secrets, à la fois grâce à l'allemand, que maîtrise Charles, et à sa connaissance des termes historiques et militaires.

Je fais la connaissance d'un homme avenant, d'origine vietnamienne, issue d'une famille de soldats. Il habite avec son épouse une jolie maison au jardin entretenu. Son propre père servait sous les drapeaux. Si lui n'a pas choisi cette voie, je comprends néanmoins mieux d'où vient cette passion pour la chose militaire. Les rayonnages de son bureau sont encombrés d'une collection impressionnante d'ouvrages. L'historien passionné m'invite à prendre place dans son salon. Je sors les copies des fichiers et ouvre le dossier militaire à la première page. J'attends ce moment depuis des mois.

— Nous avons déjà parcouru tous ces documents, dis-je, mais j'aimerais que nous revenions dessus car des informations que vous jugeriez banales seront pour moi potentiellement importantes. J'ai aussi besoin de connaître les détails en apparence anodins sur la vie de cet homme... En fait, Charles, je ne sais pas ce que je cherche mais chaque fragment de son parcours m'aide à me familiariser un peu plus avec lui. J'ai besoin de comprendre.

— Oui, je vois, on va essayer de faire de notre mieux. On peut déjà revenir sur les informations familiales ? Dans les dossiers, il y a plusieurs documents qui nous renseignent avec précision.

— Par exemple ?

— Tenez, celui-ci, qui commence page 15, par exemple.

Je passe les feuilles jusqu'à celles que m'indique Charles. Un formulaire datant de janvier 1942. Charles le parcourt, faisant glisser son doigt de haut en bas.

— Ici, la veuve d'Alexander est mentionnée : Luise Herrmann, née Miller le 2 décembre 1918 à Arolsen, marié à Alexander le 10 mai 1940. En dessous il y a une ligne *Kinder*, « enfant », avec juste un trait. Cela indique que, visiblement, ils n'ont pas eu d'enfant…

— Peut-on être sûr de cela ?

La petite fille de mon rêve occupe souvent mon esprit. Avec l'autre homme que j'ai senti proche d'Alexander, elle constitue l'un des deux éléments forts de mon expérience dont je n'ai pu encore trouver confirmation. Je m'en suis ouvert à Charles.

— Plusieurs documents ont été établis après la mort d'Alexander et avaient pour objectif de confirmer le versement d'une pension de veuve à Luise, aussi s'il existe un enfant à charge, sans doute sera-t-il mentionné. Et nous le trouverons, dit Charles en replongeant dans les pages imprimées.

— Regardez, ici il est fait mention du père d'Alexander. Il s'appelait Otto. Otto Herrmann. Voici son adresse : Martin Mutschmannstraße 4, à Plauen. La mère d'Alexander s'appelait Hedwig… Theis, de son nom de jeune fille… Hedwig Theis. Ah, sur cette page on trouve une adresse à côté du nom de sa veuve. Vous voyez, ici : Luise Herrmann, Arolsen, Bahnhofstraße 45. Arolsen est une petite ville dans le centre de l'Allemagne. J'ai vu, par ailleurs, sur une autre page, l'âge des parents. Et regardez sur cette ligne, Alexander avait un frère.

— Un frère ?

— Oui, Alfred Herrmann. Il est spécifié qu'il a vingt-sept ans… ça lui fait cinq ans de plus qu'Alexander. Un médecin, c'est indiqué là… Et pendant la guerre, il servait dans la Wehrmacht, l'armée allemande. Pour en revenir à la femme d'Alexander, dans le dossier de mariage, j'ai vu d'autres détails, vous l'avez ici ?

— Oui, bien sûr.

Je lui tends le volume. Charles s'en saisit et tourne les pages à la recherche d'une en particulier.

— Voilà, le père de Luise s'appelait Werner Miller et sa mère, Hannah, l'adresse est la même que celle indiquée pour Luise dans l'autre document… Ah non, la rue est identique mais pas le numéro. Les parents sont au 52, alors que Luise habitait le 45. Ce serait curieux mais peut-être que des Miller habitent encore là ?

À la seconde où Charles fait cette remarque, je *sens* que c'est le cas. Mais l'impression est tellement fine, tellement imperceptible qu'après avoir instantanément pensé qu'il faudrait que je vérifie sur Google l'idée me sort de la tête et je l'oublie. Charles continue.

— Le père de Luise, Werner Miller, avait quarante-sept ans en 1939, et il était « Automechaniker », c'est-à-dire mécanicien auto. Dans cet autre document, Luise déclare avoir rencontré Alexander en avril 1935… je n'arrive pas à décrypter les deux mots manuscrits en dessous.

Nous tournons les pages avec lenteur, parfois le silence s'installe. Charles lisant, et moi guettant sur ses lèvres un nouvel élément. Le dossier de mariage est impressionnant de détails les plus variés. J'apprends ainsi qu'Alexander mesurait 1,78 mètre pour un poids de 75,5 kilos. Ses yeux étaient bleus, et ses cheveux… tiens ! blond foncé. La photo m'avait induit en erreur, Alexander était bien blond, comme dans mon rêve ! Rêve dans lequel il m'est apparu musclé, mais grand et fin. C'est le cas également.

Voilà une septième information vérifiée et avérée : sa couleur de cheveux et son apparence physique générale.

Luise, elle, était une femme de 1,56 mètre pour 49 kilos. Petit modèle par rapport à Alexander. Elle était comme lui blond foncé, avec les yeux marron clair. Mais pourquoi

Luise était-elle totalement absente de mon rêve ? Alors que la petite fille blonde était si présente...

— Ah, voici le document des services sociaux dans lequel se trouvent les informations sur la pension de veuve versée à Luise après la mort d'Alexander. Elle a reçu 166,40 reichsmarks de pension de veuve et perçoit 50 reichsmarks d'allocation. J'ignore la différence entre ces deux désignations... mais regardez, aucune autre case n'est remplie. Ici, la ligne « Kinderzulage », qui signifie « allocation pour enfant », est vide.

Si un enfant était né de l'union d'Alexander et de Luise, il aurait eu droit à des allocations en tant qu'orphelin et figurerait nécessairement sur ce document. La petite fille de mon rêve ne doit pas être la fille d'Alexander. Officiellement, il semble de plus en plus certain qu'Alexander n'ait eu aucun enfant. Charles partage cette conclusion à laquelle je commence à me résoudre également.

— Dans ce justificatif datant de juillet 1942, la veuve d'Alexander n'a pas d'enfant. C'est neuf mois après la mort de son mari...

— Pas d'enfant légitime, ça paraît évident. Je reconnais.

— Par contre... attendez. Il me semble avoir vu un autre document qui mentionnait une fille... Où était-ce ?

Charles fait défiler les pages et met du temps à retrouver celle qui l'intéresse. Elle se trouve au milieu du dossier de mariage, dans un questionnaire assez long rempli par Alexander sur la famille.

— Oui, voilà. Sur ce questionnaire, Alexander a répondu à des questions d'ordre généalogique... regardez : en face de « Geschwister », qui veut dire « enfants de mêmes parents », il y a le symbole d'un garçon (un rond avec flèche en haut à droite) et l'âge, vingt-six ans.

— Il s'agit de son frère !

— Oui. Mais voilà ce que je cherchais : juste en dessous, sur la ligne « Geschwisterkinder », il est juste inscrit le chiffre 1 avec le signe féminin (symbole d'un rond avec une croix vers le bas).

— Que veut dire *geschwisterkinder* ?

— Je ne suis pas sûr, pour moi c'est aussi « frère et sœur », mais pourquoi dissocier cette ligne de celle du dessus, *Geschwister* ? C'est ce que je ne comprends pas trop...

— Que veut dire ce « 1 » et ce symbole alors ? demandé-je soudain, pris d'un nœud au ventre. Ce symbole est celui d'une fille. Évoque-t-il une sœur ? Une demi-sœur ?

— Je ne sais quoi vous dire, me répond Charles, mais c'est à creuser...

C'est la première fois de ma vie que je décortique ainsi des documents d'archives. La mise au jour d'informations est laborieuse mais payante, avec du temps et de la patience. Nous allons travailler jusque tard dans la journée, aussi ai-je préféré passer la nuit sur place avant de reprendre la route le lendemain matin à l'aube, avec des heures d'enregistrements et un fil beaucoup plus complet et clair de la vie d'Alexander. Je sais maintenant ce qu'il a fait, où il est allé. Il me manque juste les « pourquoi ». Pourquoi est-il le seul de sa famille à être entré si jeune au parti nazi ? Ni ses parents ni son frère aîné n'y ont adhéré. Pourquoi a-t-il rejoint la SS à seize ans, alors que Hitler venait tout juste d'être nommé chancelier ? Pourquoi la SS et pas l'armée ? Que cherchait-il ? Que voulait-il ? Une partie des réponses se trouvent certainement en Allemagne.

De retour à Paris, j'entame des démarches pour essayer de trouver un journaliste sur place qui pourrait m'aider dans mes recherches. La barrière de la langue est une véritable plaie. Rien que d'essayer de trouver dans les annuaires en ligne si des Herrmann habitent à Plauen est laborieux.

Le hasard de mes recherches me fait découvrir un Dr Alfred Herrmann dans une copie de Bottin de Plauen datant des années 1950. Il est spécifié qu'il est médecin. Est-ce le frère d'Alexander ? Ce doit être le cas, je ne peux pas croire qu'il y ait plusieurs médecins portant le nom d'Alfred Herrmann dans une si petite ville ! L'adresse indiquée est au numéro 1 de la Dürerstraße.

Je ne suis pas plus avancé. Que faire de ça ?

L'autre adresse dont je dispose est celle des parents d'Alexander : le numéro 4 de la Martin Mutschmannstraße. Je vais cependant mettre un temps fou avant de découvrir que ce Martin Mutschmann était en fait un nazi notoire et que la rue a évidemment changé de nom après la guerre, pour devenir Bärenstraße.

Google m'apprend qu'une galerie d'art se trouve au 4 de la Bärenstraße à Plauen. Je mets la main sur un numéro de téléphone et appelle. Au bout du fil, la personne parle autant l'anglais que moi l'allemand. « Je cherche une famille qui habitait là au début de la guerre… » Mon interlocutrice ne me comprend pas, et Herrmann n'a pas l'air d'évoquer quoi que ce soit.

Ça va être compliqué. Très compliqué.

Une piste

J'ai froid. L'été est là, les températures sont élevées. Mais j'ai froid. Et j'en suis d'autant plus étonné que Natacha est parfaitement à son aise, juste vêtue d'un T-shirt, alors que je porte encore un pull de laine. Qui pompe ma chaleur ? Mon énergie ? « Devine ! » me demande Natacha, qui n'aime pas voir s'installer Alexander dans ma vie. Il faut dire qu'il devient très présent, jusque dans mes rêves.

Parmi toutes les questions qui m'assomment, une me turlupine davantage que les autres : comment m'a-t-il trouvé ? Pourquoi Alexander, mort en Russie en octobre 1941, serait-il revenu dans un embryon français conçu autour de noël 1967, à Paris ? Quelle est la logique là-dedans ? Quel rapport entre nous ? Pourquoi ne pas renaître en Allemagne ? Ou en Russie, près de son lieu de décès ? Qu'est-ce qui lui a donné l'idée saugrenue de *renaître* chez Jean-Pierre et Claude Allix, deux jeunes mariés français installés rue Gay-Lussac, en face du jardin du Luxembourg ? Alexander a-t-il aimé son séjour en France au point *d'y revenir* ?

Mais voilà qu'une piste inattendue s'ouvre.

Encore une fois, cela part d'une intuition. Dans les Pyrénées, avec Charles, j'ai *su* qu'il fallait que je googlise l'adresse de la famille de la femme d'Alexander, à Arolsen. Mais j'ai laissé passer plusieurs semaines avant de le faire, tout bêtement parce que j'avais oublié. Cette aventure me confirme l'importance d'avoir confiance en ses intuitions, et de les suivre. *Quelqu'un* dans le monde invisible m'aide par ce biais.

En lançant finalement une recherche sur Google Maps avec « Arolsen, Bahnhofstraße 52 », je découvre à ma grande stupeur un « Auto Miller » à cette adresse. Un concessionnaire et garage automobile.

Le père de Luise, Werner Miller, était mécanicien auto au 52 Bahnhofstraße à Arolsen !

Près de quatre-vingts ans plus tard, il existe un garage Miller au 52 Bahnhofstraße à Arolsen !

Ça ne peut être un hasard.

J'ai trouvé un lien. J'en suis sûr. C'est forcément la même famille. Luise est née en 1918, il serait incroyable qu'elle soit encore vivante mais ce n'est pas impossible. Mon cerveau explose. Trop de questions, je suis bouleversé. Je vais forcément retrouver la trace de Luise. Je suis fébrile. Je ne sais pas quoi faire. Je voudrais téléphoner, mais sur qui vais-je tomber ? Et comment expliquer ma démarche ?

Je navigue sur le site Internet du garage, découvre la confirmation qu'il existe depuis avant guerre, et consulte la biographie des responsables. Aucune des personnes mentionnées sur ce site ne porte le nom de Miller, mais ce garage est forcément celui du père de Luise. Des Miller en sont-ils toujours propriétaires ? Voilà ma première piste vraiment sérieuse. Si je m'écoutais, je partirais immédiatement pour

Arolsen, à moins de sept cents kilomètres d'ici ; six heures de route. Ça me démange. Que faire ? Ce garage est-il celui du père de Luise, Werner Miller ?

Je vais téléphoner.

Dans un premier temps je fais le choix de rester évasif. Il me faut obtenir confirmation que quelqu'un dans ce garage connaît, ou connaissait, Luise, et alors je m'y rendrai pour tout expliquer en détail. Au téléphone, je ne vais pas mentir, mais dire que je suis un Français « en relation » avec le mari de Luise, Alexander Herrmann. C'est vague, mais pas faux...

J'appelle. J'ai du mal à me faire comprendre au début, puis on me passe finalement l'un des mécaniciens qui parle un peu anglais. Ça reste très laborieux, mais au moins comprend-il l'essentiel de ce que je dis.

— Je cherche la fille de Werner Miller.

— Je suis désolé mais il est mort.

Pourquoi me dit-il « il » quand je lui parle d'une fille ? Je décide cependant de poursuivre.

— Il y a longtemps ?

— Il y a trois ans.

Il ne peut parler du père de Luise, il aurait eu cent vingt ans ! Est-ce un fils ? Un petit-fils, ou voulait-il dire « il est mort il y a trente ans » au lieu de « il est mort il y a trois ans » ? Ou mélange-t-il les genres ?

— Vous connaissez sa fille ?

— Non...

— Luise Miller...

— Il est mort...

Mais pourquoi « il est mort » ? Visiblement, il ne me comprend pas.

— Je cherche les enfants de Werner Miller. « Werner Miller Kinder » ? Je tente en allemand...

— Il n'en avait pas... ils sont tous morts.

Il n'en avait pas, ou sont-ils tous morts ? Je simplifie encore mes phrases en anglais. À l'évocation du nom de Luise, il n'a pas eu de réaction, ce nom ne semble rien lui dire.

— Et des petits-enfants ? Je cherche des membres de sa famille ? Je cherche famille Werner Miller... descendants ?

— Pourquoi ?

— Parce que j'ai un lien avec eux. Je suis français, mais j'ai un lien avec cette famille et je fais des recherches familiales. Je cherche à contacter des descendants aujourd'hui.

— Non, il n'y a personne ici, je suis désolé.

On n'avance pas. Il faut que je trouve un autre moyen.

— Je rappellerai bientôt avec l'aide de quelqu'un qui parle allemand...

— Ce serait bien, oui, désolé... me dit-il avant de raccrocher.

J'ai envie de hurler. Ce serait si facile en parlant la même langue ! Même lorsque je travaillais dans les ex-républiques soviétiques d'Asie centrale sur le trafic d'héroïne, c'était plus simple. Le patron du garage s'appelle Gunther Dittmar. Le mécanicien m'a dit qu'il ne parlait pas anglais non plus. Il faut que je trouve le moyen de lui envoyer un e-mail et je demande à une amie suisse allemande de me servir de traductrice. J'envoie ma version en français à Sandra, qui gentiment me fait parvenir le texte allemand après un court instant. « Cher monsieur. Je suis la personne qui a téléphoné ce matin depuis la France. Je m'appelle Stéphane Allix et je cherche Mme Luise Miller (épouse Herrmann), avec qui je suis lié. Luise Miller est née le 2 décembre 1918 à Arolsen. Elle est la fille de Werner et Hannah Miller. En 1940, elle a épousé M. Herrmann. Je vous écris parce que Werner et Hannah Miller ainsi que Luise habitaient Bahnhofstrasse 52 à Arolsen. Je cherche aujourd'hui à contacter Luise Miller, ses descendants ou des membres de sa famille l'ayant connue. Pouvez-vous m'aider ? »

Je suis impatient d'avoir une réponse ! Luise est-elle morte pendant la guerre ? Et si ce n'était pas le cas ? Peut-être aurai-je toutes les clés dans quelques heures...

Silence radio

Gunther Dittmar ne répond pas. Pas plus que les Herrmann de Plauen identifiés dans les pages blanches allemandes et dont je suis parvenu à trouver les adresses e-mail. La découverte du garage a libéré quelque chose en moi. Une sorte d'inhibition a sauté et, après avoir envoyé mon message au patron d'Auto Miller, je me suis décidé à lister tous les Herrmann que je trouverai à Plauen ou dans les environs, et à leur envoyer un e-mail. Partant de l'hypothèse que le frère d'Alexander avait survécu à la guerre, puisque j'avais trouvé dans ce Bottin des années 1950 un Dr Alfred Herrmann, je me suis lancé, expédiant mes appels à l'aide comme autant de bouteilles à la mer. J'ai écrit notamment à deux femmes portant le nom de Herrmann et inscrites dans l'annuaire comme médecins. Si Alfred a survécu, s'il a eu des enfants, si l'un de ses enfants a suivi la même voie que son père... dans ces « si » se réfugie mon immense espérance. J'entre dans une phase plus active de recherche, et c'est très excitant. « Je m'appelle Stéphane Allix et je suis français. Je vous écris car je cherche à retrouver des proches du Dr Alfred Herrmann, médecin à Plauen. En 1940, son frère, Alexander, avec qui je suis lié, avait épousé Luise Miller. Je cherche aujourd'hui à contacter des descendants de M. Alfred Herrmann ou des membres de sa famille l'ayant connu. Pouvez-vous m'aider ? »

Mais voilà, pas de réponses. Ni le lendemain, ni le surlendemain, et le mois d'août approche de son terme sans qu'aucun signe ne me parvienne d'outre-Rhin. Je m'aperçois en menant mes recherches en parallèle, lisant quantité de livres d'histoire et poursuivant mes rêveries exploratoires devant les deux dossiers d'archives, que la ville de Plauen, comme toute la Saxe, s'est retrouvée en zone soviétique après la chute du Reich, puis en RDA à partir de 1949. Arolsen, en revanche, se trouvait à l'Ouest. La ville s'appelle maintenant Bad Arolsen, le préfixe « Bad » désignant en allemand les villes thermales. L'appellation contrôlée par l'État a été conférée à Arolsen en 1997.

Que Plauen et Arolsen se soient retrouvées littéralement dans deux pays différents, constatation que je n'avais jamais faite auparavant, me fait prendre conscience que les liens entre la famille d'Alexander et celle de Luise ont dû sérieusement se compliquer, voire être définitivement coupés, si chacun est resté dans sa ville d'origine. Un mur idéologique, puis en béton bien réel, sépara en effet l'Allemagne d'après guerre en deux entités distinctes que la guerre froide allait maintenir éloignées durant plus de quarante années. Dans l'hypothèse où Luise a survécu à la guerre, est-elle restée à Arolsen, près de ses parents, ce qui semblerait le plus probable, ou derrière le rideau de fer à Plauen, auprès de sa belle-famille ? Il faut que Gunther Dittmar me réponde. Pourquoi ne le fait-il pas ?

Le 27 août je reçois par la poste l'ouvrage commémoratif de la SS-Totenkopf Division écrit par un vétéran et historien officiel de la division, Wolfgang Vopersal, intitulé *Soldaten - Kämpfer - Kameraden* (Soldats, combattants, camarades), commandé quelques semaines auparavant à un bouquiniste de Düsseldorf. Publié en plusieurs volumes, l'ouvrage grand format est en allemand et fourmille de détails opérationnels, de photos, de cartes et surtout de précieux témoignages de première main. Depuis que j'ai ouvert le paquet, j'oublie le temps. Je tourne chaque page en parcourant tous les textes en diagonale à la recherche du nom Herrmann. Cela me prend des heures, mais l'exercice finit par payer, au-delà même de mes espérances : dans le volume consacré à la campagne de France, page 301, je repère « SS-Ostuf Hermann » sous une photo montrant six hommes. L'image a été prise en France en février 1941. Je copie le texte dans un traducteur en ligne, la légende de la photo se révèle être la suivante : « Avant-poste à Bazas occupé par le 6e / SS-T.IR 2 avec les membres du service de la surveillance renforcée des frontières. Sur la photo : SS-Ostuf Hermann, quatrième en partant de la gauche (décédé). L'objet de l'avant-poste est le contrôle de la route entre Savignac à l'est et Grignols au sud-est de Bazas. »

Malgré la faute sur son nom – il manque un « r » à Herrmann –, je vérifie dans mes documents s'il s'agit bien de lui. Entre son entrée en France et les mois d'occupation, Alexander a plusieurs fois changé d'affectation et de fonction, alternant périodes de formation et temps d'active. La 6e compagnie du 2e régiment est bien celle où il servait début 1941, en France. C'est lui !

Le quatrième en partant de la gauche.

Il est assis et porte ce qui ressemble à des moufles ; le froid a été intense en février cette année-là, même dans le Sud-Ouest. Il est en uniforme, casquette sur la tête, l'air souriant. Je reconnais la forme de son visage mais là encore les yeux sont cachés dans l'ombre. Février 1941, c'est juste avant qu'il ne parte suivre une formation de chef de compagnie à Tours.

Il est stationné sur la ligne de démarcation en qualité de chef de section. Alexander pose avec assurance et regarde l'objectif du photographe...

Cette photo est l'un des rares éléments nouveaux que m'offrent mes recherches durant le mois d'août. Un seul Herrmann m'a répondu depuis Plauen, pour me dire qu'il n'a rien à voir avec mon enquête. Le plus douloureux, cependant, est le silence total du garage Miller.

En attendant que les choses se débloquent, peut-être à l'approche de la rentrée, je me tourne à nouveau vers Marie-Pierre Dillenseger. Depuis le premier récit que je lui en ai fait, fascinée par l'histoire, elle m'a proposé de travailler conjointement sur nos deux thèmes astrologiques – y a-t-il des correspondances observables entre deux êtres d'une vie à l'autre ? Cette question l'interpelle autant que moi et elle s'est livrée à cette recherche expérimentale durant l'été.

L'ange gardien et le guerrier

Notre séance se déroule à distance. Marie-Pierre se trouve en effet, à cette période, dans sa maison de la côte Est des États-Unis. D'emblée, elle me révèle avoir été contrariée chaque fois qu'elle commençait à étudier la carte énergétique d'Alexander.

— Je ressens un mal à la tête très inhabituel lorsque je m'apprête à travailler sur ton... Comment dire ? Sur ton alter ego.

— Comment l'interprètes-tu ?

— La douleur apparaît à l'arrière de la tête. Mon crâne est pris dans un étau dès que je laisse approcher les infos. Ma compréhension est qu'il faut moins de mental, moins de cérébral, et plus de « jambe ». En somme, c'est à toi d'aller sur le terrain, de t'impliquer en demandant l'aide d'Alexander.

— Je veux bien, mais par où commencer ? Où aller ? Comme je ne parle pas allemand j'essaye de trouver un journaliste sur place qui m'aide à commencer l'enquête de terrain...

— Et ça donne quoi ?

— Ça coince, c'est laborieux. Aucune des pistes de mes amis journalistes n'aboutit. C'est incompréhensible, je ne parviens pas à trouver un assistant en Allemagne. C'est pourtant la porte à côté, et tout échoue.

— C'est parce que tu dois t'impliquer ! Personne ne peut faire cette enquête à ta place. Pour moi, tout se débloque si tu te mets en mouvement, si tu y vas...

— Peut-être faut-il que je fonce sans me poser de questions...

— Oui ! Tu bouges : tout se débloque. Il faut que tu y ailles ! Bon, je te détaille quand même ce qui ressort de mon analyse ?

— Avec plaisir, je suis impatient...

— L'année dans laquelle nous sommes et plus encore le mois actuel animent chez lui l'énergie de ce que j'appelle le « Noble Céleste », c'est-à-dire l'énergie de son ange gardien. Or, c'est précisément en ce moment que tu t'occupes de lui. À un moment précis où sa trame énergétique est associée à une protection, à la découverte d'une force alliée. En d'autres termes, tu te présentes comme un ange gardien, un allié pour lui.

— Un ange gardien ?

— Oui, je sais, c'est bizarre comme idée. Normalement les anges gardiens sont des personnes qui ne sont plus en chair et en os, des esprits, qui veillent sur les vivants. Or là, c'est lui qui est décédé et toi qui es vivant. En entamant cette enquête sur Alexander, même si c'est en lien avec qui tu es, cela fait de toi une force protectrice pour cet homme défunt. Il a besoin de toi, Stéphane. Il a besoin de toi pour réaliser quelque chose.

— Je ne comprends pas, si Alexander était *moi* dans une vie d'avant, comment peut-il avoir besoin que je l'aide aujourd'hui ? Il est *moi,* ou bien un esprit qui m'influence ?

— Il est une part de toi, mais dire qu'il était un autre toi avant me semble réducteur. Dans ma pratique, on pourrait dire ainsi qu'il détient une énergie qui te revient et qui doit être transmise. Dans cette période actuelle de ta vie, tu représentes pour lui une aide potentielle. Une aide pour avancer sur un point non résolu. C'est l'année en cours qui permet ça ; tu n'es pas son ange gardien à jamais et pour toujours. Tu es mis en situation de jouer ce rôle-là pour lui, en ce moment.

— Donc un vivant comme moi peut être l'ange gardien d'un défunt ? Un vivant peut aider un mort ?

— Oui, pourquoi pas ? Il est perdu, il a besoin de ton aide. Dans ma pratique, l'énergie du Noble Céleste est une forme d'énergie protectrice. Cela ne désigne pas un concept abstrait, mais une substance agissante. Et toi, depuis que tu as entamé tes recherches sur lui, tu agis. Dans la pensée traditionnelle chinoise, tu serais pour lui comme un allié invisible lui permettant d'avancer. Tu l'accompagnes.

— Mais tu m'avais dit que moi aussi j'avais un ange gardien, est-ce lui ?

— Je ne pense pas, non. Le Noble Céleste apparaît dans votre carte énergétique à tous les deux, et si, par ton action actuelle, tu incarnes cette énergie protectrice et agissante pour lui, lui, en revanche, ne l'est pas pour toi... Je dois préciser que le Noble Céleste est tout de même un peu différent de notre idée occidentale d'ange gardien. Le Noble Céleste est plus un facilitateur qu'une protection. C'est un appui, un relais, une aide, même quand il n'y a pas forcément de danger, mais simplement du terrain à déblayer et du travail à faire. Entre Alexander et toi, il n'y a pas d'aide réciproque. Il a besoin de toi plus que tu n'as besoin de lui. En revanche, ton ange gardien à toi va t'aider à comprendre ce qu'Alexander n'a pas résolu. Mais en définitive, à terme, vous êtes tous les deux au service de quelque chose de plus grand. Au final, le fin mot de votre rencontre dépasse vos deux histoires.

Comprendre ce qu'Alexander n'a pas résolu...

L'approche de Marie-Pierre ouvre des champs de réflexion inattendus. Le rôle d'ange gardien qui m'échoit est une hypothèse que je n'avais pas envisagée.

Mais je ne suis qu'au début de mes surprises.

— Je décèle également une connexion métaphysique sacrée entre vous...

— C'est-à-dire ?

— Vous avez tous les deux ce que j'appelle « l'étoile de la métaphysique ». La métaphysique prédispose les personnes à s'interroger sur les grandes questions de sens - sens des choses, sens de l'univers -, et elle donne aussi une intuition particulière, une capacité à voir les signes et à les décoder. Vous portez tous deux cette caractéristique intuitive.

— C'est drôle, c'est une facette de moi que je découvre et que j'accepte mieux aujourd'hui. Je prends davantage confiance en mon intuition depuis que j'ai commencé cette enquête. D'ailleurs, ma rencontre avec Alexander s'est produite dans un moment intense de lâcher-prise de ma part...

— Ça ne m'étonne pas. Autre point important le concernant : sa trame profonde est celle du combattant, du cuirassier, et au mois d'août, l'énergie du métal, très forte chez lui, est la plus puissante. Il naît avec une ossature de guerrier, ce devait être un bon professionnel dans son domaine. Mais aussi quelqu'un ayant besoin d'être structuré par l'extérieur. Il n'avait pas soif de pouvoir pour lui-même. Il n'a pas de faiblesse structurelle, mais son talon d'Achille, car il en a un, se trouve du côté du cœur. L'amour le distrait et le rend vulnérable.

— J'ai la date de naissance de sa femme, si tu veux...

— Ah, je ne savais pas qu'il était marié. As-tu leur date de mariage également ?

— Oui, c'est le 10 mai 1940...

— 10 mai 1940... j'ai immédiatement la chair de poule, me dit Marie-Pierre.

— La chair de poule ?

— C'est devenu comme un signal interne me confirmant que l'information que j'identifie est pertinente. Cela me confirme la justesse de mon analyse indiquant qu'une des fragilités d'Alexander se situe au niveau de la relation de couple.

— Attends... je cherche sa date de naissance.

— Tu me l'enverras après... Alors, 10 mai 1940... et il est mort en 1941. Peu de temps après son mariage...

— En octobre 1941, oui, quinze mois après... Ah voilà, j'ai trouvé : sa femme est née le 2 décembre 1918.

— 2 décembre 1918... Comment s'appelait-elle ?

— Luise... Luise Miller.

Marie-Pierre reste silencieuse quelques instants, affinant ses calculs en intégrant ces derniers éléments que je viens de lui livrer, puis elle reprend son exposé.

— Ok, je soupçonne que ce mariage était ce qui lui permettait d'être bien vu de sa hiérarchie. Mais j'ai la sensation que cette union laisse de côté une femme aimée qui n'est pas celle qu'il a épousée. De là naît une fragilité qui le met en danger sur le champ de bataille.

— Mais comment vois-tu cela ? Comment sais-tu qu'il aime une autre personne que celle qu'il épouse ? C'est vraiment dans son thème ?!

— Dans la carte d'Alexander, l'énergie qui correspond au couple est contrariée. Précisément deux forces liées respectivement à son mois et à son jour de naissance sont en clash et révèlent la présence d'une influence extérieure qui secoue l'énergie à disposition pour une relation de couple simple. C'est une faille permanente chez lui. Cet homme ne pouvait avoir de relation épanouissante en couple... et d'ailleurs la date de naissance de sa femme me confirme encore plus l'inadéquation entre eux deux. Leur mariage est un mariage de façade...

— Je veux bien admettre que tu puisses diagnostiquer qu'il ne soit pas outillé pour une saine relation de couple, mais pourquoi parler d'un autre amour ? Comment vois-tu qu'il aimait quelqu'un d'autre ?

— Parce qu'il y a un décalage fort entre le métal du guerrier qu'il possède et une autre force qui l'habite aussi et qui, elle, se trouve très en profondeur dans son thème. L'énergie en question est féminine. Elle est là depuis longtemps et le prédispose à une affinité avec quelqu'un d'autre. Une affinité qui préexiste au moment de son mariage.

— Je t'avoue que j'ai du mal à comprendre comment tu peux être aussi précise...

— Je vais essayer d'être plus claire. Je me base sur une analyse à la fois fine, mais aussi très logique et déductive. Reprenons. Tu connais l'analogie du féminin avec le yin et du masculin avec le yang ?

— Oui.

— Cette autre énergie très en profondeur chez Alexander est une énergie féminine. Elle le prédispose à la possibilité d'une affinité profonde avec une autre personne qui incarnerait également des qualités yin, donc féminines.

— Est-elle nécessairement une femme ? Peut-il s'agir d'un homme ?

Je suis vraiment troublé par le détail de l'analyse de Marie-Pierre car je m'interroge toujours sur cette partie de mon rêve éveillé dans laquelle j'ai aperçu cet homme qui semblait si proche d'Alexander, si intime. Marie-Pierre me répond.

— Cette autre personne incarne des qualités yin, mais il peut effectivement s'agir aussi bien d'une femme que d'un homme. Ça, je ne peux pas le savoir. Cette affinité profonde avec du féminin préexiste en Alexander depuis longtemps, ça vient du plus profond de lui. Ce n'est même pas lié à la maturité sexuelle car cela peut être antérieur.

— Donc il est attiré par une personne ayant des qualités féminines, mais est condamné à voir son couple ne pas marcher ?

— Pour résumer, oui. Je n'arrive pas à croire qu'il aimait la femme qu'il a épousée. Mais au-delà... Je me demande s'il ne s'est pas marié juste pour favoriser sa promotion. Y a-t-il proximité entre son mariage et une promotion ?

— Oui, dans la SS, il était fortement recommandé de se marier. Pour faire carrière, il était nécessaire de fonder une famille. Et je ne sais pas si c'est lié, mais il a été promu au grade d'Obersturmführer le 20 avril 1940 et s'est marié le 10 mai, moins de trois semaines plus tard.

— Tu chercheras... Pour poursuivre sur l'analyse de sa carte énergétique, j'ai découvert à la fois dans son mois et dans son heure de naissance l'énergie de la mobilité, du voyage, du mouvement. Ça dit qu'il était porteur d'un intérêt pour l'ailleurs... Cette énergie de la mobilité indique qu'il était curieux envers les cultures autres que la sienne, ce qui ne colle pas avec la doctrine nazie.

— C'est le moins que l'on puisse dire... ce n'est pas vraiment la curiosité pour les autres cultures qui l'a amené en Russie...

— Oui, mais cette énergie de la mobilité fait de lui quelqu'un qui, bien qu'étant profondément guerrier, est ouvert aux autres, à l'étranger. Ce qui est certes à l'opposé de la pensée nazie. En fait, cet homme m'est devenu sympathique quand j'ai commencé à travailler son thème, parce qu'on y voit des facettes cachées que son histoire officielle ne raconte pas.

— Je serais curieux de les découvrir. Ce que je connais aujourd'hui de lui par ses dossiers ne me permet pas d'éclairer ses motivations intimes. Je sais que son père était commerçant...

— Commerçant... Je doute qu'Alexander ait été nourri dès l'enfance d'une rancœur envers les Juifs, par exemple. Je perçois, du décorticage de sa trame énergétique, que c'est quelqu'un dont les apparences couvrent une humanité qu'on ne peut percevoir de l'extérieur.

— C'est aussi mon intuition. D'ailleurs, il n'a pas été élevé dans une famille nazie. Ses parents ainsi que son frère n'ont jamais adhéré au parti. Pourtant, Alexander a rejoint la SS à l'adolescence. Non seulement il fallait être volontaire, mais politiquement motivé pour entrer chez les SS. Il y a comme une contradiction, ici...

— Si tu creuses cette période, sans doute comprendras-tu mieux le cheminement qui a été le sien dans ses jeunes années. Je reviens à l'année 1941. Sans doute est-il repéré par ses supérieurs à cette période ? Mais il est envoyé sur un territoire qu'il n'a pas choisi... Au début de l'année 1941, n'a-t-il pas été muté ?

— Il est en France à cette période, jusqu'à courant mai 1941, me semble-t-il...

— Au moment du basculement de 1940 à 1941, soit janvier et février 1941, il est contrarié dans son affectation. Le fait d'être à l'étranger lui plaît, mais il subit un changement qui ne lui convient pas. Il suit néanmoins les ordres, mais on lui demande soit d'aller ailleurs que là où il se trouve, soit ailleurs que là où il désirerait se rendre.

— Mais comment peux-tu voir ça ?

— C'est dans sa carte énergétique, super clair.

— ... Je n'ai pas les infos.

Est-il possible qu'il n'ait pas voulu quitter la France ? La région de Bazas, où il a été pris en photo en février 1941 ? Il va passer près d'une année en France, entre mai 1940 et le printemps 1941, dans des circonstances plutôt plaisantes, à l'opposé total de ce qu'il va vivre en Russie.

— Note-le et tu chercheras... Je voudrais venir maintenant au jour de son décès, parce que j'ai découvert quelque chose de très curieux. Le 20 octobre 1941, il est dans une énergie qui le connecte avec le ciel. S'il n'était pas mort ce jour-là, il aurait été en situation de prendre de la hauteur, d'être plus en phase avec son âme qu'avec son corps. Ça correspond typiquement, dans ma pratique, à un moment où l'on change de plan de conscience. Or, ce 20 octobre 1941, il change vraiment de plan de conscience, puisqu'il décède.

— Effectivement...

— En outre, je perçois qu'il n'est pas mort à cause d'un acte de bravoure, mais parce qu'il est fragilisé. Trois choses différentes l'ont affaibli : ne pas être avec la personne qu'il aime, la contrariété de son affectation présente, et le fait de prendre conscience de ce à quoi il participe. Est-ce que ce 20 octobre suit une bataille particulière ?

— Je l'ignore. Je sais juste que, depuis des semaines, il menait sans relâche des combats acharnés. Très violents, très sanglants...

— Il n'y a pas eu de victoire particulière, ou de défaite ?

— Je ne sais pas. Je chercherai.

— C'est un jour de prise de conscience pour lui. De prise de recul. Je ne peux pas aller plus loin pour le moment mais une chose est certaine : il prend conscience, le jour de sa mort, des limites de ce qu'il vit dans cette incarnation. Il comprend aussi la portée de ses actes antérieurs, les limites de sa liberté individuelle et de ce qu'il a été en mesure de décider pour lui-même durant sa vie.

— C'est-à-dire ?

— Il part avec un secret. Le secret de son amour pour quelqu'un. Mais il n'y a pas que ça. Il part également avec l'impossibilité d'être agissant par rapport à ce dont il vient de prendre conscience et qui est lié à sa liberté individuelle. Alors aujourd'hui, il a effectivement besoin de quelqu'un pour clarifier quelque chose devenu « dormant » au moment de son décès. Il a besoin de quelqu'un d'autre pour agir. Il meurt inaccompli.

Il meurt inaccompli.

J'ai un temps d'absence, perdu dans quelques pensées inconscientes, puis je reviens à moi.

— D'accord... mais pourquoi moi, alors ? Pourquoi m'est-il apparu ? Pourquoi est-ce à moi de jouer ce rôle pour lui ? Qu'avons-nous en commun ? Qu'est-ce qui nous lie ? Une part de lui s'est-elle transmise à moi dans ma vie actuelle ?

— Je n'ai pas les réponses. Il est toutefois frappant d'observer combien, dans ta vie présente, tu tentes d'ignorer totalement la dimension guerrière qui te constitue. Nous avons déjà évoqué ce point ensemble à plusieurs reprises.

— Oui, c'est vrai, et avant même que je ne parte au Pérou tu m'as plusieurs fois recommandé d'affirmer davantage cette force...

— Cette énergie du guerrier est présente en toi. Parce que tu l'as été dans une vie antérieure, voire dans plusieurs. Or il est frappant, pour moi, d'observer combien tu t'évertues à ne plus vouloir l'utiliser.

— Si une part de moi était Alexander avant, évidemment que je n'ai pas envie de redevenir un SS ! C'est abominable.

— Tu as choisi de ne plus être ce qu'il était, bien sûr. Mais la vraie maîtrise consiste à ne jamais avoir besoin d'utiliser ces forces, tout en étant conscient de les posséder. Oui, tu as été un guerrier. Oui, tu n'as plus à l'être dans cette vie actuelle. Mais ponctuellement, tu as à utiliser cette énergie. Et si tu ne sais plus te battre lorsque tu en as vraiment besoin, il va te falloir réapprendre à le faire. Cela t'obligera à repartir dans une série de vies pour en faire à nouveau l'apprentissage. Or cette force, tu la possèdes aujourd'hui. Cette énergie du guerrier vous est commune à tous les deux, à Alexander et à toi. Pour moi, c'est un lien évident, une correspondance très nette entre vous. Un héritage.

Marie-Pierre vient de faire en quelques phrases une synthèse parfaite de ma vie : un frôlement permanent depuis l'adolescence avec la violence guerrière. La guerre qui m'attire comme un aimant, mais à laquelle je n'ai aucune intention de prendre part, malgré mes quelques hésitations des premiers temps.

Depuis toujours je suis fasciné par les combattants, et pourtant incapable d'user de violence moi-même, car au fond j'en connais intimement l'inefficacité. Je ne crois pas avoir même participé à une seule bagarre de ma vie.

Et pourtant, une part de moi rêve d'être un guerrier, ce qui à mes yeux doit ressembler à un homme fort, musclé, dangereux, endurant, capable de neutraliser n'importe quelle menace. Ne pas correspondre à cette image est une déception quasi quotidienne. Et cela ne s'arrange pas en vieillissant.

Mais tout s'éclaire subitement : je suis attiré par le côté guerrier qu'Alexander et moi possédons tel un héritage ancien. Et je déteste – et le mot est faible – cette facette de mon être car je suis imprégné du souvenir de l'horreur dans laquelle Alexander s'est laissé entraîner en en faisant usage. Alors je me refuse désormais à utiliser cette force, même lorsque je le devrais. Je livre à Marie-Pierre le désordre de mes pensées.

— Cette énergie du guerrier est au cœur de ma vie. Les soldats, les combattants que j'ai rencontrés sur différentes zones de guerre me fascinent. J'admire leur force, leur détermination, leur témérité. Même physiquement, n'étant pas particulièrement sportif, j'ai toujours culpabilisé de ne pas avoir un corps plus développé, d'être un intellectuel... Pour moi, la force doit être physique... et puis j'ai parfois ces rêves de scènes de guerre où je tue des gens...

— Tu mélanges, Stéphane. Être guerrier ne signifie pas être violent. Je pense que cette enquête va te donner la possibilité de t'approprier pleinement toutes les facettes de ce qu'est vraiment un guerrier. De t'approprier la force qui est à ta disposition dans cette vie-ci. Le guerrier, c'est quoi ? Quelqu'un qui conquiert du terrain ou qui le défend. Mais que ce terrain soit physique ou spirituel, est-ce vraiment différent ? Pourquoi le physique serait-il mieux que le spirituel ?

En même temps que Marie-Pierre m'explique l'essence de cette énergie de guerrier en moi, je ne peux m'empêcher de faire le parallèle avec le concept de « la voie du guerrier » développé par le maître tibétain Chögyam Trungpa. Je lui en fais la remarque.

— Que dit-il, quand il parle de « voie du guerrier » ?

— Il ne parle effectivement pas de combat physique, car l'agression est la source de nos problèmes plutôt que leur solution, mais de posture spirituelle. Il nous engage à éclairer les racines de notre confusion mentale. Pour lui, il existe une sagesse humaine fondamentale qui peut nous aider à résoudre les problèmes du monde. Cette sagesse n'est pas l'apanage d'une culture ou d'une religion, pas plus qu'elle n'est l'exclusivité de l'Occident ou de l'Orient. Elle est en nous. En chacun de nous. Le cœur de l'art du guerrier est de faire face à tout ce que la vie nous présente, avec confiance.

— Tu vois ! s'exclame Marie-Pierre. On peut être guerrier sans être soldat. Redécouvrir cela est l'un des grands enjeux de ta vie. Sans doute cette enquête va-t-elle te permettre de mieux faire le discernement entre la voie guerrière de l'ombre dans laquelle s'est perdu Alexander, et la voie du guerrier que décrit ton Trungpa, et qui n'est que lumière.

— C'est fort, ce que tu dis. J'adore l'idée ! C'est ce qui m'agite depuis l'adolescence.

— Alexander est mort en soldat, sur un champ de bataille, mais un jour très particulier où il accède à une dimension qui a à voir avec l'éveil. Toi, tout ce que tu fais dans cette vie actuelle est également en relation avec cette dimension d'éveil. Mais tu n'es plus un guerrier sur un champ de bataille. Je perçois une correspondance très nette entre vous, entre la manière dont il part et ce que tu fais aujourd'hui de ta vie. S'est-il passé quelque chose de « guerrier » le jour de ta naissance ?

— Les événements de 1968 s'achevaient...

— C'était en mai et tu es né en août ? Ça veut dire que pendant les derniers mois de ta gestation, tu étais aussi au balcon pour voir les batailles de rue et les lancements de pavés ?

— Tu ne crois pas si bien dire, mes parents habitaient rue Gay-Lussac, à Paris, l'épicentre de la contestation. Ma mère est restée cloîtrée, enceinte, au cinquième étage, une bonne partie de sa fin de grossesse.

— Rue Gay-Lussac ? Donc en plein dedans !

— Oui, au cœur du quartier Latin en révolte.

— Bon, on n'a pas toutes les réponses mais on voit qu'il y a des emboîtements.

— Je suis sorti aux forceps aussi, je ne sais pas si c'est important ?

— Oui, bien sûr que ça compte... tu es né avec du fer... lui, il meurt avec une blessure à la gorge provoquée par un éclat d'obus... de métal...

Je suis circonspect alors que nous mettons fin à notre discussion. Mais remué par la résurgence - encore - de cette énergie de guerrier qui me poursuit sans cesse, même si aujourd'hui elle prend une apparence plus pacifique et constructrice. Alexander le guerrier a été emporté dans la spirale de l'ombre, et moi, dans une autre forme de combat, je me bats contre les idées reçues pour changer notre regard, notamment sur la question de la mort.

Alexander, un guerrier qui s'est perdu, et moi, un guerrier pour la lumière.

Que penser de tout cela ? L'analyse de Marie-Pierre est riche, et alterne des informations de natures très diverses. Certaines me parlent avec évidence. D'autres sont impossibles à confirmer ou à infirmer en l'état de mes connaissances : Alexander ne se serait pas marié avec la personne qu'il aimait. Il conserverait un secret, un amour secret. Se cachait, sous le SS fanatisé, un être ouvert et curieux. Comment vérifier de telles assertions ? Je dois rencontrer quelqu'un qui l'a connu.

Marie-Pierre me suggère par ailleurs de m'adresser à Alexander comme à un être présent à l'extérieur de moi et de lui demander de l'aide, en me mettant en mouvement. C'est vrai que je sens de plus en plus une partie de lui encore vivante *quelque part*, comme une partie de Thomas ou de papa le sont. Qu'il y ait ou non une continuité entre lui et moi ne signifie pas qu'en tant qu'individu une partie de lui ne continue pas à vivre indépendamment. Cela semble paradoxal quand on pense à la réincarnation comme le passage d'une âme de vie en vie, mais je sens qu'Alexander existe aussi en dehors de moi. Alors je prends l'habitude de m'adresser à lui, à haute voix. Lorsque je suis seul. « J'ai besoin que tu m'aides. Présente sur ma route les personnes qui me permettront d'y voir plus clair dans notre relation. Aide-moi, Alexander. »

Quelques jours plus tard, le 2 septembre, je reçois la réponse tant attendue du garage Miller. Le patron m'écrit. Il était en vacances, d'où son silence. Gunther Dittmar m'adresse ce court message en anglais : « Bonjour. Je suis le fils de Karl Dittmar et de Birgit Dittmar, née Miller. Luise Miller était ma tante et la sœur de ma mère. Je suis le dernier descendant de Luise Miller. Et vous, êtes-vous un descendant du mari de Luise, Herrmann ? »

Après la joie éprouvée à la lecture de ce message, je ne sais quoi répondre. Comment le garagiste allemand va-t-il réagir ? « Hello, je suis peut-être la réincarnation du mari SS de votre tante. Et vous, ça va ? » Terrifié à l'idée de commettre un impair et de voir se refermer cette piste extraordinaire à peine ouverte, je laisse passer une journée, avant de finalement décider de rester évasif dans nos échanges.

Une fois en face de lui, je lui avouerai la nature de mon lien avec Alexander. Mais d'abord : obtenir un rendez-vous. Restons prudent : « Cher monsieur Dittmar. Merci infiniment pour votre réponse. Oui, j'ai récemment découvert avoir des liens avec Alexander Herrmann et je mène actuellement des recherches à son sujet. Je prévois de me rendre en Allemagne à la mi-septembre afin de visiter différents lieux, et notamment la ville de Plauen, où il est né. J'ai aussi l'espoir de venir à Bad Arolsen, et serais très heureux de vous rencontrer. Je cherche à en savoir plus sur lui et sur sa vie. Je prévois également de me rendre en Russie courant octobre, à l'endroit où il est mort, le 20 octobre 1941. Serait-il possible de vous rencontrer autour du 17 ou 18 septembre ? »

Avec ce message, je lui montre que je connais Alexander, que je sais où et quand il est mort, et lui annonce que je vais être très prochainement en Allemagne. Je prie avec ferveur toutes les forces de l'invisible pour faire en sorte que cet homme soit ouvert à ce que je m'apprête à lui annoncer. Que ça lui donne envie de m'aider.

Sa réponse me parvient très vite : « Cher monsieur, ma famille et moi sommes excités à l'idée de vous rencontrer à Bad Arolsen. Je ne parle ni anglais ni français, mais mon fils sera présent et nous aidera en traduisant. »

Je pars immédiatement pour l'Allemagne.

Bad Arolsen

Durant ma vie j'ai eu conscience de l'existence d'autres temps et d'autres espaces. J'ai senti en moi d'autres mémoires que la mienne. Mais jamais encore cela n'avait été si net, si puissant, si évident ; si perturbant.

Toute l'eau du monde s'écrase sur le nord de l'Europe alors que j'emprunte en sens inverse la route suivie par Alexander et la division Totenkopf en mai 1940. Sortie interminable de Paris, le jour se lève quand je dépasse Compiègne, puis une aurore grise remplace lentement l'obscurité qui cachait encore à mon regard la tristesse du paysage. Je franchis la frontière belge à l'ouest de Mons sous des trombes d'eau et roule avec prudence sur une mauvaise autoroute. Charleroi, Namur, etc. Vers Liège la circulation est dense et la pluie toujours aussi violente lorsque me revient en mémoire le fragment d'un rêve de la nuit précédente, nuit qui fut d'ailleurs courte et agitée, marquée de nombreux réveils. Il s'agit d'une image qui devait faire partie d'un rêve plus détaillé. Celle d'un canon de petite taille, plus précisément de l'affût d'un canon. Je vois ce tube, je vois l'obus que l'on place à l'intérieur. Au moment même où ce souvenir de rêve me surprend alors que je file à bonne vitesse, une ambulance me double toutes sirènes hurlantes.

Canon, obus, sirènes d'ambulance.

Depuis plusieurs semaines, j'ai la sensation de vivre entre deux temps : l'époque actuelle et celle des années 1930-1940. Je lis tant de choses qui me plongent quatre-vingts ans en arrière, je pense constamment à Alexander, chaque jour, chaque soir, qu'une partie de mon esprit est emportée dans le passé alors que mon corps, lui, évolue dans le présent. Mes rêves apparaissent plus vifs, mon quotidien se colore d'un nombre grandissant de synchronicités, parfois légères comme ce bout de rêve, parfois plus denses et troublantes.

Une étrange sensation me saisit lorsque je quitte la Belgique pour l'Allemagne.

Je devine avoir franchi la frontière invisible en remarquant que la langue des panneaux de signalisation de l'autoroute a changé. Aachen, Köln, Dortmund. Cette partie ouest du pays est très peuplée et la circulation est fatigante.

Mais je suis heureux d'être sur la route.

C'est la première fois *de ma vie* que je vais en Allemagne.

J'ai voyagé en Belgique, en Suisse, aux Pays-Bas, partout autour, mais jamais en Allemagne. Jamais je n'ai été attiré par la langue, jamais je n'ai voulu me rendre dans ce pays, il a toujours été lointain et peu familier. Un ange gardien m'a, semble-t-il, maintenu à distance. Il ne fallait pas que *j'y revienne* avant d'avoir consciemment accès à cette mémoire si perturbante. Je devais être préparé et fort. Et aujourd'hui, enfin j'y pénètre. Je suis joyeux de me trouver sur cette terre. J'attends énormément des jours à venir. Ce qui m'arrive est incroyable.

Un peu avant Kassel je prends la sortie 64 et me dirige plein sud vers Bad Arolsen. Sur la quinzaine de kilomètres qu'il me reste à parcourir avant d'atteindre la ville natale de Luise Miller, épouse Herrmann, je découvre un paysage de campagne vallonné. La pluie a cessé, le soleil est apparu et la beauté de l'environnement me frappe avec ses couleurs d'automne. Malgré la fatigue de la route, je suis attentif à tout sentiment de *déjà-vu* qui pourrait émerger en moi au détour d'un virage, devant l'apparition de tel champ, de ce vallon, de cette portion de forêt avec ses pins élancés aux troncs massifs. Mais rien de tel ne se produit.

Et puis voilà Bad Arolsen. Petite ville de province aux maisons de ferme. Drôle d'impression. Je trouve très facilement l'hôtel Zumhollaender, où j'ai réservé pour la nuit. Il se situe juste en face du magnifique château baroque érigé au début du XVIIIe siècle par le prince de Waldeck et qui constitue une des attractions de la ville.

Je suis fatigué, j'ai mal à la tête, mais je veux me dégourdir les jambes en parcourant la ville. Je pose mes affaires dans la chambre et ressors immédiatement. Les yeux grands ouverts, à la fois fébrile et ému.

En sortant de l'hôtel je pars sur la gauche en direction du garage, qui se trouve à un petit kilomètre. Et je m'engage sur le trottoir. Le ciel s'est à nouveau couvert, la rue reste très peu animée. Je fais ainsi quelques centaines de mètres jusqu'à rejoindre une petite placette sur laquelle campe l'église de la ville.

Je ne peux pas dire que je *reconnaisse* quoi que ce soit, néanmoins, l'endroit, les maisons ne me sont pas étrangers. Comment décrire cela ? Souvent, lorsque je découvre un pays ou une ville où je ne suis jamais allé, j'éprouve ce sentiment de ne pas être chez moi, une sensation imperceptible d'inconfort et de désorientation. Mais là, en marchant jusqu'à cette église, je n'ai pas cette perte de repères, ce léger embarras coutumier. J'ai conscience de ne pas être chez moi, je ne reconnais pas les maisons et les rues, mais il y a une sorte de proximité, de sentiment de facilité. Je m'y sens à l'aise. Je ne me sens pas perdu. Voilà, je ne me sens pas *perdu*.

La place et l'église qui est construite en son milieu coupent une grande artère rectiligne. La partie d'où je viens, à l'est, s'appelle la Schloßstraße. Elle commence un peu avant mon hôtel, à la hauteur du château. À l'ouest de l'église, la rue devient la Bahnhofstraße, le garage est situé en son milieu. L'église aux murs de pierre rouge sombre est une église évangéliste. Luise a déclaré dans plusieurs documents du dossier de mariage être de confession évangélique. Elle fréquentait forcément cette église qui se trouve à moins de six cents mètres de son domicile. Luise s'est promenée sur cette place. Elle est entrée et a prié à l'intérieur de l'édifice de très nombreuses fois. Y a-t-elle emmené Alexander ? Se seraient-ils mariés là ? Là, juste devant moi ? Nous ne serions alors plus séparés que de quelques mètres et d'une poignée de décennies. Si proche, si loin.

Je sens qu'Alexander était ici. Qu'il a respiré l'air de cette rue, regardé les murs usés de cette église. Alexander était *ici*. Fier, avec Luise à son bras. C'est curieux, je me prends à hésiter à employer le terme « amoureux ». Je ne suis pas parcouru par une sensation d'amour lorsque je les imagine. Ce sentiment lui était-il inconnu ? Suis-je influencé par ce que m'a dit Marie-Pierre ? Non, à cet instant je n'ai plus ses paroles en tête, je suis bercé par le temps et des souvenirs qui ne sont pas les miens. Sous la seule influence de la mémoire vivante d'un homme mort. Un homme pour qui l'amour était trop éloigné de ses préoccupations, de son ambition, de sa vie. Quelle place pour une femme dans son existence au service de l'Ordre noir ? Luise a provoqué en lui un émoi, mais pas de passion. La passion, il la réservait à la guerre. Voilà ce que je ressens.

La nuit approche, mais je décide de pousser jusqu'au garage. Comment pourrais-je attendre demain alors que je suis à quelques minutes de marche ? Les maisons sont de grosses bâtisses à trois étages. Beaucoup de commerces. Était-ce la même architecture avant la guerre ?

Et puis, au loin, voilà le garage Miller. À cette heure, il est déjà fermé. Le bâtiment principal est moderne, mais la structure centrale est plus ancienne. Un concessionnaire de province. C'est vraiment curieux de me retrouver là. Devant cette façade ordinaire. Dans cette ville encore inconnue quelques semaines auparavant et qui soudain est devenue le centre de tout. Un lieu qui m'est étranger et pourtant si important. Il fait nuit, la rue est tranquille et je suis traversé de quelque chose d'indéfinissable. Alexander est venu ici. J'ai la certitude que c'est le cas. Et c'est lui qui m'y conduit. Il me reste maintenant à comprendre pourquoi.

En face du garage, de l'autre côté de la rue, se trouve le numéro 45 qui était, d'après les documents d'archives en ma possession, l'adresse de Luise. Il s'agit d'une grande maison identique aux autres. Elle doit être divisée en plusieurs appartements. Luise habitait-elle en face du garage de son père ? Était-ce la maison familiale ?

Je reste debout, immobile au milieu d'une rue déserte.

Un peu absent. Bouleversé de la tournure qu'a prise ma vie depuis ce rêve éveillé au Pérou. Une partie de mon esprit dans le présent, regardant un garage fermé et une portion de rue éclairée par les lampadaires, une autre dans le passé avec Alexander, tout contre lui, regardant par ses yeux comme si le temps écoulé entre nos deux vies n'existait tout simplement plus. Deux vies, deux réalités séparées par les quelques microns d'une mince feuille d'or. Rien ne nous dissocie à cet instant et il *revit* à travers moi. Devant un garage en Allemagne alors que l'obscurité m'entoure et que quelques gouttes de pluie mouillent la peau de mon visage, je touche une réalité indicible.

Je reviens lentement à mon hôtel en marchant. Mélancolique.

Je ne parviens plus à me défaire de cet état dissociatif dans lequel je baigne désormais. Mais plutôt qu'un handicap ou qu'un trouble, cela me fait l'effet de vivre dans une sorte de réalité augmentée. Je n'en souffre pas, ni ne m'en effraie. C'est un complément, une perception nouvelle qui enrichit ma réalité. Qui la dédouble. Je suis par moments littéralement dans deux époques en même temps. Je parviens parfaitement à en être conscient, même si cela s'accompagne de nouvelles émotions. Je suis suffisamment équilibré pour ne pas être submergé et perdre la notion du réel.

Je me trouve physiquement à l'époque actuelle, tandis que mon esprit a accès par flashs fréquents à la période d'avant guerre. Il suffit que je me laisse aller un peu à la rêverie, gardant mon regard dans le vague sans plus fixer trop mon attention sur un détail de la réalité, pour que la force d'un monde passé apparaisse en surimpression dans ma conscience.

Les deux époques se superposent alors avec une égale netteté.

Comme si le passé devenait le réel, avec ses sensations propres, ses fragments d'information et des bouts de souvenirs qui ne m'appartiennent pas mais me *reviennent* comme s'ils étaient les miens.

Je viens de vivre cela avec force dans la rue.

Le phénomène se poursuit dans le restaurant de l'hôtel.

Assis seul au fond de la salle, mon regard parcourt les autres tables où plusieurs clients devisent à voix basse. La scène est très nette, et puis soudain j'imagine ces mêmes personnes habillées à la mode des années 1930. Les hommes portent des uniformes d'autrefois. Et je me prends à m'interroger sur qui ils auraient été en 1936, en 1940. Quelle aurait été la vie de ce jeune homme au visage fin et à la voix si grave assis en face de moi en compagnie de ses deux amis ? Aujourd'hui, il doit être représentant de commerce mais je le visualise en uniforme de SS. Émane alors de lui quelque chose de terrible et d'alarmant. Une menace. Je mesure combien si, dans ce même restaurant, à la fin des années 1930, j'avais été un client juif, je ne serais plus rien face à un tel homme. Je ne ferais plus partie des êtres humains à ses yeux et serais considéré comme un sous-homme – un *Untermensch*. En danger de mort. Ce jeune homme, pourtant avenant et d'apparence sympathique, ne trouverait rien à redire à ce que je sois exterminé. Comment une telle chose est-elle possible ?

Il me revient alors en mémoire ce passage du livre de Primo Levi, *Si c'est un homme,* dans lequel l'auteur évoque ce moment où il se trouve face à un officier allemand, le Dr Pannwitz, alors qu'il est interné à Auschwitz. Lui, le Juif italien face à un officier allemand. Deux hommes, deux Européens partageant en outre le même métier, mais qu'un gouffre infranchissable sépare : « Quand il eut fini d'écrire, il leva les yeux sur moi et me regarda. (...) Son regard ne fut pas celui d'un homme à un autre homme ; et si je pouvais expliquer à fond la nature de ce regard, échangé comme à travers la vitre d'un aquarium entre deux êtres appartenant à deux mondes différents, j'aurais expliqué du même coup l'essence de la grande folie du Troisième Reich.[4] »

Je sens ce gouffre, cette menace encore présente dans la salle du restaurant. Et elle est proche, contemporaine, même si tout le monde fait mine aujourd'hui de penser le contraire. Elle est là, sommeillant en chaque homme. Il suffit d'un rien pour réveiller nos plus noires dispositions, celles qui reprirent vie voici à peine plus de quatre-vingts ans chez tant d'hommes et de femmes, parents et grands-parents de celles et ceux qui se trouvent autour de moi dans cette salle. Ce même visage de l'abjection apparut aussi en France chez ceux qui dénoncèrent leurs voisins et qui participèrent à la déportation des Juifs avec la satisfaction qu'éprouvent les lâches de *respecter la loi*. Chez cette immense majorité silencieuse qui s'accommoda de l'Occupation et de son cortège de persécutions, comme on s'accommode de tout dès lors que son confort immédiat n'est pas menacé. Ce sont les hommes normaux qui peuvent si facilement devenir des monstres; sans même s'en apercevoir.

Cette « majorité silencieuse », à Bad Arolsen, Berlin, Paris ou n'importe où ailleurs, a-t-elle seulement tiré les leçons de l'Histoire? Non. Cette idée que les monstruosités du passé empêcheraient les générations suivantes de les rééditer est un mythe moderne confortable. Nous recommençons sans cesse les mêmes erreurs. La haine emporte encore les peuples. Ceux qui vivent avec la bonne conscience que jamais plus un tel drame ne se reproduira se bercent d'illusions. Car des crises sérieuses ont déjà fait réapparaître les mêmes démons (Cambodge, Yougoslavie, Birmanie, Irak, Syrie, la liste est trop longue!), qui reparaîtront à nouveau au détour d'un conflit, et personne ne s'y attendra.

Lors de nos entretiens, je sentais Samuel Pisar inquiet et alarmé à l'idée que l'horreur qui les avait engloutis, lui et sa famille, menaçait encore aujourd'hui de resurgir.

Car des monstres sommeillent dans le cœur des hommes.

« Une société n'a pas besoin d'être folle pour que ses chefs s'engagent dans des politiques démentes. La nation qui donne au monde Gutenberg, Beethoven, Goethe n'avait pas basculé dans le délire mais était seulement consentante quand elle abandonna, par des élections démocratiques, son destin aux mains de Hitler, après avoir balayé les leaders impuissants à redresser la situation.[5] », écrit Pisar.

Nous ne sommes pas si différents aujourd'hui qu'en 1933.

Il serait dangereux de se reposer sur cette fausse certitude.

Le monstre abject n'est pas mort.

Nos institutions politiques sont peut-être plus solides, notre plus longue expérience de la démocratie nous conduit à avoir une plus grande confiance dans notre maturité collective, mais n'abandonnons jamais notre vigilance. La structure même de notre monde est fragile, si fragile.

Dans ce restaurant, ce soir, j'ai peur. Peur parce que les pensées, les préjugés, les craintes et les visages des hommes avec lesquels je vis sur cette planète sont les mêmes aujourd'hui qu'il y a quatre-vingts ans. Mon esprit observe les deux époques. Elles se ressemblent tellement...

Je m'endors épuisé et fébrile, une douleur lancinante à la tête.

Le petit-neveu de Luise

Nuit agitée, nombreux réveils avec leurs cortèges de souvenirs de fragments de rêves. Impression fugace que l'on *me montre des choses*, mais une fois levé tout a disparu de ma conscience.

Je suis debout tôt. Le soleil brille sur Bad Arolsen. Mon rendez-vous avec Gunther Dittmar a été fixé à 14 heures, aussi faut-il que j'occupe mon temps d'ici là. Pas facile. Quand tant d'espérance est placée dans une rencontre, les montres ont tendance à ralentir. Je décide de parcourir la ville pour chercher si d'autres lieux éveilleraient en moi des réminiscences.

En sortant de l'hôtel, je pars sur la droite en direction de l'entrée du château, puis je remonte sous la frondaison des arbres majestueux de Große Allee. Je déambule et laisse le hasard me porter dans cette partie boisée de la ville. Certains des chênes que je croise ont des troncs massifs et solennels. Mes pas résonnent sur l'allée asphaltée qui court parallèlement à la rue. Je m'approche de l'un des arbres les plus imposants. Son tronc est vigoureux et s'élance plus haut que les autres. Besoin de le toucher, de le saluer et de lui demander de l'aide. Avec une telle splendeur, il devait être déjà bien âgé avant même les naissances d'Alexander et de

Luise. La main contre l'écorce, mes yeux se voilent et *j'imagine* le couple en promenade ici même, là où je me trouve. Alexander porte son uniforme noir, éprouvant la même fierté qu'un enfant revêtu de son premier costume de Zorro. Luise marche à ses côtés, déférente et admirative. Elle mesure près de vingt-cinq centimètres de moins que lui. Alexander peut afficher sa superbe et contempler l'effet que son appartenance à l'Ordre noir provoque dans les yeux humides de Luise. Il décèle aussi avec plaisir de la crainte mêlée de respect dans le regard des passants. Cette fierté, il la savoure pleinement ici, avec une femme qu'il dépasse d'une tête, arborant cet uniforme puissant, claquant des bottes sur le sol de l'allée. Le bruit sec de ses pas, l'allure martiale, le dos droit, jeune et déjà officier dans un corps prestigieux, l'élite de son temps.

Alors que je m'éloigne de l'arbre, je remarque qu'une femme m'observe en souriant. Sans doute est-il inhabituel de voir un homme en costume murmurant devant un chêne. Je m'approche. Nous engageons une conversation en anglais et je souligne la majesté de l'endroit.

— C'est le prince Georges Frédérick qui a fait planter ces arbres, me dit-elle.

— Le prince Georges Frédérick?

— Le prince Georges Frédérick de Waldeck. En 1670, il a fait planter huit cent quatre-vingts chênes dans l'alignement que vous voyez. La Große Allee fait un kilomètre six cents de long. C'est la plus belle allée de la ville.

— Très impressionnant, merci à vous...

La dame s'éloigne et je poursuis ma promenade dans cet endroit accueillant. Je ne m'y sens pas perdu. Un homme qui fait planter huit cent quatre-vingts chênes est forcément un type bien.

Je suis devant le garage avant 14 heures. Je fais les cent pas dans la rue et, à l'heure exacte, j'entre dans l'espace d'accueil. Je m'adresse à l'homme assis derrière le comptoir en lui disant avoir rendez-vous avec Gunther Dittmar. Il me regarde d'un drôle d'air. Manifestement, il ne comprend pas l'anglais et m'invite à m'asseoir tandis qu'il se replonge dans le fatras qui recouvre son bureau. Derrière moi, les mécaniciens reviennent de leur pause déjeuner et reprennent le travail dans l'atelier. Après une vingtaine de minutes, je me dis que quelque chose ne tourne pas rond. Me suis-je trompé d'adresse ? D'heure ? Lorsque j'interroge à nouveau l'employé de l'accueil, il se décide à passer un coup de fil. Est-ce à Gunther ? Je l'ignore. Il raccroche et me fait signe de patienter. Je me rassieds, de plus en plus contrarié.

Le temps s'égrène de nouveau, puis une femme accompagnée d'un jeune homme pousse la porte du garage et, m'apercevant, se dirige vers moi avec un grand sourire. Le jeune homme m'adresse la parole en anglais.

— Bonjour, je suis le fils de Gunther Dittmar et voici ma mère.

Je les salue avec joie.

— Mon père n'est pas là aujourd'hui car vous aviez rendez-vous le 17 octobre…

— Le 17 octobre ? Mais non, c'est impossible…

Nous sommes le 17 septembre.

J'ouvre mon ordinateur portable pour vérifier mes échanges d'e-mails avec Gunther et effectivement, dans la dernière réponse qu'il m'a faite, il dit m'attendre le… 17 octobre à 14 heures. Tout s'explique. Dans l'e-mail précédent je l'informais être en Allemagne les 16 et 17 septembre, aussi n'ai-je même pas remarqué le changement de mois dans sa réponse. Comme en outre, mi-octobre, je serai en Russie, il était évident pour moi que notre rendez-vous était en septembre. Je suis très embarrassé. Quelle bourde! Mais le fils de Gunther est rassurant.

— Je viens d'avoir mon père au téléphone, il va écourter son rendez-vous et nous rejoindre d'ici à une petite heure.

— Je suis vraiment confus... Pour moi il était tellement évident que j'avais écrit venir en septembre, je n'ai pas fait attention...

Je referme mon ordinateur et mes interlocuteurs ont la délicatesse de ne pas accentuer mon embarras. Je n'ai toutefois pas d'autre choix que de commencer à raconter mon histoire avant l'arrivée de Gunther. Son fils et sa femme semblent impatients. Ils s'attendent probablement à un récit extraordinaire, mais conventionnel. Comment pourrait-il en être autrement? Pour eux, je dois nécessairement être le fruit d'un amour adultère d'Alexander en France. Il y aura rencontré quelqu'un, aura eu un enfant illégitime et secret, et j'en suis le fils. Ou le petit-fils.

Lorsque je commence à raconter avoir fait un rêve lors d'un voyage au Pérou... je vois apparaître sur leur visage une sorte de retenue polie mais curieuse. Derrière leurs yeux je devine deux cerveaux en plein conflit. Même si j'ai pris soin de raconter au préalable mon parcours professionnel, qu'ils ont visiblement eu le loisir de vérifier sur Internet, ils doivent penser que même si ce journaliste français semble tout à fait honnête, ce qu'il raconte n'a aucun sens. J'imagine les différents scénarios que le fils et la femme de Gunther sont probablement en train d'élaborer en ce moment même pour donner à ma démarche une logique rationnelle.

Parler de phénomène sortant de l'ordinaire avec des gens qui ne s'y sont jamais intéressés est toujours délicat, j'ai tendance à l'oublier, moi qui suis plongé dedans depuis tant d'années. Nous vivons dans une société à l'esprit très, très réduit et où seul un cheminement personnel permet à certains de découvrir une réalité plus vaste. Ce questionnement, qui conduit à remettre en question une vision du monde acquise depuis l'enfance, est provoqué en général par un « accident ». Un événement inattendu de la vie qui rend soudain insatisfaisant le modèle dans lequel l'existence coulait tout simplement jusqu'alors. La perte d'un proche qui nous impose soudain de nous interroger sur la mort et le sens de la vie ; une maladie grave affectant un membre de notre famille ou nous-même et qui conduit aux mêmes interrogations.

Se poser des questions, c'est prendre le risque d'avoir des réponses. Et ces réponses sont susceptibles de nous conduire parfois à remettre en question notre façon de vivre.

Aussi la plupart des gens s'abstiennent de le faire. Ou seulement lorsqu'ils y sont contraints et forcés. L'immense majorité parcourt la vie sans faire de vagues, repoussant sans cesse à plus tard l'examen des grandes énigmes existentielles. C'est stupéfiant, quand on y pense, mais c'est le fruit du conditionnement dans lequel nous avons tous été élevés. Nous sommes des êtres craintifs, effrayés par la liberté.

Paradoxalement, malgré sa jeunesse, le fils montre une certaine incapacité à concevoir que mon récit puisse avoir une once de réalité. À l'inverse, sa mère, la femme de Gunther, âgée d'une cinquantaine d'années, affiche un sourire sincère et des yeux brillants. Sans doute pour la première fois de sa vie se trouve-t-elle à la lisière d'un monde inconnu et est-elle sincèrement intriguée. Voilà une histoire qui sort vraiment de l'ordinaire. Pourquoi pas ? Elle écoute mes propos que lui traduit son fils, et bientôt tous les deux connaissent les détails de ce qui m'est arrivé dans la forêt amazonienne et le fruit de mon enquête.

Vient leur tour de m'éclairer. Le fils se lance.

— Luise était la tante de mon père, comme il a dû vous le dire. Elle est décédée d'un cancer en 1975.

Quelque chose s'effondre en moi. 1975, il y a plus de quarante ans!

— L'avez-vous connue? demandé-je à la mère.

— Non, j'avais une dizaine d'années à l'époque et je ne connaissais évidemment pas encore Gunther.

Je calcule, Luise est morte à cinquante-sept ans. Nous poursuivons notre discussion mais il apparaît très rapidement que ni la femme ni le fils de Gunther n'en savent beaucoup plus sur cette dame disparue il y a tant d'années, et encore moins sur son mari, Alexander. Nous échangeons quelques banalités en attendant que Gunther nous rejoigne. Le temps s'étire, des silences gênés ponctuent nos échanges. Gunther arrive finalement après une longue heure. La cinquantaine bien sonnée, l'homme est d'un abord jovial. Je laisse son fils lui résumer mon histoire. Il ne semble pas trop surpris, mais ne prend pas pour autant ce que je lui raconte pour argent comptant.

— Vous êtes journaliste? me demande-t-il.

— Oui...

— Je reconnais votre visage. Nous avons fait des recherches sur vous sur Internet et vu votre photo. Pourquoi êtes-vous là?

— Comme votre fils a dû vous le dire, il s'agit d'une recherche personnelle. À la suite de ce rêve dans lequel j'ai eu toutes ces informations sur Alexander Herrmann, j'ai mené mon enquête et découvert qu'il avait existé et qu'il avait été marié à Luise Miller, votre tante. Voilà, je suis sur ses traces...

— Quand Alexander Herrmann est-il mort?

— En 1941.

— Je ne l'ai évidemment pas connu, me dit-il, mais j'ai connu Luise.

— Ah oui, comment était-elle?

— C'était une femme très élégante, jolie, fine, et toujours extrêmement bien apprêtée, très soigneuse de sa personne.

Elle était extrêmement gentille avec moi et ma sœur, car elle-même n'a jamais eu d'enfant.

— Je soupçonnais qu'elle n'avait effectivement pas eu d'enfant avec Alexander, lui dis-je.

— Elle n'a jamais eu d'enfant, non, mais elle a été mariée trois fois.

— Trois fois?

— Oui, deux autres maris après Alexander, mais jamais d'enfant.

— Parlait-elle parfois d'Alexander?

— Non... enfin, je ne sais pas trop. Vous savez, j'avais quinze ans à l'époque où elle est morte et c'était ma tante, aussi pourquoi aurais-je parlé de cela avec elle? Je n'ai connu que son troisième mari. Elle n'a jamais évoqué cet Alexander Herrmann devant moi, mais pourquoi l'aurait-elle fait? Quand se sont-ils mariés?

— Le 10 mai 1940. Je ne sais pas où, d'ailleurs. Luise a-t-elle vécu toute sa vie à Bad Arolsen? Dans les documents que je possède, il est fait mention d'une adresse en face du garage, le numéro 45 sur Bahnhofstraße.

— C'est là qu'était son appartement. Elle s'y est installée pendant la guerre, après son mariage avec M. Herrmann, probablement. Je sais qu'à un moment elle habitait au-dessus du garage avec ses parents. Sans doute était-ce avant. Elle a toujours travaillé au garage. Elle en a même pris la direction après la mort de Werner, son père.

— Avez-vous des contacts avec la famille Herrmann à Plauen?

— Non, aucun contact.

— Savez-vous comment Luise aurait rencontré Alexander?

— Non, je l'ignore. Mais il y avait une caserne SS à Bad Arolsen, peut-être y était-il?

— Durant l'année 1936, il est indiqué dans son dossier militaire qu'effectivement il faisait partie de la division SS-Germania. Il s'agissait d'une unité SS purement militaire, ancêtre de la Waffen-SS. Et cette année-là, il était stationné à Arolsen. Mais vous, vous ne savez rien de plus ?

— Non, mais il est fort probable qu'Alexander et Luise se soient rencontrés à cette période, suggère Gunther.

— Dans leur dossier de mariage, Luise déclare avoir rencontré Alexander en avril 1935 et j'ignore où se trouvait Alexander à cette date. Où se trouve cette caserne ?

— C'est aujourd'hui un centre commercial. La caserne n'existe plus.

Je commence à me rendre compte que, de nous quatre, c'est sans doute moi qui en sais le plus sur Alexander. Je ne sais pas à quoi je m'attendais mais j'espérais plus. Des photos, des lettres, des informations, des affaires lui ayant appartenu ? Des réponses...

— J'aimerais tant voir une photo de Luise et d'Alexander, dis-je.

— Il me semble en avoir vu une d'Alexander en uniforme, répond Gunther. Nous devons peut-être avoir quelques photos de Luise, peut-être même une avec Alexander. Il faut que je regarde, elles doivent être à la maison. Mais j'ignore où elles se trouvent, vous savez ce que c'est ! Les photos de famille. Luise est morte en 1975 et sa sœur, ma mère, en 1982, alors où est-ce que nous avons rangé ça ?

— Ce serait tellement formidable. Quand pensez-vous pouvoir regarder ?

Gunther n'entend pas ma question alors qu'il parle à son épouse. Je n'ose interrompre ce conciliabule. Je sens qu'ils veulent m'aider, tenter de trouver une piste, une image, quelque chose. Après un temps, il se tourne vers moi.

— Luise avait une cousine qui est toujours en vie, peut-être en sait-elle plus ?

— Pourrais-je la rencontrer ? Je peux rester plus longtemps à Bad Arolsen, si nécessaire...

— Elle est très âgée, me répond Gunther après un temps d'hésitation. Il faudrait que nous lui demandions nous-mêmes et nous vous tiendrons informé par e-mail.

Comprenant qu'ils vont entreprendre cette petite enquête familiale de leur côté, je leur livre le fond de ma pensée.

— J'avais en tête que Luise, en tant que veuve, a dû recevoir les effets personnels d'Alexander. Sans doute a-t-elle conservé des lettres ? Des affaires lui ayant appartenu ? Auriez-vous une idée de qui aurait pu hériter de cela après sa mort ?

Gunther me regarde d'un air dépité, il veut me dissuader de nourrir trop d'espoir.

— J'ignore si quoi que ce soit est encore dans la famille aujourd'hui. Elle est morte en 1975, vous savez... Je pense que nous avons peut-être encore une ou deux photos, mais guère plus. Tout le reste a disparu... Peut-être devriez-vous regarder dans l'annuaire de Plauen. Sans doute des membres de sa famille y habitent encore.

— Je me rends à Plauen demain, mais j'avais espéré qu'avec Luise... je recherche d'avantage des informations personnelles sur Alexander, des éléments de sa vie de famille...

— Je comprends, mais nous ne pouvons pas vous être d'une plus grande aide. Nous allons chercher pour les photos, et je vous tiendrai au courant par e-mail.

Nous prenons congé après une rencontre très agréable et courtoise, mais manifestement la piste dans laquelle j'avais mis tant d'espoir s'est refermée depuis des dizaines d'années. Comme me l'a dit Natacha avant mon départ pour l'Allemagne, c'est moi qui ai aujourd'hui l'accès le plus direct à la mémoire d'Alexander et à sa vie. Il m'appartient de découvrir *en moi* les réponses que je cherche. Mais je garde espoir, et je prends congé de la famille Dittmar avec le sentiment que, s'ils le peuvent, ils m'aideront.

Je quitte la cité des princes de Waldeck, Alexander garde ses mystères. À part mes ressentis, je n'ai obtenu ici aucune confirmation certaine. Est-il venu épouser Luise à Bad Arolsen ? A-t-il habité la ville avec elle ? Pourquoi n'ont-ils pas eu d'enfant ? Sur ce point, le fait que Luise ne soit jamais devenue mère malgré trois mariages laisse peut-être supposer qu'elle ne pouvait pas en avoir. Cela n'explique pas pour autant pourquoi Luise n'est pas apparue dans mon rêve éveillé, alors qu'il fut si riche d'autres éléments. Comme cette petite fille aux cheveux blonds dont l'image devient de plus en plus obsédante. Qui est-elle ?

Je pars déçu, même si la tension qui m'habitait depuis Paris s'est apaisée. J'attendais plus de confidences, des photos, des lettres, des détails intimes, des morceaux de vie. Et je suis tombé sur un mur de silence et d'oubli. Je dois reconnaître que, pour la famille Dittmar, cet oncle par alliance, membre de la SS et mort en 1941, et cette tante Luise décédée il y a quarante ans, c'est de l'histoire ancienne. Mais pour moi, ils sont présents à mes côtés, au quotidien. Ils sont contemporains. Ils sont vivants. Je viens de les effleurer...

Départ à l'aube. Trois cent cinquante kilomètres, trois heures trente de route annoncées jusqu'à Plauen.

Plauen

Le garage Miller constituait ma seule piste un peu tangible. Pour Plauen, la ville de naissance d'Alexander, je n'ai aucun plan, aucune idée. Juste une liste imprimée avant mon départ sur le site des pages blanches allemandes avec les neuf « Herrmann » répertoriés dans l'agglomération. Et je possède aussi l'adresse des parents d'Alexander avant guerre. C'est maigre. Mais je suis confiant. Je ferai du porte-à-porte, s'il le faut. Objectif: trouver un descendant, même lointain.

J'arrive à Plauen à l'heure du déjeuner. Alors que je sors de la campagne et qu'apparaissent les premiers immeubles de la ville, je me redresse sur mon siège tout en ralentissant l'allure de ma voiture et j'observe, plein d'espérance. Vais-je avoir un flash en apercevant soudain un endroit familier ? Ces premières minutes en ville sont si déterminantes: c'est ici qu'est né Alexander ! Je ne veux rien laisser passer. L'avenue dans laquelle je me suis engagé est large et parcourue par une double voie de tramway en son milieu. Les bâtiments qui la bordent sont élégants et de belle facture – sept, huit étages – mais un sur deux est abandonné. Portes et fenêtres condamnées par des panneaux de bois, carreaux cassés, trottoirs de guingois, bas-reliefs qui s'effritent, devantures taguées. Et peu de monde dans les rues. Nous sommes vendredi, pourtant. L'atmosphère me plonge au siècle dernier. Comme si le temps s'était arrêté avant la réunification allemande et que la ville gardait encore les stigmates de l'ancien bloc de l'Est. Immeubles sans enseigne ni couleurs, façades sombres et tristes, appartements communautaires gris. Passants couverts comme des ombres. J'éprouve une vive émotion. Me voici après tant de mois dans la ville natale du fantôme que j'abrite. Mes yeux, qui ne sont encore jamais venus à Plauen, ne reconnaissent rien, mais dans mon cœur et les tréfonds de ma conscience, la ville déclenche un certain émoi. Et dire que c'est un *rêve* qui m'amène là.

Le centre-ville est plus guilleret et animé. Comme si toute la population s'y trouvait rassemblée.

Mon hôtel est situé en contrebas de la mairie.

Je me gare dans le parking puis remonte à la réception. Je sollicite d'emblée la jeune fille à l'accueil car je ne veux pas gaspiller ces dernières heures avant le week-end.

— Pouvez-vous m'aider ?

— Je vous écoute, me répond-elle.

— Je suis journaliste français et je viens à Plauen parce que je fais des recherches historiques sur un homme qui y a vécu. Malheureusement, je ne parle pas allemand et j'aurais besoin d'embaucher quelqu'un pour m'aider, un traducteur. Est-ce que vous en connaîtriez un ?

— De quoi avez-vous besoin ?

— J'ai listé neuf personnes à contacter pour savoir s'ils sont de la famille de l'homme que je recherche.

La jeune fille me dit qu'elle pense à plusieurs traducteurs mais dans l'immédiat se propose de téléphoner elle-même aux Herrmann que j'ai identifiés. Très bonne idée. Je fouille dans mes dossiers et lui tends bientôt une copie de ma liste avec les coordonnés téléphoniques.

— Que dois-je leur dire ? me demande-t-elle.

— Je cherche un homme qui est mort pendant la guerre et qui s'appelait Alexander Herrmann. Il est né à Plauen.

— Alexander Herrmann ?

— Oui... avec deux « r » et deux « n ». Je vais vous l'écrire sur la feuille... voilà... Par ailleurs, ce monsieur avait un frère du nom d'Alfred. J'ai de bonnes raisons de croire que cet homme, qui était médecin, a encore exercé ici dans les années 1950. Et donc j'aimerais savoir si une des neuf personnes de ma liste est en lien avec Alexander ou Alfred Herrmann. Un descendant, même éloigné, peu importe.

— Dès que j'ai un moment de libre, je vais essayer d'appeler. Et je vais voir pour les traducteurs que je connais...

— Merci, c'est vraiment gentil de votre part. Je vais manger un morceau et je reviens juste après.

— Quand vous reviendrez après votre déjeuner, j'aurai peut-être des réponses...

Une auberge est ouverte, à cent mètres de l'hôtel. La pension Handelshaus. Et c'est presque euphorique, tant cette arrivée à Plauen est *facile,* que je pénètre dans une belle salle au plafond voûté. Décoration très locale, même les serveuses sont en costume ancien. Larges jupes de gros tissus, chemisiers de coton blanc aux manches remontées laissant découvrir des avant-bras délicats, tabliers d'époque noués sur leur taille fine. Me revoilà catapulté d'une nouvelle manière dans l'Histoire. Dieu merci, la carte comporte une traduction en anglais. *Das ist gut* !

Je m'installe à l'unique petite table de la taverne. Des colonnes épaisses et passées à la chaux soutiennent toute la bâtisse, qui compte plusieurs étages. Entre les colonnes, de grandes tables accueillent des familles entières.

Sur les murs, des objets hétéroclites voisinent avec des tableaux fanés, des gravures, de vieux portraits représentant des gens du passé. Un passé ancien, antérieur à cette parenthèse terrible qu'aura été le IIIe Reich, de 1933 à 1945. À peine treize années d'une indicible plongée dans l'horreur. Dans cette auberge palpite l'histoire germanique, depuis des siècles jusqu'à aujourd'hui, dans les visages des clients attablés. Mais il y a eu cette brèche, ce court moment aux conséquences si terribles. La maison où je me trouve existait à cette époque, Alexander y est peut-être même venu boire un verre. Où se camoufle cette partie de l'Histoire ? De quelle manière est-elle encore présente dans les esprits et les mémoires ? Elle imprègne à jamais l'histoire de l'Europe, et pourtant elle est si impensable que c'est comme si nous avions tous collectivement oublié la façon dont nous en étions arrivés là.

Et voilà que cela recommence. À peine assis, je me prends à imaginer ces familles joviales, ces épouses avenantes, ces bambins dodus juste quelques décennies en arrière, à l'été 1941 par exemple. Les troupes allemandes volent alors de victoire en victoire et les Soviétiques seront bientôt anéantis. Le Reich allemand est au summum de sa puissance et son expansion territoriale semble impossible à arrêter. Qui serait qui ? Qui ferait quoi ? Combien de ces jeunes hommes en train de déjeuner seraient en uniforme ? Combien dans la SS ? Ces hommes, ces femmes, heureux dans un pays prospère, seraient-ils seulement inquiets de voir leur Führer s'engager sur un front si large ? Non, ils seraient fiers. Qui trouverait à y redire ?

Me voilà donc enfin dans la ville natale d'Alexander. Là où il est né et a grandi. J'ai peine à y croire, pourtant c'est bien le cas. Plauen, région du Vogtland. C'est entre les murs de cette bourgade, à vingt kilomètres de la frontière tchèque, qu'il a vécu, qu'il est allé à l'école, qu'il a eu des amis et des émois. Ici est née en lui l'idée d'entrer dans la SS. Avec d'autres jeunes de son âge il marchait dans ces rues, plein d'exaltation sans doute. Motivé, revanchard. Si jeune dans le soleil de printemps, alors que l'avenir qu'on lui destinait initialement ne le faisait pas rêver. Voilà, Alexander. Je suis là. Je suis chez toi. Dis-moi pourquoi.

De retour à l'hôtel, la jeune fille de la réception a eu le temps de passer trois coups de fil mais personne n'a répondu. Plutôt que d'attendre, je décide d'aller tout de suite voir où habitaient les parents d'Alexander. En suivant le plan fourni par l'hôtel, je trouve facilement mon chemin. Il me faut remonter vers la mairie puis suivre les voies de tram qui obliquent en direction de la gare, au niveau du théâtre. Une centaine de mètres plus loin, l'avenue remonte et je m'engage sur la gauche, dans un dédale de petites rues qui grimpent; la ville est vallonnée.

Et la Bärenstraße est là.

La rue d'Alexander.

Elle est très en pente à son début. Je suis essoufflé. De grandes propriétés entourées de jardins campent des deux côtés. Une rue déserte. J'arrive par le trottoir de droite, à la hauteur du numéro 2. Je découvre la maison suivante, une massive demeure de trois étages en briques rouges. Le numéro 4. Bärenstraße 4, anciennement Martin Mutschmannstraße 4, du temps du régime nazi.

La maison d'Alexander.

La maison de l'homme de mon rêve.

Elle fait un peu décatie. Les murs de briques rouges sont abîmés, certaines briques, cassées. Elle doit sans doute abriter plusieurs appartements à chaque étage. Je reste immobile, debout, à la contempler en guettant une émergence, un soubresaut de mémoire. Rien.

Après avoir observé chaque fenêtre, je me dirige vers l'entrée et sonne à plusieurs interphones. La plaque de la galerie de peinture que j'avais appelée sans succès depuis Paris est fixée à droite de l'entrée. Malheureusement, les deux seules personnes qui me répondent ne parlent pas anglais et refusent de m'ouvrir. Quelle plaie de ne pas parler cette langue ! Le silence, une brise légère et fraîche sur mon visage brûlant, la lourde porte reste close. Le sang martèle mes tempes. J'appuie sur un nouveau bouton. La gardienne répond cette fois. Un déclic de la serrure, je pousse la porte et me trouve devant la cloison vitrée d'une loge que tient entrouverte une bonne dame suspicieuse. Derrière, le mari me dévisage. Je tente l'anglais...

— Bonjour, je suis journaliste français, cette rue autrefois s'appelait-elle bien Martin Mutschmannstraße ?

— *Nein...*

Elle ne me comprend pas.

— Martin Mutschmannstraße ?

— *Nein...*

Je tente autre chose, un nom...

— *Heir... Herrmann ? Otto und Hedwig Herrmann ?*

Elle ne cille pas. Son absence non feinte de réaction indique que le nom de Herrmann ne lui dit rien. Suivent de longues phrases incompréhensibles. Mais à force de gestes, je saisis que la dame m'invite à m'adresser à l'atelier au rez-de-chaussée. Je ressors dans la rue, contourne le bâtiment et découvre effectivement l'entrée d'un atelier de céramique... fermé. En relevant la tête, j'ai le temps d'apercevoir un pan de rideau bouger derrière une fenêtre du dessus. La gardienne, qui garde.

De retour dans la rue, je tente ma chance auprès de chaque passant. Mais ils sont rares. Une jeune fille se dirige justement vers le numéro 4. Elle m'apprend que la vieille dame qui tient l'atelier de céramique habite là depuis plus de cinquante ans. Quant à elle, ni Mutschmannstraße, ni Herrmann ne lui évoquent quoi que ce soit. Elle est trop jeune et là depuis peu.

Je passerai le temps qu'il faudra mais j'entrerai dans cette maison. Je suis venu de si loin.

Je décide de m'imprégner de l'atmosphère et remonte la rue sur toute sa longueur. Elle s'étend en ligne droite sur un peu moins de cinq cents mètres. D'abord, ce sont d'autres grandes bâtisses anciennes à l'image de la maison d'Alexander, puis quelques immeubles, et enfin des bâtiments plus modernes tout au bout.

Alors que j'ai atteint son extrémité et que je fais demi-tour, soudain je me sens bizarre.

Je suis envahi de tristesse alors que je ne l'étais pas dix minutes auparavant. J'ai l'impression de me trouver dans un cul-de-sac. Je ne m'explique pas cette mélancolie aussi subite qu'inattendue.

Mon cœur est couvert de tristesse.

L'ambiance est *fermée*. Lourde. Le silence recouvre la rue. L'endroit n'est pas accueillant, en fait, et j'ai envie de pleurer. Je retiens mes larmes. C'est une tristesse propre à l'endroit, une émotion qui habite là et qui s'infiltre dans mes méridiens. J'ai l'impression de parvenir à un fond. Une fin. Sans comprendre, cette rue me remplit de tristesse. Je ne suis pas découragé, non, je suis accablé d'une peine qui hante ce lieu. Comme si *tout était terminé, tout était fini.*

Je redescends toute la rue puis je m'assieds sur un parapet, en face de la maison d'Alexander. Je prends quelques notes en essayant de laisser vivre ces sensations qui m'étonnent et dont j'aimerais comprendre la signification. Après quelques minutes, une jeune femme se gare à côté de moi. Alors qu'elle verrouille la portière de sa voiture, je me lève et m'avance vers elle.

— Excusez-moi, parlez-vous anglais ou français ?

— Anglais, oui.

— Je suis journaliste et je cherche à savoir comment cette rue s'appelait avant. Pendant la guerre ?

— Je suis désolée mais je l'ignore.

Elle se dirige vers l'entrée de son immeuble, la maison située en face de celle d'Alexander, et puis s'arrête.

— Moi, je ne sais pas mais les propriétaires de mon immeuble sont peut-être au courant ?

— Ils logent ici ?

— Oui, c'est un couple âgé. Ils habitent au rez-de-chaussée. Ne bougez pas, je vais voir s'ils sont là...

La jeune fille revient après une minute, accompagnée du couple en question. L'homme âgé est assez maigre mais dégage une énergie de sportif. Sa femme et lui sont immédiatement d'une très grande amabilité. Ils sont rieurs et parlent même un peu français.

— Oui, cette rue était bien la Martin Mutschmannstraße autrefois, me confirme l'homme.

Ils m'invitent à entrer quelques minutes chez eux. Leur sollicitude me touche et je leur raconte bientôt mon histoire dans les grandes lignes. J'ai une immédiate confiance en eux. Et mon rêve, mon enquête, mon lien avec Alexander les fascinent immédiatement.

— Je m'appelle Claus Weisbach et voici ma femme, Monika. Figurez-vous que je vous crois. Je sais que des choses étranges sont possibles. Mon grand-père avait fait le rêve qu'une bombe allait tomber sur notre maison.

C'était bien avant la guerre, aussi personne n'avait pris ça au sérieux, mais pendant la Seconde Guerre mondiale, une bombe s'est vraiment écrasée sur la maison... et elle n'a pas explosé. Était-ce un rêve prémonitoire ? En tout cas, votre rêve avec cet Alexander Herrmann ne me choque pas.

Claus et Monika se prennent au jeu. Ils veulent m'aider.

— Nous connaissons bien la propriétaire du numéro 4. Elle s'appelle Ilda et habite là depuis très longtemps. Sans doute a-t-elle connu les Herrmann. Elle n'a pas loin de quatre-vingt-dix ans.

— Pensez-vous que nous pourrions aller la voir maintenant ?

— J'allais partir à ma séance de sport, me dit Claus.

— Ça ne prendra que quelques minutes, lui glisse sa femme.

Et nous voilà ressortant de l'immeuble, traversant la rue pour rejoindre la porte de la maison d'Alexander. L'interphone reste cependant muet. Pas de réponse d'Ilda, la propriétaire.

— Elle va souvent dans son jardin, qui se trouve dans un autre endroit de la ville, me dit Monika.

— Nous essayerons de la joindre et l'on vous téléphonera une fois que nous l'aurons eue pour convenir d'un rendez-vous, renchérit Claus.

— Ce serait formidable. Je suis à l'hôtel Am Straßberger Tor.

Nous revenons dans le bel appartement lumineux qu'ils occupent afin que je leur donne le numéro de l'hôtel. Claus rassemble ses affaires de sport et je m'avance avec lui vers la porte, je ne veux pas abuser de leur gentillesse.

— Vous habitez ici depuis l'enfance ? demandé-je à Claus.

— Oui, mais j'ai quitté l'Allemagne de l'Est en 1948, à l'âge de dix-sept ans. Ma mère habitait cette maison depuis sa naissance, en 1902, et elle y est toujours restée.

— Vous êtes né en 1931 !

— Oui, j'étais enfant pendant toute cette période. J'étais très jeune quand votre Alexander habitait là, et je n'ai aucun souvenir de lui ou des occupants du 4.

Un témoin vivant ! Il *aurait pu croiser* Alexander dans cette rue !

— Vous ou votre maman vous avez forcément croisé Alexander, fais-je remarquer.

— C'est possible... Je ne suis revenu à Plauen qu'en 1995. Je suis architecte. Et figurez-vous qu'il m'a fallu racheter la maison de ma mère à la mairie. Dix fois le prix qu'elle leur avait vendu.

Nous convenons de nous téléphoner un peu plus tard. Claus et Monika sont d'une grande gentillesse et manifestement touchés par mon témoignage. Ce couple est un cadeau, peut-être vont-ils ouvrir ce qui est fermé. Je redescends vers le centre-ville le cœur léger. Ma tristesse s'est envolée, comme par magie. Pas une seconde je n'imagine la tempête que je viens de déclencher au numéro 4, dans la maison de briques rouges.

Tempête

Il est encore tôt, je vais poursuivre mon exploration de la ville. Mais d'abord un rapide passage à l'hôtel, pour voir où en est la réceptionniste. Personne, parmi les Herrmann, n'a répondu. Ce n'est pas anormal, me confirme-t-elle, les gens ne sont pas forcément chez eux en pleine journée. Elle me donne par ailleurs trois noms de traducteurs qu'elle a dénichés. Je décide de les appeler ce soir, si ses nouvelles tentatives continuent de ne donner aucun résultat. Et je ressors aussitôt, non sans l'avoir chaleureusement remerciée. J'ai une autre adresse à visiter: Dürerstraße 1. Celle que j'avais découverte dans cet annuaire des années 1950 pour le Dr Alfred Herrmann.

La ville de Plauen n'est pas immense et mon plan m'apprend que la Dürerstraße se trouve juste en contrebas de l'hôtel. Je marche quelques minutes à peine et arrive devant un bloc d'immeubles entièrement à l'abandon. Comme si le quartier avait vu fuir une grande partie de ses habitants il y a longtemps. L'immeuble du Dürerstraße 1 compte quatre étages. Il a dû être de bon standing, mais comme une majorité de ceux de la rue, il est désormais inoccupé et dans un état sinistre. Les ouvertures donnant sur la rue sont condamnées, et *Fuck* est tagué sur la porte. L'immeuble vide et décrépit se trouve à l'extrémité de la rue, à un croisement de routes, telle la proue d'un bateau mort. Ça sent la pisse. Plus personne ne vient là et le frère d'Alexander, si tant est que ce soit lui qui ait vécu à cette adresse, a disparu depuis longtemps.

Je remonte en direction de l'hôtel, à nouveau plein d'amertume. Mon humeur fait le grand écart depuis mon arrivée à Plauen. La moindre contrariété m'affecte, comme à l'instant le délabrement de cet immeuble. Quelque chose est lourd ici. Brutal. L'atmosphère est plus dense. Autant Bad Arolsen était légère et accueillante, autant Plauen est pesante. Plauen est un endroit que l'on veut quitter.

Mais cette sensation n'est pas la mienne.

C'est une impression, un message, une indication, un indice envoyé par Alexander.

Alexander voulait quitter cet endroit.

À Arolsen il a été porté, heureux, il a pu se déployer. Soudain d'autres questions surgissent : quel rôle joue Otto, le père d'Alexander, dans son départ pour la SS ? Fuit-il ce père ? A-t-il du mal à exister à ses côtés ? La sensation de liberté et d'épanouissement que je percevais hier encore à Bad Arolsen n'est plus présente ici. À Plauen, je sens le poids des regards, du jugement et de la désapprobation.

Ces pensées me traversent alors que je marche dans les rues de plus en plus vides. L'heure du crépuscule approche et les habitants s'empressent de rejoindre leur foyer, comme si les artères de la ville devaient être laissées pour la nuit à quelques êtres insoupçonnables et craints. Des fragments encore vivants de mémoires oubliées ?

La jeune fille de l'accueil a quitté son service sans être parvenue à joindre aucun des numéros de ma liste. Je dîne rapidement puis gagne ma chambre pour faire le point sur ma journée. Alors que je mets mes notes au propre, le téléphone sonne.

— Bonsoir... on m'a dit que vous cherchiez un traducteur ?

C'est une voix de femme. Il s'agit de l'une des trois personnes recommandées par la jeune fille de l'accueil. Elle devance mon appel.

— Oui, merci à vous de m'appeler.

Je lui raconte succinctement pourquoi je suis là.

— Malheureusement, je ne suis pas disponible ce week-end et si c'est urgent pour vous, ça va être compliqué pour moi en début de semaine.

— Je ne suis à Plauen que pour quelques jours.

— Je suis engagée depuis longtemps pour ce week-end... une fête d'anniversaire.

— Je comprends, c'est vraiment très aimable à vous de m'avoir appelé...

— Je connais un monsieur qui est professeur de français.

— Ne vous inquiétez pas, on m'a donné d'autres noms en plus du vôtre.

— Je connais bien cet homme et sa femme est spécialisée dans la recherche de personnes.

— Ah oui, c'est vrai que c'est une bonne idée, comment puis-je les joindre ?

— Il s'appelle André Harnisch, je n'ai malheureusement pas son numéro.

— Comment dites-vous qu'il s'appelle ?

— Harnisch. Ils doivent être dans l'annuaire. J'espère... sa femme s'appelle Andréa.

— Ah oui ? André et Andréa ? demandé-je, pas certain d'avoir bien compris...

— Oui, c'est ça, André et Andréa Harnisch.

Quelle gentillesse. Cette dame me téléphone pour me donner une solution de secours alors qu'elle sait ne pas être disponible. Je suis touché. Je me mets tout de suite en quête du numéro de téléphone d'André Harnisch mais, à mon grand désarroi, je suis incapable de le trouver sur Internet. Après quinze minutes de vaines tentatives, j'abandonne en me disant que j'ai de toute façon deux autres interprètes possibles grâce à la réceptionniste. Je les appellerai demain matin.

Depuis mon arrivée, j'ai à la fois l'impression d'être aidé d'une manière incroyable et, dans le même temps, d'être confronté à des freins inhabituels. Comme si les énergies étaient exacerbées. D'un côté ce couple âgé qui se met en quatre pour moi, ou cette traductrice qui prend la peine de téléphoner à un inconnu pour lui proposer une solution parce qu'elle-même n'est pas libre ; et de l'autre ces portes qui se ferment inexplicablement, cette mélancolie brutale qui m'accable par instants... Comme si en approchant de plus en plus près du but, les choses se tendaient. Je sens clairement deux forces s'opposer. Une force d'inertie et une force d'aide et d'ouverture. Il faut que je sois tenace, plus vigilant que d'ordinaire, pour ne pas me laisser gagner par le découragement.

Par ailleurs, je continue de ressentir l'intrication des époques. Les années 1930 sont là, invisibles, *présentes* dans le moment actuel. Comme si le temps linéaire n'était plus ce qui reliait un événement à un autre, mais que ces événements étaient raccordés *autrement*. Par le sens, la conscience, que sais-je... un lien plus fort que le temps. Aujourd'hui, en marchant dans Plauen, j'ai vraiment perçu qu'une autre époque était accessible ; celle d'Alexander...

Alors que je m'apprête à me coucher, je reçois un e-mail de Monika. Elle m'informe qu'elle et Claus ne sont toujours pas parvenus à contacter Ilda, la propriétaire de la maison de briques rouges. Leurs coups de fil restent sans réponse.

Chose d'autant plus curieuse, s'étonne Monika, que de leur fenêtre ils distinguent de la lumière chez elle. Monika conclut qu'elle et Claus essayeront de nouveau demain matin et que si Ilda ne décroche toujours pas, ils iront frapper à sa porte.

Comme c'est étrange. Pourquoi cette dame ne répond-elle pas au téléphone alors que de la lumière brille chez elle ? Je suis pris d'inquiétude. Pourvu qu'il ne lui soit rien arrivé.

Au matin, Claus me téléphone tôt pour m'apprendre que la voisine a finalement parlé à Monika et... refuse tout contact avec moi. « Venez à la maison, il faut que je vous explique... »

En quittant l'hôtel, un nouveau réceptionniste m'informe que j'ai reçu un appel à 3 heures du matin, mais que la personne a demandé à me laisser un message pour ne pas me réveiller. Je prends le billet et découvre le numéro de téléphone de cet André Harnisch impossible à trouver la veille. Le message m'a été laissé par cette traductrice indisponible qui m'avait donné le nom des Harnisch hier soir. Je n'en reviens pas. Elle s'est vraiment décarcassée pour moi.

— Ça nous a inquiétés qu'Ilda ne réponde pas, me dit Claus.

À 10 heures je suis à nouveau dans le grand salon baigné de soleil de la maison de Claus et Monika.

— Racontez-moi, dis-je.

— Ilda a finalement discuté avec Monika ce matin et ne veut pas vous rencontrer.

— C'est curieux, comprenez-vous pourquoi ?

Je suis assez dépité. Une nouvelle piste prometteuse s'effondre. Ma seule piste, en réalité. Claus et Monika me disent n'avoir pas compris au début. Ils la connaissent depuis vingt ans. Et puis la lumière s'est faite.

— Cette dame, Ilda, a eu Helmut Rauca comme locataire dans cette maison. Avez-vous déjà entendu ce nom ?

— Non, qui est-ce ?

— Un criminel de guerre nazi impliqué dans les massacres du ghetto de Kaunas, en Lituanie. Cet homme était originaire de Plauen et, après la guerre, il a habité chez elle. Ilda m'a confié ce matin que lorsque vous avez sonné à sa porte hier, comme elle ne comprenait pas ce que vous disiez, elle a pensé que vous étiez sur les traces de Rauca.

Helmut Rauca est en effet un triste personnage. Responsable, en octobre 1941, du massacre de plus de onze mille Juifs dans la ville de Kaunas, en Lituanie, il a émigré au Canada en 1950 et obtenu la citoyenneté en 1956. Criminel de guerre recherché par l'Allemagne de l'Ouest, il est extradé en mai 1983 et meurt à la prison de Kassel, avant que son cas ne soit jugé en novembre de la même année. Mon arrivée devant la maison où il se réfugia durant les années d'après guerre a fait resurgir chez cette vieille dame une période qu'elle pensait révolue mais dont les peurs la hantent toujours. Claus me confie qu'elle a passé la journée cloîtrée, n'osant pas répondre au téléphone. L'esprit emporté dans une tempête de panique.

— Ilda faisait partie des jeunesses hitlériennes avant la guerre, précise-t-il.

Le passé est encore vivant. Il suinte. Il est là. Nauséabond.

— Je me souviens de leurs défilés dans la rue, à l'époque. C'était une adolescente quand j'étais encore un enfant, ajoute Claus.

— Ilda n'a jamais agi comme ça depuis que nous la connaissons, renchérit Monika.

Je comprends alors que cette vieille dame a accueilli Rauca pour des raisons que je préfère ignorer, mais dont je conçois qu'elles laissent un filet de suspicion et de paranoïa aujourd'hui, tant d'années après, alors que la mort se rapproche. Le temps du bilan.

Tandis que nous discutons, assis à la table de leur cuisine, le téléphone sonne. Monika se lève pour répondre. Je vois de la stupéfaction sur son visage. Elle regarde son mari et tend le combiné à Claus. Alors qu'elle se rassied, elle me dit, à voix basse : « C'est Ilda. »

La propriétaire de la maison de briques rouges sait que je me trouve en compagnie de Claus et Monika. Je suis monté en voiture et me suis garé juste devant leur maison. Soudain se réveille un immense espoir. A-t-elle changé d'avis ? Les yeux de Claus, qui est en grande discussion avec elle, se plissent, impatients de partager quelque chose avec moi. Le coup de téléphone se prolonge. Monika et moi sommes silencieux, pendus aux lèvres de Claus dont je ne comprends pas un traître mot. Enfin, il raccroche et me regarde.

— Elle vient de me dire qu'il n'y a jamais eu d'Otto Herrmann dans sa maison.

— Comment cela ?

— Elle habitait déjà là pendant la guerre et n'a jamais connu de Herrmann dans son immeuble. Mais ce n'est pas tout, Stéphane, elle a regardé dans un vieil annuaire qu'elle possède et a découvert que les Herrmann habitaient au 48a Martin Mutschmannstraße. Et pas au 4.

Serait-ce possible ? Je sors mon ordinateur, ouvre le dossier contenant les fichiers du dossier militaire d'Alexander, sélectionne la page numéro 15 intitulée « Bericht » et sur laquelle figurent de nombreuses informations, dont le nom et l'adresse du père d'Alexander. Sur cette ligne je lis : « Otto Herrmann, Plauen i.Vgt, Martin Mutschmannstraße.4 », mais le « 4 » se trouve en extrémité de page. Un « 8a » aurait-il été effacé ? Même en agrandissant au maximum, impossible de distinguer quoi que ce soit. Mais si cette adresse figure dans un annuaire, c'est très certainement la bonne.

— Dans le dossier que je possède, c'est bien le 4 mais peut-être est-ce une erreur, une faute de frappe. À quel niveau se situe le 48a, Claus ?

— Beaucoup plus haut dans la rue, mais toute cette partie de la ville a été détruite par les bombardements alliés à la fin de la guerre. Il ne reste rien des immeubles de l'époque.

Claus ouvre plusieurs de ses grands tiroirs d'architecte et finit par mettre la main sur ce qu'il cherche : un plan de la ville datant de 1939. Il le déploie sur la table de la cuisine.

— Vous voyez, à partir d'ici, tout a été rasé.

Son doigt dessine un cercle dans lequel disparaît une grande partie de la rue.

Après les avoir chaleureusement remerciés pour leur aide et leur avoir promis que je les tiendrai au courant, je les quitte pour me rendre compte par moi-même. Je remonte la rue jusqu'aux immeubles modernes. Ensuite, il y a un passage plus étroit puis elle reprend et se termine le long d'une petite colline boisée. En haut, une tour de métal sert d'observatoire et, juste derrière, mon plan m'indique que se trouve la gare. Devant moi, jouxtant une voie rapide construite sur les décombres d'un quartier entier balayé en quelques heures, une sorte de terrain vague : l'emplacement du 48a. Même si je n'avais rien senti devant la maison de briques rouges, au moins avait-elle le mérite d'exister. Là, il y a juste des friches et des box de garage. Alors que je me trouve à l'extrémité de Bärenstraße, je me souviens qu'hier c'est précisément à ce niveau que j'avais été envahi de tristesse et me suis presque retrouvé au bord des larmes.

À l'endroit où se trouvait la *vraie* maison.

Mon corps avait éprouvé une peine mystérieuse et intraduisible alors que je venais de passer devant et que je retournais vers un bâtiment qui n'avait finalement rien à voir avec Alexander.

Mon corps sait ce que mon esprit ignore.

Pris d'une soudaine inspiration, debout dans la rue, je compose le numéro de téléphone d'André Harnisch, le traducteur de français, noté sur ce bout de papier que j'avais glissé négligemment dans ma poche. Il décroche après trois sonneries. Avec prévenance, il me dit être disponible ce week-end. Nous convenons de nous retrouver à l'hôtel trente minutes plus tard. Il vient avec sa femme.

Andréa et André

Je suis dans le hall de l'hôtel depuis cinq minutes quand je vois un couple dans la soixantaine franchir la porte vitrée et parcourir l'endroit du regard à la recherche de quelqu'un. Je leur fais signe de la main.

André se présente avec entrain, sa femme est plus réservée. Il parle un excellent français, langue qu'il a enseignée pendant sa carrière ici, à Plauen. Elle le comprend, mais préfère s'exprimer en anglais. Un francophone et une spécialiste dans les recherches généalogiques, je ne pouvais pas mieux tomber.

À nouveau, je livre les étranges raisons qui m'ont poussé à venir jusqu'ici, appréhendant leur réaction. Elle est respectueuse. André ouvre des yeux ronds, Andréa affiche un sourire que je peine à décrypter mais ils sont tous deux touchés par ma sincérité. Qui irait inventer une histoire pareille ?

André propose tout de suite de procéder avec méthode.

Il prend les commandes d'autorité.

— Vous dites avoir une liste de Herrmann domiciliés à Plauen ?

— Oui, je l'ai là...

S'adressant à nous deux, il poursuit.

— Andréa peut essayer de les appeler maintenant. On cherche donc un descendant de...

— A priori plutôt du frère d'Alexander, Alfred...

— Bien.

Ma liste en main, il explique à Andréa ce que nous venons de dire. Elle, impatiente, lui répond qu'elle a compris et compose déjà le premier numéro. André est très didactique et d'une grande efficacité. Tous deux correspondent parfaitement à l'image que je me fais de l'Allemand de l'Est. Une image très certainement empreinte de clichés un peu idiots. Je constate en tout cas un sincère désir de m'aider à avancer.

La première personne décroche, Andréa lui pose plusieurs questions, puis raccroche.

— Fausse piste. Lui n'a rien à voir avec vous. J'appelle le deuxième.

En quelques minutes, plusieurs des noms de ma liste peuvent être éliminés.

Pendant ce temps, j'ai sorti mon ordinateur et montre à André les pages du dossier militaire d'Alexander en lui expliquant que ses parents habitaient une partie bombardée de l'ancienne Martin Mutschmannstraße.

— Près de soixante-quinze pour cent de Plauen ont été détruits à la fin de la guerre, me dit-il.

— Dans quelles circonstances ? Au moment de l'avancée des Russes, ou lors de bombardements aériens ?

— L'immense majorité des destructions se sont produites lors d'un seul et unique énorme bombardement conduit par les avions américains et anglais. Il a eu lieu dans la nuit du 9 au 10 avril 1945. Plauen a été rasée cette nuit-là. La ville avait déjà connu des bombardements auparavant, mais jamais de cette ampleur.

— Soixante-quinze pour cent de la ville !

— Le haut de ce qui est aujourd'hui la Bärenstraße se trouve dans le quartier de la gare. C'est pourquoi il a été particulièrement ciblé. Plauen était devenue à la fin de la guerre un important lieu de production de chars. Les Alliés ont voulu le détruire totalement.

— Bon, j'ai fini, nous coupe Andréa. Cinq n'ont pas de rapport avec vous et quatre ne répondent pas.

Andréa semble avoir une technique de contact extrêmement rodée. Je marque mon admiration devant son aisance à manœuvrer.

— J'ai l'habitude, avec mon travail de généalogiste. Vous savez, les gens sont assez méfiants ici. Héritage communiste.

— Vous êtes formidable. J'espère qu'un des numéros donnera quelque chose. Mais il est possible que les parents d'Alexander ou son frère, s'ils ont survécu à la guerre, soient partis à l'Ouest. Qu'ils aient quitté Plauen. Ça peut aussi être le cas du ou des éventuels descendants d'Alfred, le frère, s'il en a eus. Qu'en pensez-vous ?

— Oui, enchaîne Andréa. Pour être honnête avec vous, je ne suis pas très optimiste.

— Ah non ?

Que faire ? Mon inaptitude en allemand n'explique pas à elle seule ma difficulté à mener cette enquête. Je suis plutôt doué pour ce métier en général, j'ai travaillé sur des sujets ardus, le trafic d'héroïne en Asie centrale, par exemple. Mais là, je suis frappé par mon manque d'efficacité. Je ne sais que chercher, comment poursuivre...

— Montrez-moi ça, demande Andréa en désignant l'écran de mon ordinateur.

Elle se rapproche et commence à lire avec son mari les pages d'archives du dossier militaire. Soudain, je me rappelle qu'avec Charles Trang nous avions été intrigués par la mention d'une fille dans la famille d'Alexander. Nous nous étions demandé s'il s'agissait d'une sœur d'Alexander. Je recherche la page qui se trouve dans le dossier de mariage, la retrouve et la montre à Andréa.

— Il s'agit d'une nièce, affirme-t-elle immédiatement.

— Comment le savez-vous ?

— Ce doit être la fille de son frère. Regardez : ce mot, « Geschwisterkinder », désigne ses éventuels neveux et nièces. Et à côté il y a un « 1 » avec le signe féminin. Votre Alexander avait une petite nièce.

Je regarde la page d'archive jaunie. C'est si facile quand on a l'habitude. Un grand sourire doit s'afficher sur mon visage lorsque je relève la tête et regarde Andréa.

— Il n'y a ni prénom ni âge, mais le document date de début août 1939. Alexander aurait donc eu une nièce d'un an en août 1939 ?

— Oui, elle a dû naître en 1938... conclut Andréa.

— Et si je vous donnais une copie de ces dossiers ? Vous pourriez les parcourir ?

Je suis certain que de nombreux éléments se cachent encore dans ces fichiers. Avec le petit sourire espiègle de celle que je sens déjà prise par l'enquête, Andréa sort une clé USB de son sac.

— Mettez-les dessus.

— Stéphane, voilà ce que je vous propose, me dit André. Ma femme va rentrer chez nous avec ces documents et commencer les recherches. Pendant ce temps, je peux vous faire visiter la ville. Qu'en dites-vous ?

Je ne suis pas super fan d'une promenade touristique dans Plauen, mais après tout je veux continuer de découvrir l'endroit, et que faire d'autre ? La journée de samedi est avancée, tout va fermer assez tôt dans l'après-midi et Andréa ira sans doute plus vite en travaillant de son côté. Nous sortons de l'hôtel, et tandis qu'Andréa grimpe dans un tram, André et moi descendons vers le centre-ville et ses trésors historiques.

Je suis de retour à l'hôtel en milieu d'après-midi et découvre un premier e-mail d'Andréa, qui n'a pas chômé. En même temps qu'elle se lançait dans la lecture de mes dossiers, elle a mené des recherches avec ses ressources professionnelles de généalogiste, notamment en consultant les archives numérisées de la ville. Les résultats sont impressionnants.

D'emblée elle me confirme que l'information trouvée par la vieille dame de la maison aux briques rouges est exacte : Otto Herrmann habitait au numéro 48a de la Martin Mutschmannstraße et non pas au 4, confirmation définitive. En revanche, il n'apparaît à cette adresse qu'en 1939. Auparavant, en 1937, Otto le père ainsi qu'Alfred le frère d'Alexander – qui est déjà signalé comme médecin – sont inscrits à une autre adresse : Neundorfer Straße au numéro 47. C'est là où habitait la famille avant guerre, là où a grandi Alexander.

C'est en 1938 qu'Otto doit avoir déménagé sur Martin Mutschmannstraße, alors que son fils Alfred demeurait Neundorfer Straße 47. Cette année-là est née la fille d'Alfred, la nièce d'Alexander, raison qui explique qu'il ait gardé l'appartement pour sa famille naissante et que ses parents soient partis s'installer sur Martin Mutschmannstraße. À cette date, Alexander était membre de la SS depuis plusieurs années et avait quitté le foyer familial.

En 1940, la situation est la même : Otto sur Martin Mutschmannstraße et Alfred toujours dans l'appartement de Neundorfer Straße.

Idem en 1941, année de la mort d'Alexander.

Mais, surprise, en 1943-1944, il n'y a plus que le nom de Hedwig, la femme d'Otto et mère d'Alexander, qui apparaisse comme habitant l'appartement de Martin

Mutschmannstraße. Et à cette date il est signalé qu'elle est veuve. Le père d'Alexander est donc mort entre 1941 et 1943.

Quand on passe à 1947, soit Hedwig est décédée, soit elle est partie de Plauen, car elle n'apparaît plus nulle part.

En revanche, Alfred et sa famille ont désormais déménagé au numéro 1 de la Dürerstraße. Ils y sont toujours en 1950, comme je l'avais découvert à Paris. J'ai donc la confirmation que le frère et la belle-sœur d'Alexander, dont on a découvert qu'elle s'appelait Inge, étaient vivants en 1950 et habitaient cet immeuble aujourd'hui décati et abandonné, en contrebas de mon hôtel. Alfred y avait également son cabinet de médecin.

Alfred, Inge et leur petite fille.

Je ne tiens plus en place et, après avoir repéré où se trouvait Neundorfer Straße, je me précipite dehors. C'est donc là qu'Alexander a réellement vécu. En effet, lorsque ses parents, Otto et Hedwig, déménagèrent dans Martin Mutschmannstraße en 1939, rue que j'ai déjà visitée, Alexander se trouvait dans une caserne de l'Ordre noir près de Berlin. Il n'a jamais habité là et a seulement dû s'y rendre pour quelques visites à ses parents. Là où il a passé son enfance et son adolescence, avec certitude, c'est dans Neundorfer Straße.

Cette rue est une grande artère que j'ai déjà parcourue. Elle descend presque jusqu'à la mairie. Le numéro 47 se trouve à un petit kilomètre. J'y vais à pied.

Ces adresses qui se dévoilent au fur et à mesure de l'enquête revêtent une importance énorme à mes yeux. Leur découverte par Andréa constitue les seuls éléments vraiment tangibles qui, à Plauen, me lient à Alexander. J'ai l'impression de me rapprocher encore davantage de lui en découvrant ces éléments biographiques sur sa vie et sa famille.

En étant sur le terrain, il m'est en outre offert la possibilité d'aller sur place immédiatement, respirer la réalité de ces trouvailles.

Une fois dans la rue, je marche d'un bon pas vers l'est. L'avenue remonte légèrement.

Je suis quand même troublé par la découverte de l'existence de cette petite nièce. Et plus encore par le fait qu'en octobre 1941, date de la mort de son oncle, Alexander, elle aurait eu l'âge de l'enfant aperçue dans mon rêve.

Si, comme je le crois aujourd'hui, chacun des éléments du rêve est important, la petite fille est centrale, car elle est revenue à plusieurs reprises avec insistance, netteté et force. Ne serait-ce pas la fille d'Alfred et d'Inge que j'ai vue ? Alors que j'avance vers l'ancien appartement de la famille, cette intuition se renforce et soudain une certitude éclate dans mon esprit : la petite fille de mon rêve est la nièce d'Alexander et elle est vivante !

Elle approche des quatre-vingts ans, mais elle est encore en vie. Elle se trouve aujourd'hui quelque part en Allemagne. Et je vais la trouver !

Cette intuition fulgurante me saisit à quelques blocs de là où a grandi Alexander.

Fulgurance

Me voilà devant le 47. En face d'un immeuble de cinq étages à la façade ocre jaune. Par endroits, le revêtement est tombé, laissant les briques apparentes. Encore un bâtiment vide et abandonné. Quelle tristesse, cette ville que la vie quitte. Au-dessus de la porte d'entrée, la date de construction est dessinée dans des armoiries de stuc blanc : 1908. Le bâtiment devait avoir de l'allure, autrefois. Des fresques de plâtre et des moulures d'un style Art nouveau décorent les frises au-dessus des fenêtres. Au quatrième, une belle femme ailée se passe la main dans les cheveux alors qu'en vis-à-vis de la fenêtre, en avancée contre laquelle elle se trouve, un faune aux pieds de bouc tente de la séduire d'un air de flûte. Il s'agit de Pan et de Séléné.

Pan, une divinité de la nature, protecteur des bergers et des troupeaux, s'amusait à faire peur aux voyageurs qui s'égaraient dans les bois. Séléné, elle, était la déesse de la Lune que les Romains appelaient Luna. Une belle jeune femme d'une blancheur étincelante parcourant le ciel sur un char d'argent tiré par deux chevaux. Elle se laissa séduire par Pan.

La famille Herrmann habitait derrière ces fenêtres.

Au quatrième étage. Ils occupaient tout le niveau.

La chambre d'Alexander se trouvait-elle du côté de Séléné ou de Pan ?

Je m'approche de la porte d'entrée et place mes mains en visière pour tenter d'apercevoir quelque chose à travers les vitres opaques. Je distingue un hall sombre. Une ouverture donne sur l'arrière. Le sol est encombré de feuilles mortes et de vieux cartons.

De grosses gouttes de pluie se mettent à tomber. Plusieurs nuages gris et menaçants passent dans le ciel bleu et masquent le soleil. Je monte sur le perron et m'abrite dans l'embrasure, dos contre la porte condamnée. Inexplicablement, mon esprit ne cesse de revenir à la petite fille. Je suis surpris de l'irruption de cette pensée presque compulsive. Je revois la scène du rêve où Alexander est en compagnie d'un autre homme et de cette enfant blonde. La force de la certitude avec laquelle je *sens* que cette enfant est encore vivante me surprend.

Et soudain, tout s'éclaire : cet autre homme, c'est son frère ! C'est Alfred.

Dans mon rêve, je sentais qu'Alexander éprouvait un sentiment d'amour envers lui : « Soudain, il est devant un lac, dans un paysage champêtre, c'est l'été. Il est torse nu, un autre homme se trouve allongé sur le ventre à côté de lui, un homme un peu plus âgé dont je distingue bien le visage. Il y a un lien fort entre eux. Sont-ils amants ? »

Mais ce que j'avais pris pour un attachement homosexuel peut être en réalité le sentiment d'amour pour un frère. Dans cette scène, les deux hommes rient, vêtus seulement d'un pantalon civil et le torse nu. Ils sont en vacances, devant un lac. Mais oui ! Si cette petite blonde est la nièce d'Alexander, c'est soudain évident, limpide : cet autre homme mystérieux doit être son frère.

Je vais retrouver la petite fille. J'en suis certain. Elle m'est apparue parce qu'elle est ce qui me rapproche d'Alexander. Elle est vivante.

La courte averse cesse. Je descends du perron et fais quelques pas. Je remonte la rue sur deux immeubles, puis redescends. Je m'immobilise à nouveau devant le 47. C'est curieux, quelque chose me retient ici. Comme si je ne voulais pas partir, pas m'en éloigner. Alors je reste là, sans forcer. Puis je traverse la rue et m'installe de l'autre côté, d'où j'ai une meilleure vue d'ensemble. Sur le mur du bâtiment qui fait face à l'immeuble d'Alexander, un tag est écrit en français: « L'important, c'est l'amour ». Rien que cette phrase, bien visible. Pas un seul autre tag sur toute la rue. Et là, en *français*, « L'important, c'est l'amour ».

C'est quoi, le message ?

Eh bien peut-être que... l'important, c'est l'amour !

Je retraverse. Reste encore un peu devant la porte du 47. Je me recule. Je lève la tête et détaille à nouveau chaque frise, Séléné, Pan, les autres bas-reliefs. Y a-t-il un signe ? Un message qui m'attende ? Une ombre, un geste derrière une fenêtre ? Après un long moment, je laisse finalement mes jambes descendre l'avenue, très lentement. Je suis le trottoir jusqu'à la première rue... et là, plutôt que de poursuivre pour rejoindre l'hôtel, je tourne à droite. Comme un somnambule. Mes pas sont lents. Après cinquante mètres, j'arrive à un nouveau croisement. La rue s'appelle Pestalozzistraße. Et je pars à droite, à l'opposé de l'hôtel. Me voilà en fait en train d'effectuer le tour de l'ensemble du bloc d'immeubles dont fait partie le 47.

Mon pas s'est encore ralenti et en avançant je remarque un passage sur ma droite. Il donne accès à des jardins intérieurs qui se trouvent être à l'arrière des immeubles de la

Neundorfer Straße. Un îlot entre les barres d'immeubles de la Neundorfer Straße et de la Pestalozzistraße. J'y pénètre et découvre les façades en briques ocre des immeubles qui, de l'autre côté, sur la rue, sont recouverts de stuc.

Ces murs de briques, ces courettes et ces petits jardins m'attirent.

Je ne parviens pas à en décoller les yeux, je tremble presque, sans comprendre, aimanté par cette vue.

Je repère précisément l'arrière de l'immeuble d'Alexander.

Murs de briques ocre.

Fenêtre, porte du hall, herbes folles...

L'arrière du 47.

Je regarde, je ressens ce besoin viscéral de *ne pas partir*.

Il s'écoule encore un très, très long moment où je suis finalement presque obligé de me raisonner: « Tu ne vas pas rester là indéfiniment ?! » Alors je reviens sur la rue, groggy, vacillant. Alexander a existé, sa famille aussi. Comment un rêve peut-il m'avoir conduit jusqu'ici ? Pourquoi ? Hésitant, je poursuis ma remontée de Pestalozzistraße. Au bout, je reprends encore à droite et me retrouve à nouveau sur Neundorfer Straße. Quelques pas, et me voilà devant le 47.

Mon petit manège va se répéter.

Ma raison me commande de rentrer à l'hôtel. Il n'y a *rien de plus à faire* dans cette rue ! Mais c'est comme si en partant j'allais rater quelque chose. Alors je descends à nouveau et retourne voir les jardins intérieurs.

Aucun souvenir ne me revient. Et c'est normal. Pourquoi conserverais-je des souvenirs ? Ce n'est pas moi qui ai vécu ici, mais Alexander. Un *autre*. Les souvenirs de cette maison sont les siens, comment aurais-je accès à des souvenirs de sa vie à lui ?

Je perçois ici autre chose: des sensations, une intimité, et cela est très différent d'un souvenir. Je suis en ce moment même en train d'en faire l'expérience. C'est plus délicat, plus incompréhensible et déstabilisant.

L'arrière de l'immeuble m'est *familier*. Et ce n'est pas juste une impression légère et évanescente. C'est fort, intense à m'en arracher des larmes d'émotion.

La nuit arrive quand je rentre finalement à l'hôtel. Je dîne rapidement, puis je monte me coucher tôt et je m'effondre.

À l'aube, je reprends conscience en croyant entendre toquer à la porte de ma chambre. Je sais que personne n'a frappé mais, l'esprit encore à moitié dans le sommeil, le jour apparaissant timidement derrière les stores, j'ai pourtant *entendu* quelque chose. Quelqu'un qui frappe à ma porte, *dans mes rêves*.

Est-ce Alexander qui me réveille ? Il est presque 7 heures, je me lève. J'allume mon portable et observe d'un œil les e-mails arriver en mettant la bouilloire à chauffer. Sachet de café soluble, tasse, eau tiède, touillette en plastique, le parfum familier gagne mes narines et réchauffe ma gorge sèche.

Un nouveau message d'Andréa. Envoyé à 1h50.

Elle m'a écrit un roman. C'est super long et détaillé. Il semble qu'elle voue une passion dévorante à son métier. Ma chance !

Une partie du texte concerne le parcours des parents d'Alexander, Otto et Hedwig. Andréa m'explique d'abord être parvenue à contacter les autres Herrmann de ma liste et aucun n'est lié à la famille d'Alexander. Piste complètement froide de ce côté. En revanche, le père d'Alexander, Otto, s'est installé à Plauen vers 1908. En 1910, il épouse Hedwig Theis. Aucun d'eux n'était originaire de Plauen. Andréa n'est pas surprise qu'ils n'aient aucune famille ici.

Otto Herrmann vient d'une petite ville située à deux cent cinquante kilomètres au nord-est de Plauen, et sa femme, de Leipzig, à cent cinquante kilomètres au nord. De 1910 à 1913, Otto et Hedwig Herrmann ont d'abord vécu dans un appartement. Puis, de 1913 à 1922, ils ont habité au numéro 64 de la Pestalozzistraße. Alexander a dû naître là. Ensuite, de 1922 jusqu'en 1937, Otto et toute sa famille se sont installés au quatrième étage du 47 Neundorfer Straße. L'immeuble visité hier.

Je reviens au nom de la rue où ils ont habité avant. Il m'est familier, où l'ai-je déjà vu ?

J'ouvre Google Maps et situe le 64 Pestalozzistraße.

Le choc.

C'est là où j'ai été conduit comme un somnambule la veille.

Là où, hésitant, j'ai tourné à droite plutôt que de partir à gauche vers l'hôtel, comme j'aurais dû le faire.

Je découvre que les deux adresses, 64 Pestalozzistraße et 47 Neundorfer Straße, sont situées dans ce même bloc d'immeubles, à l'intérieur duquel j'ai été aimanté.

J'ai passé du temps devant l'adresse que m'avait initialement donnée Andréa et qui s'avère être celle où Alexander a vécu la plus grande partie de sa vie, dès l'âge de six ans. Mais quelque chose m'a physiquement poussé sur l'arrière, là où il est né et aura passé les six premières années de sa vie.

C'était tellement clair, tellement évident, d'avoir été inexplicablement conduit devant cet immeuble. Et ce matin je comprends pourquoi. Mais je n'en reviens pas. Sans rien avaler de plus, je prends une douche rapide, descends au garage, saute dans ma voiture et me retrouve garé devant le 64 Pestalozzistraße cinq minutes plus tard.

C'est là. C'est exactement là que je suis resté si longtemps hier après-midi.

J'essaye de me rappeler précisément ce que je ressentais. Le mot le plus juste qui me vienne est « inspiré ». J'ai été inspiré.

Je n'ai pas eu de souvenirs, d'images qui me soient revenus, je n'ai éprouvé aucun sentiment de déjà-vu, et aucune voix ne m'a « parlé dans la tête ». Je ne ressens pas de réminiscences suffisamment probantes pour que consciemment je puisse me souvenir de lieux dans Plauen... En revanche, je constate que je suis amené vers certains endroits.

Je suis *inspiré*.

Je ne sais pas comment ça marche mais voilà, hier, autour de cet ensemble d'immeubles, je n'arrivais pas à partir. Je me suis dirigé sur l'arrière du bloc alors que je n'avais aucune raison de le faire. Et c'est là qu'Alexander a vécu ses premières années.

Alexander – ou je ne sais qui – me guide de façon si légère, si subtile, que si je me mets à réfléchir tout s'arrête. Dans la rue, hier, je n'ai pas réfléchi, je n'ai plus pensé, et quelque chose m'a *amené*. M'a poussé. La sensation était tellement fragile, si imperceptible. Une nouvelle fois je fais cette expérience surprenante que mon corps sait où il doit aller.

Andréa conclut son e-mail en me disant qu'elle va essayer de trouver la trace du décès d'Otto, sans doute en 1941-1942. Elle espère également en savoir plus sur la mère d'Alexander.

Imperceptiblement, un voile est en train de se lever.

Rêve

Il fait noir. Où suis-je ? Il me faut quelques longues secondes pour reprendre conscience. Le jour n'est pas même encore levé. Dans mes derniers instants de sommeil, il me semble qu'il y avait un rêve. Je devais m'approcher d'une maison afin d'en tuer tous les occupants. Armé d'un fusil, un pistolet à la ceinture, je me vois m'approcher de l'entrée d'un corps de ferme dont le portail est ouvert et donne sur une cour intérieure. Il y a un chien, un rottweiler, et deux hommes, sans doute des gardes. Derrière eux toute une famille est rassemblée à l'extérieur, autour d'une table. Elle se compose de plusieurs femmes portant des fichus et d'hommes habillés de vêtements à la coupe grossière. Des vieux et des jeunes, des enfants aussi. Je me fais la réflexion que je ne parviendrai pas à tous les tuer assez rapidement pour qu'aucun ne réagisse. Dès que je m'engage dans le portail, après avoir armé mon pistolet mais en utilisant d'abord le fusil, le rottweiler court vers moi. Je le laisse approcher, puis je tire. Je n'entends pas la détonation, mais je l'ai blessé. Il faut que je l'achève. Le pistolet s'est enrayé, je n'arrive pas à le réarmer, j'y passe un temps fou en vaines tentatives. C'est souvent le cas dans ces rêves où je tire sur des gens : mon arme s'enraye à chaque fois et je ne parviens plus à faire feu. Mais cette fois-ci, je réussis à me débarrasser du chien sans trop me souvenir comment, puis je me perçois depuis un autre angle. Je suis debout, face au groupe de gens autour de la table. À partir de ce moment, tout se passe extrêmement vite: je vise, je tire et abats tout le monde, l'un après l'autre. Personne ne résiste, personne ne se révolte. Juste une maman qui soulève vers moi son nourrisson, comme pour que je vise mieux et le tue du premier coup. Puis je l'achève, elle. J'exécute ainsi une grande partie des personnes présentes. Ensuite, je dois m'enfuir. Des gens me poursuivent. Je me trouve dans une sorte de village et il fait chaud. Puis je débouche sur un bord de mer magnifique. On se croirait dans un tableau. Les couleurs sont irréelles. La mer est d'un vert effervescent, il y a des gens, nombreux, la terre est jaune-rouge. Je longe la côte très accidentée pour échapper à mes poursuivants, que je ne vois pas. Une vague plus forte vient mouiller les jambes d'un groupe de femmes et d'enfants, parmi lesquels je me trouve. Il faut que je m'échappe de cet endroit, je suis armé, je peux obliger à partir le pilote d'une des embarcations qui dansent dans la houle. Je regarde mes mains, s'y trouve une poignée de cartouches. Mais bientôt le rêve ralentit et stoppe.

Je me réveille sans savoir où je suis.

Il me faut quelques longues secondes pour reprendre conscience. OK: Plauen, Allemagne, chambre d'hôtel.

En me levant, je fais tomber de la table de chevet le livre de Karl Marlantes, *What it is like to go to war*, dont j'avais lu quelques pages avant de m'endormir, la veille au soir. Marlantes est un écrivain américain. Étudiant la philosophie à Yale et à Oxford, il se retrouva au Vietnam avec le grade de lieutenant dans le prestigieux corps des *Marines*. Il rentra au pays bardé de décorations et profondément choqué par cette expérience. Son livre, c'est le regard du philosophe imprégné par l'expérience de combat du *Marine*. À chaque page, on ne peut qu'être saisi par la sincérité et l'honnêteté brutale avec laquelle Marlantes parle de la guerre. On est loin du bla-bla fantasmé des intellectuels qui n'ont jamais connu le front, et plus encore éloigné de l'irréelle condescendance moralisante des philosophes.

Si mon cauchemar avait été unique, j'aurais pu croire qu'il avait été déclenché par la lecture de cet ouvrage, mais malheureusement, ces rêves-là font partie de moi depuis des décennies. En outre, j'observe qu'ils deviennent plus fréquents ces derniers temps. Aucune émotion pendant, comme si tuer était normal. Ce n'est qu'une fois éveillé que le malaise me prend et que je mesure l'horreur de ce que je viens de « faire ».

Dans son livre, Marlantes évoque un cauchemar récurrent qu'il fit la première fois au Vietnam, en 1968, et qui revint épisodiquement dans ses nuits durant vingt ans. Dans ce rêve, il se bat au corps à corps avec un soldat nord-vietnamien qu'il désigne en 1968 de manière péjorative par *gook*. Karl est armé d'un poignard, le soldat nord-vietnamien, de deux lames de rasoir. Dans le rêve, ils se battent dans l'eau chaude et boueuse d'une rivière. Karl finit par lui enfoncer son poignard dans la pomme d'Adam et écrit sentir une résistance, comme « s'il s'agissait d'une carotte ». Il le poignarde à plusieurs reprises. Puis il poursuit le récit de ce qu'il comprend de ses cauchemars, et aujourd'hui ce qu'il écrit éclaire différemment ce qui vient à nouveau de tourmenter ma nuit: « Ce rêve n'a rien à voir avec le Vietnam. Il évoque ce qui m'y a amené. J'ai lutté contre ce *gook*, cet ennemi intérieur, sous différentes formes, pendant une bonne partie de ma vie. Il représente les parties de moi que je déteste. Non seulement je ne veux pas que d'autres les voient; mais je ne veux pas les voir moi-même. Elles sont ce qu'il y a de plus faible en moi, d'indécis, de violent. [...] On a tous en nous l'équivalent de ce "*gook* intérieur". C'est ce que Jung appelle "l'ombre". Chez ceux qui affirment en être dépourvus, il prend encore plus de place.[6] »

La revoilà, l'ombre.

Et ce matin, à Plauen, je commence à ne plus comprendre qui est qui. Suis-je Alexander ? Ne suis-je pas Alexander ? Est-il juste l'activateur de ma part d'ombre ? Mais alors, pourquoi me conduit-il si aisément sur les lieux de sa vie ? Si, comme me l'a suggéré Marie-Pierre, je suis son ange gardien et qu'il m'appartient de l'aider, pourquoi moi ? Personne ne m'a demandé mon avis !

C'est lourd.

D'un coup, j'en ai assez. Marre de jouer à ce petit jeu.

Soixante millions d'êtres humains sont morts dans cette horreur générale qu'a été la Seconde Guerre mondiale. Ça ne me fascine pas. Alexander a participé à ce conflit dans le plus indéfendable des camps. Celui de l'ombre pure, de l'abjection, de la négation de toute pensée, de toute humanité.

Je n'ai rien à voir avec ça...

Trois pages plus loin, Marlantes écrit : « Plus on nie l'existence de cette ombre guerrière, plus on y devient vulnérable.[7] »

Merde !

Ordinateur, café soluble, humeur exécrable. E-mail d'Andréa. D'après elle, plus aucun descendant masculin de la famille d'Alexander n'habite Plauen. Dans la suite de l'e-mail, elle me fait le récit d'un conte populaire de la région du Vogtland qu'elle avait évoqué et promis de m'envoyer : « Sur le haut d'une colline non loin du village de Stelzen dans le Vogtland, se trouve un vieil érable. Les gens racontent qu'il a été planté en 1430, quand un berger fut condamné à mort pour quelque chose qu'il n'avait pas commis. Les villageois avaient fiché le vieux bâton du berger dans le sol après sa condamnation, jurant que le bâton prendrait racine et deviendrait un arbre solide si le berger était innocent. C'est exactement ce qui se produisit. Des siècles plus tard, un jeune et très pauvre paysan nommé Christoph s'endormit au pied de l'arbre. Il avait de gros problèmes et ne savait ni comment rembourser ses dettes, ni comment nourrir ses enfants. Alors qu'il dormait, il fit un rêve dans lequel une voix lui dit : Tu trouveras ta fortune sur le pont de Regensburg. On ne sait pas s'il fit ce rêve une seule fois ou plusieurs, mais quoi qu'il en soit il décida d'utiliser ses derniers sous pour aller à Regensburg, qui se trouvait à plus de deux cents kilomètres. Lorsqu'il arriva, il trouva le pont et passa dessus le jour entier sans rien trouver. Un aubergiste généreux lui offrit le gîte pour la nuit. Christoph continua à chercher sa fortune le lendemain, puis le troisième jour, regardant tout autour de lui et dévisageant tout le monde sur le pont sans deviner le moindre indice. L'aubergiste se demandait ce que Christoph attendait et lui demanda la raison de son séjour. Avec honnêteté, Christoph lui raconta son rêve. Bien sûr, l'aubergiste commença à rire. Il lui dit : Vous devez être complètement fou, pour faire un si long voyage pour un rêve ! Comment peut-on être si stupide ? Je ne peux pas le croire. Moi-même j'ai fait un rêve fou voici des années. J'ai rêvé qu'on me disait : va dans le Vogtland, sur une colline près de Stelzen, creuse sous l'arbre qui s'y trouve et tes rêves seront comblés. Dieu merci, j'étais suffisamment intelligent pour ne pas y aller et ne pas me laisser influencer pas un simple rêve stupide. Christoph retourna dans son village. Une fois arrivé, il prit sa pelle et découvrit sous l'arbre un coffre en cuivre plein de pièces d'or. »

Andréa termine son e-mail en écrivant: « Peut-être aviez-vous à faire ce long voyage jusqu'à Plauen juste pour découvrir que la réponse à votre question se trouve en France. En tout cas, on raconte depuis un siècle ce vieux conte aux enfants du Vogtland pour leur apprendre qu'il est important de croire en ses rêves. »

Il est important de croire en ses rêves.

Je suis ému par ses mots si délicats. Je sens bien que non seulement Andréa se passionne pour mon histoire sous son aspect purement historique, mais je suspecte autre chose. Une amitié sincère est en train d'éclore entre nous. Mon histoire la touche.

Notre rencontre est stupéfiante et tellement improbable. Son aide est inestimable. Marie-Pierre m'avait affirmé qu'il fallait que je parte en voyage, que je sois dans l'action pour que tout se déclenche. Je commence à peine à me rendre compte combien ce conseil était juste.

Hier soir, j'ai confié à Andréa mon intuition: la petite fille d'Alfred et d'Inge est encore en vie, quelque part en Allemagne. Je sais qu'Andréa est sur sa piste.

Maintenant, il faut que je laisse le temps aux choses pour émerger.

Que la petite fille remonte vers la lumière.

Hitler accède au pouvoir

Je retrouve Andréa en milieu de matinée. Aujourd'hui, elle et son mari, André, veulent me faire découvrir la ville depuis son point le plus haut. La tour métallique de Bärenstein se situe sur la petite colline surplombant la rue de la maison de briques rouges, lieu du démarrage de mon enquête à Plauen. Du haut de ses trente-cinq mètres, elle offre un panorama sans égal sur Plauen. Juste au bas de la colline s'étend le terrain vague où se trouvait l'appartement des parents d'Alexander avant qu'il ne disparaisse dans les bombardements d'avril 1945. Depuis la plate-forme supérieure, tous les lieux où habita la famille Herrmann sont visibles à l'œil nu.

— Vous voyez, là, c'était l'école d'Alexander, la Realschulle.

Andréa pointe du doigt un bâtiment massif, à droite, en contrebas du terrain vague. Un immeuble imposant avec une sorte de petit clocher sur le toit et un terrain de sport attenant.

— À pied, il devait emprunter le pont que vous apercevez derrière.

Elle tend la main vers l'itinéraire qu'Alexander prenait pour aller de l'école à chez lui, pointant le Friedensbrücke, le pont de la Paix, qui enjambe la vallée de Syrabach au cœur de Plauen et permet l'accès au sud de la ville. Je suis des yeux le parcours que m'indique Andréa et crois reconnaître au loin l'immeuble du 47 Neundorfer Straße, celui sur lequel, au quatrième étage, Séléné succombe au charme de Pan.

— C'est bien l'immeuble d'Alexander ? dis-je en indiquant une ligne de toits se trouvant à bonne distance dans l'axe de l'école.

— Oui, exactement. Ça devait lui prendre une quinzaine de minutes en marchant.

J'imagine Alexander enfant : un garçon rigolard aux yeux rêveurs, entouré de copains courant ensemble en culottes courtes sur ce pont de pierre, après la sortie des classes.

— En détaillant les dossiers que vous m'avez montrés, j'ai vu qu'il était entré dans cette école secondaire en 1927. À onze ans, me dit Andréa.

La rentrée 1927, l'automne ; mon père naissait en octobre 1927. Si loin, si proche.

— Il y a été scolarisé jusqu'en 1933, Pâques 1933, poursuit-elle.

— En 1933, il avait seize ans. A-t-il terminé ses études ?

— Il a obtenu un certificat de fin de scolarité. Mais Pâques 1933, c'est aussi le moment où l'Allemagne bascule, me dit-elle avec un regard sans équivoque.

En effet, Adolf Hitler accéda au pouvoir le 30 janvier 1933. Alexander avait seize ans et demi et était membre des jeunesses hitlériennes depuis l'année précédente. Comment y était-il arrivé ? Comment a-t-il été séduit par ce discours de haine dont je pressens qu'il était très éloigné de l'éducation qu'il avait reçue ? La réponse est à la fois simple et terrifiante : plus je le découvre, plus je comprends que sa fascination ne diffère pas de celle qu'éprouva une part importante du peuple allemand à cette époque pour Hitler et le parti nazi.

Car faut-il le rappeler ? Hitler a obtenu le pouvoir et le poste de chancelier à la suite d'élections démocratiques. C'est glaçant, mais il importe de garder ce fait à l'esprit.

Ne jamais l'oublier.

Pour expliquer ce glissement que connut l'Allemagne dans les années 1930, l'historien anglais Laurence Rees tente l'humour : « Quand vous avez traversé des temps de chaos et d'humiliation, vous accueillez de bon gré l'ordre et la sécurité. Si le prix à payer pour cela est un "moindre mal", vous vous en accommodez. Le problème est qu'il n'y a pas de moindre mal. Cela me rappelle la vieille plaisanterie de l'homme qui demande à une femme : "Coucherais-tu avec moi pour dix millions de livres ?" Elle lui répond "Oui." Et l'homme de dire alors : "Bon, maintenant qu'on est d'accord sur le principe, discutons du prix." Pour le peuple allemand, le prix à payer pour s'accommoder de ce moindre mal serait très élevé.[8] »

C'est une réalité stupéfiante mais bien réelle : Adolf Hitler est parvenu au pouvoir légalement, dans le cadre du système constitutionnel en place. Une fois aux commandes, il allait détruire la démocratie. Ce qu'il fit en à peine quelques mois. Méfions-nous de ce qui semble séduisant, car lorsqu'on se laisse embarquer dans une aventure proposée par un « sauveur », on abandonne sa rationalité et son sens critique.

Comment un homme qui allait provoquer l'un des plus grands génocides que connut l'humanité est-il arrivé au pouvoir par ce qui ressemble à un processus démocratique ?

Car les nazis ne sont pas sortis de nulle part, comme des démons maléfiques que personne n'aurait vu venir. Les racines de leur montée en puissance sont à rechercher notamment dans le cataclysme de la Première Guerre mondiale et l'humiliation qui en a résulté pour l'Allemagne vaincue.

Au début des années 1920, la jeune démocratie allemande, à qui les vainqueurs de la Première Guerre mondiale - France et Grande-Bretagne en tête - ont imposé des conditions humiliantes lors de la capitulation et exigé des réparations exorbitantes, est frappée par une inflation galopante et un terrible chaos politique. Le nazisme prend corps sur cette extrême fébrilité de la société allemande de l'époque. Un groupe aux objectifs démagogues et racistes, qui prévoit notamment l'exclusion de la citoyenneté des Juifs d'Allemagne, la nationalisation des entreprises, ou encore l'augmentation des pensions des retraités, voit le jour à Munich en 1920. Hitler — qui n'a pas la citoyenneté allemande à cette époque — le rejoint rapidement et en fait son cheval de Troie en faisant miroiter une société revigorée, fière, plus juste et fermement allemande.

Le témoignage d'August von Kageneck, jeune homme de la vieille noblesse allemande, va dans ce sens. Il a revêtu l'uniforme en 1939, à dix-sept ans, et ne l'a quitté qu'en 1955. Son récit sincère et lucide est l'un des plus remarquables témoignages sur le IIIe Reich vécus de l'intérieur. À propos de Hitler, il écrit : « Et voilà un homme qui promet de l'effacer, cette humiliation, de rendre sa dignité à l'Allemagne, de la faire rentrer dans les rangs des grandes puissances de l'Europe desquels la France et l'Angleterre l'avaient injustement expulsée. Comment ne pas l'entendre ? Comment ne pas voter pour lui ? Comment ne pas être attiré par cette valse grisante des défilés, des drapeaux, des tambours et des fanfares ? Comment ignorer les chantiers qui s'ouvrent partout, ne pas voir que, du jour au lendemain, ces pâles falots de chômeurs qui traînent dans les rues et autour des gares disparaissent, parce qu'ils ont trouvé du travail ?[9] »

Le succès populaire des nazis ne s'explique cependant pas uniquement par l'adhésion des électeurs à un seul programme politique, tempère Laurence Rees : « Le Führer faisait rarement allusion à quoi que ce soit d'aussi terne que la “politique”, mais proposait plutôt une forme d'autorité empreinte de visions et de rêves. Ce faisant, il touchait à quelque chose de profond dans la psyché humaine. Ainsi que l'exprima George Orwell dans son célèbre compte rendu de *Mein Kampf (Mon combat)* : “Les êtres humains n'ont pas seulement besoin de confort, de sécurité, de semaine de travail courte, d'hygiène, de contrôle des naissances, et, de manière générale, de bon sens ; ils ont également besoin, au moins par intermittence, de lutte et de sacrifice de soi, sans oublier de tambours, d'étendards et de défilés d'allégeance.”[10] » Le journaliste Balthazar Gibiat est plus concis en expliquant à propos de Hitler, au début de son ascension, que « son discours collait déjà parfaitement au mélange de colère, de peur et de ressentiment animant son public. Simplicité et répétition étaient ses armes oratoires[11] ».

Pas besoin de programme, juste attiser les braises de la rancœur. Hitler l'a d'ailleurs écrit lui-même très clairement dans *Mein Kampf* : « L'art de tous les grands chefs populaires a toujours consisté à concentrer l'attention des masses sur un seul ennemi [car] les grandes masses sont aveugles et stupides. [...] La seule chose qui soit stable, c'est l'émotion et la haine.[12] »

Ça ne vous évoque rien ?

« Le nazisme n'était pas un mal historique, limité à un temps et à un pays, un mal allemand. [...] Le nazisme, c'était un germe omniprésent, une maladie endémique de l'humanité. Il suffisait de jeter quelques brassées de peur au vent pour récolter, à la saison prochaine, une moisson de trahisons et de tortures[13] », écrit le résistant et déporté Jacques Lusseyran.

Après le traumatisme qui suit immédiatement la fin de la Grande Guerre, les nazis profitent de l'instabilité politique du début des années 1920.

Mais, dès 1925, la situation sociale s'améliore dans le pays. Et, conséquence directe, même si cette prospérité nouvelle est artificielle, les nazis perdent subitement le gros de leur audience. À la fin des années 1920, le Parti ouvrier allemand national-socialiste (NSDAP) ne compte plus guère dans le paysage politique allemand en même temps qu'il est soumis à des tensions internes. Un succès initial lié à la peur, qui se dissout dès que l'incertitude quant à l'avenir disparaît. Le parti ne recueille que 2,6 % des voix aux élections de 1928, et obtient douze sièges au Reichstag, tandis que la gauche progresse fortement, ce qui n'est pas du goût du président Hindenburg.

Puis survient la crise économique de 1929 qui, après avoir commencé aux États-Unis, s'étend inexorablement au monde entier. La peur resurgit, et tout bascule très vite. Effondrement de la Bourse, faillites en cascade, augmentation colossale du chômage, l'agitation sociale s'étend à nouveau au pays et fait craindre le pire.

Au début des années 1930, le chômage touche plus de cinq millions de personnes en Allemagne. L'effondrement de l'économie pousse une immense majorité d'Allemands vers les partis qui annoncent vouloir reprendre les choses en main par la force : le parti communiste ou les nazis, deux organisations politiques situées aux extrêmes opposés, accusent d'une même voix la démocratie d'avoir échoué et promettent de la renverser. Mais ce sont pourtant les partis nationalistes ou du « centre » qui vont, par anticommunisme viscéral et la crainte de l'Union soviétique, porter Hitler au pouvoir.

L'insécurité menace. Les affrontements et le désordre sont savamment entretenus par des hordes de gros bras nazis faisant quotidiennement le coup de force. Alexander doit déjà y participer au sein de la Hitlerjugend («jeunesse hitlérienne»), avec exaltation et discipline. De deux cent mille membres en 1930, le NSDAP passe à un million cinq cent mille en 1932. Pourtant, minoritaire à l'élection présidentielle de 1932, Hitler n'a pas non plus amené le NSDAP en tête des élections législatives. Néanmoins, le 30 janvier 1933, c'est lui que le président de la République allemande désigne comme chancelier, poussé par un calcul cynique des élites conservatrices, nationalistes et financières qui croyaient pouvoir se servir de lui pour se débarrasser de la puissante gauche allemande.

Et c'est parce que celles-ci l'ont sous-estimé que Hitler a pu installer rapidement et en apparence légalement la dictature qu'il envisageait depuis la création de son parti. Terreur (les sections d'assaut, SA) et provocation (incendie du Reichstag), arrestations, emprisonnements arbitraires, meurtres, prise de contrôle de la police, tous les moyens sont bons pour réduire l'opposition politique et tétaniser la population. Mais aussi pour galvaniser les foules et leur donner un dérivatif à leur frustration (guerre perdue, crise économique): l'antisémitisme élevé au rang de politique d'État. Dans une Europe malmenée économiquement et où l'antisémitisme était solidement ancré dans les mentalités, le terreau était fertile. En Allemagne, vaincue, humiliée et instable politiquement, il s'est imposé sans peine. En antithèse, l'image construite d'un peuple allemand idéal, beau, fier, fort, «pur» n'a pas non plus de difficulté à s'installer dans les imaginaires. Cette image, Hitler l'avait largement diffusée depuis les années 1920 à travers ses discours, les parades de ses organisations de jeunesse et paramilitaires et les meetings. La propagande a porté ses fruits. Mais le politicien avait aussi infiltré très largement les organisations comme la police, les corps d'État, l'université... Quand Hitler opère son coup d'État, il a déjà derrière lui une force prête à agir pour lui dès lors que le pouvoir sera pris.

Il ne chôme pas : le 27 février, un incendie détruit le Reichstag ; le 28 février 1933, un décret suspend les droits de tous les citoyens allemands en autorisant leur « détention préventive ». Les journaux sont fermés, les communistes emprisonnés, assassinés, les rassemblements politiques interdits et l'on n'entend que le son de la radio de Goebbels.

À peine est-il nommé chancelier qu'il organise de nouvelles élections législatives, pour renforcer le poids de son mouvement sur le pays. Mais, le 5 mars, les nazis, bien qu'alliés aux nationalistes et dans un contexte qui leur est favorable, n'obtiennent qu'une courte majorité (44 %) qui n'autorise pas Hitler à modifier la Constitution. Le 23 mars, l'Assemblée est réunie à Berlin, à l'Opéra. Les SA et SS, menaçants et prêts à intervenir, entourent le bâtiment. Hitler, en tenue de SA, veut faire voter une loi qui lui donne les pleins pouvoirs. Refus des quatre-vingt-quatorze députés sociaux-démocrates, mais le parti catholique du centre, le Zentrum, qui s'est allié avec Hitler le 20 mars, fait basculer la majorité en sa faveur. Dachau ouvre ce même jour. Les pleins pouvoirs sont votés au chancelier Hitler. Le Reichstag réforme la Constitution et adopte le drapeau noir-blanc-rouge à croix gammée (que Hitler avait déjà dessiné en 1920). Le 29 mars, les libertés fondamentales sont abolies. Le 14 juillet, le NSDAP devient le parti unique.

La mise au pas de la nation allemande commence. Une large partie d'un peuple inquiet, et dont les peurs légitimes ont été savamment nourries et entretenues, a mis au pouvoir, plein d'espérance, celui-là même qui affirme depuis des années qu'il va mettre fin à la démocratie.

En quelques mois, des dizaines de milliers de communistes, de sociaux-démocrates et de chrétiens sont envoyés dans des camps de travail. Les partis politiques sont interdits, les syndicats, dissous. Les Juifs sont chassés de la fonction publique. L'objectif est encore alors de les forcer à quitter l'Allemagne.

Et Alexander quitte l'école.

Lors de nos entretiens qui me marquèrent tant, Samuel Pisar était revenu sur cette arrivée au pouvoir de Hitler et sur les inquiétudes que cela faisait naître en lui pour notre époque actuelle, tant il semblait observer aujourd'hui les mêmes dérives, les mêmes dangers que ceux qui emportèrent son père, sa mère et sa petite sœur vers la mort. Cette crainte, il l'avait déjà confiée dans son livre *Le Sang de l'espoir*: « Je prétends connaître une dimension particulière des drames qui nous menacent, c'est celle des rapports entre la peur et la haine, la peur et la violence. Ce qui fit dérailler notre civilisation dans les années 1930 et 1940 n'a rien de mystérieux: la dégringolade économique, le chômage endémique, la fracture sociale, les préjugés xénophobes et, au bout du compte, la peur. Tout le monde avait peur de perdre son emploi, son épargne, sa retraite, sa sécurité. Une société minée par ces peurs et ces haines-là est à la merci de forces aveugles. Quand le désespoir noie la raison, la folie recrute un sauveur. Il suffit que la politique et la morale s'effondrent, que les leaders traditionnels, bien intentionnés, se révèlent impuissants, incapables de faire face, pour que sonne l'heure des démagogues, des tyrans, et de leurs boucs émissaires. Et bientôt, tout est joué...[14] »

Au printemps 1933, Alexander, comme des millions de ses compatriotes, vient de commencer sa danse avec le diable.

Adolescence

En redescendant de la tour de Bärenstein côté gare, Andréa et André me proposent de déjeuner ensemble dans un petit restaurant du centre. Andréa a poursuivi son décorticage des dossiers, et me dit mieux comprendre l'évolution du parcours d'Alexander en le mettant en parallèle avec l'histoire de la ville. Elle prend le volant. L'auberge est à dix minutes à peine.

Aussitôt assis dans la salle aux murs épais et les plats commandés, son mari, André, revient en préambule sur l'histoire de Plauen et sa vision de la dérive d'Alexander.

— Comme vous le savez, Plauen était une ville florissante au début du XXe siècle. La raison de l'arrivée des parents d'Alexander à Plauen est sans doute liée à l'essor économique extraordinaire qu'a connu la région grâce à la production de dentelle. Cette prospérité a attiré des dizaines de milliers d'autres personnes. En 1900, la ville avait déjà doublé sa population en quelques années pour atteindre soixante-dix mille personnes, et en 1912, au moment de son apogée, elle comptait plus de cent vingt-cinq mille habitants. Quand les parents d'Alexander sont-ils venus précisément s'installer ici ? demande-t-il à sa femme.

— Ils sont arrivés en 1908-1909.

— Oui, et ils se sont mariés en 1910, ajouté-je.

— Le commerce de la dentelle s'est effondré en 1912, poursuit André.

— Pourquoi ?

— L'industrie a commencé à péricliter à cause du changement de mode, puis la production a dramatiquement chuté au début de la Première Guerre mondiale, deux ans plus tard.

Andréa, qui a retracé le circuit des parents d'Alexander dans Plauen depuis leur arrivée en ville, enchaîne.

— En 1912, Otto et Hedwig étaient déjà installés, ils avaient loué un appartement et, en 1911, leur fils Alfred venait de naître. Sans doute leur était-il impossible de repartir. Où seraient-ils allés ? Ils sont donc restés mais sans avoir beaucoup de relations avec les locaux. J'ai mis la main sur les certificats de baptême des garçons. Pour Alfred, en 1911, six témoins étaient présents, tous des parents venus de Leipzig. Pour Alexander, en 1916, il n'y avait que trois témoins. Les temps étaient durs, il est né au milieu de la Première Guerre.

— Oui, le contexte a été très différent entre les deux frères, fais-je remarquer.

— Effectivement, Alfred est né en plein âge d'or. Cinq ans plus tard, lors de l'arrivée d'Alexander, le peu d'industries qui restaient tournaient au ralenti. L'inflation a commencé à s'envoler au début des années 1920. Indépendamment de cela, j'ai découvert qu'en 1921, alors qu'il avait dix ans, ses parents ont envoyé Alfred dans une très bonne école, un *gymnasium*. En revanche, il n'a pas été possible qu'Alexander intègre une école du même niveau lorsqu'il a atteint le même âge. D'après moi, c'est lié à la situation de la famille.

André poursuit :

— Manifestement, il était prévu d'offrir des études à Alfred, mais pas à Alexander. C'était coûteux et, dans une telle période d'incertitude, comme Alfred devait être bien parti, il a été privilégié. En 1929-1930, si je ne me trompe pas, Alfred finit ses études secondaires et commence à étudier pour devenir médecin. En fait, il se lance dans ses études de médecine au tout début de la crise économique mondiale de 1929, crise qui touche l'Allemagne en 1930 pour culminer en 1931, quand le pays compte six millions de chômeurs. La famille a investi ce dont elle disposait dans l'éducation du fils aîné, tandis qu'Alexander quitte l'école avec juste en poche ce certificat de fin de scolarité.

Andréa reprend :

— La crise économique fut d'une telle ampleur en Allemagne qu'elle a dû conduire la famille à opérer des choix difficiles. Hedwig, la mère, ne travaillait pas, le père d'Alexander tentait de vendre du textile dans un pays en crise où personne n'en voulait plus. Et ce qui me fait dire qu'Alexander a quitté l'école à cause des difficultés financières de la famille est qu'il a commencé à travailler tout de suite.

— J'ai vu, oui. Dans une fabrique de rideaux, c'est ça ?

— Oui, c'est mentionné dans plusieurs documents, jusque dans les curriculum vitæ écrits de sa main et que l'on trouve dans son dossier. Il dit avoir été apprenti commis dans la fabrique de rideaux de Plauen du printemps 1933, date à laquelle il quitte l'école, jusqu'au 15 octobre 1935.

— D'après vous, il abandonne l'école pour travailler ?

— Oui.

— Pendant que son frère aîné poursuit ses études de médecine ?

— Exactement.

— Psychologiquement, ça a dû peser.

Je me demande même comment la relation avec son frère aîné n'en a pas été affectée. Voilà un terrain de jalousie possible, de frustration potentielle. Même si les frères s'entendaient bien, c'est dur. André et Andréa abondent dans mon sens.

— Ce travail est sans doute pour lui la chose la plus ennuyeuse au monde. Être commis dans une fabrique de rideaux pour le restant de ses jours ! Imaginez-vous quelque chose de plus fastidieux que de travailler dans une industrie moribonde dans une ville en déclin ?

— Vu sous cet angle...

André pousse la réflexion un peu plus loin.

— La seule chose qui devait être excitante dans la vie de ce jeune homme en pleine adolescence était les mouvements qui florissaient à la fin des années 1920. Près de la moitié des Allemands à cette époque fréquentaient l'une ou l'autre des nombreuses associations de jeunesse que comptait le pays. Des structures religieuses, mais aussi politiques, comme les jeunesses hitlériennes.

— Alexander y est entré quand ? demande André en regardant sa femme.

— Dans ses curriculum vitæ manuscrits, il dit y avoir adhéré en janvier 1932.

— En pleine effervescence sociale. Rappelez-vous, Stéphane, que l'Allemagne avait perdu la guerre et devait payer des réparations exorbitantes. En conséquence, tout ce qui s'approchait du luxe ne se vendait plus, comme les rideaux ou la dentelle. Le domaine d'activité d'Otto et d'Alexander. Et pour la propagande nazie, qui sont les responsables de cette crise ? Les Français, les Juifs, etc. Voilà le discours qui prévaut au sein des jeunesses hitlériennes qu'Alexander fréquente.

André ne s'arrête plus. Il m'explique qu'à cette époque l'Allemagne était au bord du chaos. Les jeunesses hitlériennes, comme toutes les institutions du parti nazi, étaient largement sollicitées. Elles constituaient un espace de propagande et de mobilisation sans pareil, surtout pour des jeunes grandis dans la frustration et nourris de discours revanchards. Ils organisaient des marches, des camps où l'on se regroupait autour de grands feux... C'était un terreau fertile pour la propagande du parti. À l'époque, deux grandes forces nourrissaient les aspirations révolutionnaires et enfiévrées des jeunes Allemands. Andréa m'explique les circonstances qui ont vraisemblablement poussé Alexander dans les Hitlerjugend plutôt que vers les mouvements communistes.

— Alexander était issu d'une famille éduquée. D'ailleurs, il a dû apprendre le français et l'anglais à l'école. Même si sa famille n'était pas fortunée, il a grandi dans le quartier favorisé de l'ouest de Plauen. L'autre force qui voulait changer les choses par la violence à cette époque, c'était les communistes. Mais ils évoluaient plutôt dans les banlieues sud et est de Plauen. Ils provenaient majoritairement du monde ouvrier, étaient moins éduqués, plus rustres, bagarreurs. Il y avait une grande différence entre eux et les nazis.

— Vraiment ?

— Oui, pour des personnes de la classe moyenne comme les Herrmann, les communistes étaient perçus comme des fauteurs de troubles. Les nazis n'étaient pas rassurants non plus, mais aux yeux d'un jeune comme Alexander, ils symbolisaient l'ordre. Les uniformes étaient impeccables, la discipline, rigoureuse, et leurs défilés, toujours impressionnants. Les manifestions n'arrêtaient pas. Les communistes en groupes grossiers et les nazis, avec des orchestres magistraux. Il a dû être impressionné, puis une fois qu'il a rejoint la Hitlerjugend, le lavage de cerveau a commencé dès les camps d'été... il ne pouvait pas faire marche arrière, il avait échappé à l'influence de ses parents. L'exaltation était telle...

Tout d'un coup, le silence s'installe. Pendant quelques instants, chacun de nous mesure ce que furent ces années. Je *vois* un Alexander de seize ans, débordant d'énergie, dépositaire de tant de frustrations, à la fois celles de son époque, partagées par des millions d'autres Allemands, et les siennes propres, sans doute inconscientes : son frère privilégié, cette carrière sinistre qui se dessine comme unique horizon. Alors que je suis encore perdu dans mes réflexions, Andréa met des mots sur mes pensées.

— Dès l'arrivée au pouvoir de Hitler, alors qu'Alexander quitte l'école pour commencer ce travail de commis sans doute imposé par les circonstances autant que par ses parents, il quitte la Hitlerjugend et s'engage dans la SS.

— Mais on pouvait être dans la SS et avoir un autre métier ?

— Oui, car la SS est une organisation civile. Une sorte de service d'ordre paramilitaire, un prolongement de la Hitlerjugend. Il travaillait la semaine et paradait en uniforme SS le week-end, me répond André.

C'est dans les jours qui suivent son départ de l'école, le 1er avril 1933, qu'Alexander intègre la 1re centurie du 7e régiment de la SS en tant qu'aspirant. Il ne s'agit pas d'une compagnie de combat, mais d'une unité politique, une sorte de milice du parti qui n'a rien à voir avec l'armée. Les membres de l'Allgemeine SS portent un uniforme noir et s'occupent du service d'ordre dans les meetings.

En décembre 1933, il quitte le statut d'aspirant pour celui de membre SS de plein droit. Quinze jours plus tard, il entre au parti nazi (NSDAP) sous le n°3 288 213. Il sera le seul de sa famille à le faire. Cependant, cette adhésion, qui a lieu après qu'il a été confirmé dans la SS, laisse supposer que ses motivations étaient plus liées au prestige et au rêve que représentait l'appartenance à ce corps d'élite qu'à un attachement réfléchi à l'idéologie nazie. Ce que précise aussi Andréa.

— Il n'est pas à négliger qu'Alexander ait saisi dans la SS l'unique opportunité de carrière qui s'offrait à lui. Il correspondait parfaitement au prototype d'homme que l'on recherchait à partir de 1933 : études terminées, blond aux yeux bleus, grand, sportif.

— C'était un honneur d'être proposé à une telle carrière, et quand l'alternative était de passer sa vie derrière un bureau... En 1933, il était impossible de savoir ce qui allait se produire ensuite. Alexander s'est laissé influencer par la propagande effrénée du parti sans se poser de questions, ajoute André.

Une carrière dans la SS ou une vie morne dans un bureau ?

Aujourd'hui, il nous est impossible de faire abstraction de ce qui *s'est passé ensuite*. Mais, en 1933, Alexander ne pouvait suspecter que son engagement et celui de millions d'autres allaient conduire à la Shoah.

Un jeune homme influençable, qui se laisse emporter par le courant sans se poser de questions. Pourquoi l'aurait-il fait ? Comment lui reprocher de n'avoir pas cherché une autre carrière ? Il n'y avait rien. Les nazis venaient d'accéder au pouvoir. Hitler promettait un avenir radieux. Si l'on veut comprendre les motivations de ces millions de jeunes Allemands, il convient de ne pas interpréter leurs actions de 1933 à l'aune de ce que nous savons aujourd'hui, *après*. Comment pouvait-il deviner qu'il s'engageait dans une direction qui allait conduire à l'Holocauste ? À une époque où aucun dirigeant nazi n'avait même encore envisagé de mettre en œuvre la solution finale.

— Il voulait sortir de son triste quotidien, ajoute André.

Le mari d'Andréa poursuit alors en prenant exemple sur sa propre expérience dans l'ex-Allemagne de l'Est communiste.

— Tout ce qui n'allait pas était de la faute des bourgeois et des fascistes. Je faisais partie de la nouvelle génération sur laquelle tout reposait, et nous étions très remontés, prêts à en découdre. Comme pour Alexander moins de quarante ans auparavant, j'ai été nourri par une propagande sans doute identique.

— Oui, mais vous communiste, et lui nazie…

— Bien sûr, mais sur l'essentiel, n'est-ce pas la même chose ? Un jeune veut toujours changer le monde. Moi, en ex-Allemagne de l'Est ; Alexander, dans l'Allemagne nazie de 1933. Le mécanisme est le même, seule la direction qu'on nous propose change. Alexander devait sincèrement penser qu'il faisait partie des bons. Comme moi-même je croyais l'être.

Un homme né et élevé dans l'ex-Allemagne de l'Est m'éclairant sur la propagande nazie en prenant exemple sur la propagande communiste à laquelle il a été lui-même soumis, voilà un bel exemple de lucidité. Comme il doit être facile d'en venir à commettre l'innommable quand on baigne dans un contexte dont on est alors incapable de voir qu'il est amoral.

L'Ordre noir

Le jour scintille derrière les rideaux. Je sors très lentement d'un rêve, ce qui me permet d'en garder la sensation. Je me trouve dans un grand espace extérieur, devant deux Allemands en uniforme. Ils contrôlent un point de passage, assis derrière deux petites tables usées. Je m'approche de l'un d'eux et lui tends un papier qu'il regarde négligemment. Et puis soudain, je leur dis : « Savez-vous que j'ai étudié toute l'histoire de la Seconde Guerre mondiale ? » Ils me dévisagent, circonspects, mais sans hostilité. Je leur lance : « Je sais comment tout finit. » Pas de réaction. Alors je demande : « À quelle époque sommes-nous en ce moment ? » « 1942 », me répond celui des deux qui me fait face. Tandis qu'il me donne cette date, une pensée résonne dans ma tête : « Je viens du futur. » Ces mots me traversent l'esprit en même temps que mon rêve commence à se figer. Je viens du futur. Les deux Allemands sont muets, attelés à leur tâche, sans désir, comme deux automates au ralenti. Nous sommes tous les trois dans ce paysage qui ressemble à la vaste place centrale d'une ville détruite. Je ne leur dis rien de ce que je sais. Puis je reprends conscience, je me réveille et les abandonne là.

Les différentes époques de l'Histoire existent-elles *en même temps* dans des dimensions parallèles ? Les rêves nous transportent-ils parfois dans l'un ou l'autre de ces mondes ? De ces époques ?

Ce matin, je quitte Plauen. J'ignore encore si j'y reviendrai, mais quelque chose au fond de moi me dit que oui. Le voyage m'appelle. Mon court séjour dans la ville natale d'Alexander a été fructueux, et ma rencontre avec Andréa, un vrai cadeau. Ces quelques jours au cœur de la Saxe m'ont permis d'avancer dans plusieurs directions. La plus surprenante fut de découvrir combien un lien actif fonctionne entre moi et Alexander. Je suis perméable à ses inspirations. Il parvient à me guider physiquement jusqu'aux lieux importants pour lui et dont au départ je ne sais rien. Le fait-il depuis un autre monde situé dans un espace spirituel, ou est-il *en moi* ? Je l'ignore. Moi, le mental et l'intellectuel, je découvre néanmoins avec un étonnement croissant le développement de mes capacités de perception. Mon sixième sens s'éveille et devient *utilisable*. J'apprends à le comprendre, à *trier* mes ressentis. J'ai l'impression que c'est de plus en plus fort chaque jour. Jusqu'où cela va-t-il m'emmener ?

Autre point positif : la découverte de toutes ces informations biographiques sur Alexander et sur le contexte de son enfance. Le guerrier mystérieux et provocant de mon rêve était un enfant comme tant d'autres, né avec des mémoires du passé, des épreuves à affronter, des forces et des faiblesses. Et cela dans des circonstances et à une époque qui ne l'ont pas aidé. Sur une terre de sang, au commencement du règne de l'ombre.

Le contexte se précise. Les contours de sa vie s'affinent. Il s'inscrit dans un paysage réel, avec des parents, un frère aîné, une femme, une école, un appartement, des amis...

Dernier élément : l'existence de sa nièce.

C'est le plus troublant.

Information à la fois la plus incertaine et pourtant elle prédomine, car à mes yeux cela signifie que la petite fille de mon rêve a existé. S'ajoute à cette révélation la certitude intérieure qu'elle vit encore. L'intuition est nette, forte, sans équivoque. J'en suis sûr. Elle est celle qui me relie à Alexander aujourd'hui. La trouver n'est qu'une affaire de temps. Et avec Andréa, la généalogiste tombée du ciel, je vais y parvenir. Deux jours, une semaine, un mois... nous verrons bien.

En attendant, il ne m'apparaît pas nécessaire de rester à Plauen. Pour ce qui est de mon enquête, j'en ai fait le tour, et d'autres lieux m'appellent. D'autres localités d'Allemagne d'abord, où la vie d'Alexander s'est poursuivie après qu'il a quitté le domicile de ses parents en s'engageant dans la SS, juste après son dix-neuvième anniversaire.

Je prends la route un matin tôt, plein sud. Trois cent quatre-vingts kilomètres. Destination Bad Tölz, petit village des Alpes bavaroises, situé non loin de la frontière autrichienne. Cette station thermale au sud de Munich accueillit dès 1936 le centre de formation des futurs officiers de la Waffen-SS, la SS-Junkerschule Bad Tölz. Et Alexander, à partir d'octobre 1937.

Le voyage est plus long que prévu et je vois apparaître les premiers contreforts des Alpes un peu avant la nuit.

Je découvre Bad Tölz, avec une certaine appréhension.

Celle-ci se dissipe en arrivant au gîte trouvé en ligne un peu par hasard et dans lequel j'ai réservé une chambre. Il se trouve à plusieurs kilomètres au sud, dans la vallée où serpente l'Isar, impétueux torrent d'eau bleue. À Wackersberg, précisément. Un hameau bucolique de solides chalets de bois et de pierre. Est-ce parce que je chemine dans deux époques, la main d'Alexander posée sur mon épaule ? Cet endroit me plaît immédiatement. Il est rassurant. Il y a une sorte d'exaltation dans l'air ambiant. Les routes, les villages, les bordures des champs, les fleurs, les flancs des collines, ce coin de Bavière sent bon la jeunesse, les excursions en montagne et la fraternité. Les corps musclés et sportifs, la sueur de l'effort, glacée sur l'échine, les jeunes filles blondes et espiègles aux pommettes rouges. Les granges pleines de foin et de bois pour l'hiver. Un peu en retrait du monde, comme une parenthèse, un camp d'été. Une nouvelle fois, je me sens en terrain connu, j'aimerais rester, sillonner les chemins, découvrir la nature alentour. Il y a là de la sécurité et de la protection.

Impossible de dîner au Landhaus Benediktenhof, le gîte ne fait pas restaurant. Il est trop tard pour ressortir, alors j'attrape trois tranches de cake, un thé, et monte me coucher dans ma petite chambre aux murs de bois et au lit étroit mais accueillant.

Nuit légère et agitée. Au matin, je quitte le village dans la brume de l'aube. Les premiers rayons du soleil d'automne font sortir l'humidité de la terre froide. Un brouillard énigmatique s'étend sur les coteaux encore à l'ombre et fait frissonner les troncs des pins gris. Quelques lacets d'une route propre, trois villages endormis, et revoici Bad Tölz.

Alexander a passé un an ici. Toute sa vingt et unième année. D'octobre 1937 à l'été 1938. Je le sens, il a aimé cette période. Dans cette académie destinée à faire de lui un officier. Lorsqu'il intègre la SS-Junkerschule Bad Tölz en qualité de SS-Junker (aspirant officier), Alexander est membre de la SS depuis deux ans.

Avant cette affaire, je ne savais pas grand-chose des SS. En commençant mon travail de recherche, je suis tombé sur le livre de Jean-Luc Leleu, docteur en histoire et ingénieur de recherche au CNRS à l'université de Caen-Basse-Normandie. Son ouvrage, *La Waffen-SS, Soldats politiques en guerre,* est la référence historique sur le sujet. Sa lecture m'a permis de mieux comprendre cette particularité nazie quasiment unique en son genre : la création d'une armée idéologique, en marge de l'armée régulière.

Née dans les années 1920 avec l'objectif de constituer une petite troupe en charge de la protection du Führer, la Schutzstaffel (littéralement « escadron de protection » – les SS) est une organisation du Parti national-socialiste (NSDAP). Heinrich Himmler en prend la charge en janvier 1929. À l'arrivée au pouvoir de Hitler, le 30 janvier 1933, elle compte un peu plus de cinquante mille hommes. Après cette date, la SS va devenir l'outil de prise de contrôle progressive par Himmler des organes de sécurité et de répression du Reich.

En effet, en marge de la police, des services de renseignement ou encore de l'armée de l'État allemand, les différentes branches de la SS se développent et deviennent des organes de contrôle parallèles.

C'est sans précédent. Une organisation paramilitaire du parti nazi, une milice privée et idéologique va progressivement s'infiltrer, entre autres, dans tous les services policiers et militaires de l'État allemand.

Et au sein de cette formation privée qu'est la SS, la SS-VT (littéralement « escadron de protection en armes »), créée officiellement le 18 mai 1939, constitue sa branche militaire (Waffen-SS) et l'outil de prise du pouvoir sur l'institution de la Wehrmacht, l'armée allemande. Himmler va presque parvenir à ses fins : créer de toutes pièces une armée privée, à côté de l'armée officielle. Une armée SS uniquement constituée de soldats volontaires, triés sur le volet en fonction de leurs motivations idéologiques et de leur « pureté raciale ».

Cette guerre d'influence entre la Waffen-SS et la Wehrmacht va atteindre des proportions hallucinantes, illustrant le fanatisme de Himmler et de ses adjoints. Au-delà, elle illustrait la volonté de métamorphose radicale de tout l'appareil d'État qui animait les nazis.

Le 15 octobre 1935, Alexander entre dans la Waffen-SS. Il est volontaire, il s'est engagé et vient de signer un contrat de trois ans. Dans un premier temps, il est versé dans un bataillon du génie stationné à Dresde, à cent cinquante kilomètres au nord-est de Plauen. Mais, au début du mois d'avril de l'année suivante, il passe six mois au Service du travail du Reich (RAD). Service obligatoire pour les jeunes Allemands.

En octobre 1936, à son retour, il intègre la division SS-Germania et suit une première formation au commandement. Cette formation a lieu à Arolsen, ville où habite sa future femme. Pendant son temps à la Germania, il reçoit plusieurs décorations sportives. Son parcours dans la SS est alors relativement banal, et comme il semble être un bon élément, il est invité à devenir élève officier à l'école SS-Junkerschule Bad Tölz.

La SS a terriblement besoin d'officiers et Himmler a des projets.

Je me surprends à trouver immédiatement l'école dont je n'avais pas enregistré l'adresse dans mon GPS. Sans chercher, sans demander à qui que ce soit, j'arrive devant l'ensemble de bâtiments qui abritait autrefois la SS-Junkerschule. Certes, la ville n'est pas immense, mais cette aisance à me diriger pile au bon endroit me laisse une impression étrange. J'ai vu plusieurs photos du lieu en noir et blanc du temps de son activité. Je reconnais l'endroit, même s'il a perdu cette arche construite entre deux tours qui marquait son entrée. J'ai devant moi un gigantesque carré constitué de longues et larges barres de bâtiments sur trois étages, et une monumentale cour centrale.

Je m'y engage après avoir laissé ma voiture sur le parking extérieur.

Si on ne sait pas ce que fut l'endroit, plus rien ne le laisse deviner. Je fais un tour dans l'enceinte intérieure.

Une promenade à pied dans la cour, qui devait servir aux rassemblements et qui est aujourd'hui flanquée en son milieu d'un important bâtiment moderne. Autour, des commerces. De l'autre côté de l'entrée du site, une partie des anciens bâtiments a été détruite.

L'endroit est insignifiant.

Pas de sensation *physique*, pas d'émotion notable. Il se met à crachiner. Je gagne le centre-ville. Le soleil revient alors que je remonte Marktstraße, une voie pavée bordée de maisons de poupées grimpant en enfilade. Façades multicolores et dorées, tavernes, boutiques diverses d'une ville cossue de Bavière qui compta, un temps, vingt-deux brasseries.

Durant ses mois au sein de la division SS-Germania, Alexander a dû montrer des qualités au-dessus de la moyenne pour se voir proposer de devenir SS-Junker. Toutefois, si le discours est très élitiste, la SS n'en demeure pas moins dépourvue d'expérience militaire. La formation prodiguée à Bad Tölz en pâtit. Les jeunes aspirants devenus officiers avant guerre, comme Alexander, sont formés par d'anciens sous-officiers ayant peu de compétences.

Au front, cela va avoir des effets dévastateurs.

Mais ce n'est pas le front qui attend Alexander lorsqu'il quitte Bad Tölz pour effectuer un « stage de fin d'étude ». Le 12 août 1938, Walter Schmitt, chef du personnel de la chancellerie du Reichsführer-SS, signe l'ordre de nomination d'Alexander au grade de Standarten-Oberjunker (le plus haut grade d'aspirant). Dans un bulletin d'évaluation établi un peu auparavant et signé par le SS-Hauptsturmführer en charge de l'école, il est noté : « Herrmann est un homme travailleur, honnête et rigoureux. Il montre de bonnes dispositions mentales, est bien éduqué et talentueux. Il fait un bon soldat, mais se montre parfois un peu arrogant et vantard. Bon pour nomination au grade d'officier. »

C'est à Dachau qu'Alexander part faire son stage.

Dachau

J'aurai passé moins de vingt-quatre heures à Bad Tölz. En milieu de matinée, je roule vers Munich et l'ancien camp de concentration de Dachau, situé à une vingtaine de kilomètres au nord de l'agglomération. L'endroit se visite !

Dachau.

Créé dans les premiers mois du régime nazi, en mars 1933, le camp de concentration de Dachau est géré par la SS. Dès son ouverture, il échappe aux règles du système pénitentiaire et à la légalité. Des milliers de personnes y sont enfermées en vertu du dispositif extrajudiciaire appelé « détention de protection », qui permet toutes les exactions, jusqu'aux assassinats. Himmler avait d'abord conçu une institution destinée aux incarcérations politiques, mais elle s'ouvrira vite aux internés raciaux et « indésirables », comme les malades mentaux. Dachau, et sa violence érigée en mode de vie, est le modèle sur lequel ont été organisés tous les autres camps qui furent les instruments d'une répression implacable contre « les ennemis du Reich ».

Mais en entrant dans la SS à presque dix-sept ans, à quoi Alexander s'attendait-il ? Qu'est-il venu chercher en s'engageant dans cette police parallèle ? Une sécurité économique dans cette période de crise ? Un statut social ? Le respect ? La satisfaction de se faire obéir ? L'aventure ? La volonté de porter les armes ? Mais dans ce cas, pourquoi ne pas avoir choisi l'armée ? Pouvait-il imaginer que sa formation l'entraînerait quelques années plus tard dans la caserne d'un camp de concentration ? Certainement pas. À cette époque, les fonctions futures de la Waffen-SS étaient encore à l'état de projet dans la tête de Himmler et de quelques rares proches. Aussi, en signant pour trois ans, Alexander n'a-t-il sans doute pas une vision claire et définie de la carrière qu'il peut accomplir dans la SS. Cependant, il ne peut pas ignorer que la SS est déjà connue et crainte pour son extrême violence et son action hors de tout cadre légal. Il a devant lui un chemin tracé, mais qui n'indique aucune destination. Il s'agit de le suivre en se conformant sans écart à la règle imposée. C'est une obligation sacrée dans la SS. La devise nationale-socialiste de la SS est : « Mon honneur s'appelle fidélité » *(Meine Ehre heißt Treue)*. Chaque SS prête serment à l'Ordre noir et au Führer. En conséquence, une obéissance aveugle est exigée. Il n'est pas d'ordre reçu d'un supérieur qui puisse être discuté, quel qu'il soit. Ce serment, Alexander doit le prêter sans réserve. Pas plus que ses camarades, il n'imagine où vont l'entraîner son engagement et sa dévotion à Hitler. Mais il est prêt à aller jusqu'au bout.

En arrivant à Dachau le 1er août 1938, il sait à quoi sert ce camp, et ce qui s'y passe. Il vient y achever sa formation de chef de section. Il apprend à commander l'équivalent d'un peloton dans l'armée française, soit une trentaine d'hommes.

Le complexe de Dachau abrite le camp de concentration. En 1938, sous la surveillance des SS, et surtout des kapos – des prisonniers souvent de droit commun –, les internés sont contraints à un travail forcé, sept jours sur sept. Ils construisent une extension du camp qui doit accueillir davantage de détenus. Le camp est aussi un important lieu de casernement où vivent et s'entraînent des bataillons de la future Waffen-SS. Tous les SS qui y stationnent ne sont pas des gardiens. Cependant, si l'on en croit les directives de ses supérieurs, il est fort probable que, dans le cadre de sa formation, Alexander ait dû partager son temps entre les activités liées à la garde du camp – miradors, services de ronde, surveillance des détenus-travailleurs forcés, etc. – et l'entraînement militaire. Alexander a-t-il exécuté les ordres sans état d'âme ? Sans doute. Sinon, il n'aurait pas pu rester et progresser dans la SS. Il ne faut pas imaginer que les membres de la SS aient pu ne pas obéir aveuglément à la hiérarchie. Dans la rhétorique nazie, à laquelle ils avaient été nourris, les prisonniers étaient tous coupables, quel que soit le motif de leur emprisonnement. Éprouver de la compassion envers eux était vu comme un signe de faiblesse et indigne de la SS.

J'appréhende la visite du camp.

Je contourne Munich en me glissant dans le flot dense de la circulation. Puis j'aperçois la direction de la ville de Dachau. Il est 13 heures lorsque j'y arrive. De nombreux panneaux indiquent les itinéraires pour les sites historiques, disséminés sur un large périmètre. Ignorant lequel est celui que je cherche, je suis la direction du « camp 1 », là où se trouvent le parking et l'ancien camp de concentration.

Je roule sur une petite route sous la frondaison des arbres et je rate l'entrée. Je décide d'aller faire demi-tour au prochain rond-point.

Soudain, devant moi, l'enceinte, les miradors. Reconnaissables entre tous.

Ma surprise est totale. Je suis saisi. Heurté. C'est un choc. Sur la gauche, ma voiture longe un interminable mur de béton. Il est surmonté de barbelés. Des miradors tous les cent mètres. Je ne m'attendais pas à découvrir l'endroit si brutalement.

La vérité de l'Histoire.

Cette infamie du XXe siècle, tellement impensable qu'elle demeure abstraite pour la plupart d'entre nous. Elle est finalement bien réelle. Là, devant mes yeux, derrière ces murs, il y a à peine plus de soixante-dix ans, des hommes vivaient l'enfer. Là, juste là.

Je n'ai pas de mots.

Au bout de la longue ligne droite, je fais demi-tour puis reviens me garer sur le parking. Beaucoup de voitures stationnées, des cars de touristes, aussi. Je me dirige vers le bâtiment d'accueil.

Je me sens lourd, oppressé.

Une construction moderne et sobre abrite un bureau de renseignement pour les visiteurs, une librairie et un restaurant. Il y a beaucoup trop de monde. Ambiance touristique, des rires, des chahuts, des cris, des enfants qu'on appelle et qui voudraient être ailleurs. Quelque chose se noue en moi, mon ventre se serre, la tête me fait mal. Je veux fuir cette foule. Je prends un petit guide imprimé en français et sors du bâtiment d'accueil aussi vite que j'y suis entré. Un chemin de terre, des gens qui vont, des gens qui viennent. L'entrée du camp de prisonniers se trouve au bout de ce passage sous les arbres. À quelques centaines de mètres. Comme toutes les personnes présentes aujourd'hui, j'emprunte librement ce chemin. Il n'y a aucun interdit, aucun danger, aucune menace, l'air est frais, il fait bon, le soleil alterne avec les nuages, et pourtant l'oppression devient de plus en plus forte. Je garde la tête baissée en avançant. Un tourbillon se réveille dans mon ventre, me coupe presque la respiration à la hauteur du plexus comme si mes poumons allaient exploser. Mais rien ne sort. La pression augmente dans le corps, dans ma poitrine. Une pression qui remonte maintenant jusqu'à ma gorge, et l'assèche instantanément. Je suis pris de haut-le-cœur d'angoisse. Que dois-je faire ? Pourquoi suis-je là ? J'ai la nausée, envie de pleurer, de hurler.

J'avance vers l'entrée, je croise encore des personnes qui rient. Pas toutes.

Je ne comprends pas que l'on puisse rire en ce lieu.

Je marche en regardant mes pieds. Je veux être seul, je ne désire qu'une chose à cet instant : trouver un coin isolé. Voilà l'entrée. Si reconnaissable : ce sont partout les mêmes. On dirait une petite gare. Il y a d'ailleurs une horloge. Mais c'est surtout ce portail. Oh mon Dieu ! Ce portail de fer. Je m'en approche. Vers lui convergent les autres visiteurs. Un goulet d'étranglement, l'entrée du camp de concentration. Ce portail en fer. L'émotion est de plus en plus intense, je ne parviens pas à retenir mes larmes.

«*Arbeit macht frei*» ciselé dans le fer. Slogan accueillant tous les internés de tous les camps nazis à travers l'Europe. Expression signifiant «le travail rend libre» inscrite dans le métal de chaque portail de chaque camp.

Je passe.

Et pénètre sur une gigantesque esplanade.

Le camp de concentration de Dachau.

Ce lieu a réellement existé. Je m'y trouve. Transpercé d'une émotion insoutenable. Je marche d'un pas vif vers les baraquements et ne parviens plus à contenir ma peine. Je veux être seul, je veux m'asseoir. Alors je me réfugie dans un espace déserté par la foule et je m'adresse à Alexander. Il doit m'entendre. Je veux bien aller partout, je veux bien essayer de le comprendre, je veux bien le suivre, mais je suis aujourd'hui un homme que la douleur et la souffrance de ces murs bouleversent comme jamais. Je n'ai pas travaillé ici, moi. Je suis un homme bien. Je ne hais personne.

« Tu ne m'emporteras pas, Alexander. »

Je suis maître de ma vie. Et ma vie est au service de la lumière, jamais l'ombre ne me séduira.

« Tu m'entends ? »

Me voici au milieu de la cour du camp de Dachau, et je suis... si touché. Je pleure, je hoquette, incontrôlable...

« Tu vois, Alexander, quand on ne fait pas attention. Tu vois à quoi ça mène ! On en vient à participer à ça ! Voilà, Alexander, quand on n'est pas vigilant, quand on ne fait pas d'effort, on se laisse emporter dans l'ombre. Voilà ce que tu as fait ! Voilà à quoi tu as participé... »

Je ne pensais pas que cette visite allait être si dure, si éprouvante.

De nouvelles vagues d'émotions me traversent.

Des regrets, de la culpabilité et de la douleur.

La douleur est la mienne. La douleur de me trouver dans un tel lieu. Celle que provoque ma perception des mémoires de souffrance qui hantent encore cette terre.

La culpabilité n'est pas la mienne. Ce n'est pas moi... Je ne suis coupable de rien ici.

« Toi, tu l'étais ! Et les regrets sont aussi les tiens, peu m'importe. »

Et pourtant elle me sillonne, me déchire.

« Ta culpabilité ! »

Je suis coupé en deux.

Un homme bon qui pleure devant tant de souffrance.

Un homme de l'ombre qui fit souffrir.

Je ne veux pas être associé à ça.

« C'est à toi de demander pardon, Alexander. C'est à toi d'espérer et de prier pour que les âmes te l'accordent. Si elles en sont capables. Tu es coupable de lâcheté, de bêtise, de flemme, de paresse d'esprit. Et sans t'en apercevoir, tu es devenu un monstre. »

C'est si facile de devenir un monstre.
« Je ne suis pas toi. »
« Je ne te porte pas. »
« Je n'ai *jamais* fait ce que tu as fait. »
« Si tu *reviens*, Alexander, surtout n'espère pas m'embarquer à nouveau avec toi. La guerre, la violence, le sang... mais tout cela, c'était toi ? Cet aimant que tu as glissé dans ma chair dès les premières secondes ? Cette bête sauvage et indomptée que tu as abandonnée ? Cette ombre qui te hante et te possède, ici, dans la cour de ce camp de concentration, à l'instant même, j'en fais le serment, je m'en libère. »
« Tout cela t'appartenait. »
« Tout cela n'est pas à moi. »
« Cet héritage, guéris-en. Et si je le peux, je t'aiderai. Mais pas une seconde je ne me mettrai en danger. Pas une seconde je n'accepterai de croire que tu ne t'es pas perdu. Je sais ce qu'est la souffrance. Je ne veux pas l'infliger. Quoi qu'il m'en coûte, jamais je ne le ferai. Je vois ce que tu payes pour cette vie où tu as décidé que ta conscience était une faiblesse. Mais non, Alexander. Ta conscience était ta bouée, ton salut. Et toi, excité, aveugle, frustré, tu n'as rien voulu entendre, jusqu'à ce qu'un éclat de métal te libère et te catapulte dans ma vie. »
« Mais sache que je suis le maître de ma vie, Alexander. »
La colère. Maîtriser sa colère.
« Oui, maîtrise-la ! »

L'oxygène de l'air me gèle la gorge. La tête me tourne. J'ai soif. Je n'ai pas d'eau. Je reste assis le long du baraquement. Comme s'il fallait que je reprenne mes esprits. Comme s'il fallait que je retrouve *mon* esprit. Mon guide. Mon allié. Mon ami. Mon protecteur. À cet instant, je ne peux faire qu'une chose : prier. Faire jaillir l'amour de tous mes pores, en espérant qu'il se joigne à celui de millions d'autres êtres humains dont le désir est d'apaiser la souffrance de tous les êtres, vivants et invisibles.

Toutes les souffrances de l'humanité sont ici.

C'est ici qu'elles peuvent être guéries.

Lorsque je me lève et découvre la perspective immense, il s'est passé du temps. Une esplanade aux proportions incroyables. Il ne reste aujourd'hui debout que deux longs baraquements et les fondations des autres. Devant chacun, deux peupliers plantés du temps de l'activité du camp sont aujourd'hui immenses. Une grande allée de peupliers.

Je sais ce qu'est la peur.

Je sais ce que l'on ressent ici.

Je connais cette peur. Je l'ai déjà vécue, dans ma vie actuelle.

Coincé dans ces situations de danger.

Affamé sur un terrain de guerre.

Arrêté et menacé dans des coins du monde où le droit est aussi fragile qu'il l'était ici.

« J'ai goûté dans mon âme ce que tu as fait subir. Avec ton regard sans amour qui condamnait. » Un jour, un homme m'a fait défaillir en me regardant avec un tel regard. Il voulait ma mort. Il ne voyait en moi qu'une menace à abattre.

Je sais ce que c'est que d'être paralysé de peur.

Seuls le camp de concentration et son bâtiment administratif ont été conservés. Des baraquements de la Waffen-SS, il ne reste rien. Sans doute ont-ils été détruits et réaménagés. Je ne trouve pas trace de là où Alexander a dû vivre lorsqu'il passa dans ce camp à sa sortie de l'école militaire.

Chef de peloton à Dachau. Affecté à des tâches de garde du camp. Un jeune homme parfois un peu arrogant et vantard, avec la charge de la surveillance des ennemis du Reich.

Je cherche la solitude et le calme et me rapproche du mur d'enceinte que j'ai longé plus tôt, de l'autre côté, alors que je passais en voiture. Assis entre deux miradors, cette étendue vide devant moi, soudain tout est silencieux. Un silence total. Pourtant, je distingue encore des gens au loin, et sans doute des oiseaux sont-ils cachés dans les peupliers, mais voilà, pas un bruit, ni de vent, ni de vie. Rien.

Je passe l'après-midi dans le camp. Ma tête est le théâtre d'un assaut incessant d'images. Dachau était un camp de concentration. S'y sont succédé les dizaines de milliers de prisonniers politiques, puis les prisonniers de guerre, les Juifs de Bavière, des prêtres, des homosexuels et des malades mentaux, tous vivant dans des conditions de détention inhumaines. Le camp a vu des centaines d'exécutions extrajudiciaires, une balle dans la nuque pour « tentative d'évasion », ou de décès sous la torture, ou sous les coups, ou de faim et d'épuisement. Ce n'était pas un camp d'extermination comme celui d'Auschwitz ou de Majdanek, mais la mort hante ce lieu.

Le soleil descend sur l'horizon et découpe les barbelés. Le ciel devient rouge. Le sol s'assombrit, la place centrale se vide. Je repasse l'entrée du camp, comme n'importe quel homme libre, comme tout le monde à présent – quel incommensurable luxe. Quelle prodigieuse richesse que la liberté. Si précieuse liberté.

« Tu n'existes plus, Alexander. La chair de ton corps est morte et aussi froide que ces cailloux au sol. La colère qui t'animait n'existe pas non plus. »

Alexander était juste un personnage, un garçon ignorant qui jouait un jeu qu'il avait trouvé séduisant mais qui aujourd'hui lui répugne, j'en suis sûr. Aujourd'hui, cet Alexander n'a pas plus de réalité que moi. Toi comme moi, comme les autres humains, nous sommes seulement les costumes que des *continuums de conscience* endossent le temps d'un passage terrestre bien court.

« Tu n'es pas le costume que tu as porté sous le IIIe Reich. Ne t'identifie pas à lui. Arrête de t'attacher à ce garçon en colère sinon, alors, oui, tu reviens à la vie. Et moi qui sens s'agiter en mon être un souffle qui te traversa, j'en suis blessé. Et je souffre, et je suis ta colère. Alors même que je commençais à apercevoir l'être de lumière en moi. Toi et moi partageons cela. Une lumière. Rappelle-t-en ! Retrouve-la ! »

« C'est là que nous avons rendez-vous. »

Pas ici, pas dans ce lieu honteux.

Alexander a quitté Dachau le 14 septembre 1938 pour rejoindre un autre camp de concentration, le camp « modèle » de Sachsenhausen, au nord de Berlin. Ici, il n'aura passé que quelques semaines. Il va rejoindre la division SS-Brandenburg, qui deviendra son unité définitive de référence. Une unité de combat. Celle dans laquelle il va mourir.

La sinistre division « Tête de mort ».

Tête de mort

Conduire d'une traite jusqu'à Paris. La route comme une anesthésie nécessaire après cette visite qui me bouleverse. Je fonce et dépasse parfois les deux cents kilomètres à l'heure sur les portions d'autoroutes allemandes qui le permettent. Fuir. Rentrer chez moi au plus vite. Revenir à mon époque, dans la forteresse de mon corps, sous la protection de mon amour.

Un déclic s'est opéré dans la cour de Dachau.

Une rupture, le début de la guérison, de la libération finale.

De la dissociation entre moi et ces mémoires qui me collent.

Un processus qui s'achèvera dans quelques semaines, le 20 octobre prochain, lorsque je me trouverai en Russie, à l'endroit où est mort Alexander. Je l'espère.

En sortant de Bad Tölz et de son stage à Dachau, Alexander est affecté au régiment SS-Totenkopfverbände (SS-TV) Brandenburg et rejoint la banlieue de Berlin. À cette époque, les différents régiments SS-Totenkopfverbände – littéralement régiments « Tête de mort » – sont des unités de garde des différents camps de concentration du pays. Mais l'ambition du Reichsführer-SS Heinrich Himmler et de leur commandant en chef Theodor Eicke est d'en faire à terme de véritables régiments de combat, dont la vocation sera d'être intégrés aux opérations militaires que Hitler envisage de mener.

Quand Alexander rejoint le gigantesque casernement SS de Sachsenhausen au centre de la petite ville banlieusarde d'Oranienburg, à trente kilomètres au nord de Berlin, l'histoire s'accélère. Son régiment va être immédiatement déployé sur le terrain du premier acte d'agression de l'Allemagne nazie : la campagne des Sudètes. Rien de moins que l'annexion pure et simple de la partie orientale de la Tchécoslovaquie, majoritairement peuplée de germanophones.

La Totenkopfverbände sera affectée sur le territoire tchèque à une tâche de renforcement policier sous l'autorité directe de Heinrich Himmler.

À peine après son arrivée à Berlin, Alexander quitte donc la région avec son régiment en direction du sud-est. Et le 30 septembre 1938, au terme de négociations avec la Grande-Bretagne et la France, les accords de Munich sont signés ; l'Allemagne est autorisée à étendre son territoire. Le chef de section Alexander Herrmann et son régiment font partie des forces allemandes qui envahissent la Tchécoslovaquie.

L'arrivée de troupes allemandes préfigure ce que va être la politique d'expansion territoriale des nazis : la mise en œuvre de la volonté du Führer de créer un grand Reich allemand. Un programme dans lequel la SS va jouer un rôle central.

Un document d'évaluation figurant dans son dossier militaire et daté du 14 octobre 1938 confirme qu'à cette date Alexander est chef de section dans les Sudètes. Là encore, son chef de régiment précise : « Herrmann est une personne travailleuse et montrant des dispositions pour les affaires militaires. Cependant, il tend à une certaine arrogance. Il conviendra de corriger ce défaut par une autorité ferme et appropriée. »

Pour ce qui est de le soumettre à une « autorité ferme et appropriée », il ne peut trouver plus adaptée que la SS-Totenkopfverbände. La SS-TV constituait une élite au sein de la structure d'élite de la SS. Une élite avec à sa tête un des commandants les plus craints de toute la SS, un homme brutal à la réputation sulfureuse: Theodor Eicke.

En parallèle, cette même année 1938, l'Allemagne est marquée par une intensification des persécutions antisémites, notamment au cours de l'été et de l'automne. Cette montée en puissance de la violence contre les Juifs allemands prend une dimension sans précédent lors de la Nuit de cristal, durant laquelle de très nombreuses synagogues sont détruites, des milliers de commerces exploités par des Juifs saccagés, et plusieurs centaines de personnes abattues.

La synagogue de Plauen est détruite durant cette nuit.

Quelques heures avant que la fureur bestiale et meurtrière ne se réveille à travers toute l'Allemagne, dans la journée du 9 novembre 1938, Alexander est nommé au grade de SS-Untersturmführer, avec effet rétroactif au 1er octobre 1938. Étrange synchronicité des événements. L'accession au premier grade d'officier (sous-lieutenant) pour Alexander, tout juste âgé de vingt-deux ans, et l'Allemagne qui se déchaîne contre des milliers de ses propres citoyens dans une débauche de haine aveugle.

Alexander est-il encore dans les Sudètes au moment de la Nuit de cristal ? Comment a-t-il fêté sa promotion tant attendue au grade d'officier ? Je l'ignore, mais il y a de l'indécence ici. L'indécence qui colore une partie de sa courte vie d'adulte.

Novembre, décembre, janvier, février 1939 ? Lorsque Alexander quitte la Tchécoslovaquie, il réintègre le casernement de la division Brandenburg affectée à la garde du camp d'Oranienburg-Sachsenhausen.

Du camp de Sachsenhausen, il ne reste aujourd'hui que la partie concentrationnaire. Comme à Dachau, l'endroit est démesuré et se trouve en plein centre-ville. Standardisation de l'architecture de la mort : bâtiments, baraquements des prisonniers, jusqu'aux portails de fer, tout est conçu à l'identique, de Dachau à Sachsenhausen, d'Auschwitz à Majdanek. La partie qui faisait office de casernement SS est aujourd'hui le siège et l'école de police du Land de Brandenburg. Les bureaux de l'Inspection générale des camps de concentration sont devenus ceux du service des impôts de la ville d'Oranienburg.

C'est depuis Oranienburg que l'ensemble du système concentrationnaire nazi était dirigé. À la période où Alexander vécut ici, Theodor Eicke en avait la charge avant qu'il ne délègue cette fonction pour se consacrer exclusivement à *sa* division Totenkopf, créée en octobre 1939, et qu'Alexander va intégrer comme une partie importante du contingent des SS-TV.

En mai 1939, Alexander est nommé *Adjutant*, l'équivalent d'aide de camp. Il est alors attaché au commandant du 2e bataillon, le SS-Sturmbannführer Hermann Schleifenbaum. Dès lors, il est très vraisemblable qu'il ait été au service de Schleifenbaum à plein-temps et n'ait plus participé aux astreintes de garde du camp. En effet, un *Adjutant* a pour fonction d'assister et de seconder son officier supérieur dans toutes les tâches administratives. Correspondance, relations avec les subordonnés, promotions, paperasse, etc. Une sorte de DRH. Un *Adjutant* doit être un homme non seulement compétent, mais en lequel on peut placer toute sa confiance.

Manifestement, Hermann Schleifenbaum, qui en sa qualité de commandant de bataillon compte huit cents hommes sous ses ordres, a confiance en Alexander. Il va le garder à ses côtés durant plus d'un an et demi. Confiance, admiration, respect. Un lien durable se noue.

Paris. Me voilà de retour, l'esprit chargé. Natacha n'en revient pas de la masse d'informations que j'ai récoltées, et surtout des synchronicités étonnantes qui ont jalonné mon voyage, comme cette rencontre avec Andréa à Plauen. De son côté, elle a entamé un travail thérapeutique avec la guérisseuse et médium Évelyne Joly installée à Grenoble. Elle revient de sa troisième et dernière séance avec cette femme surprenante et me raconte quelques éléments de son rendez-vous. Elle n'a jamais parlé de mon travail à Évelyne. Elle a juste mentionné mon existence dans sa vie, mais sans donner plus de détails, et surtout pas une seconde n'a-t-elle évoqué ma recherche autour d'Alexander.

Alors qu'elle s'apprête à prendre congé, Natacha lui a dit, pour évoquer le travail qu'elle est en train d'achever : « C'est drôle, avec Stéphane on va se libérer en même temps de nos ombres. »

Sans réfléchir, Évelyne lui répondit : « Oui, mais Stéphane, l'homme dont il va se libérer, c'est du costaud... L'Allemand, là... il n'a pas de sentiments... il ne sait pas ce que c'est, les sentiments... C'est un homme terrible, il ne réfléchit pas... c'est comme ça et c'est pas autrement... Et d'ailleurs, des fois, ça lui remonte, à Stéphane, hein ?... Et quand ça remonte en lui... le pauvre. Il ne peut rien faire. »

Natacha est restée sans voix. Elle est absolument certaine de ne jamais lui avoir parlé d'Alexander ou même d'un Allemand. D'où venaient ces perceptions ?

Évelyne poursuivit, parlant de moi : « Quand ça lui remonte, il est brutal, pas dans les gestes, c'est cette colère... Mais quelque part il ne peut pas lutter, c'est en lui. Alors maintenant il répare, c'est plus du tout le même homme… Mais, dis donc, ce n'était pas joli joli. »

Quand ça lui remonte !

Alors maintenant il répare.

Oh oui, je veux que ça cesse !

Ai-je encore besoin de renforcer l'évidence de l'héritage ? De l'étrange lien d'âme qui nous unit ? Je ressens que nous ne sommes pas la même entité individuelle, Alexander et moi. Cette dissociation m'a sauté au visage à Dachau. Mais nous faisons partie tous deux d'un même *ensemble*. Un souffle identique nous traverse. Les vies sont des fragments d'existence individuelle et unique, mais elles sont animées par une conscience éternelle. Par cette expérience bouleversante, il m'est donné de vivre la réalité de la réincarnation et d'en saisir la nature profonde. Non pas la réalité de « quelqu'un qui revient », mais celle d'un souffle immortel qui passe dans des corps autonomes, dans des identités mortelles. S'en nourrit, apprend, guérit.

Qu'est-ce que je garde ? Qu'est-ce que j'abandonne ?

Suis-je coupable de ce qu'un autre *en moi* a fait avant ?

Non, je ne le suis pas.

Médiums

Lorsque j'ai découvert la photo d'Alexander dans son dossier de mariage, je me suis dit qu'il serait intéressant de la présenter à des médiums comme je l'avais fait avec les photos de mon frère et de mon père pour mes précédents livres[15]. Pour avoir passé des années à étudier, enquêter et tester ces personnes qui prétendent communiquer avec des défunts, je suis arrivé aujourd'hui à la conclusion qu'il est effectivement possible de le faire. Les morts sont encore vivants *quelque part*.

La médiumnité n'est pas un pouvoir magique, un médium n'est pas infaillible, et il est capital de faire preuve de discernement lors d'une consultation, mais il est effectivement possible de communiquer avec des défunts via leur intermédiaire. J'en ai acquis l'intime conviction à l'issue d'une enquête journalistique rationnelle qui s'est étalée sur de longues années.

Lors de conférences que je donnais ou dans les lettres que je recevais, une question revenait souvent : « Si l'on peut communiquer avec des défunts, qu'en est-il de la réincarnation ? » En effet. Si par exemple je suis en mesure, encore aujourd'hui, de communiquer avec mon frère mort il y a de nombreuses années, cela signifie-t-il qu'il ne s'est pas réincarné ?

La question formulée ainsi est importante, elle me touche au cœur. Mais elle révèle surtout la vision partielle que nous avons de la réalité. Car le monde spirituel est infiniment plus vaste qu'on ne l'imagine. Nos défunts évoluent dans une réalité immatérielle qui, de fait, n'est plus soumise à l'écoulement du temps tel que nous l'expérimentons sur Terre. À la mort, nous quittons le monde de matière et notre essence accède à un plan d'existence *situé* en dehors du temps et de l'espace.

Sur Terre, le temps s'écoule du passé vers le futur. En outre, lorsque nous nous trouvons à un endroit, nous ne pouvons être à un autre endroit *au même moment*.

Nous sommes coincés dans le temps et dans l'espace.

Si contre intuitif que cela puisse être, ces deux paramètres du temps et de l'espace disparaissent après la mort. Celles et ceux qui ont vécu une expérience de mort imminente, par exemple, évoquent la possibilité surprenante de pouvoir *se déplacer* à la vitesse de la pensée. D'autres disent voir le temps comme s'ils se trouvaient à l'extérieur, observant le passé et le futur comme on regarde un film dont on peut visionner n'importe quel moment de son choix. Les médiums aussi, lorsque je les ai questionnés sans relâche sur le monde spirituel, mentionnent d'autres dimensions où nos lois physiques ne s'appliquent pas.

Je pense que cette réalité est inatteignable à notre mental.

Ce que j'ai découvert en écrivant *Le Test* m'a démontré que le monde spirituel où se trouvent mon père et mon frère n'est que partiellement comparable à notre monde terrestre. Il nous est impossible de concevoir sa réalité à la seule force de notre pensée. Comment un aveugle pourrait-il savoir ce qu'est la lumière du soleil ?

Nos morts évoluent dans une sorte d'éternité.

Ils sont *hors* du temps.

Si inconcevable que cela puisse sembler, ils sont en mesure de contempler et d'agir sur ce qui, pour nous, se situe dans un passé révolu, ou dans un futur non encore réalisé.

Tandis que nos vies successives se déroulent les unes après les autres sur Terre, une part éternelle de nous observe ces existences en *même temps* depuis ailleurs.

Et peut avoir accès à tous les temps et tous les lieux.

Nous ne sommes, vous et moi, que l'une des manifestations de notre âme. Une seule, parmi les nombreuses facettes qu'elle possède. Nos proches décédés vivent de nouvelles vies sur Terre, alors qu'une dimension d'eux se trouve encore et éternellement accessible dans l'au-delà.

L'amour que nous leur portons et qu'ils éprouvent pour nous est la passerelle qui maintient le lien.

Je ne veux pas refaire un test aussi intense et long que celui que j'avais mené avec mon père, mais je suis curieux de voir ce qui va se passer lorsque je vais tendre la photo d'Alexander à l'un ou l'une des médiums que je connais. Je vais enregistrer chacune des expériences afin de n'en perdre aucun détail. Ces médiums ignorent tout de mon aventure avec Alexander.

La première avec qui je tente l'expérience est une amie de ma belle-mère. La rencontre a lieu lors de la fête donnée pour les cinquante ans de mariage de mes beaux-parents. Laurie Fatovic est une femme souriante et pleine de vie. Elle est à la fois magnétiseuse et médium. L'idée de lui montrer la photo me vient alors que nous discutons tous les deux un peu à l'écart des invités. C'est la première fois que je la rencontre, mais la fête incite à la décontraction.

— Ça te dit, une petite expérience ? Je te montre une photo et tu me dis ce que tu sens…

— Oui, pourquoi pas, me répond-elle, amusée.

Assis sous un arbre au fond du jardin, j'affiche la photo d'Alexander sur l'écran de mon téléphone et lui donne l'appareil.

— Ce n'est pas un piège, hein ? C'est quelqu'un que tu connais ?

— Oui, rassure-toi…

— C'est dur… tu n'as pas une autre photo ?

— Non.

— Tu as sa date de naissance ?

— Oui, 1916…

— C'est quelqu'un qui t'est familier ?

— J'aimerais savoir ce que tu ressens…

— Ce qui me gêne, c'est que quand je regarde cette photo j'ai l'impression de te voir toi.

— Ah oui ?

— C'est même très troublant… il y a quelque chose… ce qui me vient, c'est l'impression de te voir. Elle est très troublante, cette photo…

— Qu'est-ce que tu ressens ?

— J'ai l'impression que c'est toi… Et mon cœur se serre et j'ai envie de pleurer… J'ai un « r »… je vois comme un vide et de la tristesse en toi… mais en lui aussi, d'ailleurs. Tu as son prénom ?

— Alexander.

— Alexander… Tu connais sa vie ?

— Dis-moi ce que tu ressens…

— J'ai comme une évocation de voyage… Il a quelque chose à voir avec l'armée ?

— Oui…

— … Il y a la guerre… on lui a remis quelque chose… Une médaille ?

Des amis viennent interrompre la séance. Les conditions ne sont vraiment pas idéales et nous convenons d'arrêter là. Je remercie Laurie d'avoir joué le jeu, et suis très secoué de sa toute première remarque : « J'ai l'impression de te voir toi. » Et puis il y a la tristesse, la guerre, le « r », les voyages... pas mal du tout en à peine quelques minutes.

Quelques jours plus tard, la médium Florence Hubert et le magnétiseur Patrick Manreza viennent dîner à la maison. Je compte à nouveau profiter de l'occasion. Florence a été assez époustouflante durant *Le Test* et Patrick possède lui aussi des capacités de perception. À la fin du repas, je leur propose la même expérience qu'avec Laurie. Florence et Patrick ignorent tout d'Alexander et de mon rêve éveillé. Je vais chercher un tirage papier de la photo, je le place sur la table et lance l'enregistrement. Florence se saisit de la photo.

Florence : J'ai mal à la tête... C'est de ta famille ?

Moi : Non...

Florence : J'ai vraiment mal à la tête, tout d'un coup... Il est décédé ?

Moi : Oui.

Florence : Oui, violemment, vite... Il ne croyait pas en grand-chose, voilà ce que je ressens. J'ai beaucoup de timidité, d'introversion... comme s'il y avait une crainte, peur de ne pas pouvoir s'expliquer... c'est bizarre... et j'ai mal à ma tête... On me parle d'un bébé ?

Patrick a pris la photo à son tour et intervient.

Patrick : Il est mort à moins de trente ans ?

Moi : Oui.

Florence : Et le bébé, on me parle de bébé...

Moi : Ça, je ne sais pas.

Patrick : Vingt-cinq ? Vingt-six ans ?

Moi : Vingt-cinq.

Florence : Il est mort brutalement ?

Moi : Oui.

Florence : Je le ressens bien comme ça... J'ai quelqu'un qui a du mal à s'exprimer.

Patrick : Il me semble qu'il a fait quelque chose avec de la violence...

Florence : Oui, il a du mal à s'exprimer sur ça...

Patrick : Comme s'il avait tué...

Moi : Oui.

Florence : ... Ça fait combien de temps qu'il est mort ?

Patrick : J'ai mal à la tête aussi...

Moi : Il y a plus de soixante-dix ans...

Patrick : Oui, je pense qu'il a tué...

Florence : Il n'a pas pu s'exprimer. Il y a des choses qu'il voudrait dire...

Patrick : Par contre, c'est pas terrible, les trucs qu'il a faits...

Florence : Il a tué quelqu'un ?

Patrick : Oui... pour moi, oui... il a tué !

Moi : Oui, sans doute. Il était soldat.

Florence : Tu sais comment il a été tué ?

Moi : À la guerre

Florence : D'une balle dans la tête ?

Moi : Non...

Florence : Mais il n'a pas eu un choc à la tête ? Pourquoi j'ai mal à la tête, moi ?

Patrick : Oui, moi aussi j'ai mal à la tête... Il a tué, et je pense que c'était pas propre du tout... pas du tout...

Florence : Il était allemand ?

Moi : Oui...

Patrick : Ce n'est pas allé jusqu'à des atrocités... mais il a participé à des trucs pas terribles quand même...

Florence : Tu l'as connu ? J'ai mal à l'épaule aussi...

Moi : Non... c'est pour ça que je prends toutes les informations...

Florence : Je pense que le côté gauche a été fracassé... Et il y a un bébé...

Patrick : Moi, je ne sens pas de bébé mais une jeune fille.

Florence : Oui, mais il y a un bébé...

Patrick : Je ne sais pas... mais je sens que la jeune fille est quelqu'un qu'il a aimé.

Florence : Moi, c'est « bébé » que j'entends... et puis un nom en « Lu... », c'est quoi son prénom ?

Moi : Alexander.

Florence : J'ai un nom en « Lu... »

Moi : Sa femme s'appelait Luise.

Florence : Est-ce que tu sais s'il a eu des enfants ?

Patrick : Je vois une jupe avec de gros collants en dessous...

Moi : Pour la femme ?

Patrick : Oui, tu sais, les grosses jupes avec des collants épais en dessous... La femme que je vois a plus de vingt ans, légèrement potelée. Elle est morte jeune aussi. La femme avec qui il était.

Florence : Après, j'ai de la psychorigidité... du caractère. Et des non-dits... ou alors il a fait des choses... C'est un espion ?

Moi : Non, il était SS.

Patrick : Qu'est-ce que j'ai mal à la tronche, moi...

Florence : Moi aussi... Il vient pour expliquer des choses mais il a du mal.

Patrick : J'entends « Je reviens de loin. » Oui, des tueries... il a participé à des tueries... et pas que d'une personne... il y a eu des morts, beaucoup. Le sang, ça enivre...

Florence : « J'ai pas le choix. » Peut-être qu'il voudrait dire pardon...

Vraiment surprenant, toutes les portes qui s'ouvrent sur un coin de table à l'issue d'un repas. Comme si le monde d'Alexander était là, disponible, accessible pour qui en a la capacité. Là encore, beaucoup d'éléments étonnants, des informations qui, de toute évidence, ne peuvent se déduire de la seule observation de la photo : timidité, introversion, peur de ne pas pouvoir s'expliquer, un bébé, une mort jeune et brutale, violence, il a tué, Allemand, un nom en « Lu », psychorigide, non-dits, il vient pour expliquer des choses, il y a eu beaucoup de morts, peut-être qu'il voudrait dire pardon...

Peut-être qu'il voudrait dire pardon ?

Et puis il y a cette femme morte jeune... Ce n'est donc pas Luise. Et ce bébé ?

Le troisième médium que je vois est Pierre Yonas. Lui aussi a participé au *Test*. Il dispose de quelques minutes, je le retrouve chez lui. Et, comme d'habitude avec Pierre, ça va très vite. Enregistrement.

— Je sens une personne avec beaucoup de capacités... quelqu'un de connecté, partagé entre le bien et le mal. Son esprit me dérange...

— Dans quel sens ?

— Comme un esprit souffrant... mais brillant. Ça sent quand même la vie en lui...

— Ça sent la vie ?

— Oui... quelqu'un qui vit.

— C'est-à-dire ?

— Pas comme décédé...

— Il est décédé, pourtant.

— Oui, mais moi je le vois vivant. Comme s'il était toujours autour de nous... je t'assure.

— Ce n'est pas comme ça avec tous les esprits ?

— Non. C'est comme s'il représentait quelque chose que l'on continuait à faire vivre... comme s'il ne voulait pas être oublié. Il y a beaucoup de déplacements, beaucoup de voyages...

DE LA FORÊT AMAZONIENNE À SUKHAYA NIVA

Le grand reportage, une passion qui m'habite depuis toujours.
Ici, à l'âge de 27 ans, dans le nord de l'Afghanistan.

Novembre 1989, en Inde. Mon obsession pour la question de la violence et de la guerre génère des entretiens avec des personnalités comme le dalaï-lama.

Enquête dans la région du Pamir, en Asie centrale.

Dans la forêt amazonienne. C'est ici que se produit la « rencontre ».

La cabane d'isolation où je passe mes journées seul, entre écriture, descentes à la rivière en contrebas, méditation et exercices physiques. Sous l'ombre protectrice de l'arbre Ojé.

L'Amazonie fourmille d'esprits, de plantes maitresses et d'arbres maitres. Quels secrets se cachent dans les feuilles d'Ajo Sacha que je diète ?

La photo floue et mystérieuse que j'ai découverte au début de mon enquête. C'est elle que je montre aux médiums.

Le même portrait, cette fois net et riche en informations, fourni par les Archives nationales allemandes. Je le découvre après avoir terminé la rédaction de ce livre

D.R.

Alexander ne doit pas avoir 10 ans sur cette photo. Souriant et insouciant, l'ombre ne s'est pas encore réveillée sur l'Europe...

Pendant des mois d'enquête et de recherches, j'accumule les documents d'archives.

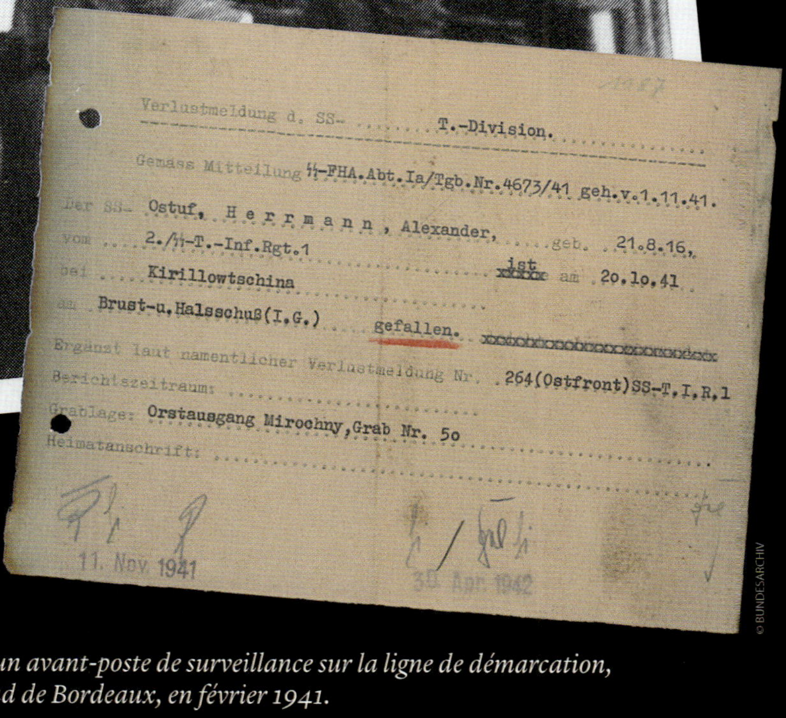

Verlustmeldung d. SS- ....T.-Division. ....

Gemass Mitteilung ᛋᛋ-FHA.Abt.Ia/Tgb.Nr.4673/41 geh.v.1.11.41.

Der SS- Ostuf, H e r r m a n n , Alexander, ...geb. .21.8.16,

vom ....2./ᛋᛋ-T.-Inf.Rgt.1 ....

bei ....Kirillowtschina .... ist am .20.1o.41

an Brust-u.Halsschuß(I.G.) .....gefallen. xxxxxxxxxxxxxxxxxxxxxxx

Ergänzt laut namentlicher Verlustmeldung Nr. .264(Ostfront)SS-T.I.R.1

Berichtszeitraum: ....

Grablage: Orstausgang Mirochny,Grab Nr. 5o

Heimatanschrift: ....

11. Nov. 1941

30. Apr. 1942

Photo prise à un avant-poste de surveillance sur la ligne de démarcation, à Bażas, au sud de Bordeaux, en février 1941.

Acte de décès figurant dans son dossier militaire. Cause de la mort : blessure à la poitrine et au cou.

Les villes clés de l'enquête en Allemagne.

L'immeuble du 47, Neundorfer Straße, à Plauen, en Allemagne. Au quatrième étage, qu'occupait la famille Herrmann, Pan et Séléné se font face depuis plus d'un siècle.

À l'arrière de l'immeuble situé au 47, Neundorfer Straße, l'arrière-cour, qui m'attire irrésistiblement et dont je découvre plus tard qu'elle était le terrain de jeu d'Alexander (à droite) et de son frère.

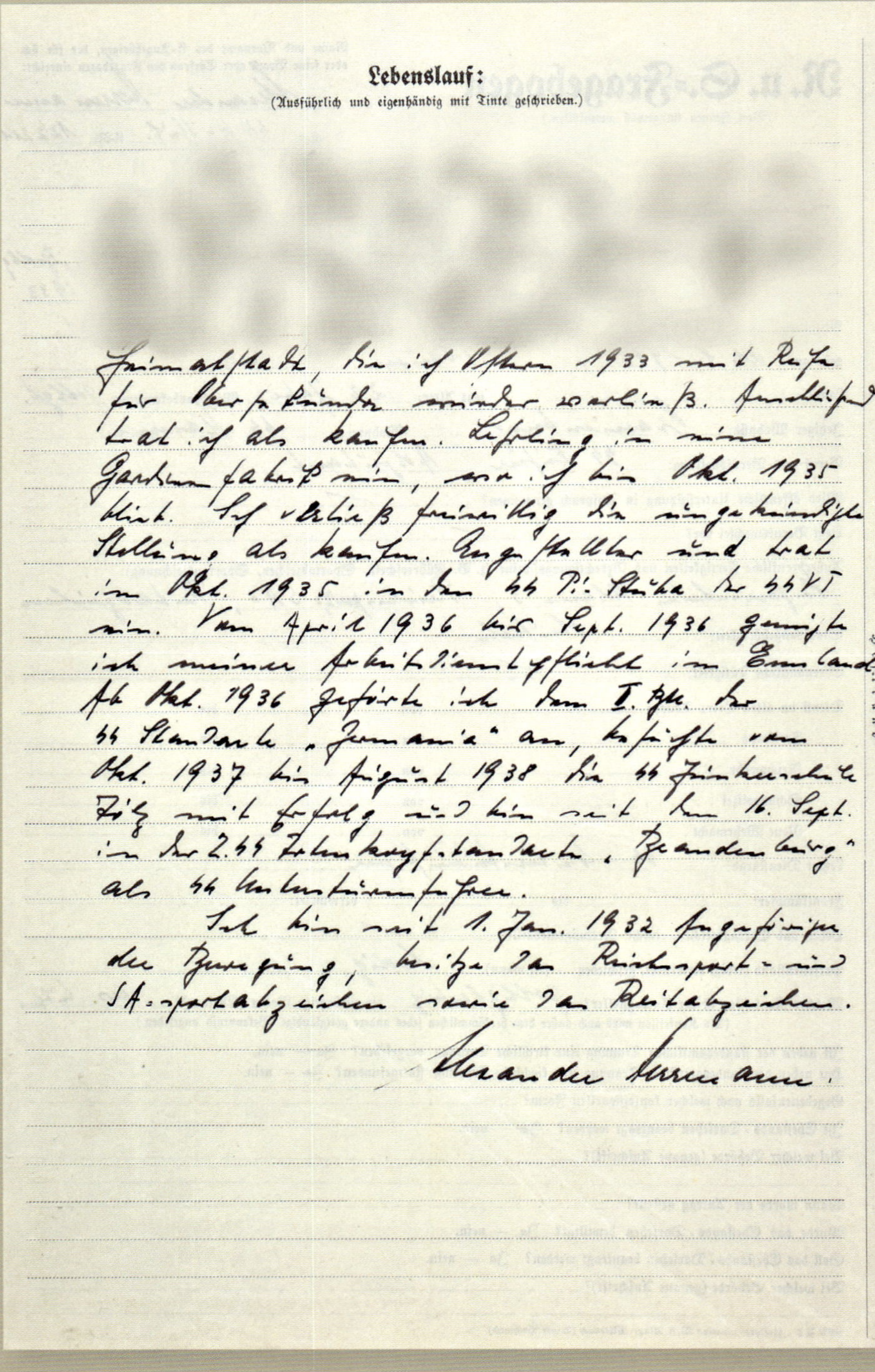

Lebenslauf:
(Ausführlich und eigenhändig mit Tinte geschrieben.)

Heimatstadt, die ich Ostern 1933 mit Reife für Obersekunda wieder verließ. Anschließend trat ich als kaufm. Lehrling in eine Gardinenfabrik ein, wo ich bis Okt. 1935 blieb. Ich verließ freiwillig die ungekündigte Stellung als kaufm. Angestellter und trat im Okt. 1935 in den SS Pi. Sturm der SSVT ein. Vom April 1936 bis Sept. 1936 genügte ich meiner Arbeitsdienstpflicht im Emsland. Ab Okt. 1936 gehörte ich dem II. Stu. der SS Standarte „Germania" an, besuchte vom Okt. 1937 bis August 1938 die SS Junkerschule Tölz mit Erfolg und bin seit dem 16. Sept. in der 2. SS Totenkopfstandarte „Brandenburg" als SS Untersturmführer.

Ich bin seit 1. Jan. 1932 Angehöriger der Bewegung, besitze das Reichssport- und SA-Sportabzeichen sowie das Reiterabzeichen.

Alexander Herrmann.

Étrange impression que de découvrir cette page écrite de sa main.
Je sens le mouvement de sa plume, l'être vivant en train de tracer des phrases...

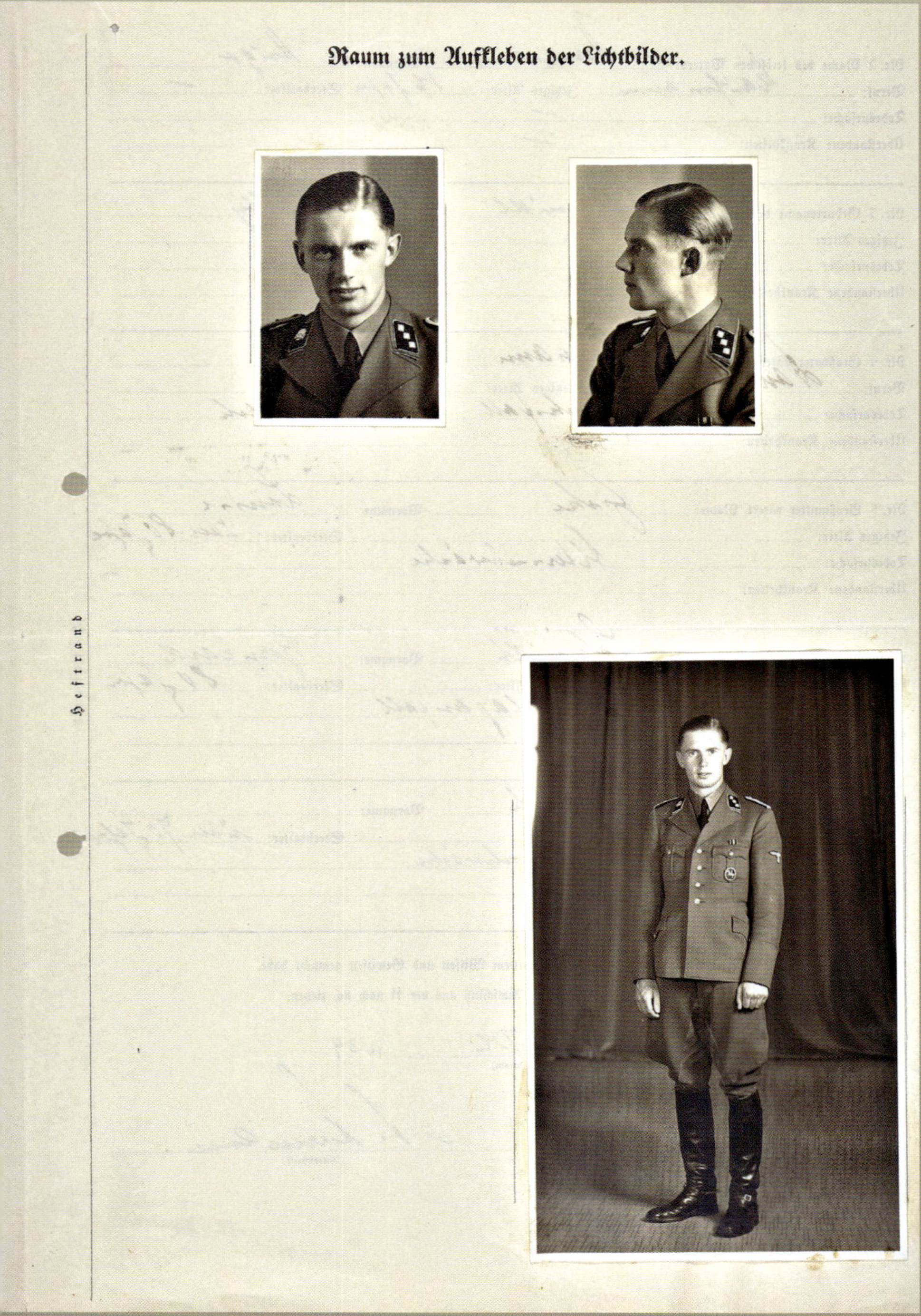

Ensemble des photos figurant dans le dossier de mariage d'Alexander. Je ne les découvrirais de bonne qualité qu'une fois le livre achevé. Dans le premier dossier reçu de Washington, elles sont en si mauvais état que son regard me reste masqué.

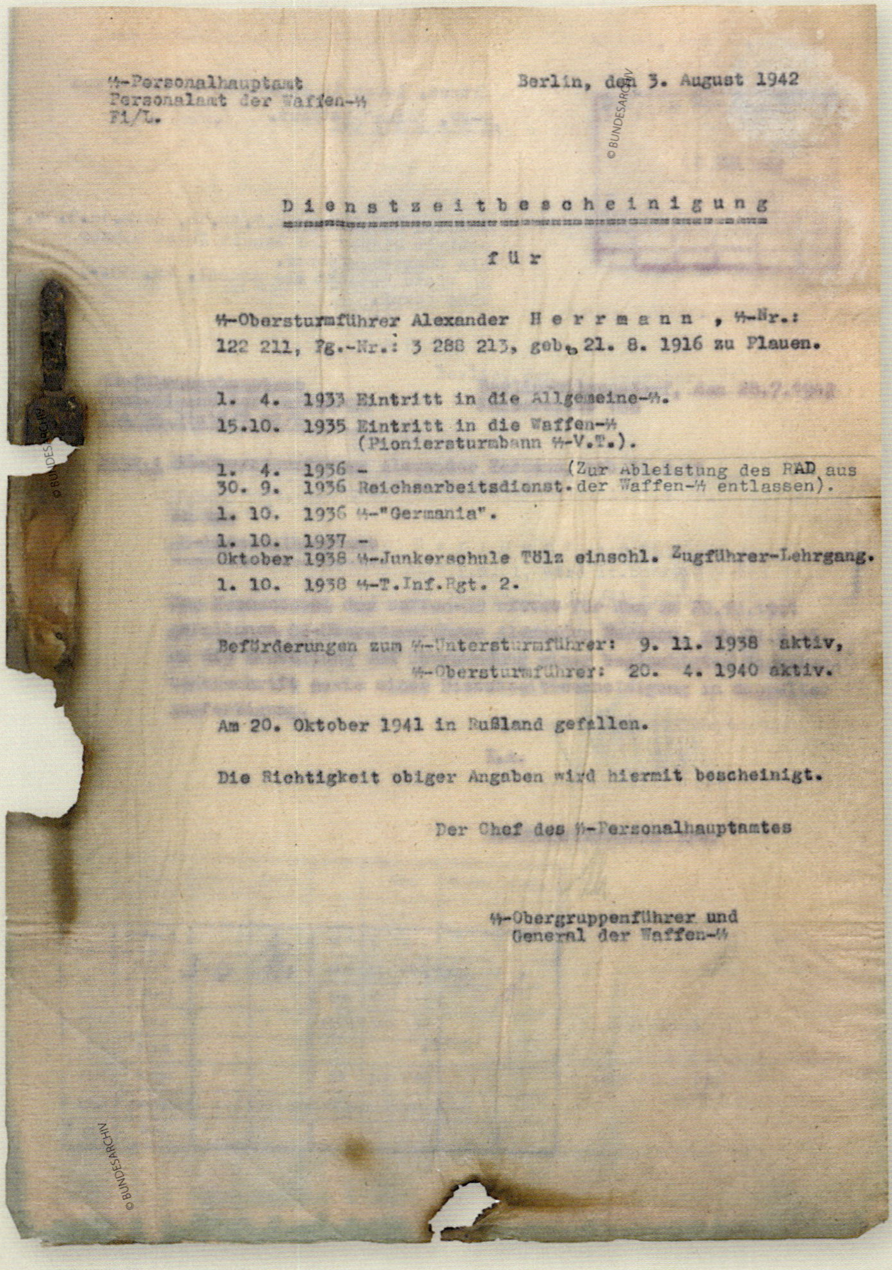
ᛋᛋ-Personalhauptamt
Personalamt der Waffen-ᛋᛋ
P1/L.

Berlin, den 3. August 1942

Dienstzeitbescheinigung

für

ᛋᛋ-Obersturmführer Alexander Herrmann , ᛋᛋ-Nr.: 122 211, Pg.-Nr.: 3 288 213, geb. 21. 8. 1916 zu Plauen.

1\. 4. 1933 Eintritt in die Allgemeine-ᛋᛋ.
15.10. 1935 Eintritt in die Waffen-ᛋᛋ (Pioniersturmbann ᛋᛋ-V.T.).
1\. 4. 1936 - 30. 9. 1936 Reichsarbeitsdienst. (Zur Ableistung des RAD aus der Waffen-ᛋᛋ entlassen).
1\. 10. 1936 ᛋᛋ-"Germania".
1\. 10. 1937 - Oktober 1938 ᛋᛋ-Junkerschule Tölz einschl. Zugführer-Lehrgang.
1\. 10. 1938 ᛋᛋ-T.Inf.Rgt. 2.

Beförderungen zum ᛋᛋ-Untersturmführer: 9. 11. 1938 aktiv,
ᛋᛋ-Obersturmführer: 20. 4. 1940 aktiv.

Am 20. Oktober 1941 in Rußland gefallen.

Die Richtigkeit obiger Angaben wird hiermit bescheinigt.

Der Chef des ᛋᛋ-Personalhauptamtes

ᛋᛋ-Obergruppenführer und
General der Waffen-ᛋᛋ

Au fil des pages tous les éléments importants de la vie d'Alexander se dévoilent. Parcours militaire, affectations, nominations au grade supérieur, etc. Une froideur factuelle presque irréelle.

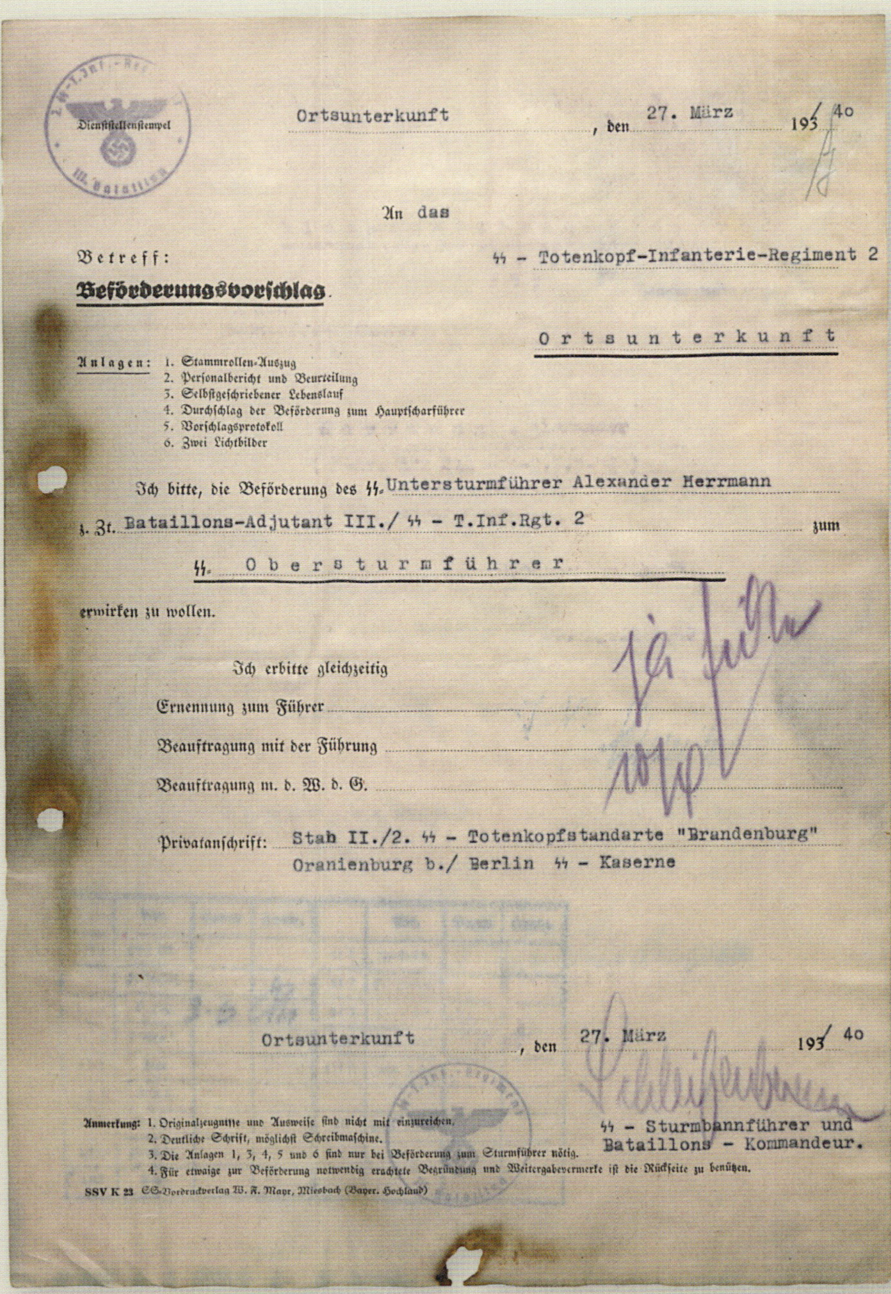

Dienststellenstempel

Ortsunterkunft, den 27. März 1940

An das

SS – Totenkopf-Infanterie-Regiment 2

Ortsunterkunft

Betreff:

Beförderungsvorschlag.

Anlagen:
1. Stammrollen-Auszug
2. Personalbericht und Beurteilung
3. Selbstgeschriebener Lebenslauf
4. Durchschlag der Beförderung zum Hauptscharführer
5. Vorschlagsprotokoll
6. Zwei Lichtbilder

Ich bitte, die Beförderung des SS-Untersturmführer Alexander Herrmann

z. Zt. Bataillons-Adjutant III./ SS – T.Inf.Rgt. 2 zum

SS- Obersturmführer

erwirken zu wollen.

Ich erbitte gleichzeitig

Ernennung zum Führer

Beauftragung mit der Führung

Beauftragung m. d. W. d. G.

Privatanschrift: Stab II./2. SS – Totenkopfstandarte "Brandenburg"
Oranienburg b./ Berlin SS – Kaserne

Ortsunterkunft, den 27. März 1940

SS – Sturmbannführer und
Bataillons – Kommandeur.

Anmerkung:
1. Originalzeugnisse und Ausweise sind nicht mit einzureichen.
2. Deutliche Schrift, möglichst Schreibmaschine.
3. Die Anlagen 1, 3, 4, 5 und 6 sind nur bei Beförderung zum Sturmführer nötig.
4. Für etwaige zur Beförderung notwendig erachtete Begründung und Weitergabevermerke ist die Rückseite zu benützen.

SSV K 23. SS-Vordruckverlag W. F. Mayr, Miesbach (Bayer. Hochland)

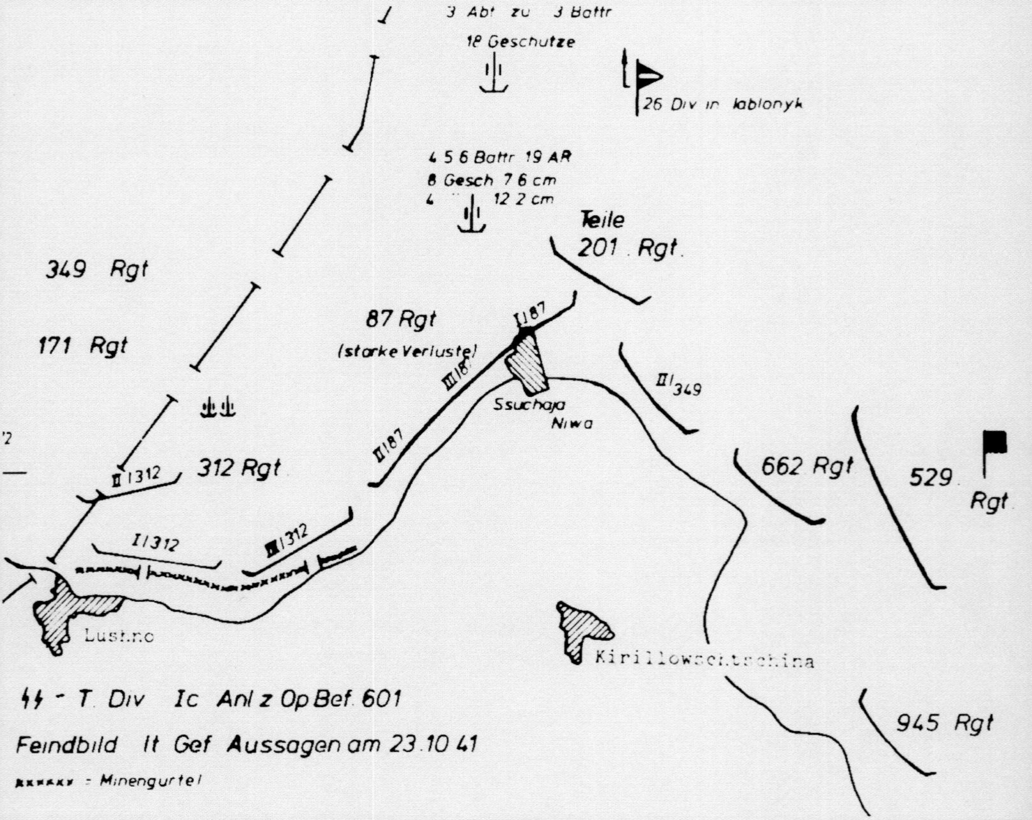

Curieuse sensation d'avoir accès aux documents autrefois secrets, tant Allemands que Russes, décrivant les même positions militaires, presque jour après jour, sur cette ligne de front qui fut un véritable enfer, une terre de sang.

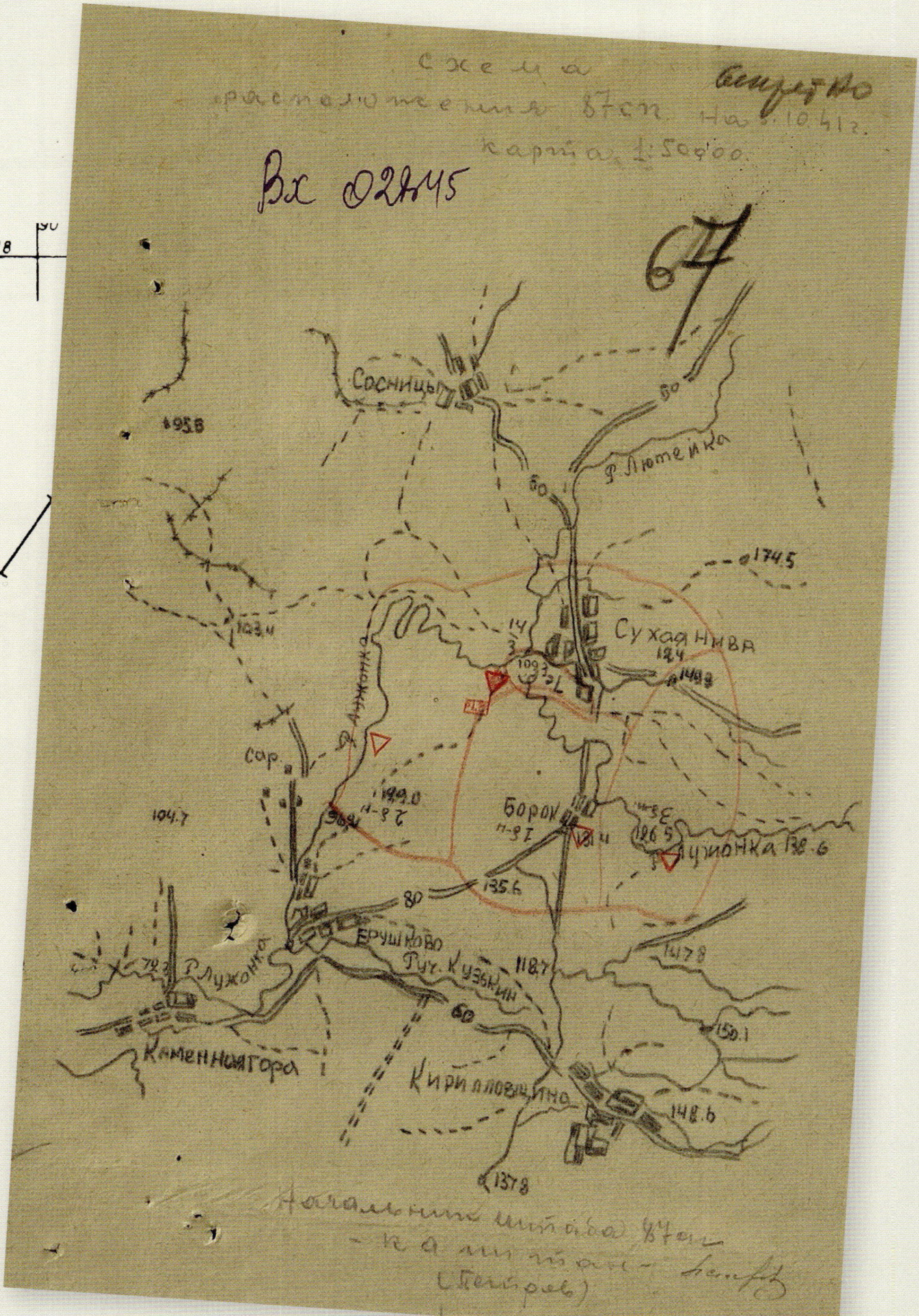
Схема
расположения 87сп
секретно
Вх 02145
Сосницы
Р. Лютейка
Сухая Нива
Борок
Лужонка
Ерушково
Руч. Кузькин
Р. Лужонка
Каменная Гора
Кирилловщина
Начальник штаба 87сп
капитан
(Петров)

D.R.

L'entrée du camp de concentration de Dachau.
Seuil vers une mémoire d'horreur au cœur de l'Europe.

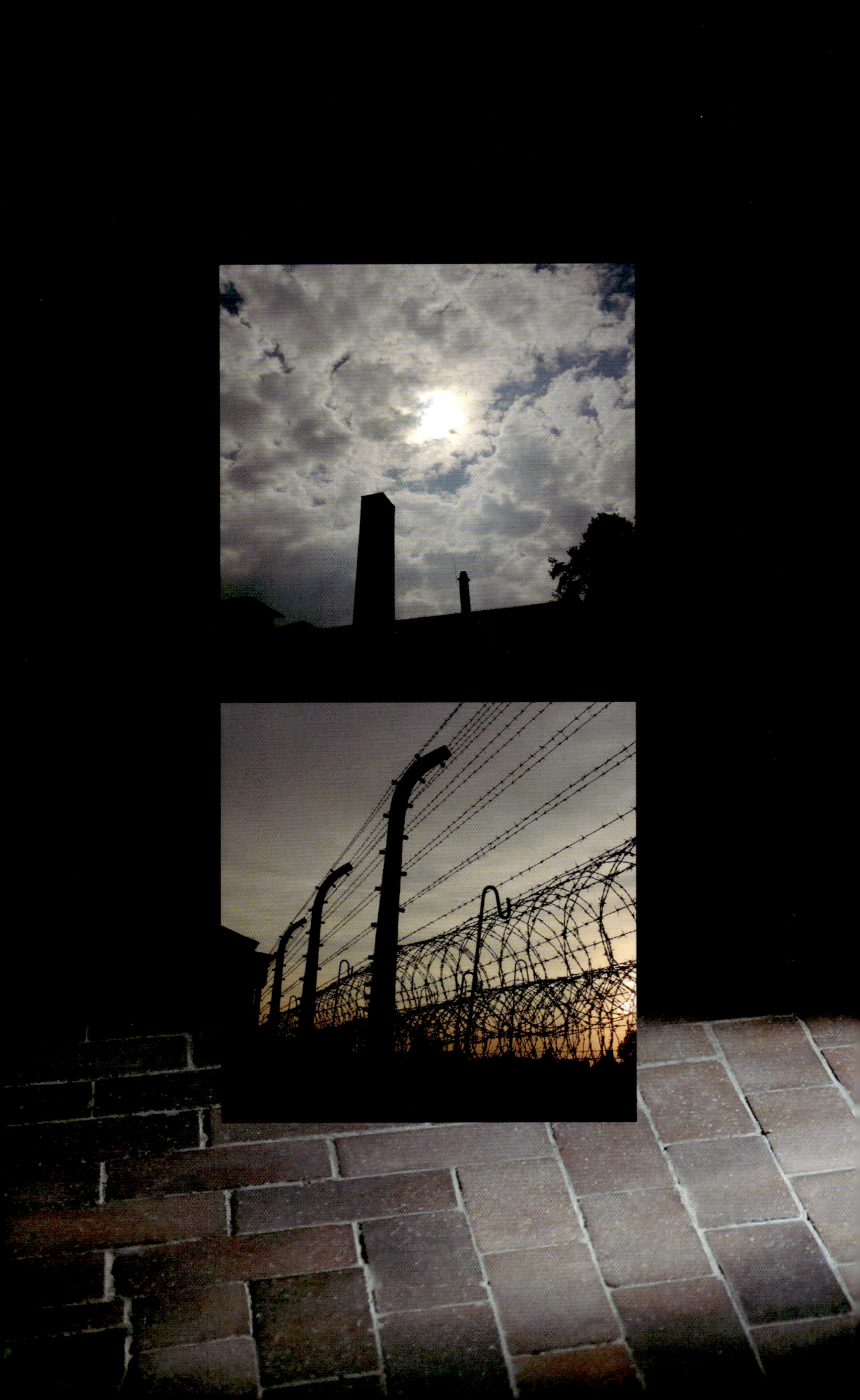

Le mal peut-il réellement être « banal » ?
Ces mots de Primo Levi me hantent :
« Malheur à celui qui rêve : le réveil est la pire des souffrances. Mais cela ne nous arrive guère, et nos rêves ne sont pas longs. »
(Primo Levi, Si c'est un homme,
Julliard, 1987, p.62)

La zone de combat en Russie.

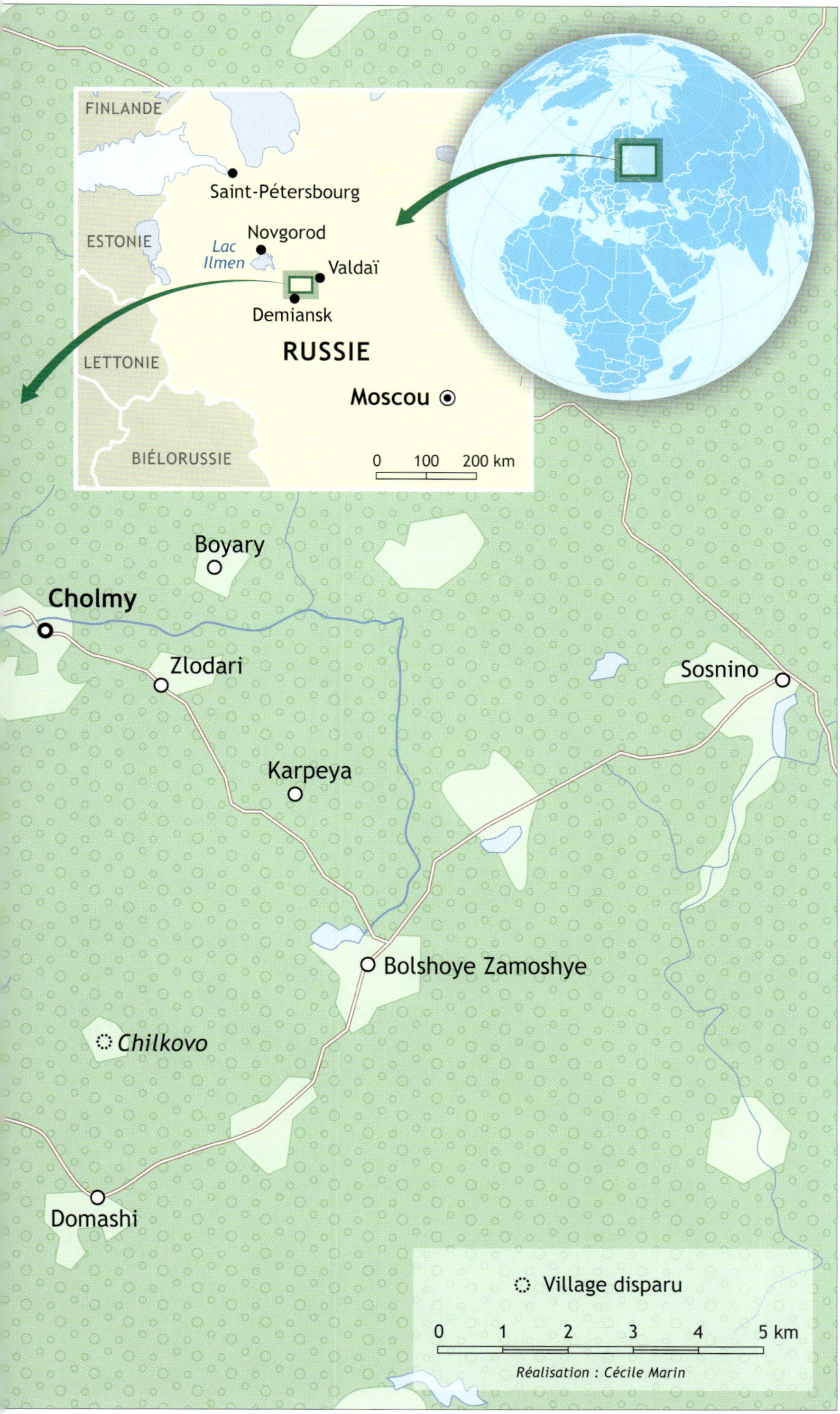
FINLANDE
Saint-Pétersbourg
ESTONIE
Novgorod
Lac
Ilmen
Valdaï
Demiansk
LETTONIE
RUSSIE
Moscou
BIÉLORUSSIE
0 100 200 km
Boyary
Cholmy
Zlodari
Sosnino
Karpeya
Bolshoye Zamoshye
Chilkovo
Domashi
Village disparu
0 1 2 3 4 5 km
Réalisation : Cécile Marin

Affiche de propagande soviétique dans le « musée » de l'hotel de Valdaï.

ВОЙНЫ!

Maison du village de Mirochny où Nicolas et moi passons la nuit du 19 au 20 octobre. Être sur place à l'aube du dernier jour...

Quand le jour se lève, ce matin du 20 octobre, je suis déjà en marche dans la forêt, seul, immergé dans une mémoire qui m'habite depuis trop longtemps. Les époques se confondent, je suis presque surpris du silence irréel

La vie dans ces villages perdus de la Russie profonde, inchangée par le temps qui emporte le monde.

Les traces des combats fourmillent dans les forêts de la région. Casques rouillés, tranchées, munitions, grenades, chaussures… et tant de fantômes tourmentés.

La maison de Tania, inaccessible et gardant ses secrets pendant des jours...

20 octobre. La maison se Tania s'ouvre, ainsi que la trappe qui donne accès à l'entresol. Derrière cette petite porte de bois, la terre est fraiche et tendre, Alexander si proche...

« Notre métamorphose a commencé. »

De haut en bas: à Plauen, en train de travailler sur les archives en compagnie d'Andréa et d'André Harnisch, ancien professeur de français ; en compagnie de la généalogiste Andréa Harnisch ; dans le village de Mirochny, chez Valentina et sa fille, Macha, avec Nicolas Fréal, mon guide en Russie.

— Oui...

— Je le vois beaucoup bouger... Des secrets, aussi. Beaucoup de secrets, aussi... C'est ta famille, ça ?

— Ma famille ? Pas directement, non.

— C'est le frère ou le cousin d'un parent à toi, d'une alliance...

— Dis-moi ce que tu ressens.

— Je sens que c'est ta famille... Il a été résistant, ce garçon ?

— Non...

— Il y a une histoire de guerre... de militaire... parce que je vois des tenues militaires...

— Il était militaire.

— C'était un militaire ?

— Oui...

— Voilà, je ne me trompe pas... parce que je vois des tenues militaires... bien droit, sérieux... je vois de l'intransigeance en lui. Comme quelqu'un de psychorigide... très dur ! Pourquoi on me parle de pays de l'Est ? Il est allé là-bas ?

— Oui...

— On me parle de pays de l'Est. J'entends « Il chevauche deux époques. » Il était entre deux époques ?

— Qu'est-ce que tu entends, exactement ?

— J'entends : « Il chevauche deux époques. »

— Étonnant.

— Comme s'il y avait deux époques différentes... et il chevauche deux époques. Je te dis ce qu'on me dit : « Il chevauche deux époques. » Et c'est un vrai message.

Une nouvelle fois, les perceptions sont rapides et justes : quelqu'un de partagé entre le bien et le mal, quelqu'un qui vit toujours, des voyages, famille, militaire, droit, sérieux, intransigeant, psychorigide (Florence aussi l'a qualifié ainsi), dur, pays de l'Est, et puis ce qui vient comme un message important aux yeux de Pierre : « Il chevauche deux époques. »

Il me reste encore le médium Henry Vignaud à voir. Mais d'ores et déjà, que conclure après ces trois séances ? En fait, je n'ai pas trop envie de *conclure*. Alexander est-il réellement ma vie d'avant ? Suis-je sa réincarnation ? Je le ressens de plus en plus. Pourtant, je ne parviens pas à voir de contradictions dans le fait que les médiums parviennent à communiquer aussi avec lui.

Une partie de lui est dans l'au-delà, une autre en moi.

La façon dont nous concevons la réincarnation me semble de plus en plus erronée au fur et à mesure que je découvre la complexité de cette relation entre Alexander et moi. Cette idée qu'une entité individuelle passe de corps en corps postule l'existence d'une âme immuable. Pourtant, à travers mon expérience, c'est la notion même d'individu qui s'effrite.

Plus la relation entre Alexander et moi se précise, moins j'ai envie de la penser en termes intellectuels. À la réflexion et l'analyse, je préfère l'exploration de mes ressentis, de mes intuitions, l'expérience directe du lien.

Le mental m'apparaît comme trop limitatif pour mesurer la nature ultime de la relation entre nous.

Réfléchir, poser des mots et des hypothèses m'apparaît de plus en plus vain au regard de l'intensité de ce que je vis. L'analyse intellectuelle m'éloigne du cœur de l'expérience. Je croyais être à la recherche d'« explications », mais tout le monde passe son temps à défendre « ses » explications contre celles des autres. Et à quoi cela mène-t-il ? À rien.

Tout le monde a une opinion sur tout, les livres regorgent d'hypothèses, mais après ces longues années de recherche sur ces thèmes, je ressens que la vérité n'est pas réductible à telle ou telle théorie. Au contraire, elle nous dépasse. Elle est même vertigineuse, et nos sens limités nous permettent d'en percevoir seulement quelques reflets. Alors passer son temps à formuler et à défendre des postulats, éphémères par nature, n'est-ce pas un peu une perte de temps ? Journaliste dans l'âme, je commence cependant à accepter que de nombreux éléments de la réalité m'échappent, et échapperont toujours à mon intellect.

Le vertige commence.

Mes rêves se transforment en espace d'apprentissage et mes ressentis subjectifs deviennent des outils d'exploration puissants.

En chacun de nous existe une porte, un accès direct, intuitif, expérientiel, à la réalité.

J'ai ouvert cette porte.

Depuis le choc éprouvé à la découverte qu'Alexander était mort comme je l'avais vu dans mon rêve, je vis avec la conviction intime que nous sommes liés. Et qu'il y a une raison à notre *rencontre*.

Les trois médiums et Henry Vignaud, que je vais retrouver bientôt, confirment ce lien. Mais Alexander est aussi un être à part entière, qui ne vit pas seulement à travers moi. Cet aspect de lui aussi ils le captent – comme moi je l'ai ressenti, dans les rues de Bad Arolsen, Plauen ou dans la cour de Dachau. C'est un individu, et cet individu est perceptible. Par des médiums comme par moi.

Alexander est à la fois un être *vivant* ailleurs et une part de moi.

Coup de théâtre

J'ai proposé une vraie séance de travail à Henry Vignaud. J'aurais d'ailleurs peut-être dû le faire avec chacun, plutôt que de tenter une connexion au débotté, lors d'une fête ou après un repas. J'ai envie de voir jusqu'où il est possible d'aller dans l'exploration de ma relation avec Alexander par le biais d'un contact médiumnique réalisé dans des conditions optimales. Je retrouve Henry à son cabinet; comme les autres, il ignore pourquoi.

Avant de quitter la maison, je découvre un e-mail en provenance d'Allemagne. Andréa n'a pas lâché l'affaire. Il lui aura fallu peu de temps, depuis mon départ de Plauen, pour avancer de manière significative. Elle m'apprend qu'elle a eu accès à des documents conservés aux archives de Plauen et dans lesquels elle a découvert plusieurs informations importantes sur la famille.

Otto, le père d'Alexander, est mort le 23 octobre 1942. Un an et trois jours après Alexander. Cette date figure sur un registre de la ville. L'archiviste avec laquelle Andréa est en contact a mis la main dessus. Mais Otto n'est pas mort à Plauen. Andréa va tenter d'en savoir plus à ce sujet.

L'information la plus prometteuse concerne Alfred, le frère d'Alexander. Il a quitté sa ville natale il y a des années. Voilà pourquoi nous n'avons trouvé aucun descendant Herrmann à Plauen aujourd'hui. Il est parti s'installer dans une petite ville située pas très loin de Berlin, à Jüterbog, en 1959. Il y a trouvé la mort cette même année, à l'âge de quarante-huit ans. Andréa m'apprend que lui et sa femme, Inge, ont eu quatre enfants. Deux filles et des jumeaux. Alfred et Inge ont quitté Plauen avec les jumeaux, Bertram et Alwin. Les filles, l'une mariée et l'autre suivant des études en pharmacie, y sont restées.

Leur fille aînée s'appelle Marlène. Ce n'est qu'en 1967 qu'elle quitte sa ville natale pour une petite bourgade non loin de Wismar, sur la mer Baltique. Elle part avec son mari et ne porte plus le nom de Herrmann depuis des années.

Marlène. C'est elle qui est mentionnée dans le dossier de son oncle Alexander par ce signe « féminin ». Elle est née en 1938. Elle avait à peine trois ans à la mort d'Alexander.

Une nouvelle émotion intense me saisit. Marlène : c'est la petite fille du rêve ! J'ai un peu de temps, aussi je commence tout de suite des recherches sur Google. Marlène Herrmann ne donne rien, mais je découvre un Dr Bertram Herrmann à Jüterbog, la ville où s'installa le Dr Alfred Herrmann.

Ce ne peut être un hasard.

La tête me tourne. Il ne peut s'agir d'une coïncidence ! À nouveau, j'ai l'impression d'avoir les cartes en main. Grâce à Andréa. Mais à nouveau ce dilemme : je ne sais que faire. Problème de la langue, peur de griller une cartouche bêtement...

Dois-je appeler ce Bertram ?

Bien sûr qu'il faut l'appeler, mais là, maintenant, je n'ai plus le temps. Je suis déchiré mais Henry m'attend.

Le médium me reçoit dans ce petit appartement sombre que je commence à bien connaître. En ouvrant la porte, à voir mon air, Henry se doute que je viens à nouveau le soumettre à l'un de mes tests. Avec patience et amusement il me fait asseoir derrière sa petite table de consultation et allume une cigarette. Nous bavardons de choses et d'autres, mais il doit percevoir mon impatience et m'invite, avec un grand sourire, à sortir la photo que je lui ai dit avoir apportée. Quand je lui tends le document en noir et blanc tiré du dossier militaire d'Alexander, il ne sait strictement rien à son sujet. Et rien de mon rêve.

— Je perçois un décédé plus âgé que sur la photo. Il n'est pas mort très vieux, mais plus âgé que sur la photo. J'ai des visions de carte géographique... une notion de pays, de voyage, c'est un homme qui a voyagé... Il y a longtemps qu'il doit être mort...

— Oui.

— Bien quarante ou cinquante ans en arrière, facile...

— Oui.

Une voiture passe dans la rue et klaxonne. Henry garde le silence quelques instants, comme s'il avait besoin de se reconnecter.

— C'est bizarre mais quand la voiture est passée, ça m'a fait un choc et j'ai vu des images anciennes. Années 1930, 1940 avec des voitures de l'ancien temps, tu sais... J'ai l'impression que l'étranger a une importance pour lui... je ne sais pas, ou c'est un homme qui voyageait beaucoup... je n'ai pas son esprit, je suis obligé de trouver une longueur d'onde pour aller jusqu'à lui...

— Tu n'as pas son esprit, c'est-à-dire ?

— Non, j'ai accès à son aura spirituelle dans l'au-delà, mais je ne le sens pas descendre vers moi. Je suis obligé de monter vers lui, en fait, parce qu'il est parti il y a longtemps. C'est des fragments de lui que je reçois. Ce n'est pas comme si l'esprit descendait à côté de moi et que je sentais sa personnalité... là je suis sur sa longueur d'onde, comme un lien qu'il essaie de mettre en route, c'est pas facile...

— Oui... N'hésite pas à me donner toutes les images qui te viennent.

— Ça fait deux fois que je vois ça... Je ne dis pas qu'il est mort de ça mais il y a une raison : j'étais face à un canon de fusil ou de pistolet, je sais pas trop. Face au tube. Et là à nouveau, je vois une main sur une gâchette. Mais sans appuyer sur la gâchette. Je n'ai pas vu de mort mais est-ce qu'il a une arme à feu ? Je ne sais pas...

— ...

— Je vois des gens, une masse de personnes, enfin une personne en particulier, en hauteur... on dirait qu'il a eu une récompense, une médaille... je vois un revers de veste...

Jusqu'ici, Henry semble être sur la bonne personne. Armes, médaille : Alexander a eu plusieurs décorations militaires, et puis une « masse de gens » n'est pas sans rappeler les grandes manœuvres militaires... Je confirme toutefois du bout des lèvres.

— Oui...

— Est-ce qu'il avait les yeux gris-bleu ou gris-vert ? Tu ne sais pas ? Plutôt clairs ?

Son dossier mentionne qu'il avait les yeux bleus. C'est parfaitement indiscernable sur la photo noir et blanc de mauvaise qualité.

— Oui, il avait les yeux bleus.

— ... Je sens qu'il était assez vif sur le plan intellectuel, ce garçon. Quelqu'un de pas commun, de pas banal dans le quotidien. Pas monsieur Tout-le-monde, comme on dit. Je comprends qu'il pouvait dérouter dans sa façon de voir les choses ou d'agir... On a l'impression que, par conviction personnelle ou par obligation peut-être, par tempérament, c'est quelqu'un qui a cherché à fuir sa réalité, sa famille... pour exister, vivre des choses. S'éloigner pour exister, besoin d'aventures. On sent quelqu'un qui faisait partie d'une élite. De personnes qui ne se contentent pas du quotidien de tout le monde... Tu comprends ?

— Oui, complètement.

Oui, je comprends. Une « élite », comme se qualifiaient eux-mêmes les SS.

— Je pense qu'il a dû aimer voyager, cet homme... Depuis tout à l'heure je sens ça, des aventures à l'étranger, tu vois ?

— Oui...

— Besoin d'aventures, de quête, de recherche, c'est très net. Je pense qu'il a dû participer à une aventure d'exploration, tu vois... partir quelque part avec plusieurs personnes...

— Hum hum...

C'est drôle, c'est comme si Alexander restait lointain, vague. Je sens cela. Il maintient une distance subtile. Oui, il a voyagé, participé à une « aventure d'exploration avec plusieurs personnes » : l'invasion de la Tchécoslovaquie, de la Pologne, de la France, puis de l'URSS !

— Je sens la perte d'un être cher qui l'a complètement bouleversé avant de quitter ce monde. Tu sais quelque chose à propos de ça ?

— Non, je ne sais pas.

— J'ai à nouveau ce besoin de vivre des choses pas comme tout le monde...

— Oui...

— Tu sais, comme ces gens qui sont habités par ce besoin de vivre des choses à tout prix, d'avoir des défis... ça te parle ?

— Oui, ça me parle...

— Je pense qu'il avait une façon de voir les choses un peu particulière. Autant il pouvait être très aimé par sa richesse culturelle, autant il pouvait déranger aussi, parfois...

— C'est-à-dire ?

— Peut-être ses idées ? C'est quelqu'un qui devait avoir une forme de sensitivité.

C'est évident. Sa façon de voir les choses, ses « idées »...

— Est-ce que tu perçois comment il est mort ?

— J'ai l'impression qu'il n'était pas libre de lui-même avant de partir.

— Avant de mourir, tu veux dire ?

— Oui, j'ai cette impression-là...

— Pas libre de lui-même dans quel sens ?

— Comme quelqu'un qui est bloqué pour agir. Perte de notion de liberté...

« Perte de notion de liberté », oui, embarqué dans une des guerres d'extermination les plus gigantesques de l'histoire humaine. Cela rejoint aussi ce que disait Marie-Pierre Dillenseger. Surprenant.

— En fait, j'essaie de comprendre le lien que j'ai avec cette personne...

— C'est vrai ? Attends... Je... je ne sais pas quel lien tu peux avoir avec lui mais j'ai l'impression qu'il y a une vibration... comme si tu étais la continuité de sa personnalité. Sa personnalité mais d'une autre façon... comme si tu avais des fragments psychiques, mais d'une autre façon... oui, il y a quelque chose... Il n'est pas facilement accessible. Je sens des fragments de lui... Il a perdu sa mère jeune ?

— Non, ce n'est pas le cas.

— Ah bon ? Qui est cette silhouette de femme que je vois allongée sur un lit ? Elle a un visage pas très vieux, plus de vingt-cinq ans, mais moins de cinquante, peut-être...

Je ne peux m'empêcher d'être à nouveau troublé par cette information. Comme par l'évocation un peu plus tôt de la perte bouleversante d'un être cher. Henry est la troisième personne à mentionner l'existence d'une personne aimée, jouant un rôle important dans la vie d'Alexander et dont le départ, ou la mort, fut un drame. Ce ne peut pas être Luise, elle est décédée à cinquante-sept ans d'un cancer. Patrick a parlé d'une femme qu'Alexander aimait et partie jeune. Marie-Pierre Dillenseger disait qu'Alexander avait connu un amour intense et secret.

Quel mystère.

Quelle énigme déconcertante.

Comment pourrais-je retrouver trace de cet amour que trois personnes différentes détectent, sans aucune concertation ?

Qui est cet amour secret ?

Il aura forcément laissé une trace en moi, une mémoire, une blessure ; peut-être...

Ignorant l'émoi qu'il vient de faire naître, Henry poursuit.

— Ça va peut-être te paraître étrange, ma question, mais est-ce que depuis quelque temps tu n'as pas des petites choses qui te ramènent à lui ? Tu n'as pas remarqué ça ? Des clins d'œil, sur sa personnalité, son vécu. Comme s'il y avait des points de convergence, des similitudes ? Je sens le fluide d'esprit sur toi et, pour moi, ça veut dire qu'il y a un lien entre vous deux, l'esprit qui te suit...

— Si, mais peux-tu être plus précis dans ce que tu ressens ?

— Il y a quelque chose que je sens en commun entre vous. Des convergences. Comme si tu étais la continuité de l'énergie psychique de cette personne...

Je suis impressionné par tout ce qui a pu être obtenu jusqu'à présent et très intrigué par cette expression de Henry disant que je serais la « continuité de l'énergie psychique » d'Alexander. Je décide de lui raconter toute l'expérience en détail, depuis mon rêve éveillé jusqu'aux confirmations obtenues par la suite. Puis je lui demande abruptement s'il pense qu'Alexander est ma vie antérieure.

— Non...

Il n'a pas d'hésitation. J'ai du mal à suivre.

— Mais c'est quoi la différence entre être la continuité de l'énergie psychique d'une personne et être la réincarnation de cette personne ?

— C'est vraiment difficile de mettre des mots sur ce que je ressens... mais j'ai perçu qu'il ne fallait pas t'identifier à lui comme si c'était ta vie d'avant. Je comprends ta démarche, c'est pour ça qu'on m'a fait spontanément comprendre que ce n'était pas toi. Il y a des points de convergence, des similitudes, quelque chose qui te relie mais ce n'est pas toi dans une vie antérieure...

Intéressant. Incarner la continuité de l'énergie psychique d'une personne sans être la réincarnation de cette personne. Je ne sais pas trop ce que ça signifie, mais le fait est que cela ressemble aux perceptions contradictoires que j'éprouve depuis un certain temps. En effet, je l'ai dit, je sens à la fois Alexander comme faisant partie de moi et, en même temps, comme étant une entité extérieure. Quand il me guide, quand il place des choses sur mon chemin, quand je lui parle, j'ai l'impression que c'est à un être extérieur que je m'adresse. Mais quand je suis inspiré à Plauen pour me rendre à l'arrière de sa maison, quand je perçois sa fierté sous les grands chênes de Große Allee à Bad Arolsen, je sens qu'il est en moi. Et si Henry ne percevait qu'une partie de la réalité ? Et si la vérité était un peu les deux ?

Une des clés de cette histoire bien énigmatique se trouve peut-être dans le cabinet de ce Dr Bertram Herrmann, à Jüterbog.

Des portes grandes ouvertes

Tout s'accélère. Est-ce parce qu'octobre approche avec pour horizon la date anniversaire de la mort d'Alexander et ce voyage en Russie ? J'ai encore peine à imaginer que, dans trois semaines, je serai au cœur de la région du Valdaï, là où Alexander vécut les derniers jours de sa vie. Cela semble encore si loin, si irréel. Comme ça devait l'être pour lui lorsqu'il quitta la quiétude de la région bordelaise, en mai 1941.

Devant mon hésitation, Andréa s'est proposé d'appeler le Dr Bertram Herrmann, le probable fils d'Alfred (le frère d'Alexander). L'homme est installé à Jüterbog, là où Alfred a déménagé en 1959 avec sa femme et ses jumeaux - dont l'un s'appelait Bertram. Je préfère qu'Andréa se charge de ce premier contact. Elle saura certainement mieux procéder que moi. Elle va appeler en expliquant être une généalogiste de la région du Vogtland et avoir été contactée par quelqu'un qui voudrait en savoir plus sur Alexander Herrmann. Elle semble confiante, et je suis convaincu de ses talents de diplomate.

Le but est d'établir le contact et si, comme nous le pensons raisonnablement tous les deux, Bertram est bien le neveu d'Alexander, alors je planifierai immédiatement un deuxième voyage en Allemagne, avant d'aller en Russie, et lors de cette rencontre je lui donnerai la version complète de mon histoire. Mais face à face, les yeux dans les yeux. Et lui pourra peut-être m'apprendre ce qu'est devenue sa sœur aînée, Marlène.

Car c'est elle la plus importante.

Marlène, celle dont je suis désormais persuadé qu'elle est la petite fille de mon rêve.

Journée étrange en cette fin septembre à Paris, où rien n'est entre mes mains et rien ne me retient. La ville a repris sa pleine activité après les vacances d'été. La chaleur du mois d'août plane encore sur la capitale et pas un souffle de vent ne vient s'engouffrer dans les artères bondées. Une cloche de pollution gris-jaune stagne sur tout le Bassin parisien. Les pics d'alerte se succèdent. Et le soleil poursuit sa course.

Je quitte Paris pour la province, que j'atteins en fin d'après-midi. Ciel bleu, chênes centenaires et bienveillants. Le calme, le silence. Devant le portail, un tilleul au tronc massif est l'un des gardiens de la maison.

Un peu avant 20 heures, je reçois cet e-mail laconique d'Andréa : « Les portes sont grandes, grandes ouvertes... » Que veut-elle dire ? Pourquoi pas plus de détails ? Immédiatement, avec une certaine fébrilité, je lui écris : « Quel e-mail mystérieux, avez-vous de bonnes nouvelles ? »

Sa réponse ne me parvient qu'une heure après. Un compte rendu dont la teneur incroyable balaye instantanément toute mon impatience. Andréa m'y détaille la conversation qu'elle vient d'avoir avec Bertram, une longue discussion de vingt minutes, et l'entretien plus long encore qui a suivi avec... Marlène.

Je suis époustouflé.

Ce sont bien les descendants d'Alfred, me confirme-t-elle. Son e-mail se termine par ces mots qui me transportent :

« Tous les deux ont été totalement surpris, excités, touchés, et tout ce que vous pouvez imaginer... Appelez-moi. »

— Allô, Andréa ?

— Oui, Stéphane... je ne sais pas par où commencer.

— Vous avez appelé Bertram, alors ?

— Oui. Je lui ai téléphoné en disant que j'appelais depuis sa ville de naissance de Plauen et que je voulais en savoir plus sur sa famille.

— Comment a-t-il réagi ? C'est bien le fils d'Alfred ?

— Oui, c'est lui. Il a été très aimable et ouvert. D'ailleurs, c'est drôle, mais il m'a confié qu'ils avaient eu une réunion de famille, à Plauen, en mai dernier.

— Ah oui ?

— Il m'a confirmé que tout ce que nous avions trouvé dans les annuaires est exact.

— C'est-à-dire qu'Alfred, son père, a déménagé avec sa mère, lui et son jumeau, et que ses sœurs étaient restées à Plauen...

— Oui. Et d'ailleurs, très vite il a suggéré que j'appelle sa grande sœur, Marlène.

— Je n'en reviens pas.

— Il m'a affirmé que ce serait préférable car il est le cadet de la famille. Il a ajouté que c'est elle qui s'intéresse à l'histoire familiale. Et vous savez quoi ? Il m'a donné son numéro de téléphone et son adresse.

— Vous êtes incroyable...

— Non, je pratique des recherches généalogiques depuis plus de quarante ans, et mon accent local met les gens en confiance. De la chance, rien d'autre.

— Quand même...

— Bertram m'a spécifié que sa sœur a déjà fait beaucoup de recherches sur Alexander.

Je suis pris d'une énorme montée d'émotion. Tout est si fluide, évident, facile. Je n'en reviens pas. Andréa aussi est toute retournée même si elle le manifeste moins. Elle poursuit.

— Alors je l'ai appelée. J'ai appelé Marlène et nous avons parlé plus d'une heure.

— Racontez-moi...

— Elle a été mariée une première fois, mais son premier époux est mort il y a de nombreuses années. C'est avec lui qu'elle avait quitté Plauen en 1967. Elle réside aujourd'hui à Wismar avec son second mari, Joachim. Tous les deux sont totalement excités par votre apparition et ils sont très impatients de vous rencontrer. Mais la conversation risque d'être difficile car Marlène ne parle rien d'autre que l'allemand et son mari, très peu d'anglais.

— Pourquoi ne viendriez-vous pas avec moi ? On se retrouve dans la ville la plus proche ? Ou alors je viens carrément vous chercher ?

— C'est très tentant, mais il m'est impossible de quitter Plauen en ce moment.

— Je vais y partir dès que possible. Vous pensez que je dois lui écrire ? Comment procéder ?

— Attendez, Marlène m'a confié tant de détails sur la vie de son père, sur son enfance et sur les recherches qu'elle a menées sur Alexander ainsi que sur d'autres membres de sa famille décédés durant la Seconde Guerre mondiale. Il faut déjà que je vous raconte... Je suis un peu émue, je vais essayer de ne rien oublier.

— Dites-moi...

— Alors, parmi les choses les plus importantes pour vous, d'abord le frère d'Alexander, Alfred. Il a également combattu en Russie. Comme Alexander. Mais lui était soldat dans l'armée, incorporé en tant que médecin. Et il y a été fait prisonnier pendant la guerre et est resté interné en Russie jusqu'en 1948.

— Je n'ose même pas imaginer dans quelles conditions…

— Marlène m'a dit qu'il n'a jamais parlé de cette période. Il n'a jamais parlé non plus de son frère, Alexander.

— Ah non ?

— Non, et elle ignore si elle-même a jamais vu son oncle. Elle ne se souvient pas de lui, mais elle était de toute façon trop petite. Elle possède toutefois une photo des deux frères, m'a-t-elle dit.

— Elle est bien cette nièce notée dans le dossier d'Alexander ?

— Oui, très certainement. Elle est née le 24 décembre 1938.

— 1938. C'est elle.

— Elle m'a dit aussi avoir récemment fait beaucoup de recherches sur Alexander.

— Pourquoi ? Pourquoi a-t-elle éprouvé le besoin de faire des recherches sur un oncle dont elle a si peu, voire aucun souvenir ?

— C'est ça qui est étonnant. Comme le timing, d'ailleurs.

— C'est-à-dire ?

— Marlène a une fille de son premier mariage et cette fille a récemment entrepris des recherches sur son oncle à elle, le frère du premier mari de Marlène, disparu pendant la guerre. C'est ce qui a donné à Marlène l'idée de faire également des recherches sur son propre oncle : Alexander. C'était il y a quelques mois.

— Sans doute au moment où moi-même je commençais mon propre travail d'enquête ?

— Synchronicité étonnante, non ? Quoi qu'il en soit, Marlène m'a expliqué ressentir que quelqu'un devait s'occuper de cela. De cet oncle mystérieux, dont son père ne lui avait jamais parlé. Elle a contacté le service de recherche de la Croix-Rouge et le WASt…

— Le quoi ?

— Le WASt, le Deutsche Dienststelle, c'est le bureau d'information de la Wehrmacht pour les morts et les prisonniers de guerre, à Berlin.

— Ok.

— Elle a obtenu quelques informations le concernant, ainsi que des dates, mais sans doute moins que vous. D'ailleurs, je lui ai promis de lui envoyer vos documents, j'espère que c'est ok pour vous.

— Bien évidemment...

— Juste pour info tant que j'y pense, je lui ai vraiment dit le strict minimum vous concernant, à savoir que je sentais qu'il existait une connexion. Ce à quoi Marlène a rétorqué : « Alexander a dû connaître quelqu'un de sa famille », en parlant de vous.

— Comment va-t-elle réagir ?

— Pourquoi réagirait-elle mal ? Vous verrez. Je termine : j'ai eu de sa part plus de détails sur les circonstances du décès du père d'Alexander, Otto. Il est mort de façon totalement inattendue d'une attaque cardiaque dans un hôtel d'Eger, le 23 octobre 1942. C'est une ville qui aujourd'hui s'appelle Cheb, en République tchèque, mais à l'époque c'était l'Allemagne. Otto s'y trouvait en tant que représentant de commerce pour la compagnie de Plauen pour laquelle il travaillait.

— Une crise cardiaque ?

— Oui, il avait 59 ans ; il était né en avril 1883. Et elle m'a aussi éclairé sur l'appartement du 48 Martin Mutschmannstraße, vous savez, là où vous êtes allé en premier à Plauen.

— Oui, celui qui a été bombardé ?

— Exactement. En 1945, quand il a été détruit, Hedwig, la mère d'Alexander, y vivait donc seule, puisqu'elle était veuve depuis plus de deux ans. Après la guerre, elle est partie vivre dans un petit village du nord de Plauen, puis elle a fini par déménager à l'Ouest et est décédée dans sa quatre-vingt-onzième année près de Frankfort, où elle s'était installée avec son plus jeune frère. Marlène m'a confié qu'elle ne s'est jamais vraiment remise de la mort d'Alexander, qui était son fils préféré, ni de celle de son mari.

— Alexander était son fils préféré ?

— Oui.

Je suis à nouveau très ému par l'irruption de cette image d'une mère meurtrie. Quoi qu'ait pu faire un fils, il reste un fils pour une mère. Son fils préféré... Alex.

— Merci, Andréa... Je ne sais pas si vous croyez aux esprits, mais je peux vous dire que les esprits croient en vous.

Je l'entends rire de bon cœur à l'autre bout de la ligne.

— Vous savez, Stéphane, votre histoire n'est pas la plus étrange qui me soit arrivée. Cela ne veut pas dire que je ne crois pas à votre rêve, même s'il est difficile à croire. D'ailleurs, je n'aurais sans doute pas été en mesure de le faire si je n'avais pas eu une expérience similaire.

— Ah oui ?

— Pas aussi intense ni avec des éléments vérifiables, mais bien plus réelle qu'un simple rêve. Je ne veux pas entrer trop dans le détail, mais sachez juste que je suis « morte » une première fois lorsque j'avais huit ou neuf ans. Depuis, je sais que la mort ne fait pas mal. On quitte simplement son corps et on observe les choses du dessus. Ça semble être quelque chose de très brillant et d'aimant, il n'y a aucune raison d'en être triste.

C'est vraiment incroyable, non seulement je suis tombé sur la généalogiste la plus douée de Saxe, mais elle a en outre vécu une expérience de mort imminente. D'une voix enjouée, elle poursuit :

— Mais si je veux rester rationnelle, il y a une autre raison pour laquelle je vous crois : je suis un peu sourde. Dans un concert, il m'arrive de voir les musiciens jouer sans pour autant les entendre quand les notes sont trop basses. Mon mari, André, lui, ne voit pas les couleurs. Il est incapable de reconnaître des formes que je peux voir sans difficulté. Aussi pourquoi douterais-je que vous ayez des capteurs, des antennes que d'autres personnes n'ont pas ? C'est d'ailleurs la raison pour laquelle je suis impatiente de connaître la prochaine étape de votre aventure avec les frères Herrmann. Je sais simplement que rien ni personne ne se perd jamais et que tout est connecté. Aussi je me demande bien ce que vous allez découvrir.

— Moi aussi, Andréa. Et je vous dois tant. Je vous raconterai, bien sûr...

— J'espère bien. Bon, voilà, Stéphane, je vous ai livré les faits les plus importants de ma discussion avec Marlène. Elle attend votre e-mail pour convenir d'un rendez-vous. Mais je vais vous faire une dernière confidence : d'une certaine manière, j'ai l'impression qu'elle vous attendait.

Nous raccrochons, et le calme de la nuit m'emporte.

Je suis debout avec l'aube. Devant la maison, alors que le soleil n'est pas encore apparu, un jeune chevreuil explore le jardin. Je sors dans l'air frais, il me regarde un instant, nous restons tous les deux immobiles, puis il décampe en bondissant avec fermeté en lançant des cris rauques.

Je pars sur les chemins, vers le nord. Des bancs de brume sont encore fixés à la terre, enchevêtrés dans les arbres et les vallons. Le soleil apparaît timidement et rosit les bans de nuages qui se mêlent au brouillard. Je suis vraiment ému tandis que la bruine me rafraîchit le visage. Ému particulièrement par cette dernière phrase d'Andréa : « D'une certaine manière, j'ai l'impression qu'elle vous attendait. » Je n'arrive pas à y croire.

De retour dans mon bureau, alors que le soleil est maintenant haut, c'est à moi de prendre le relais. Comme convenu entre elle et Andréa, j'écris à Marlène directement en anglais. Je reçois sa réponse peu après. Elle propose que nous nous retrouvions le 2 octobre à Wismar, si la date me convient. Le 2 octobre est le jour de naissance de mon père. Les synchronicités ne s'arrêtent plus. C'est parfait, le 2 octobre. Dans cinq jours.

Wismar se trouve tout au nord de l'Allemagne, sur la côte de la mer Baltique.

J'ai pas mal de route à faire.

Einsatzgruppen

Soudain, voici l'information que je craignais de découvrir. Elle s'impose dans les premières pages d'un livre que je possède depuis des semaines, mais dont j'avais jusqu'à présent retardé la lecture, d'autres ouvrages étant plus urgents. Il s'agit d'un texte en anglais de l'historien Charles W. Sydnor, Jr. intitulé *Soldiers of Destruction. The SS Death's Head Division, 1933-1945*, publié chez Princeton University Press. Sans doute l'étude historique la plus complète sur la division Totenkopf.

Les deux premiers chapitres abordent la création de la division à l'automne 1939 à partir des éléments des SS-Totenkopfverbände. Ils détaillent également la campagne de Pologne qui précède.

À ce stade de mes recherches, j'avais acquis une idée assez claire du déroulement de la vie d'Alexander. En parallèle, l'histoire de la montée du nazisme et celle du IIIe Reich commençaient à me devenir familières. Ma connaissance de certaines périodes demeurait certes incomplète, mais ces lacunes portaient sur des périodes relativement réduites. Qu'avait fait Alexander en Pologne, par exemple ? Cette question portait sur un laps de temps de quelques semaines situé entre septembre et octobre 1939. Le flou quant à l'activité de la division m'interrogeait, sans que je parvienne à l'éclairer. Je ne pensais pas que la découverte de la réponse aurait de telles conséquences. Mais le pire a été commis dans ce pays.

Le 1er septembre 1939, l'Allemagne envahit la Pologne. Quinze jours plus tard, l'Union soviétique attaque également par l'est. En quelques semaines, Staline et Hitler se sont partagé le territoire conquis. Dès lors, la terreur s'abat. Six millions de Polonais vont mourir pendant les années de guerre, près de vingt pour cent de la population. Soviétiques et Allemands ne coordonnent pas leur politique mais ciblent les mêmes catégories de population. Déportations et exécutions en masse commencent.

Le 7 septembre, les trois régiments SS-Totenkopfverbände sont déployés sur le terrain. Le Führer leur a délégué toute autorité pour mener, derrière les lignes allemandes, les mesures de police et de sécurité. Ils agissent en qualité d'autorité suprême de police du Reich dans les provinces de Poznan, Lodz et Varsovie, libérées du contrôle direct de l'armée.

Alexander est alors aide de camp du commandant du 3e bataillon du régiment SS-TV Brandenburg, qui quadrille une large zone autour de Poznan et toute la partie centrale-ouest du pays. C'est dans cette région que son régiment est impliqué dans d'importants massacres de civils. Ces tueries ont été détaillées par les officiers SS eux-mêmes – notamment le SS-Standartenführer Paul Nostitz, qui commande le régiment Brandenburg – dans les rapports d'activité sur la conduite des « mesures de nettoyage et de sécurité ». Ces rapports étaient envoyés régulièrement à Theodor Eicke, commandant de la division.

Ils sont parvenus jusqu'à nous. Sydnor les détaille dans son livre : « Le régiment Brandenburg était commandé par le SS-Standartenführer Paul Nostitz, un subordonné de confiance d'Eicke qui appliquait ses ordres à la lettre et avec fanatisme. Durant les trois semaines où il fut stationné en Pologne, le régiment Brandenburg donna dans les villes et villages qu'il traversa une idée très claire des règles allemandes. Dans son rapport résumant les actions du régiment Brandenburg en Pologne, Nostitz décrit comment les SS-TV avaient procédé à des fouilles de maisons, sécurisé des villages "insurgés", et avaient arrêté et exécuté de nombreux "éléments suspects, pillards, insurgés, Juifs et Polonais", beaucoup d'entre eux ayant été tués alors qu'ils "tentaient de s'évader". Dans le jargon pervers de la SS, ce rapport se réfère aux mesures sauvages prises à l'encontre des habitants des villes de Wloclawek (Leslau) et Bydgoszcz (Bromberg). Le régiment SS Brandenburg arriva à Wloclawek, environ cent cinquante kilomètres au nord-ouest de Varsovie, sur la Vistule, le 22 septembre et commença une "action juive" (*Judenaktion*) de quatre jours qui consista dans le pillage des magasins juifs, le dynamitage et l'incendie des synagogues de la ville et l'arrestation et l'exécution de masse de nombreux leaders de la communauté juive locale.[16] »

Alors que l'horreur se déroule à Wloclawek, Nostitz reçoit l'ordre de déployer deux bataillons du régiment Brandenburg à Bydgoszcz pour y conduire ce qui est désigné comme une « mission de renseignement ». En fait, un nouveau massacre. Durant deux jours entiers, les 24 et 25 septembre, les SS arrêtent et exécutent approximativement huit cents civils polonais dont les noms avaient été enregistrés sur des listes d'intellectuels et de leaders potentiels de la résistance.

Alexander participe à ces actions. Je suis sous le choc.

En qualité d'aide de camp, il a la charge de la bonne marche administrative et de l'application des ordres du commandement du 3e bataillon. Et durant quatre jours, les SS portent la terreur dans ces villages. L'*Adjutant* Alexander Herrmann a les listes en main. Ces listes de personnes à chercher chez elles, à emmener puis à exécuter. Il doit s'assurer que l'« action juive » ordonnée soit menée à bien. Désignant les victimes à ses hommes.

Il ne m'est désormais plus possible d'ignorer ce qu'il a fait.

Je cherche d'autres informations, des détails sur ces journées à Wloclawek et Bydgoszcz, et je tombe bientôt sur des photos. Une, en particulier. Une image passée, en noir et blanc, qui provoque une montée de nausée en même temps qu'elle me submerge d'une immense honte.

Sur cette photo de mauvaise qualité, plusieurs soldats hilares entourent un homme à terre. La légende explique : « Soldats allemands donnant des coups de pied à un Juif, Wloclawek, Pologne occupée, 1939 ». Les Allemands portent l'uniforme noir des SS de la Totenkopfverbände. Cette photo a été prise lorsque Alexander se trouvait à Wloclawek. Devant l'homme à terre, un SS en bottes avance pour lui donner un coup de pied. Le SS rigole. Lui et les autres SS visibles sur l'image se moquent de cette personne à terre, qui hésite à se relever, et leur amusement dit toute l'horreur qui va suivre.

Ce SS qui frappe pourrait être Alexander ou l'un de ses hommes. Il est grand, de bonne stature, musclé. Il est jeune.

Il pense qu'il agit correctement.

La contemplation de cette image me transporte *ailleurs* et je vois alors Alexander rire comme les autres. Je ne peux connaître son sentiment, mais avec le parcours qui est le sien jusqu'à présent, pourquoi aurait-il réagi différemment que ces hommes en noir sur la photo ? L'historien Laurence Rees a cette phrase qui nous éclaire sur l'état d'esprit des hommes composant cette armée idéologique: « La vision du monde de Hitler: un univers sombre d'où toute pitié est exclue, et où la vie se résume à une lutte darwinienne dans laquelle les faibles méritent de souffrir - car tel est leur destin.[17] » L'espace d'un instant, je comprends, je sens qu'Alexander a adhéré à ce qui a été fait ces jours d'automne en Pologne occupée. « Même ceux qui font le mal le font en pensant faire le bien[18] », nous rappelle Michel Onfray, et c'est ce qui est le plus terrifiant, parce que alors, comment cela pourrait-il prendre fin ? Oui, Alexander a été essentiellement combattant, mais si le destin l'avait poussé à une autre affectation, dans ces Einsatzgruppen qui firent des centaines de milliers de morts à l'Est, ou dans les camps d'extermination, pourquoi n'aurait-il pas fait *son devoir* sans se poser de questions ? Cette photo me jette au visage toute la réalité nauséabonde de ce à quoi Alexander s'était engagé. Il aurait fait ce qu'on lui demandait. Quoi que ce fût.

Quitte à hanter l'éternité de cauchemars.

Mon malaise est profond.

Plus de circonstances atténuantes.

La découverte de ce pan de l'histoire d'Alexander réveille en moi mille doutes. Soudain, je m'interroge sur la pertinence de ce livre. Pourquoi écrire ? Pourquoi raconter cette enquête aux confins de l'obscurité de l'âme ? Me guérir, oui, bien sûr, cela, je vais le mener à terme, mais partager ce cheminement dans un livre ?

Et puis la nécessité de cet ouvrage finalement s'impose. Il faut la raconter, cette histoire, parce que cette horreur, nous la portons tous.

Le sourire et le geste brutal de ce SS sur la photo me marquent au cœur. C'est Alexander que je vois sur l'image. C'est *moi* que je vois frapper un pauvre homme à terre.

Me revient en mémoire, pétrifié, ce rêve fait des mois auparavant dans lequel je pénétrais armé dans un corps de ferme où se trouvaient rassemblées plusieurs femmes portant des fichus et des hommes habillés de vêtements à la coupe grossière. Des vieux et des jeunes, des enfants, aussi. Je suis debout, face à eux, puis je vise, je tire, et abats tout le monde, l'un après l'autre. Personne ne résiste, personne ne se révolte. Seule une mère qui soulève vers moi son nourrisson, pour que je vise mieux et le tue du premier coup. Puis je l'achève, elle. J'exécute ainsi une grande partie des personnes présentes...

Un rêve, une mémoire. L'horreur.

La conduite des unités SS-Totenkopfverbände durant la campagne de Pologne provoque une réaction de choc, de dégoût et de malaise parmi les officiers supérieurs de l'armée allemande. Mais ces exactions sont la volonté directe du Führer. Des généraux qui s'opposent trop vigoureusement à ces opérations de « nettoyage » seront désavoués. Ainsi, le général Johannes Blaskowitz, révolté par les atrocités commises par les SS, avait fait parvenir au commandant en chef, Walther von Brauchitsch, deux mémorandums détaillés sur ce qu'il n'hésite pas à appeler des crimes de guerre. Hitler, rendu furieux par ce qu'il qualifiait d'attitude « candide » du général, le releva de son commandement. Le voile qui cachait encore la réalité du régime à bon nombre d'Allemands ainsi qu'à quantité de militaires commence à se soulever et à révéler les noirs desseins du nazisme : détruire la Pologne. Faire table rase et la transformer en une terre vierge, ouverte à la colonisation. Le darwinisme dans sa vision la plus extrême, appliqué à l'espèce humaine. Tout cela se passe il y a moins de quatre-vingts ans, ici. Chez nous. En Europe.

La lecture du livre de Charles Sydnor impose une image plus précise, plus déconcertante et terrible d'Alexander. Elle éclaire les comportements, les attitudes, et met également en lumière la stupéfiante machine à laver le cerveau que constituait la SS, et plus encore la division Tête de mort sous la direction de Theodor Eicke. Une structure à même de broyer la conscience de tout individu. Ses victimes, cela va sans dire, mais également ses propres membres.

Un nom est cité à plusieurs reprises dans ces pages polonaises de *Soldiers of Destruction*: le SS-Standartenführer Paul Nostitz, qui commandait le régiment Brandenburg. Or, ce nom ne m'est pas inconnu. J'ai aperçu sa signature dans plusieurs documents du dossier militaire d'Alexander, et notamment au bas d'une évaluation *(Beurteilung)* datant de juin 1939. Cet homme, Alexander le côtoyait au quotidien. Il était son supérieur. Ce SS-Standartenführer Nostitz dont Sydnor écrit qu'il appliquait les ordres « à la lettre et avec fanatisme ».

« Pas de libération sans pardon et pas de pardon sans mémoire », m'écrit un ami avec qui je partage cette histoire.

Je porte la culpabilité de trop de morts. Ceux de mes nuits, ceux de mes souvenirs et de mes rêves. Une culpabilité inconsciente.

Trop de morts.

Trop de douleur en moi.

Cette culpabilité a pris un autre visage. Elle est celle que j'ai éprouvée après la mort de mon frère. Et je suis en larmes alors que j'écris ces mots. L'émotion est intense... et je sens soudain mon frère présent, entourant mes épaules de sa chaleur. Me recouvrant de son amour. Je n'ai commis aucune faute envers lui. Mais mes cellules portent une douleur. Je n'ai pas tué mon frère. Je n'ai tué personne. Alors je comprends subitement, avec une lucidité foudroyante, que c'est pour cela que je veux tellement communiquer avec les morts depuis tant d'années : pour qu'ils me pardonnent. Thomas, mais aussi les *autres*.

Où êtes-vous, vous qui êtes morts de mes innombrables mains ?

Me pardonnerez-vous ?

Culpabilité

La date du 2 octobre approche. Dire que je suis impatient est un euphémisme ; je ne tiens plus en place. Et puis je commence à ressentir le besoin que cela finisse, que cette enquête me libère enfin. Il y a quelque chose d'incongru, de pesant dans ma démarche actuelle et le temps a érodé la curiosité du début. Une mélancolie m'accompagne. Elle disparaît lorsque je suis en compagnie d'autres personnes, mais dans les moments de solitude elle est présente, me donnant envie de rester calfeutré.

Depuis des années je m'intéresse à la vie après la mort. Elle ne fait plus de doute aujourd'hui, mais voilà qu'il me faut penser à la vie après la mort d'un criminel, d'un meurtrier. Si Alexander est revenu *en moi*, quelle justice est-ce là ? Ne devrait-il pas payer ? Il peut faire le mal, tuer, et *revenir* vivre une vie plutôt heureuse ? N'y a-t-il pas de jugement ? Il est mort en 1941, voilà plus de soixante-quinze ans qu'une part de lui tourne en rond dans sa prison de remords et m'entraîne dans ses cauchemars. Est-ce cela la justice ? Vivre dans un tourbillon de douleur, projection de ses tourments intérieurs ?

En m'interrogeant de la sorte, ne suis-je pas en train de mélanger justice et vengeance ? Ce qui est juste n'est-il pas que tout criminel trouve la paix intérieure, au même titre que ceux qui ont souffert par sa faute ? Mais alors, même les SS ? Peut-être bien, oui.

Notre désir que ceux qui ont fait le mal le payent et en souffrent ne cache-t-il pas davantage ce besoin de voir appliquer un châtiment ? Mais le châtiment, est-ce la justice ? À l'échelle des hommes, la justice a pour rôle de surveiller et de punir, pour reprendre la formule de Michel Foucault. Mais cela est-il *juste* ? Et au-delà ? Au-delà de la vie et de la mort, existe-t-il des règles d'une justice universelle ? Une chose est sûre, la mort ne délivre pas du tourment. Alexander se réveille encore certaines nuits en hurlant, parce que les rêves d'Alexander sont parfois les miens...

La montée de cet homme vers la lumière se fait à travers moi.

Sa rédemption passe par mes cellules, par mon corps. Je n'ai plus envie, désormais, de ralentir ce processus. L'intérêt thérapeutique de mon enquête, pour lui comme pour moi, ne fait pas de doute, mais je veux en finir. Mon rôle n'est pas de payer pour lui, mais de réparer.

Et ensuite, j'ai une vie à vivre.

J'ai pu avoir quelques échanges succincts avec Marlène. J'écris en anglais des phrases courtes qu'elle traduit sur Google, et en retour je fais de même. Elle a trouvé un interprète pour notre rendez-vous du 2 octobre. J'espère vraiment qu'il s'agit d'une personne compétente car je sens poindre une certaine méfiance dans les e-mails de Marlène – qui est cet homme ? Quel rapport a-t-il finalement avec Alexander ? –, et les explications que je vais lui fournir devront être très fidèlement traduites pour qu'elle perçoive ma sincérité et mon honnêteté. À nouveau j'appréhende ce moment où il va me falloir raconter les circonstances de mon rêve. Comment va le prendre cette femme qui semble accorder à son oncle Alexander tant d'importance ? Si une personne débarquait dans ma vie pour me dire avoir rencontré un de mes ancêtres dans un rêve, comment l'accueillerais-je ?

Baltique

Il est 6h30 du matin lorsque je quitte Paris en ce 1er octobre. Destination Wismar, dans le nord de l'Allemagne, pour une rencontre improbable avec la nièce d'un homme mort voilà des décennies et rencontré dans un rêve éveillé. Alexander Herrmann.

Comme moi, je pressens que Marlène attend beaucoup de cette rencontre. Mais elle est à mille lieues d'imaginer ce que je vais lui révéler. Je crains sa réaction. J'ai peur de sa stupeur, de sa colère, et que se ferme cette unique porte vivante sur Alexander.

J'avale plus de mille kilomètres d'une traite. Dix heures de route. Et me voilà au bord de la mer Baltique en milieu d'après-midi. Le centre de Wismar est charmant. La ville, qui se trouvait à l'Est du temps de la RDA, fut suédoise jusqu'au tout début du XXe siècle. Mais, sorti du cœur historique, on retrouve les couleurs des ex-pays de l'Est: briques, mauvais ciment et tristesse. Plusieurs bras de mer forment une sorte de port qui ne ressemble à rien. Quelques siècles en arrière, les Suédois avaient fait de l'endroit l'une des plus importantes forteresses maritimes d'Europe, mais aujourd'hui la ville respire l'abandon. Tous les bâtiments du port sont en briques rouges sinistres. Fenêtres aux vitres cassées laissant s'échapper les fantômes qui préfèrent s'enfuir. Un vent froid venu du large chasse les nuages. Sur les quais, de solides navires de bois sont amarrés. Certains font office de snack. Musique, enfants qui courent, punks qui sirotent leur bière, jeunes filles au teint pâle. L'Est. Rostock est un peu plus loin sur la côte.

Alors que je déambule dans les rues, je suis frappé du télescopage de l'actualité avec ce qui se passait en Allemagne dans les années 1930. Par exemple, l'arrivée de centaines de milliers de migrants sur l'Europe occidentale depuis plusieurs années nous confronte à nos peurs et à la question de notre humanité, comme le firent les circonstances politiques et sociales ici même, après la Première Guerre mondiale. Quelle attitude avons-nous face à ceux qui *nous embêtent* ? Ceux qui dérangent notre confort ? Ceux que « les autorités » (politiques, sociales, médiatiques, etc.) désignent comme un *problème* ?

Le déferlement d'une telle détresse devant nos portes touche chacun de nous au plus profond de son être. Cette actualité (réfugiés, terrorisme, etc.), comme la montée du nazisme en son temps, nous interroge sur notre capacité à entendre — ou pas — la voix de notre conscience et à ne pas se laisser envahir par des peurs dont les racines sont instrumentalisées. Car oui, l'actualité nous touche, nous inquiète, et c'est bien normal. Mais comme hier, ce trouble légitime est amplifié par des forces politiques actuellement à l'œuvre en Europe et qui se saisissent du débat pour en tirer profit. Ces forces dès lors ne parlent plus de la réalité mais se contentent, pour leurs propres intérêts à court terme, de mettre de l'huile sur le feu de nos appréhensions et de nos inquiétudes. Ainsi, à nouveau, un discours inquiétant se répand et se fait entendre, qui stigmatise certaines catégories de personnes.

Alimenter les peurs et la culpabilité.

Était-ce si différent lors de ces élections successives qui, à la fin des années 1920, en Allemagne, virent s'affronter les partis communiste et nazi ? Comment choisir en conscience quel citoyen nous voulons être quand le débat politique est simplifié, déformé, et par voie de conséquence livré aux extrêmes ? Lorsqu'Alexander a adhéré au parti nazi il était *sincèrement* convaincu que son choix était le meilleur, le plus juste, comme des millions d'Allemands. Entre deux diables, lequel est le moins mauvais ? Mais non, notre choix ne se résume pas à cela.

Notre époque est si étrange que, comme le dit l'écrivaine américaine Joyce Carol Oates, nous passons notre temps à éplucher les petites phrases des politiciens, des présentateurs télé ou des people, pour y trouver de quoi être *choqué*, tandis que ce qui est vraiment important pour notre société nous indiffère. La peur peut entraîner des nations dans l'horreur, mais elle peut aussi réveiller la lumière. La liberté est un risque.

La salle du restaurant est à moitié pleine. Dîner rapide. Le sommeil m'appelle, et bientôt je rejoins la chambre 508 du Steigenberger Hôtel.

Le lendemain, le 2 octobre, à l'instant du réveil, je reprends connaissance les yeux à demi clos, encore dans l'énergie et l'atmosphère d'un rêve qui s'évanouit, puis j'ouvre les paupières. Je vois les rideaux tirés, un mince filet de lumière passant dans l'embrasure, et soudain me revoilà dans le monde *réel*. Instantanément, une familière et diffuse sensation de mélancolie se répand.

Le souvenir de mon rêve est encore présent : je suis avec d'autres d'hommes dans une situation de guerre. Dans une ville, une grande ville en ruines, en préparation d'un assaut important. L'artillerie ennemie entre en action et des bouts de shrapnel brûlants sifflent autour de nous, incandescents. Je ne suis pas vraiment à l'abri, à attendre au milieu d'un groupe de combattants. J'ai plusieurs balles de fusil dans la main. Cinq ou six longues cartouches de fusil dans ma main sale. Je les contemple. Là encore, une possible correspondance avec la vie d'Alexander me trouble.

Il a pénétré sur le territoire français avec la division Totenkopf le 19 mai 1940. L'avancée est violente. Cette première véritable expérience du feu pour ces SS ne se passe pas aussi bien que souhaité. Les hommes laissent un sillage de sang. Les 28 et 29 mai 1940, la division Totenkopf remonte vers le nord pour participer à la prise en tenaille des troupes alliées sur Dunkerque et s'apprête à prendre Bailleul. Ma découverte du nom de cette petite ville du nord de la France, et des combats que les hommes de la Totenkopf y livrèrent, avait provoqué en moi un trouble énorme plusieurs semaines auparavant.

Bailleul.

Un nom qu'il m'avait semblé *entendre* lors de mon rêve au Pérou. J'avais même écrit cela le jour même dans mon journal: « Une ville ou un village détruit, la sensation qu'il s'agit d'un endroit appelé Bagneux ou Bayeux, enfin ni l'un ni l'autre, mais un nom approchant... » Ce n'était ni Bagneux ni Bayeux, mais autre chose d'approchant.

Bailleul.

Pourquoi cet émoi ? Que s'y est-il passé ? Ce matin, j'ai l'intuition que l'endroit a été important pour Alexander. Avant de capturer la ville, les combats sont très durs et la division subit, notamment le matin du 29, un énorme barrage de l'artillerie anglaise qui oblige tout le monde à courir aux abris, même Eicke, qui accompagne ses hommes en première ligne ce jour-là. À 16 heures, Bailleul tombe entre les mains du régiment d'Alexander. Il avance en tête, avec les hommes de son bataillon. Peut-être est-ce le premier combat violent auquel il participe ? A-t-il perdu un ami à Bailleul ? Cela restera une énigme, parmi celles qui jalonnent cette enquête.

La matinée passe. Je reste allongé sur le lit sans bouger et je respire avec lenteur. C'est l'un des jours les plus importants de toute mon enquête. C'est aussi celui de la naissance de mon père, qui n'est plus de *ce* monde. Je sais qu'il me voit et m'épaule, mais j'aurais aimé parler avec lui de vive voix d'Alexander et sentir son regard étonné, me nourrir de son encyclopédique connaissance historique.

Je redoute ce moment de la rencontre avec Marlène en même temps que je bous d'impatience. Je ne suis pas à Wismar par hasard. C'est certain. Ce n'est pas mon imagination qui me conduit sur les bords de la Baltique aujourd'hui.

Marlène a connu Alexander.

Alexander m'a guidé jusqu'à elle.

Elle est le lien vivant entre nous.

La petite fille

Plus que quelques secondes. Elle doit déjà être en bas, dans le hall de l'hôtel. Dehors, le soleil est voilé par des nuages brumeux qui retiennent sa chaleur. Un hiver précoce descend du Nord.

Je pense à ma mère, toute seule dans sa grande maison dans la forêt. Elle y a vécu avec mon père ces quarante dernières années. Aujourd'hui, seul le vent des esprits souffle à travers les pins et les bambous. Ce jour est triste. Il devrait être celui d'un anniversaire, celui d'une naissance, d'une joie, et il est celui de la peine et du silence. De la solitude et du froid. Je me sens fatigué, le crâne lourd. Comment décrire mon état ? Oui, triste. Je voudrais être ailleurs alors que je suis censé vivre aujourd'hui un moment si fort.

Est-ce que je m'en veux ? Est-ce la mélancolie de mon père qui m'effleure ? Est-ce que j'appréhende trop ? Est-ce parce que inconsciemment j'ai si peur d'être déçu que je voile l'importance de la journée ? Il y a un peu de tout cela, mais aussi je crains d'être mal jugé. L'opinion des autres revêt une telle importance pour moi. Que l'on puisse douter de ma sincérité et de mon honnêteté me blesse au plus profond.

Je relis pour la millième fois les pages de mon journal du Pérou. Comme si je n'y croyais toujours pas, comme si une part de moi voulait encore s'accrocher à l'idée que toute cette histoire ne soit finalement due qu'au hasard. La vision de mon rêve demeure pourtant si présente en moi : « Je vois une petite fille, une gamine blonde, souriante et joyeuse, qui doit avoir entre deux et trois ans. Il est avec elle. Est-ce sa fille ? Et puis à nouveau la mort, des visages qui hurlent, et soudain il est devant un lac, dans un paysage champêtre, c'est l'été. Il est torse nu, un autre homme se trouve allongé sur le ventre à côté de lui, un homme un peu plus âgé dont je distingue bien le visage. Il y a un lien fort entre eux. »

Voilà.

Quelques instants encore. Je n'ose bouger et attends le dernier moment. Quinze heures cinquante-huit... Quinze heures cinquante-neuf. C'est l'heure. J'attrape mes dossiers, sors et verrouille la porte. Mes pas résonnent dans le long couloir. L'entrée des escaliers se présente, je descends jusqu'au rez-de-chaussée. Le hall. Peu de monde. Un groupe est en pleine discussion.

Une femme âgée s'en détache. Élancée et élégante, elle me regarde.

C'est Marlène.

Elle affiche une belle prestance. Silhouette fine et bientôt quatre-vingts ans. Ses yeux clairs me dévisagent avec un mélange de timidité et de force. Elle a les cheveux courts, coiffés au carré, blond-roux, manifestement teints. J'avance à sa rencontre sans plus rien voir d'autre. Je plonge en elle, fasciné. Marlène. Dans son regard, c'est certain, vont apparaître l'espace d'une seconde toutes les réponses aux questions qui me brûlent depuis tant de mois. Derrière ces pupilles se dissimulent à l'évidence les clés du secret. Mon regard est fixe, aimanté par elle, scrutateur. Je guette l'émergence d'une émotion, une intuition va jaillir dans mon esprit. Je suis attentif à la moindre sensation. Je vais ressentir un truc, il va forcément se produire *quelque chose*. C'est la petite fille vers laquelle Alexander m'a conduit.

Je l'ai retrouvée, au-delà du temps.

Et... rien. Il ne se passe rien. Mon ventre est crispé, je suis ému, l'air me manque, mais le ciel ne s'ouvre pas pour laisser passer des cohortes d'anges apportant LA révélation. Aucun fracas de tonnerre, aucune cavalcade de cymbales ni roulement de tambours célestes. Il ne se produit rien de spécial.

Juste une dame distinguée qui m'observe avec curiosité.

À quoi m'attendais-je ?

L'écoulement du temps reprend son cours normal. Le feu baisse d'intensité dans mes yeux. Un voile les recouvre, et je *reviens*. Ma main lâche la sienne.

Marlène me présente le reste de la famille. Un grand barbu chauve au sourire avenant me salue avec beaucoup d'enthousiasme : son mari, Joachim. Puis un autre homme me fait face. Lui dégage une énergie sportive et porte une chemise décontractée : son frère, le Dr Bertram Herrmann, l'un des jumeaux. La fille de Marlène est venue également ; nous devons peu ou prou avoir le même âge. La dernière du groupe, en retrait : la traductrice recrutée par Marlène. Notre précieuse passerelle.

Nous rejoignons une salle privatisée de l'hôtel que Marlène a réservée. Une salle lumineuse dans laquelle nous prenons place autour d'une grande table.

D'emblée, Marlène prend les commandes.

— Nous sommes très curieux de savoir pourquoi vous vous intéressez à la famille Herrmann.

C'est vrai qu'ils doivent être impatients de découvrir la « branche française de leur famille ». À quoi d'autre peuvent-ils s'attendre ? Je suis nécessairement le fruit des amours coupables d'Alexander en France. Son petit-fils, son petit-neveu. Andréa et moi avons dû leur paraître si mystérieux. Je me prépare à *vraiment* les surprendre. Je suis aussi fébrile que si je m'apprêtais à prendre la parole devant des centaines de personnes.

— Grande question, grand point d'interrogation, insiste Marlène.

J'inspire une profonde bouffée d'air.

— C'est également une grande question pour moi. Peut-être avez-vous consulté un peu Google à mon sujet ?

— Oui, nous avons pu découvrir des choses sur vous.

Ouf, ça renforcera ce que je vais dire. Je commence à décrire les lignes principales de mon parcours professionnel. J'évoque mon métier de journaliste d'investigation, mes livres, les émissions de télévision que j'ai animées. J'entends dès le départ ne laisser aucun doute dans leur esprit sur le fait qu'ils ont face à eux une personne sérieuse et reconnue comme telle. Je ne suis pas un farfelu ni un illuminé, ma carrière peut en témoigner. Vu ce que je vais leur annoncer, je n'insisterai jamais assez sur ce point. Mes phrases sont courtes et précises, des mots simples. La traductrice doit être à l'aise et son propos, fluide. Après quelques minutes, lorsque j'ai la pleine attention de toute la famille, j'en viens à mon voyage au Pérou. Je me livre en intégralité, avec espoir, sincérité et transparence. Ai-je été élevé comme cela ? Je suis convaincu que la complète honnêteté est la meilleure garantie d'être cru. Seulement voilà, mon exposé est sans doute malgré tout un peu altéré par la traduction. Et il est surtout très inattendu. Un rêve éveillé ? Une rencontre d'ordre spirituel ? Un nom, un prénom, une scène de guerre, le visage d'un homme, une petite fille, etc. Tandis que je termine, je vois bien que Marlène, comme les autres d'ailleurs, n'a pas l'air de bien comprendre si je suis vraiment sérieux. Un silence accueille la fin de mon récit. Je demande à la traductrice de repréciser plusieurs détails, entre autres choses que je ne dormais pas lorsque cela m'est arrivé.

— Il ne rêvait pas. Il était allongé, conscient, et voyait tout cela en face de lui, dit-elle à l'assemblée interdite.

Après quelques secondes de gêne, Marlène réagit la première.

— En fait… c'est incroyable. Connaître le nom comme ça…

Son mari, Joachim, me semble être celui des quatre qui est le plus séduit. Bertram quant à lui regarde sa sœur avec embarras. La fille de Marlène ouvre des yeux ronds. La traductrice gigote sur sa chaise. Ils échangent quelques mots. Ils ne s'attendaient pas à ça. Ça saute aux yeux. Il y a de la méfiance, mais je perçois tout de même que mon histoire éveille leur curiosité. Ce sont des personnes intelligentes et je devine le conflit qui se déroule à cet instant même dans leurs esprits.

Marlène reprend la parole pour partager son étonnement, avec toutefois beaucoup de pudeur et de respect. Oui, ils imaginaient que j'allais leur révéler qu'Alexander avait eu une liaison en France, et que j'en étais le fruit. Ils ne comprennent pas bien l'histoire du rêve éveillé. Ils ont vraiment du mal, en fait. Mais mon sérieux, mon parcours professionnel les retiennent de se lever et de me planter là. Je ne suis pas quelqu'un qui perd les pédales, même si ce qu'ils viennent d'entendre est aberrant. Alors, après un bref instant de flottement, nous poursuivons la réunion comme si finalement tout allait de soi. Je sors les dossiers militaires d'Alexander qu'Andréa avait déjà fait suivre à Marlène. Et nous commençons à parler de l'oncle disparu. Comme s'il n'y avait rien de plus naturel. Je m'apaise.

— Pourquoi votre oncle a-t-il rejoint la SS, selon vous ?

Je sens depuis longtemps que la décision d'Alexander n'a pas été du goût de la famille. Elle n'a dû plaire ni à ses parents, ni à son frère. Marlène a peut-être des infos à ce sujet, obtenues soit de son père, soit de Hedwig, sa grand-mère (la mère d'Alexander), avec qui elle vécut un temps.

— Je ne sais pas, me répond-elle.

— Nous ne le savons pas plus que vous, ajoute son mari, Joachim.

— Pour ma grand-mère, c'est resté incompréhensible jusqu'à sa mort. Pourquoi précisément ce fils-là avait-il rejoint cette unité ? Jusqu'à son décès, c'est demeuré un mystère.

— Vous n'en avez pas discuté avec votre père ?

— Nous n'avons jamais échangé un mot à ce sujet avec mon père. J'ai appris l'existence de mon oncle Alexander par ma grand-mère.

— Ah bon ! Pourquoi vous n'en parliez pas avec lui ?

— Mon père a vécu en captivité en Russie jusqu'en 1948. Depuis sa capture en Roumanie en 1944 par les Russes. Il en est revenu très affecté...

— Et puis, en RDA, on ne pouvait de toute manière pas en parler, renchérit Joachim.

— C'était interdit, confirme Marlène. En RDA, on poursuivait intensivement les nazis. Alors probablement est-ce la raison pour laquelle le sujet était tabou à la maison. Nous étions enfants et si l'on nous avait confié que notre oncle avait été un SS, nous aurions pu gaffer en classe ou ailleurs. C'était trop risqué. C'est resté un secret. Mon père ne m'a jamais parlé de son frère.

— Mais vous, vous en pensez quoi ?

— Ce que vous-même devez savoir. Alexander avait le profil type : grand et blond. On l'a embobiné, c'est évident. Il était le modèle idéal pour ces SS. Mais il était le modèle idéal *de l'extérieur*, car il était très jeune. D'après ma grand-mère, c'était plutôt un tendre...

— Votre père a été prisonnier en Russie ?

— Oui, une période très dure pour lui.

Joachim intervient.

— Il a été capturé au moment où la Roumanie a changé de camp. Ce pays était allié des Allemands, puis en 1944 ils ont capitulé.

— Mon père ne m'a jamais dit un mot sur sa captivité. Pas un seul mot.

Je viens de mettre le doigt sur une blessure ouverte. Alfred, le père de Marlène et de Bertram, a été capturé au moment de la défaite des forces de l'Axe en Roumanie, puis a été transféré en Russie comme d'innombrables soldats de la Wehrmacht. Marlène m'apprend qu'il était médecin militaire pendant la guerre et qu'il y faisait de la chirurgie du visage. Quatre ans de captivité. Quatre années d'enfer inimaginable. Et puis sans prévenir, un jour de décembre 1948, Inge, la mère de Marlène, reçoit un coup de fil et apprend que son mari disparu depuis tant d'années sera à la maison dans les jours prochains. Marlène allait avoir dix ans. Étant l'aînée, elle aidait sa mère à s'occuper de son autre sœur, née en 1940, et des jumeaux, nés en 1943. Difficile de se dire que Bertram, assis face à moi, a dépassé les soixante-dix ans. Son frère, lui, est décédé il y a cinq ans. Je sens Marlène et Bertram émus à l'évocation de leur père au retour de sa captivité. Marlène s'explique.

— C'était un homme détruit. J'ai le souvenir de lui assis, enfermé dans sa chambre plongée dans le noir, les rideaux tirés. À chaque fois que nous entrions par accident dans la pièce, on le trouvait la tête entre les mains. Ma mère nous en faisait vite ressortir. Elle nous disait que notre père pensait à ses camarades qui n'étaient pas revenus.

— J'ai peine à imaginer ce qu'il a dû endurer, dis-je.

— Il ne s'en est jamais remis. Nous ne l'avons jamais vu autrement que dans cet état. Brisé. Il est mort d'un arrêt cardiaque onze ans après son retour, en mai 1959. Il avait quarante-huit ans.

— C'était un homme brisé, appuie Bertram avec émotion.

— Il n'a jamais parlé à ses enfants. Il ne nous a jamais rien dit, ni de la guerre, ni de sa captivité, ni de son frère. Rien. Il a été traumatisé et, sur les photos d'après guerre, on le voit bien. Il paraît tellement âgé...

Après ce que les nazis avaient fait subir aux Soviétiques, je ne sais même pas comment des prisonniers allemands ont pu survivre aux conditions effroyables de leur internement après la chute du Reich. Un silence de mort et de ténèbres a englouti ce qui restait de la famille Herrmann, et ce qui restait de l'Europe. Silence et amnésie. Immense souffrance rentrée. Bertram et son jumeau sont tous deux devenus médecins, comme leur père qui leur avait si peu parlé. Quelle douleur pour ces enfants. Un père détruit et muet, dont ils observent la peine si grande sans savoir quoi faire. Dans ce tourbillon de non-dits, seule Hedwig, la mère d'Alexander, a maintenu ouvert un mince filet de mémoire. C'est elle qui a conservé l'héritage du souvenir. Qu'a-t-elle transmis à Marlène, sa petite-fille ?

— Que vous a dit d'autre votre grand-mère ?

— Elle a gardé contact avec Luise, la femme d'Alexander.

— Ah oui ?

— Oui, elles se voyaient tous les ans. Elle m'a dit aussi que mon grand-père, Otto, le père d'Alexander, n'a jamais surmonté la mort de son plus jeune fils. Il est devenu cardiaque et a été retrouvé mort dans un hôtel peu de temps après.

Un père qui ne se remet pas de la mort de son fils. À nouveau la dimension intime de l'information, ces quelques mots, « Otto n'a jamais surmonté la mort de son plus jeune fils », m'émeuvent. Ce sentiment est accentué par ce qui s'est produit dans ma propre famille après la mort accidentelle de mon frère en Afghanistan. La douleur a rendu Otto malade du cœur et l'année suivante, il a eu une attaque et en est mort. Mon père a été détruit par la mort de Thomas, et a développé également des problèmes cardiaques à la suite de ce drame. Hospitalisé dans les mois qui ont suivi le décès de son fils, nous avons cru le perdre, mais lui a eu la chance de recouvrer la santé, et de vivre douze années supplémentaires. Le parallèle me frappe.

Soudain, je m'interroge. Que suis-je venu faire dans cette famille ? Chez eux, les sentiments sont cadenassés. Je sens pourtant beaucoup d'émotion contenue qui ne demande qu'à sortir.

— Vous voulez voir une photo ? Nous en avons une, me propose soudain Marlène, comme pour couper court à trop d'émoi.

Je l'avais oubliée, cette photo. Andréa m'avait dit que Marlène lui avait confié posséder un portrait des deux frères réunis, Alexander et Alfred, mais depuis le début de notre réunion je n'y pensais plus. Pourtant, voilà des jours que je rêve de le découvrir, ce cliché. Une nouvelle photo d'Alexander. Marlène sort une chemise cartonnée de son sac et la conserve fermée dans ses mains, comme un trésor.

— Nous allons vous montrer la photo, mais nous voudrions faire un petit test : reconnaîtriez-vous lequel des deux est Alexander ?

Je suis envahi de joie. À la perspective de découvrir à nouveau une image d'Alexander, bien sûr, mais aussi parce que après avoir raconté mon rêve en détail, s'ils se décident à me montrer cette photo, c'est que je les ai touchés. Ils ne me croient peut-être pas complètement, mais estiment cependant que ma relation avec leur oncle est *légitime*. Et cette forme de reconnaissance me touche sincèrement. Quel immense plaisir. Une nouvelle étape est franchie.

Marlène ouvre son enveloppe avec solennité et pose la photo sépia à plat devant moi.

Deux jeunes hommes. Une belle photo de studio à la lumière travaillée. Deux beaux regards appuyés qui observent, l'un le photographe, l'autre sur la gauche. Quels regards !

Et là, surprise, je le reconnais instantanément.

Mais pas Alexander, son frère ! L'homme qui fixe l'objectif.

C'est une violente émotion qui m'assaille. Une nouvelle fois mes entrailles se nouent et les larmes, comme une vague venue du centre de mon corps, menacent de tout emporter. Son frère est *l'autre homme* que j'ai vu dans mon rêve. L'homme allongé dans l'herbe, tandis que je voyais Alexander debout à sa droite. « Un homme dont je distingue bien le visage et un peu plus âgé. » Je peine à contrôler mon vertige, mais je parviens à retenir mes larmes devant cette famille qui m'observe. Ces quelques secondes de stupeur sont intenses.

— Lui, c'est Alfred, alors voilà Alexander, dis-je en pointant mon doigt finalement sur l'homme à droite de la photo.

Toute la famille se regarde, interloquée. J'ai bien désigné Alexander.

— Ma première sensation a été de les reconnaître tous les deux. Tous les deux me sont familiers. Mais j'ai vraiment reconnu celui de gauche, Alfred, parce que je l'ai vu aussi dans ma vision.

— Vous n'avez pas reconnu Alexander ? Vous avez semblé hésiter... me demande Marlène.

— Son visage m'est familier, c'est évident, mais il m'est honnêtement difficile d'affirmer que je le reconnais. Voilà tant de mois que je ressasse le souvenir de son visage apparu dans mon rêve. J'ai trop pensé à lui, et mon souvenir initial s'est forcément modifié au fur et à mesure de mes remémorations successives. Mais en revanche, pour l'autre, ça a été spontané car complètement inattendu. J'ai vu le frère d'Alexander dans ma vision, j'ai vu votre père...

Je suis très, très ému. Mes sensations sont puissantes. Je reconnais Alfred. Donc la petite fille de mon rêve est bien Marlène. Le visage du grand frère d'Alexander a concordé immédiatement avec mon souvenir, avant que mon esprit analytique ne pollue la scène. J'ai reconnu l'homme de ma vision.

Effacement

Alexander était aimé. Ce souvenir, cette vérité est portée jusqu'à moi par Marlène. La petite fille de mon rêve me livre ce détail si anodin et pourtant si chargé de sens. Alexander était un fils aimé de sa mère, et dont la mort a bouleversé son père au point de le faire mourir de chagrin. Alexander était un fils adoré. Un cadet choyé au sein d'une petite famille où semblait régner un climat de bienveillance et de respect. Avant que le désastre de la Seconde Guerre mondiale ne balaye leur destin et celui de dizaines de millions d'autres. Cela rend d'autant plus mystérieux son départ si jeune dans la SS. Elle devait être bien puissante, cette vague de colère et d'ombre au-dessus de l'Allemagne.

Sur la photo que je tiens entre les mains, je découvre son regard pour la première fois. Ses yeux sont clairs, il doit être âgé de dix-sept ou dix-huit ans. Lui et son frère sont élégants, vestes de costume et cravates de soie. Motif cachemire pour Alexander. Il porte à la boutonnière un discret petit écusson que je ne remarque pas tout de suite. Rond et noir avec le double *sig*, que l'on prend pour un double S alors qu'il s'agit d'un symbole runique. Il appartient donc déjà à la SS au moment de la prise de cette photo. Les deux frères sont coiffés en arrière avec soin. Cheveux gominés et lissés bien à plat. Fronts dégagés. Alfred aussi possède les yeux clairs, mais les siens sont curieux, interrogateurs, doux, tandis que ceux d'Alexander cachent un petit quelque chose de plus rude, de déterminé. La peau du visage d'Alexander est lisse, ses lèvres, épaisses et dessinées. Il y a un peu de féminin en lui. Peut-être sa jeunesse ? La finesse de son visage au sortir de l'adolescence ? Néanmoins il ressort du personnage une énergie sans équivoque. Oui, il est décidé sur cette photo. Il sait déjà où il va. Il est déjà dans les bras de l'ombre. C'est en train de se produire. Ça se voit...

Marlène me propose de garder la photo. Elle en a fait faire une copie pour moi. Le geste me touche. Après toutes ces émotions, je tente de reprendre le fil de mes questions.

— Est-ce que vous avez récupéré des documents, ses lettres, après qu'il a été tué ?

— Oui, sa mère a reçu un message.

— Non, je voulais parler de lettres personnelles, de documents lui ayant appartenu...

— Non. Lorsque l'appartement où vivait Hedwig a été bombardé par les Alliés en 1945, elle n'a eu le temps que d'attraper une seule valise avant de s'enfuir pour gagner un abri. Il y avait cette photo dans la valise, ainsi que quelques autres, mais tout le reste, tout ce qu'elle possédait a disparu dans les gravats et les flammes. Souvenirs, lettres, documents, vêtements. Il ne lui est resté de toute sa vie qu'une seule valise.

— Et vous, que savez-vous d'Alexander ?

— Je connais de lui ce que ma grand-mère m'en a dit. Elle m'a raconté qu'Alexander était un être très sensible. Très sensible comme elle-même. Elle le décrivait comme quelqu'un de bon, de très serviable.

— Vous gardez un souvenir de lui ?

— Moi ? Non, je suis né en 1938.

— Mais vous l'avez peut-être vu ? Lui, en tout cas, a dû forcément faire votre connaissance ?

Marlène est née en décembre 1938. La rencontre entre eux est évidente. Elle est le lien vivant entre Alexander et moi. Qu'elle n'en garde aucun souvenir est en revanche logique. Elle était si petite. La dernière fois où Alexander aurait pu rentrer à Plauen, c'était au plus tard au printemps 1941 - si tant est qu'il ait obtenu une permission. Marlène avait alors à peine plus de deux ans.

— Cela aurait pu être possible. Mais je l'ignore. Nous avons plusieurs photos de ma famille, et il n'est jamais dessus.

— Ah oui ? Savez-vous pourquoi ?

— Je ne sais pas.

Marlène se penche à nouveau vers son sac, elle en sort plusieurs vieux albums photographiques. À ma grande stupeur, ils contiennent de nombreuses photos d'Alfred et d'Alexander enfants.

— Ce sont les quelques photos qui ont pu être sauvées du bombardement.

Je découvre les deux frères dans leurs premières années. Alexander a une bouille ronde et les yeux rigolards. Improbable coupe de cheveux, avec une frange sans doute « fait maison » qui lui barre le front. Il a l'air effronté mais gentil. Il ne sourit pas sur les deux portraits posés en costume de marin, mais sur toutes les autres il respire une joie d'enfant. Un coquin. Sur plusieurs prises en extérieur, il me semble deviner au second plan leur immeuble à Plauen, sur Neundorfer Straße. Sur une en particulier, où les deux garçons éclatent de rire, je reconnais très nettement le jardin intérieur et le mur de briques à l'arrière du bâtiment. Cet endroit que je n'arrivais pas à quitter tant je le trouvais *familier*. Le mur de briques, les mauvaises herbes contre la clôture, la même gouttière, le même palier... La vie tranquille de deux petits garçons insouciants. Qu'est-ce qui a basculé dans la tête du plus jeune ?

Voilà ce qui reste d'une vie.

Quelques images, des éclats de rire figés sur le papier.

Toutes les autres choses ont disparu dans un bombardement, et ce qui était éventuellement en possession de Luise, la femme d'Alexander, a selon toute vraisemblance été égaré. Les maigres traces d'une existence sur Terre.

Je ne peux ignorer à cet instant que tant de familles exterminées par les nazis n'ont, elles, strictement rien laissé. Pas une photo, pas une lettre, pas de traces, pas même de souvenirs chez des vivants. Comme le disait Samuel Pisar, notre mémoire est leur unique tombe.

Je contemple les images prises sur le vif d'une existence encore en paix où pas une seconde le cataclysme qui grondait n'était imaginable. Marlène tourne les pages des albums. Ça va trop vite. Je découvre le visage débonnaire d'Otto, le père d'Alexander, celui de Hedwig, la douce et dévouée mère. La famille à noël 1927. Alexander est vêtu d'un costume de marin, debout, droit comme un « i » à côté du sapin. Les mains croisées. Il a onze ans. Alfred, derrière ses parents, a seize ans et porte crânement la cravate. Otto, en costume trois-pièces, est assis sur une bonne chaise, tandis que le fauteuil est réservé à Hedwig. Petit bout de femme. Fluette et habillée légèrement. La ressemblance avec Alexander est frappante ici. Mêmes yeux fins, même forme générale du visage. Elle tient un petit chien, il me semble, mais l'animal bouge et il est flou.

Les pages tournent. Soudain, Marlène s'exclame.

— Ah, voyez, celle-ci montre le mariage de mon père. Alexander n'est pas sur la photo...

— Quand a-t-il eu lieu ?

— Le mariage civil a eu lieu en novembre 1937. À Berlin. Alexander s'est marié à Arolsen, m'a dit sa mère, mais mon père, ç'a été à Berlin. Pour les deux, le mariage civil et le religieux.

— En novembre 1937, Alexander était à la SS-Junkerschule de Bad Tölz, en Bavière. Peut-être n'a-t-il pas eu l'autorisation de quitter l'école ? En plus, ça fait une sacrée distance jusqu'à Berlin, dis-je.

— Peut-être...

— Vous pensez qu'Alexander n'avait pas de bonne relation avec son frère ? demandé-je.

— Je ne crois pas. Ils avaient cinq ans d'écart mais je pense qu'ils s'entendaient bien... sinon la photo de tous les deux n'aurait pas été prise.

— Les deux frères devaient être bien différents, dans leur éducation et opinions, tout de même ?

— Je pense que oui, en effet. En réalité, Alexander n'est présent sur quasiment aucune photo de famille.

— S'il était en uniforme, peut-être que ces photos ont été détruites après la guerre. Vous m'avez dit que c'était la chasse aux nazis en RDA, il aurait été très imprudent de garder de telles images accablantes !

— Oui, vous avez raison... me dit Marlène, qui semble se rendre compte de la chose en même temps que moi.

— Je suppose que vous ignorez où Alexander aurait rencontré Luise ?

— Oui, je l'ignore. À Arolsen, probablement. Ma grand-mère est restée en contact avec Luise jusqu'au bout. Luise la traitait comme sa belle-mère. Elle est allée lui rendre visite chaque année. Mais je n'en sais guère plus.

Pourquoi suis-je venu ici ? Pourquoi Alexander m'a-t-il conduit à sa nièce ? Nous avons achevé la consultation des albums. Marlène m'a autorisé à prendre en photo les images qui m'intéressaient. La traductrice commence à être fatiguée. Elle fournit un effort incessant depuis des heures. Et moi, je prends conscience que, de toutes les personnes présentes, je suis celle qui connaît le mieux Alexander. C'est à la fois rassurant et déroutant. Je viens chercher des réponses, et c'est moi qui en donne. Je comprends que je n'en apprendrai guère plus. Avec beaucoup de tolérance, d'ouverture et de gentillesse, Marlène et sa famille ont partagé avec moi le peu de mémoire qu'ils conservaient de cette triste époque. Soudain, il me vient l'idée que mon voyage à Wismar était peut-être important *pour eux*.

Peut-être qu'Alexander m'a fait venir ici pour soigner une plaie dans le désastre de cette famille ? Tout à coup, les perspectives changent. Oui, sans doute est-ce moi qui peux faire quelque chose pour Marlène, son frère et leurs descendants. D'autant plus que la dernière étape de ma folle aventure approche. Je pars en Russie dans moins de deux semaines.

— Je vous l'ai dit par e-mail, je vais bientôt aller en Russie, à l'endroit où est mort Alexander.

— Sur sa tombe ?

— Oui, et là où il a vécu ses dernières semaines. Je sais où il est enterré. Voulez-vous que je fasse quelque chose pour vous là-bas ?

— Oui, je le voudrais, mais quoi ? Je pense que vous ne trouverez pas grand-chose. Quand partez-vous ? Le 11 octobre ?

— Le 15. Je veux être sur place à l'endroit où il a été tué le jour anniversaire de sa mort, le 20 octobre. Dans dix-huit jours.

— Je ne sais pas... Peut-être pourrez-vous avec ce voyage clore le sujet pour vous-même, afin que cela cesse de vous peser.

Je suis surpris par sa remarque. Elle est bienveillante et pas un instant je n'y décèle de reproche. Je la regarde avec complicité.

— Vous me trouvez un peu fou ?

— Non. Non, je ne dirais pas ça. Mais nous ne sommes pas familiers de ce genre de choses spirituelles. Nous sommes... je cherche le mot... oui, *bodenständig*, nous sommes terre à terre.

Avec délicatesse, Joachim ajoute :

— Je ne me permettrais pas de juger ce que vous dites.

Et Marlène de préciser :

— Nous ne pouvons comprendre totalement cette sensibilité, cette parapsychologie, quelle qu'en soit la désignation... parce que ça ne correspond pas à notre nature. Vous savez, nous avons grandi en RDA, dans un monde matérialiste.

Je leur en suis d'autant plus reconnaissant de m'avoir accordé leur confiance. Marlène semble réfléchir à haute voix.

— Il y a peut-être une chose que vous pourrez faire dans ce cimetière...

La voilà qui part à nouveau à la recherche de quelque chose dans ses dossiers. Elle en sort plusieurs feuilles.

— Voilà, le Volksbund Deutsche Kriegsgräberfürsorge nous a écrit pour nous dire qu'Alexander était enterré dans leur cimetière militaire...

— Le quoi ?

— Le Volksbund Deutsche Kriegsgräberfürsorge. Je croyais que vous étiez en rapport avec eux. Il s'agit d'une organisation qui s'occupe des dépouilles de soldats allemands morts à travers le monde. Nous leur avions écrit voici quelques mois, et ils nous ont envoyé ceci.

Marlène me tend un document officiel à en-tête du service.

— Ils écrivent que la dépouille d'Alexander se trouve dans le cimetière militaire de Korpowo. Au bloc 20.

La traductrice me lit le texte. Un cimetière de soldats allemands a été construit à Korpowo, un endroit situé non loin de Demiansk. Je pense que ce doit être à une cinquantaine de kilomètres de là où Alexander est mort et a été enterré. Cinquante mille soldats tués pendant la Seconde Guerre mondiale et tombés dans cette région de la Russie ont été exhumés des tombes sommaires et dispersées où ils avaient été inhumés parfois dans la précipitation des combats, pour être rassemblés dans ce lieu commémoratif.

— Est-on sûr qu'Alexander ait été transféré à cet endroit ? demandé-je.

— Ils disent qu'il a été enterré à Mirochny, tombe numéro 50...

— Oui, comme cela est indiqué dans le document militaire que j'ai dans son dossier, dis-je.

— ... et ils écrivent qu'il a été exhumé et amené à Korpowo. Regardez, il est marqué ici qu'un jour tous les soldats allemands y seront enterrés.

— Je vais y aller. Je verrai sur place...

— Je crois qu'il a été transféré sans avoir été identifié. Ils n'ont pas trouvé sa plaque militaire.

— Mais comment peuvent-ils être sûrs, alors ? demandé-je surpris.

— Ils expliquent que les tombes datant de la guerre ont été pillées et que des éléments d'identification ont disparu. Vous pouvez garder ces papiers, si vous voulez. Ils supposent qu'Alexander est dans les tombes qu'ils ont dû fouiller, mais sans avoir pu l'identifier, ni par sa plaque, ni par autre chose. Si vous y allez, peut-être trouverez-vous autre chose ? Son nom sur une stèle commémorative du bloc 20 du cimetière de Korpowo, par exemple.

— J'irai voir.

— Il doit y avoir les dépouilles de tant de soldats inconnus. Essayez de trouver le nom d'Alexander Herrmann. Je serais curieuse de savoir si ce que dit la Kriegsgräberfürsorge est juste.

— Promis.

— Qu'est-ce que vous ferez ensuite, avec toutes les informations ? Est-ce que nous vous avons aidé ?

— Oui, énormément. Ces photos me touchent beaucoup. Quant à la suite, je voudrais enfin comprendre pourquoi j'ai fait ce rêve.

— Vous en savez plus que nous n'en avons jamais su. Je ne sais pas si Alexander avait quelque chose de particulier, je ne le crois pas. Je connais si peu de détails sur mon oncle, ou même sur mon père. Je sais seulement que la mère d'Alex était une femme adorable.

La nuit est tombée lorsque nous prenons congé. Je suis épuisé, mais je veux vite regagner ma chambre pour noter le maximum de détails de cet incroyable après-midi avant qu'ils ne s'effacent. Bertram, que je perçois comme le plus distant, me prend de lui-même dans ses bras pour une fraternelle accolade. Marlène fait de même et me garde contre elle de longues secondes. Puis vient le tour de Joachim, qui commence par me regarder avec tendresse avant de me coller contre lui. Je ne me l'explique pas, mais je ressens une grande affection pour cet homme. S'ils n'arrivent pas à me croire, ils sont paradoxalement convaincus de ma sincérité. Ils se trouvent dans cet espace d'incertitude étrange et perturbant, qui est parfois le prélude à d'autres bouleversements.

Une fois de plus, quel grand écart entre la violence et la brutalité du personnage observé de loin et l'homme qui se dessine ce soir. Alexander, qui fut un enfant né dans une famille cultivée et aimante. Pourquoi est-il devenu si vite cet *autre* ?

Une part de la réponse est peut-être dans les mots du Führer, inlassablement rabâchés à ses troupes, avant qu'il ne les envoie à l'assaut de la Russie, au début de l'été 1941 : « Vous devez résister à la tentation d'être humain. »

Saint-Pétersbourg

Le vol Air France se dirige vers le nord de la Russie. Je somnole, le front contre le hublot. Je sens la tension monter. Je suis fragile. Inconfortable. Une fatigue nerveuse s'accumule depuis des semaines. Ma nuit a été courte, très courte. Impossible de m'endormir hier soir. Depuis des jours, d'ailleurs, mon sommeil est perturbé. Je suis désormais seul face à Alexander. Il reste *à distance* avec tout le monde, sauf avec moi. Les temps fusionnent, nos esprits se mêlent et s'entremêlent, au point de parfois se confondre. M'approcher si près du jour de sa mort réveille des émotions extrêmes. Je veux en finir. Nous sommes le 15 octobre, dans l'après-midi. Il meurt dans cinq jours. La réalité est un décor fragile et fugace dans lequel rêve mon esprit.

Je sors la photo d'Alexander et de son frère tandis que l'avion file entre les nuages. Je n'en reviens toujours pas d'avoir obtenu cette image. Je plonge dans son regard étrange.

Lorsque, en revenant de Wismar, j'ai montré le portrait des deux frères à Natacha, elle a cru spontanément qu'Alexander était l'homme à gauche. Quand je lui ai dit que c'était l'inverse, elle en a été très surprise.

— C'est fou, je voyais Alexander comme un guerrier.

— Et tu trouves que l'homme de gauche fait plus guerrier? Il s'agit d'Alfred, son frère aîné. Il était médecin...

— Oui, j'étais sûre que c'était lui. L'autre me paraît plus effacé, plus sensible, presque féminin. Pour moi, c'est impossible que ce soit le SS dont tu m'as parlé.

— Féminin... c'est drôle, c'est aussi une sensation que je perçois au sujet d'Alexander.

Je prends quelques notes, puis j'ouvre le livre de l'historien américain Timothy Snyder, *Terres de sang*, que j'ai glissé dans mes bagages. Né en 1969, Timothy Snyder est titulaire d'un doctorat de l'université d'Oxford et enseigne l'histoire de l'Europe centrale et orientale à l'université de Yale. Par «terres de sang», il désigne ce territoire qui s'étend de la Pologne centrale à la Russie occidentale en passant par l'Ukraine, la Biélorussie et les pays Baltes. Région qui connut la mort et la désolation comme peu d'autres lieux. La Seconde Guerre mondiale fut le conflit le plus meurtrier de l'Histoire, explique-t-il, et près de la moitié des soldats qui tombèrent sur la totalité de ces champs de bataille à travers le monde trouvèrent la mort sur ces terres de sang.

On parle de millions de personnes. Il s'agissait de soldats, mais aussi d'hommes, de femmes, d'enfants, dont une grande partie ne portaient pas d'arme.

Depuis que j'ai commencé à étudier en détail le déroulement de la guerre à l'Est, je prends la mesure des horreurs infligées aux peuples d'Union soviétique pendant cette même période où la folie nazie régnait en Europe. En analysant en parallèle l'évolution des régimes nazi et soviétique, Snyder démontre comment les crimes abominables de Hitler éclipsèrent en quelque sorte les atrocités aux proportions impensables de Staline. «L'Union soviétique triompha de l'Allemagne nazie sur le front de l'Est au cours de la Seconde Guerre mondiale, ce qui valut à Staline la reconnaissance de millions de gens, mais aussi de jouer un rôle crucial dans l'instauration de l'ordre européen après la guerre. Or le bilan des massacres de Staline était presque aussi imposant que celui de Hitler. À vrai dire, en temps de paix, il était bien pire. Sous prétexte de défendre et de moderniser l'Union soviétique, Staline présida à la mort de faim de millions de gens et à l'exécution de sept cent cinquante mille personnes dans les années 1930. Staline tua ses propres citoyens non moins efficacement que Hitler ceux des autres pays. Sur les quatorze millions de personnes délibérément tuées sur les terres de sang entre 1933 et 1945, un tiers sont à mettre au compte des Soviétiques.[19] » Quand l'absurdité impensable de la dialectique communiste transforme des millions de victimes de la famine en Ukraine en ennemis de la révolution, donc en personnes à exécuter selon des quotas élaborés par des cellules politiques régionales, on n'est pas loin de la pensée qui précipite un peuple dans les chambres à gaz. Purges de masse, déportation, etc. La démonstration de l'historien de Yale est déstabilisante. Elle me rappelle une nouvelle fois qu'hier encore nous étions une humanité prise de démence.

L'horreur de l'un ne doit pas masquer celle de l'autre, sinon c'est la pensée que nous abandonnons, et cela se reproduira.

L'humanité dans laquelle sont nés mon père et ma mère était démente.

Soyons vigilants à ce que la nôtre échappe à ces tentations diaboliques. Nous le pouvons.

La fatigue l'emporte. Je ferme le livre et navigue dans un demi-sommeil jusqu'à l'atterrissage à l'aéroport international de Pulkovo. Le vol aura été rapide. Contrôle des passeports, taxi, soleil sur la ville, et me voici dans la chambre 5069 de l'hôtel Oktiabrskaya, sur Ligovsky Prospect, juste en face de la gare pour Moscou dans laquelle, demain matin, je monte dans un train.

Je suis déjà venu ici il y a plus de trente ans, en juin 1985. Saint-Pétersbourg s'appelait alors Leningrad. Voyage scolaire organisé par notre professeur de russe. Tant d'années et je ne reconnais rien. Les souvenirs de ma vie actuelle comme ceux de ce voyage en URSS, ou d'autres encore de ma petite enfance, ont complètement disparu. Comment s'étonner alors que les réminiscences d'une *vie d'avant* soient totalement inaccessibles ? Durant ce séjour en Union soviétique, nous avions voyagé en train de nuit entre Leningrad et Moscou. La voie ferrée passe à quelques dizaines de kilomètres de là où Alexander fut tué. Comment aurais-je pu m'en douter, bercé par ma jeunesse et mon insouciance ?

L'hôtel Oktiabrskaya dispose d'une salle de restaurant. Trop fatigué pour sortir, mais aussi, curieusement, parce que je ne me sens pas complètement à l'aise, je m'y installe seul, à une table isolée. Je viens de raccrocher avec Nicolas, un ancien militaire français qui aujourd'hui conseille des entreprises étrangères lors de leur implantation sur le marché russe. Nicolas vit à Moscou depuis des années. Son contact m'a été donné par le photographe Thomas Goisque, qui est venu en Russie à de nombreuses reprises, notamment avec l'écrivain Sylvain Tesson. Pour ce voyage, j'avais besoin de ce que nous appelons dans notre jargon de journaliste un « fixeur », une personne capable de m'accompagner, disposant d'une voiture et de connaissances de terrain, et parlant couramment le russe. Nicolas est la personne idéale, m'avait prévenu Thomas. Et en effet, lors de nos échanges par e-mail, Nicolas a semblé enthousiaste. En outre, il se passionne pour la Seconde Guerre mondiale et connaît bien le sujet. Il est convenu qu'il quitte Moscou par la route demain matin avec la voiture. Je le rejoindrai en train depuis Saint-Pétersbourg. Notre *point de rassemblement*, comme il dit, est la petite ville de Bologoye, située à mi-distance entre nous deux. Quatre cents kilomètres au sud-est de Saint-Pétersbourg. J'y arriverai à 16h30.

La nuit est tombée. Je suis le seul client du restaurant. Je ne cesse de penser à cette ville de Saint-Pétersbourg pendant le blocus qu'elle eut à subir durant la guerre. Encerclée par l'armée allemande, sa population a offert une résistance héroïque. Comment imaginer l'ampleur de la douleur de ses habitants ? Comment qualifier ce qui s'est produit ici dès l'été 1941 ? Où se cache la douleur une fois que des événements qui l'ont générée appartiennent au passé ? La douleur s'évanouit-elle ? Reste-t-elle accrochée à la terre, aux maisons, la douleur est-elle un fantôme ? Un fantôme qui erre et hante les cœurs.

J'ai encore un peu de force, aussi, avant de monter m'écrouler sur mon lit dans une chambre surchauffée, je prépare les documents qui me seront utiles demain. Le premier endroit que je souhaiterais visiter est ce cimetière militaire allemand dont m'a parlé Marlène. Korpowo se trouve à environ quarante kilomètres au sud-est de Staraïa Roussa, sur la route de Demiansk. C'est une sépulture militaire bâtie pour accueillir les soldats allemands tombés dans la région de Demiansk. Le terrain fait environ trois hectares. Les processus de localisation des tombes et le transfert des corps ont commencé en 1997. À la fin de l'année 2013, trente-trois mille six cent quarante-trois corps y avaient déjà été inhumés. Dans la lettre adressée à Marlène par le service en charge de ce lieu de mémoire, les informations ne sont pas très claires. Ils parlent du village de Mirochny, où a été enterré Alexander en octobre 1941, mais ils ne disent pas avec certitude s'ils l'ont identifié. J'en ai fait faire une traduction plus précise : « À Mirochny, cent quatre-vingt-onze soldats allemands ont été exhumés de tombes partiellement pillées et devenues invisibles à la surface. Ils ont été transférés au cimetière militaire de Korpowo par notre service. Tous les corps enregistrés pour ce lieu n'ont pas pu être retrouvés. Malheureusement, aucun corps exhumé ne portait la plaque d'identité de votre proche. D'autres indices n'ont pas permis son identification non plus. Mais il est fort probable qu'il fasse partie des soldats allemands qui reposent au bloc 20 du cimetière militaire allemand à Korpowo. »

Plus loin, il est fait mention des stèles de granit qui sont érigées sur des blocs successifs et sont gravées du nom des hommes inhumés en dessous. « L'identité de votre proche n'a pas encore été gravée. Dès que le marquage aura eu lieu, vous recevrez une notification individuelle. Si vous êtes intéressé par un voyage collectif en direction du cimetière, nous vous suggérons de prendre contact avec notre service de voyage. »

Pourquoi sa plaque d'identité n'a-t-elle pas été retrouvée avec sa dépouille supposée ?

Comment peuvent-ils affirmer avoir exhumé le corps d'Alexander s'ils n'ont pas eu de confirmation formelle ? De deux choses l'une : soit sa tombe est toujours là où il a été inhumé en 1941 ; soit elle a été pillée et les objets comme sa plaque ont disparu. Mais pourquoi dès lors prétendre qu'un corps sans identification est le sien ?

Pourtant, ce courrier officiel est très précis par ailleurs et toutes les informations qu'il contient sont exactes, notamment le fait que sa tombe portait le numéro 50 et qu'elle se trouvait à Mirochny. Ses nom, prénom, grade, affectation et matricule, tout est juste. Alors, est-il possible qu'il fasse partie des soldats allemands reposant au bloc 20 à Korpowo ? Vouloir retrouver la trace d'un de ces millions de morts n'est-il pas une folle entreprise ?

Vais-je parvenir à découvrir où repose Alexander ? Est-ce que je ne suis pas en train de me bercer d'illusions ?

Opération Barbarossa

Le 14 juin 1941, Alexander apprend de la bouche de son commandant de bataillon que la guerre contre l'Union soviétique commence dans quelques jours. Ça y est, la nouvelle est enfin officielle. Elle courait depuis des semaines, quand la division Totenkopf reçut cet ordre mystérieux de quitter la France pour rejoindre la Prusse-Orientale.

Depuis la Pologne, Alexander a été de tous les combats de la division Totenkopf. Il a fait partie des troupes d'occupation en France. Près d'une année passée majoritairement dans le Sud-Ouest, avec sans doute une ou plusieurs excursions à Paris. En cette mi-juin, aux confins de la Prusse, il vient de quitter un monde aimable et familier.

Le 19 juin, après la tombée de la nuit, la division amorce son mouvement vers ses positions d'assaut et poursuit sa mise en place la nuit suivante. Durant la journée, les colonnes de véhicules sont cachées dans des sous-bois et sous des filets de camouflage. Le soir du 20, toutes les unités de la Totenkopf ont rejoint leurs positions prédéfinies dans l'ombre des forêts.

La journée du 21, tout est calme.

Alexander a enfin obtenu un commandement. Fier officier de vingt-quatre ans, il se trouve placé à la tête de la 2e compagnie du 1er bataillon du 1er régiment d'infanterie SS-Totenkopf. Il a cent quatre-vingts hommes sous ses ordres. Son bataillon, commandé par le SS-Sturmbannführer Hellmuth Becker, compte environ huit cents hommes.

Comme des millions de ses compatriotes, Alexander ignore qu'il entame alors un voyage vers l'enfer. Un voyage sans retour. Une guerre inhumaine, loin de la civilisation.

Juste après 3 heures du matin, le 22 juin 1941, un déluge de feu et de fer s'abat sur l'Union soviétique, depuis la mer Baltique jusqu'aux rivages de la mer Noire. Et plus de trois millions et demi d'hommes envahissent l'Union soviétique. C'est la plus importante opération militaire de l'histoire de l'humanité. Baptisée Barberousse par Hitler, d'après le surnom de l'empereur Frédéric 1er, elle va causer la perte du IIIe Reich par la démesure des moyens engagés.

Trois groupes d'armées attaquent conjointement. Trois unités de commandement autonomes. Un groupe se dirige vers le sud de l'Union soviétique - l'Ukraine, notamment. Celui du centre a Moscou pour objectif. Et le troisième, le groupe d'armées Nord (Heeresgruppe Nord), vise Leningrad. Partant de Prusse-Orientale, il va remonter à travers la Lituanie et la Lettonie pour tenter de prendre l'ancienne capitale des tsars. La division Totenkopf est intégrée au groupe d'armées Nord.

Pourquoi Hitler se lance-t-il dans un tel projet ? Pourquoi fait-il de Staline, allié opportun depuis l'automne 1939, son ennemi juré ? Le revirement est si inattendu que Staline lui-même est totalement stupéfait au matin du 23 juin et n'arrive pas à accepter l'idée que Hitler ait effectivement lancé son armée contre lui.

L'Est a pourtant toujours été l'objectif de l'Allemagne nazie. Répétant à l'envi depuis son accession au pouvoir que le Reich devait impérativement accroître son « espace vital », Hitler n'a jamais caché ses ambitions colonisatrices. Et où conquérir cet espace vital sinon vers ces immenses et riches terres de l'Est ? Cette conquête se justifie par l'idée nazie que le peuple allemand étant « racialement supérieur », il est en droit de prendre ce à quoi la force brute lui donne accès. Trois semaines après l'invasion de l'Union soviétique, Heinrich Himmler s'adressait aux hommes de la Waffen-SS en ces termes : « Ceci est un combat entre deux philosophies, un combat entre races. Dans ce combat, il y a d'un côté le national-socialisme, une philosophie qui s'appuie sur la valeur de notre sang germanique, nordique ; d'un côté, donc, un monde comme nous le concevons : beau, correct, socialement juste, [...] culturellement riche, bref, le monde qui ressemble à notre Allemagne. De l'autre côté, un peuple de cent quatre-vingts millions d'individus, un mélange de races et de populations aux noms imprononçables et dont l'aspect est tel qu'on ne peut que tirer dans le tas sans merci ni miséricorde.[20] »

Cette pensée, malheureusement, n'est pas seulement partagée par une poignée de SS fanatisés, mais s'étend à une très grande partie de l'armée et du peuple allemands. C'est une véritable guerre d'extermination qui s'engage, et tout le monde va y prendre part. Hitler a d'ailleurs ordonné expressément aux généraux de la Wehrmacht, et pas seulement aux Einsatzgruppen SS, de liquider tous les commissaires bolcheviques et l'intelligentsia communiste tombant entre leurs mains.

La division Totenkopf ne participe pas à la première journée d'engagement. Elle est placée en réserve, et ce n'est que le 24 juin, un peu avant 20 heures, qu'elle reçoit son ordre de mouvement. Sitôt passée la frontière, un autre monde commence, bien différent de la France qu'ont connue Alexander et ses hommes durant l'année qui s'est écoulée. Un soldat SS écrit dans son journal : « Au-delà de la frontière, le premier aperçu du pays est inoubliable. Le contraste entre la Prusse-Orientale, avec ses routes, ses villages et ses villes bien soignées, et la Lituanie, avec ses chemins impénétrables et ses chaumières misérables, nous fait dire qu'ici commence un autre monde.[21] » Il ne croit pas si bien dire.

Le 26 juin, les premiers accrochages opposent des sections de la Totenkopf à des groupes de soldats russes isolés. Premières victimes. Durant ces journées d'avance rapide, la division ne fait face qu'à une résistance sporadique. Les forêts regorgent d'unités toujours combatives, mais le rouleau compresseur allemand est bien trop puissant, trop imposant pour être gêné par des troupes russes absolument pas préparées à un tel déferlement de force.

Mais très vite les soldats soviétiques (« *Ivan* », comme les désignent péjorativement les Allemands) se remettent de leur stupeur et, dès le 30 juin, opposent pour la première fois une vive résistance. Dès lors, il va rarement s'écouler une journée sans engagement. La Totenkopf traverse la Lituanie, puis pénètre en Lettonie au début du mois de juillet. Elle a l'ordre de marcher au plus vite jusqu'à la ligne « Staline », qui marque l'entrée véritable sur le sol russe. Il faut impérativement atteindre ce secteur avant que les Soviétiques ne s'y regroupent. En effet, ils se replient et ne laissent que de faibles éléments en arrière-garde, dans le but de retarder la progression allemande.

Le terrain se révèle infernal et le harcèlement est constant. Les pertes s'accumulent. Pour Alexander et ses hommes, la guerre prend un visage inattendu. Les soldats soviétiques préfèrent se faire tuer sur place plutôt que de se rendre. « Les hommes de la division allaient donc prendre l'habitude de ne pas faire trop de prisonniers, sauf lors des redditions de masse. En face, les Soviétiques adoptaient une attitude similaire : malheur aux soldats tombés entre leurs mains ![22] »

Combats sans merci, chemins sablonneux, région marécageuse, profondes forêts dans lesquelles sont embusqués des tireurs isolés, finalement, début juillet, les hommes de la Totenkopf atteignent la ligne Staline, une zone fortifiée large de plusieurs kilomètres.

Le 6 juillet, l'artillerie de la division martèle sans relâche les positions russes avant de passer à l'attaque. Dans l'après-midi, les lignes soviétiques sont enfoncées. L'attaque progresse. À chaque position enlevée, Alexander et les hommes de la division s'enterrent, redoutant les contre-attaques soviétiques. Elles se produisent, suicidaires, et il faut toute la détermination fanatique des SS pour ne pas se replier sous la pression ennemie. Déjà, tenir jusqu'au dernier. Ces combats coûtent cher. Ils sont féroces et les pertes, élevées ; les corps-à-corps, éprouvants, tant physiquement que psychologiquement.

Il faut cinq jours pour enfoncer définitivement la ligne Staline. Le bataillon d'Alexander est très durement éprouvé par ces combats. Les quelques journées de répit qui suivent seront les dernières pour le jeune lieutenant. En effet, après le 18 juillet, lui et ses soldats vont être quotidiennement engagés, jusqu'à ce que la mort le délivre de l'enfer des hommes.

Août arrive. La Totenkopf avance péniblement, au prix de pertes continuelles. Le terrain est hostile. La fatigue commence parfois à faire jaillir de courtes secondes de doute dans l'esprit d'Alexander. Il perd du poids, il est épuisé, la peur est désormais constante.

Le 21, il *fête* ses vingt-cinq ans. À la fin du mois d'août, la pluie transforme les routes de terre en bourbier. Septembre commence. La Totenkopf poursuit son offensive mais les contre-attaques soviétiques sont permanentes, à croire que leurs ressources sont inépuisables. Les dizaines de milliers de morts dans leurs rangs ne semblent jamais altérer leur capacité à renvoyer à l'assaut sans cesse de nouvelles troupes aussi fraîches que déterminées.

Début septembre, la division se trouve au sud du lac Ilmen, devant la rivière Pola. Alors que le groupe d'armées Nord poursuit sa difficile avancée, la Totenkopf se voit attribuer un nouvel objectif: couper la route qui relie Leningrad à Moscou, dans la région de Valdaï. Elle progresse alors plein est, sur un front s'élargissant en direction de la ville de Demiansk. Lorsque les premières compagnies d'assaut de la division parviennent sur les rives de la Pola, elles sont accueillies par l'artillerie russe. Elles traversent à gué tant bien que mal, de l'eau jusqu'à la poitrine, et nettoient ensuite les tranchées creusées par les Soviétiques sur la rive opposée. L'ennemi ne lâche rien. Après plus de deux mois de campagne, il devient clair que le prix à payer sera colossal pour l'armée allemande. La Totenkopf, sans cesse au contact, est éprouvée. Lors du passage de ce point stratégique, à la hauteur de la localité de Staryje Gorki, l'engagement particulièrement audacieux d'Alexander à la tête d'un de ces groupes d'assaut est signalé dans le rapport de son bataillon. Ce compte rendu parvient jusqu'à moi et je le découvre avec trouble. « Un groupe de choc dirigé par le SS-Ostuf Herrmann a été désigné pour nettoyer une zone de la rivière en forme de U se trouvant vers Wasiljewschtschina. Les Russes y ont construit d'importantes fortifications de défense. Le groupe de combat est parvenu à infiltrer les positions russes bien camouflées et à les attaquer à revers. Sous le commandement habile et l'engagement personnel du chef de cette troupe de choc, le groupe de combat a réussi à éliminer les positions ennemies sans subir de pertes importantes, et en faisant soixante prisonniers.[23] »

Leur sort ne fut guère enviable.

Qu'a-t-il fait, Alexander, de ces soixante prisonniers ?

Pas de conventions de Genève sur ce terrain. Une autre réalité dont j'ignorais l'ampleur. Les chiffres font froid dans le dos. « Suivant une estimation prudente, les Allemands abattirent un demi-million de prisonniers de guerre soviétiques. Par la faim et les sévices durant les transports, ils en tuèrent près de deux millions six cent mille autres. Au total, c'est peut-être trois millions cent mille prisonniers de guerre soviétiques qui furent tués. Loin de faire tomber l'ordre soviétique, la brutalité semble avoir surtout renforcé le moral des Soviétiques. [...] En fait, la politique d'affamement et de sélection affermit la résistance de l'Armée rouge. Se sachant condamnés à mourir de faim aux mains des Allemands, les soldats ne pouvaient que mettre plus d'énergie à se battre. Sachant qu'ils seraient abattus, communistes, Juifs et officiers politiques n'avaient aucune raison de renoncer. La connaissance de la politique allemande se propageant, les citoyens commencèrent à se dire que le pouvoir soviétique était peut-être préférable.[24] »

Cette erreur de Hitler est difficilement compréhensible. À cause du comportement qu'il exigea de ses troupes, il s'aliéna une population qui avait tellement souffert de la domination stalinienne qu'elle aurait pu lui être tout acquise. Or, il voulait écraser la Russie, et en perdit toute notion stratégique, comme de bon sens.

Le 6 septembre, la Totenkopf fait traverser la Pola au gros de son infanterie et à une partie de son artillerie. Incontestablement, le plus dur semble avoir été réalisé. Effectivement, le 7 septembre, les Soviétiques opèrent une retraite générale. Mais c'est un piège. Ce qu'ils avaient déjà fait devant les armées napoléoniennes : attirer l'ennemi encore plus profondément au cœur du pays, le faire avancer dans cette terre sans fin, étirer au-delà du raisonnable ses lignes de soutien et de ravitaillement. Jusqu'à ce qu'il s'y épuise. Puis frapper, harceler sans répit.

À la mi-septembre, Demiansk est atteinte et dépassée. Mais les positions se figent à quelques dizaines de kilomètres à l'est.

Pas un Allemand n'ira plus loin. De toute la guerre. La route Leningrad-Moscou ne sera jamais coupée. La région où Alexander va mourir deviendra même, à partir de l'hiver 1942, un Stalingrad pour la Totenkopf : la division s'y retrouvera encerclée dans ce que l'Histoire retiendra comme le « Chaudron de Demiansk ».

Des positions de défense commencent à être construites de part et d'autre. Signe que les lignes se stabilisent, les combattants s'enterrent. L'hiver est encore loin, mais il va surprendre les hommes là. Sous le feu de l'artillerie, cible de l'aviation soviétique et d'attaques permanentes et folles, les SS tentent tant bien que mal de contrôler une ligne de front très étendue et propice aux infiltrations. La division a atteint le secteur de Lushno. Sukhaya Niva se trouve sur la ligne de front.

Le 24 septembre, pour la première fois, il gèle au cours de la nuit.

Fin septembre, début octobre, des semaines durant, des *dizaines de milliers* d'hommes perdent la vie sur ces quelques kilomètres carrés. Les Soviétiques multiplient les charges suicidaires et subissent d'effroyables pertes sans que celles-ci ne semblent affecter leur volonté offensive. À cette période, le 1er régiment de la division Totenkopf, dans lequel sert Alexander, tient onze kilomètres de front face à trois divisions soviétiques. Alexander tente avec ses hommes de repousser les attaques incessantes. Les positions russes sont visibles, à seulement quelques dizaines de mètres des tranchées creusées par ses hommes. En trois mois de campagne, les pertes de la Totenkopf s'élèvent à six mille six cent dix tués, blessés et disparus.

Le 10 octobre, il neige.

Tout le monde, à l'état-major général, et Hitler le premier, avait prévu une victoire en septembre. À la fin de l'automne, les pertes allemandes approchent le million, tandis que la victoire semble de plus en plus incertaine.

Le 15 octobre 1941, la division se prépare à lancer un nouvel assaut. Le bataillon d'Alexander se trouve à l'est du village de Mirochny, sur ses lignes dans la forêt, enterré.

Un SS écrit dans son journal : « Les conditions pour l'opération de la division sont vraiment mauvaises. De par la forte pluie qui tombe quasiment sans cesse, en se mélangeant à la neige, les voies ont perdu leur stabilité et sont devenues quasiment impraticables. Le brouillard et la mauvaise visibilité ne permettent pas d'appui aérien rapproché. Après avoir péniblement rejoint cette position qui abrite du temps misérable, ni le commandement ni la troupe ne sont ravis de cette nouvelle mission. De plus, on connaît la force des positions russes. Mais à quoi bon se plaindre ? Un ordre reste un ordre... ![25] »

Valdaï

Ce matin, le ciel est couvert sur Saint-Pétersbourg. La pluie tapote sur le rebord de ma fenêtre. La pluie et le froid, comme ce même 16 octobre 1941. Je me lève et tourne en rond dans la pièce. Je fais monter du café et du pain. Dehors, la rue est large et triste. En face, des toits de zinc. Des antennes et des balcons. La circulation a baigné mon sommeil de bruits de moteurs et de klaxons. Je n'ai pas envie de sortir. En fait, j'ai peur. Je suis envahi par une empreinte de peur et de crainte, qui est là, au fond de moi. *Quelque chose* qui me pousse à ne plus bouger, à ne pas sortir, à rester tapi à l'abri de cette chambre. Comme dans un trou. Dans quatre jours, Alexander sera mort. Mort, dans la violence et la stupeur. Est-ce cette perspective prochaine qui se distille en moi et laisse cette traînée brûlante ? Je reste calfeutré mais il va falloir que j'en sorte. Je dois prendre mon train. En fait, ce pays est sinistre.

Dans le grand hall de la gare, je déchiffre sur les écrans le numéro de quai de mon train. Et j'observe les gens qui marchent sans sourire, lentement, comme des fantômes qui attendent. Quelle valeur a la vie d'un homme ? Tant et tant ont été broyés. Des vagues et des vagues d'hommes avalés par la terre et dont aucun n'a eu de sépulture. Où sont leurs noms ? Savent-ils seulement encore aujourd'hui qu'ils sont morts ? La violence était telle, l'indifférence si grande, que la mort d'un individu devait être oubliée même par ses frères d'armes après une seule semaine. Comment garder le compte de tant et tant de *disparus* ? Comment, devant tant de victimes, percevoir encore l'individualité de chacune ?

Mon train ne part pas avant une heure. Comme toujours, je suis arrivé en avance. Je rejoins une cafétéria un peu désuète pour manger quelque chose. L'endroit me rappelle ce snack de l'aéroport Charles-de-Gaule où mes parents, mes frères et moi avions pris un verre avant que Thomas, Simon et moi n'embarquions pour ce vol vers l'Afghanistan, en février 2001. Voyage duquel Thomas n'allait jamais revenir vivant. Nous avions fait une photo ce jour-là. Est-ce moi qui l'avais prise ? Papa et maman étaient avec nous et plaisantaient avec Thomas pour la dernière fois de leur vie. Maman était émue, comme à chacun de nos départs. Une famille de voyageurs, c'est dur pour une mère. Mais comment auraient-ils pu se douter de ce qui allait arriver ? Quelle tristesse. Je pense à la photo, je pense à ce jour, je revis l'émotion et je suis si triste. Nos parents voulaient savourer cet instant, ralentir le temps et nous, nous n'avions qu'une hâte : rejoindre la salle d'embarquement, l'avion, l'aventure.

Et nos parents sont rentrés dans leur maison entourée de pins.

Et nous sommes partis.

Et, quelques semaines plus tard, j'appelais à l'aube, je les sortais du sommeil et leur annonçais que leur fils était mort.

Puis je ramenais la dépouille de mon frère dans cette maison entourée de pins.

La vie, si fragile, si illisible parfois.

La douleur, à nouveau, est si vive, dans cette gare de Saint-Pétersbourg.

Je relève la tête. Devant mes yeux il y a un aquarium. Les poissons qui s'y trouvent n'en sortiront jamais. Ils mourront dans ce petit espace rectangulaire sans avoir jamais rien connu d'autre. Et pourtant ils vivent. Quelle est la taille de l'aquarium dans lequel nous sommes en train de vivre ?

Il me semble qu'Alexander a peur. Je le ramène à un moment et à un lieu qui rassemblent trop de souffrances pour lui. Il est là, mais silencieux, immobile et comme prostré. Prostré est un peu fort comme mot. Atone, plutôt. Détaché, distant, discret.

Dans le hall de la gare, un grand officier est accompagné de deux soldats. Je ne sais pas à quel corps d'armée ils appartiennent. L'officier est beau, fin, sans doute la silhouette d'Alexander. Il porte une casquette et parle avec une calme autorité aux deux autres. Ils observent le hall.

Les choses se bousculent dans ma tête. Toutes sortes de pensées désordonnées s'agitent en moi, impossible de revenir au calme. C'est un peu comme si ce qui s'était passé lors de mon premier soir à Bad Arolsen se reproduisait : tous les visages des Russes autour de moi se recouvrent du masque d'un autre temps. Une époque apparaît en transparence. Comme un filtre, un voile s'ajoutant à notre réalité. Une femme en fichu, ces soldats aux mâchoires carrées, ces visages d'hommes et de femmes aux accents slaves. Faces aux pommettes rouges, regards clairs, et les voix, les paroles russes, rugueuses et modulées.

L'ennemi.

Ce monde est celui de l'ennemi. Pas le mien. Je ne sens pas l'ombre d'une menace, non, mais Alexander *en moi* est cerné et il a peur. Ces Russes, ces *Ivan* observés aux jumelles, touchés, heurtés lors de terrifiants corps-à-corps. Ils sont là. Tout autour. Ces visages qu'il a vus en face étaient ceux de la mort. La leur, qu'il infligeait, et puis la sienne, dans quelques jours.

Je baigne dans la mort.

Dans le sang et la neige.

Assis dans la cafétéria, j'observe des gens qui vont et viennent, qui vivent, se déplacent, existent et sont en paix. Mais moi, à nouveau, je suis dans un autre *endroit*. Quelque part dans mon corps se trouve une porte temporelle.

Cette porte donne accès à la folie.

À la terreur, au froid et à l'ombre. À la méfiance. La vigilance d'antan s'est métamorphosée en pure paranoïa. La menace, partout. Le danger permanent. Le visage de mes amis est un souvenir flou qui peine à apparaître. Combien ont disparu dans les ténèbres au fil de ces dernières semaines ? Quant à ceux de l'ennemi, hurlants, effrayés, morts, défigurés. Hostiles, dangereux, follement tenaces et se battant jusqu'au bout dans un mélange de courage fou et de désespoir absolu. Ces visages-là, ces visages d'un temps révolu apparaissent sur tous ceux que je croise dans cette gare, dans le taxi hier, dans la rue, partout.

Pourquoi est-ce que je ne deviens pas fou ?

Je pourrais si je n'étais pas *aidé*.

Combien sont irrémédiablement tourmentés, qui perçoivent, comme moi, les échos du passé ? « À l'aide ! Ne me laissez pas seul avec eux. » Avant de monter dans le train, je me ressaisis et m'adresse au vide devant moi. Un *espace* où je sais que se trouvent mon frère, mon père et d'autres guides, d'autres forces alliées : « Aidez-moi ! Je vais avoir besoin de vous là où je vais. Veillez sur moi. Protégez-moi, s'il vous plaît. »

Mon train descend jusque dans le Caucase. Les passagers de mon compartiment s'installent sur leurs couchettes pour un voyage de plusieurs jours. Moi, je sors au premier arrêt. Bologoye. Un express de luxe fait également la navette et me déposerait à destination bien plus vite, mais Nicolas m'a réservé un aller sur ce train-là. Wagon 5, couchette 18. Le wagon se remplit, sacs, valises et ballots glissés un peu partout. Des provisions pour le Sud. Bientôt, toute la rame s'ébranle. Les roues claquent, cahotent, les voitures s'entrechoquent et, une fois passé les aiguillages de la banlieue, nous filons bientôt à bonne vitesse et en ligne droite.

Trois femmes dans mon compartiment. Une âgée et un peu forte et deux de mon âge. L'une fait le lit de la plus âgée. Vont-elles dormir ? On est en milieu de journée ! Toutes se mettent à leur aise et me prient gentiment d'attendre dans le couloir le temps qu'elles se changent. Lorsque je reviens, la solide babouchka a revêtu une sorte de chemise de nuit de toile et a sorti les cornichons, le beurre, la crème, le pain et d'autres victuailles qui me mettent l'eau à la bouche.

La pluie a cessé.

Un texto de Nicolas me confirme qu'il est sur la route depuis ce matin. Il sera à l'heure.

Derrière les fenêtres danse désormais la forêt de Russie. Des bouleaux élancés aux feuillages jaunes et rouges. Des pins innombrables et immortels. Un pays plat et humide, des lacs, des marais. La nature n'est pas en guerre contre les hommes. La nature n'est pas menaçante. Elle n'est pas l'ennemi. Le train avance à bonne allure, oscillant sur les rails.

Nicolas m'attend sur le parking de la gare de Bologoye, une ville triste. Tenue de campagne, béret, œil clair et pétillant, moustache qu'il dessine du pouce et de l'index. Il se tient droit, plein de vigueur et d'élan, à côté d'une Audi A3 grise qui a apparemment fait plusieurs fois le tour de la Terre. Nous avons à peu près le même âge. Il croit accueillir un journaliste pour une enquête historique *normale* – à lui non plus je n'ai rien voulu révéler par e-mail –, l'heure de route qu'il nous reste à faire jusqu'à Valdaï va me permettre de lui donner tous les détails.

Lorsque nous arrivons à l'hôtel Valdaï Zori, il connaît mon histoire. Il est surpris.

Nicolas a servi cinq ans dans l'armée. Une expérience qui l'a déçu. Il en garde une certaine droiture un peu surannée.

La région n'est pas laide. L'hôtel est construit devant un lac immense. La jeune réceptionniste nous demande nos passeports avec autorité. Je lui tends le mien dans un grand sourire, son visage s'éclaire, sa bouche se fend d'un effort, on sent le manque d'habitude.

Dans l'entrée se trouve un mini-musée rassemblant des vestiges de la Seconde Guerre mondiale. Des objets divers, russes comme allemands, trouvés dans des fouilles plus ou moins officielles. Nicolas m'en avait parlé pour en avoir lui-même été un adepte sur les anciennes zones de combat entourant Saint-Pétersbourg. La fouille de sites de combat de la « grande guerre patriotique » est une activité pratiquée le week-end par des milliers de passionnés à travers la Russie. La région de Valdaï, et le Kessel de Demiansk en particulier, constitue l'un des sites les plus prisés de toute l'ex-Union soviétique. Intérêt historique évident, mais aussi financier. Les reliques se vendent. Casques, écussons, couteaux, armes, boîtes de cartouches, etc.

Est-ce pour cela que la plaque d'identité d'Alexander n'a pas été retrouvée ?

Nicolas a un détecteur de métaux dans le coffre.

Je me suis réellement mis dans la tête de *retrouver* Alexander.

Chercher un corps dans un enfer de feu.

Au dîner, je résume à Nicolas ce que je sais des derniers jours d'Alexander: la division Totenkopf est au combat sans interruption depuis le 26 juin. Elle a subi de lourdes pertes. En octobre, elle est déployée sur un secteur un peu secondaire, puisque la poussée principale du groupe d'armées Nord se fait plus au nord, sur Leningrad. À cause des pertes importantes subies, elle se trouve en effectifs insuffisants sur un très large périmètre. Un front étendu sur une cinquantaine de kilomètres, alors qu'une partie des hommes ne doit déjà plus être en état de combattre. C'est en même temps pour cette raison que la division Totenkopf a acquis cette réputation de mordant: elle tient tête à des unités soviétiques qui disposent d'une énorme supériorité numérique. Il est un fait qu'au-delà du courage, voire du fanatisme de ses combattants, la division est quand même très malmenée. Les actions offensives qui sont entreprises n'ont qu'une portée limitée et visent désormais davantage à réaligner le front qu'à avancer en profondeur. J'ai également appris en discutant avec Charles Trang que, dans la SS, les pertes les plus importantes concernent les officiers. En effet, on avait proportionnellement plus de risques de mourir en tant qu'officier qu'en qualité de simple soldat, car les officiers SS avaient pour tradition d'être devant lors des assauts, pour entraîner leurs hommes.

Je sors les cartes dont je dispose, les étale sur la table devant Nicolas, et l'œil du militaire se met à décrypter la situation comme s'il lisait un livre. À Sukhaya Niva, Alexander a face à lui tout un bataillon de l'Armée rouge. Le 1er bataillon du 87e régiment de fusiliers soviétique. En réserve, derrière, se tient également un régiment entier. Sa compagnie se prépare à attaquer des éléments très supérieurs en nombre. Nicolas, passionné par cette période, y va de ses remarques.

— En octobre 1941, l'armée allemande avait encore des munitions, l'approvisionnement était bon. Aussi il est probable que l'attaque ait été soutenue par un groupe d'artillerie.

— Mais, en face, les Soviétiques disposaient également d'artillerie.

— Oui...

— Je sais qu'à cause des pertes la compagnie d'Alexander, qui, en temps normal, alignait cent quatre-vingts hommes, ne devait plus en compter que soixante-dix, peut-être cent hommes au maximum. As-tu une idée du nombre de Russes qu'ils avaient en face ?

— Les Soviétiques aussi avaient subi énormément de pertes. Ton bonhomme et sa compagnie ont peut-être deux à trois cents hommes en face d'eux. Sur les fronts en Russie, les positions ennemies étaient très rapprochées. Russes et Allemands se trouvaient, dans leurs tranchées de défense, à cinquante, soixante mètres les uns en face des autres.

— Si près ?

— Oui, il y avait souvent des corps-à-corps. Cinquante mètres te placent hors de portée d'un lancé de grenades, mais les snipers des deux côtés devaient faire des cartons.

La discussion se poursuit. L'accumulation de ces détails opérationnels enrichit ma vision de la situation. J'ai envie de comprendre, de retracer chaque heure, chaque action des derniers jours d'Alexander. Les ultimes mois de sa vie ont dû être exténuants. J'ai même du mal à imaginer l'état de fatigue et de tension qui s'accumulaient, lui faisant peut-être par moments préférer la mort à la poursuite d'une veille trop épuisante. J'ai connu ça lors de mon premier voyage en Afghanistan, en 1988, lorsque sans plus aucune ressource, après des jours et des jours de marche, je ne voulais plus que m'arrêter, m'écrouler et dormir. Une fois ou deux, je me suis même dit que la mort devait être réconfortante, si elle mettait fin à ce calvaire. Je la désirais presque. Alors, Alexander ! Mais lui commandait une compagnie, il se devait d'être exemplaire. Impossible de baisser les bras. Tenir ou mourir.

Sa mort a dû être une délivrance.

Nous regagnons nos chambres.

Rendez-vous tôt demain matin. Destination : le cimetière de Korpowo.

Offensive sur Cholmy

Vendredi 17 octobre 1941. Alors que la neige a recommencé à tomber durant la nuit, le 1er régiment, qui doit servir de régiment de choc, se met en place pour l'offensive. Avant l'aube, dans l'obscurité la plus complète, le 1er bataillon d'Alexander se trouve à un petit kilomètre au nord-est de Kirillowtschina, dans le secteur du village de Poljzo. Une forêt accueillante au sous-bois aéré. Quelques centaines d'hommes gelés, camouflés dans leurs trous, les mains bleues, agrippent leurs armes. Le brouillard ajoute à l'appréhension. Puis le silence glacial de la nuit se rompt lorsque l'artillerie explose, dirigeant un tir groupé sur la première ligne de fortification russe. C'est parti. Les muscles se tendent, l'adrénaline fuse, et les hommes des compagnies d'assaut quittent leurs tranchées sous cette pluie de métal censée les protéger.

Dans le tonnerre des tirs qui éclairent soudain la nuit, Alexander et ses hommes se lancent à l'offensive. Ils se heurtent d'emblée à un réseau défensif particulièrement dense. Les Soviétiques les attendent. Les pertes sont disproportionnées en regard du terrain gagné.

La Russie aspire l'armée allemande comme un buvard aspire l'eau.

La Totenkopf s'est engagée depuis plusieurs semaines dans cette région boisée et marécageuse qui constitue un véritable cul-de-sac. La résistance des Russes est acharnée. Ils ne se rendent plus, ils ne reculent plus, ils se battent jusqu'au dernier. Leur artillerie réagit à l'attaque allemande par des tirs de plus en plus intenses. Les SS nettoient chaque bunker, chaque tranchée, mais bientôt il n'est plus possible d'avancer, et les hommes d'Alexander font la découverte d'une nouvelle arme terrifiante : des lance-flammes statiques dissimulés devant les bunkers russes propulsent sur les assaillants allemands d'immenses gerbes de flammes partant du sol. Plusieurs soldats s'enflamment en hurlant.

Dans la lumière du jour qui pointe, et durant toute la matinée, les SS parviennent néanmoins à avancer et à remonter vers le nord. Des brèches s'ouvrent dans le dispositif ennemi, l'artillerie allonge ses tirs de couverture, ce qui permet au 1er bataillon de prendre le secteur au sud du village de Cholmy et une portion attenante de la route vers Sukhaya Niva. Alexander et sa compagnie atteignent la localité épuisés. Cholmy est un petit hameau de maisons basses en mauvaises briques situé en hauteur. Il offre une position stratégique surplombant les lignes russes au nord, en contrebas du village. En direction de l'ouest, la route de terre qui serpente à travers la forêt conduit à Sukhaya Niva, distante de quatre kilomètres. Depuis l'aube, Alexander et ses hommes se battent, et certains meurent, d'autres sont affreusement blessés. Commence alors, pour ceux-là, une vie de souffrances plus ou moins longue.

Les quelques dizaines d'hommes exténués de la 2e compagnie d'Alexander ont avancé de plusieurs kilomètres, comme tous ceux du reste du bataillon. Mais que vaut la victoire ? Quelques mètres, quelques carrés de terre et un village ou deux ? Au moment où le 1er bataillon se déploie dans Cholmy, des blindés russes contre-attaquent au sud-ouest sur Kirillowtschina. Plusieurs sont détruits. La ligne de front est dentelée sur une immense distance.

La tombée rapide de la nuit empêche d'exploiter l'avantage tactique de la journée. En outre, les combattants de la division sont épuisés et ne sont plus assez nombreux pour espérer pouvoir mener une nouvelle offensive efficace. Les renforts ne seront pas disponibles avant plusieurs jours, aussi la division reçoit-elle l'ordre d'immobiliser l'ennemi dans sa position actuelle et de ne plus tenter de percée dans l'immédiat, ni d'essayer de gagner du terrain, ce qui ne pourrait se faire qu'au prix de pertes importantes. Pour le 1er bataillon, un assaut est programmé le lendemain sur Sukhaya Niva. D'ici là, quelques heures de répit espérées, l'évacuation des blessés et des morts sur l'arrière, le ravitaillement, tant bien que mal. Le froid accompagne l'obscurité qui revient. La terre gèle. Les hommes s'enterrent dans des abris précaires. La peur au ventre. Les centaines de morts de la journée, tels des spectres égarés, errent dans la forêt, incrédules.

Contact

Valdaï, 17 octobre. Sommeil léger. Alexander a passé cette nuit dans le brouillard et l'humidité glaciale, l'inconfort et le danger. Moi, dans un lit propre et une chambre chauffée.

Je retrouve Nicolas dehors, dans le froid vif et sous un ciel limpide. Loin au sud-ouest, un mur de nuages laisse présager un changement de temps prochain.

Première destination: le cimetière militaire allemand de Korpowo, à une centaine de kilomètres de Valdaï. Alexander s'y trouve-t-il? Comment vais-je le découvrir? Les dossiers militaires me disent qu'il a été enterré à la sortie du village de Mirochny, tombe numéro 50, probablement le jour de sa mort, le 20 octobre. Les documents donnés par Marlène parlent de cent quatre-vingt-onze corps exhumés dans ce village il y a plusieurs années, et de tombes partiellement pillées.

Mais aucun corps exhumé ne portait la plaque d'identité d'Alexander.

Se peut-il que des tombes n'aient pas été retrouvées?

Nicolas roule vite. Un peu après être sortis de Valdaï, nous quittons le tronçon de l'autoroute Moscou–Saint-

Pétersbourg et bifurquons sur des voies secondaires, sans ralentir. La route n'est pas mauvaise, mais parfois il faut éviter des nids-de-poule. Le terrain est vallonné. Ce qui rompt avec la monotonie du paysage uniformément plat des interminables plaines de Russie. Les portions de forêts sont entrecoupées de lacs et de zones de marais. Nous sommes quasiment seuls.

La nature entre dans l'hiver. Les arbres ont encore leurs feuillages, mais ils tirent vers le jaune. Nous atteignons Demiansk sans nous y arrêter. Ville de taille moyenne au nom chargé d'histoire. Encore une quarantaine de kilomètres dans la direction de Staraïa Roussa, puis, sans que rien ne l'indique, nous finissons par tomber sur le cimetière : une esplanade morne, un peu en retrait sur la gauche et quasiment invisible depuis la route.

Personne. Pas un humain à des kilomètres à la ronde.

Un grand terrain dégagé, bordé sur le devant d'un mur de pierres. Solitude muette, sous le ciel qui se couvre de gris. Un panneau indicatif, un kiosque d'accueil, une croix dressée et des dizaines de stèles de granit alignées comme des monolithes funestes, gravées de dizaines de milliers de noms.

Nous garons la voiture et je m'avance dans l'enceinte du lieu.

À la recherche du bloc 20.

Sur une étendue d'herbe, je découvre un petit pavé en pierre marqué du chiffre 20. En quadrillant le cimetière, je comprends mieux l'ordonnancement et vois que certains blocs ne disposent pas encore de leurs stèles commémoratives. C'est le cas du 20. Aucun monolithe au-dessus de la fosse commune renfermant les cent quatre-vingt-onze dépouilles sorties de Mirochny – et sans doute d'autres. Rien, juste un carré d'herbe verte. Et sous le gazon, sous mes pieds, des centaines d'hommes.

Déjà près de trente-quatre mille dépouilles rassemblées en ce lieu.

Mais Alexander *n'y est pas.*

Je le sens. Il n'est pas là.

Je parcours tout le périmètre, très attentif à mes perceptions. Mais il ne se passe rien, l'endroit est vide, sans énergie, sans âme, sans rien. Je perds mon temps ici. Je m'étonne presque d'être si sûr de moi. Mais cela fait plusieurs mois, presque deux ans, que j'apprends à avoir confiance en mes ressentis. Alexander n'est pas là. Le corps d'Alexander n'a jamais été inhumé à Korpowo. Le ciel est maintenant gris sombre. Je propose à Nicolas de repartir sans tarder.

Les gravillons et la terre du parking crissent sous les roues de l'Audi. Puis les pneus retrouvent l'asphalte et Nicolas remet les gaz, direction plein est. Le même chemin en sens inverse. Nous repassons Demiansk sans stopper, puis la route oblique vers le nord. Après une trentaine de kilomètres, nous atteignons un croisement en épingle à cheveux. Sur un panneau bleu est écrit: « Sukhaya Niva 0,3 ».

Une flèche nous engage à prendre l'embranchement et à suivre la route de campagne qui redescend vers le sud-est. Le soleil est revenu, il fait miroiter la poussière que nous avons soulevée en freinant.

Sukhaya Niva.

Le village où Alexander est mort.

Nicolas tourne, indifférent à l'émotion qui m'habite soudain, et avance sur une route en plus mauvais état. J'aurais aimé arriver par le sud et commencer ma découverte de la zone par le village de Mirochny, où Alexander a été enterré, mais nous n'avons pas trouvé d'autre accès.

Et voici le village de Sukhaya Niva. La route traverse un alignement de maisons et de clôtures. Je ne veux pas m'y arrêter aujourd'hui. Réserver ce moment. Nicolas me regarde avec prévenance, attendant mes instructions. Il sait désormais l'importance de ce voyage pour moi et conserve le silence, ce dont je lui suis infiniment reconnaissant.

— Continuons jusqu'à Mirochny, lui dis-je.

Il traverse le village. À la sortie sud, nous passons un pont surplombant une petite rivière, la Lushenka, et je perçois soudain que c'est là, juste un peu plus à l'ouest, à quelques centaines de mètres, qu'Alexander est tombé. Cette rivière ressemble tellement à celle que j'ai *vue* au Pérou. C'était le début de ma vision : les Allemands marchent dans son lit, et Alexander meurt ensuite. Mais aujourd'hui, je préfère que Sukhaya Niva reste *lointaine*. Je me ferme à tout ce qui n'est pas Mirochny. Ne pas aller trop vite. Je veux pénétrer sur les lieux de sa mort au bon moment. Le 20 octobre.

Nous avançons face au soleil. Des villages indiqués sur ma carte de 1941 devraient se trouver devant mes yeux, et pourtant ils n'y sont plus. Rien que la forêt et des champs. Après la rivière sur la gauche, il y avait Borok. Les combats ont eu raison de chaque maison, de chaque grange, de chaque pierre. Tout a disparu. Jusqu'à la poussière. Un kilomètre plus bas, c'est Poljzo qui aurait dû se dessiner derrière les vitres de la voiture. Mais non, là encore, à la place du hameau, il n'y a que les arbres. Tout s'est évaporé. Il n'en reste pas même le souvenir. Deux kilomètres supplémentaires, et voilà un lieu habité : Kirillowtschina, que nous traversons. Encore quatre kilomètres, et enfin nous atteignons Mirochny.

Mirochny.

J'attends ce moment depuis tant de mois. Tant d'efforts, tant d'énergie pour parvenir ici. Quel improbable moment. Pour ces quelques mots tapés à la machine en novembre 1941 par un secrétaire de régiment sur un acte de décès : « Orstausgang Mirochny, Grad Nr. 50. »

« Tombe numéro 50 à la sortie du village de Mirochny. »

Quelques dizaines de mètres avant d'atteindre les premières maisons, je sens *vraiment* qu'Alexander a été enterré là. Dans ce village. Peut-être même sur le bord de cette route, juste à cette entrée où je me trouve.

— Peux-tu ralentir ?

Silence. J'ai les yeux ouverts en grand. Que va-t-il se passer ? « Alexander, guide-moi. J'ai besoin de ton aide. » Il faut que je trouve où il a été mis en terre. « À la sortie de Mirochny », précise le dossier militaire ; je *suis* à l'une des sorties. La voiture pénètre lentement dans le bourg par l'entrée nord. Tous mes sens sont en alerte. Le village ne doit pas compter plus d'une quarantaine d'habitants, et nous sommes immédiatement au centre. La route bifurque vers l'est. Une autre voie part en direction de l'ouest. Je fais signe à Nicolas d'aller à l'est. Nous roulons au pas devant plusieurs maisons, puis, alors que nous dépassons la dernière, soudain j'ai un soubresaut. Comme un réflexe nerveux. Je ressens une décharge. *Quelque chose* dans mon ventre.

Une main d'énergie qui s'abat sur ma poitrine.

Puissant, indiscutable, *physique*.

C'est tellement inattendu que, l'espace de quelques secondes, je ne sais que faire, que dire. Et pourtant, au même instant résonne une voix – ou est-ce une pensée ? – dans ma tête : « C'est là ! »

— Arrête la voiture !

Nicolas est témoin de mon émotion. Il freine et coupe le contact.

— C'est là !... Il est là, dis-je en ouvrant la portière.

Nicolas me regarde, circonspect. Depuis vingt-quatre heures, l'irruption d'un monde étrange dans sa vie le fait s'attendre à tout. Je n'en reviens pas de la force de ma sensation. Un sursaut, un hoquet, une fulgurance a traversé tout mon corps en un dixième de seconde. Si rapide, si net. Mais si déstabilisant. Nous sommes à la sortie est de Mirochny. Devant moi : un champ.

Je sors de la voiture. Je respire. Ok, très bien... que se passe-t-il maintenant ? Face à moi, au sud, les champs. À ma droite, la sortie du village et la première maison. Et devant mes pieds... le cadavre d'un *chien viverrin*. À vingt centimètres de ma chaussure. Mort depuis peu, sur le bord de la route, juste là.

Juste à l'endroit où j'ai demandé à stopper.

Cela ressemble à un mélange de gros putois et de renard. Sa fourrure épaisse est beige-roux, la pointe des poils est noire. Œil mi-clos, sans vie. Que dois-je comprendre alors que j'entre dans le monde des signes ? Cet espace infini où l'invisible va utiliser toutes les forces à sa disposition pour envoyer des messages ? Quelle étonnante conjonction que cette alerte physique intérieure et la présence de ce chien viverrin mort dans la nuit. C'est la première fois que je vois cet animal, originaire d'Extrême-Orient. Le chien viverrin est le *tanuki* dans les mythes japonais. Il y incarne un *yōkai* – un esprit de la forêt –, détenteur de pouvoirs magiques. Celui de changer de forme à volonté notamment, car c'est le maître des déguisements.

Changer de forme à volonté.

Mort dans la nuit.

Celui qui change de forme à volonté est mort dans la nuit.

Je suis au bon endroit ! C'est là. C'est ici que je me libère. À cet endroit que commence la phase finale de ma guérison. Alexander est là. Lui qui *a changé de forme et est mort...*

Son corps se trouve là.

Passé la stupeur, mon cerveau analytique se remet en marche.

— Faisons demi-tour, je voudrais aller voir la troisième sortie, à l'ouest.

Nicolas manœuvre notre véhicule sur l'étroite route, et nous repartons dans Mirochny. Cinq maisons, le centre, puis il descend sur le chemin en direction de l'ouest et roule une centaine de mètres avant de devoir stopper devant une ornière remplie d'eau. À nouveau je sors faire quelques pas et observer l'environnement. Logiquement, c'est plutôt ici que devait se trouver le cimetière. Les sorties nord, d'où nous venons, et est, où nous sommes tombés sur ce *tanuki* mort, devaient être plus près du front et davantage exposées à l'artillerie ennemie. Le bon sens voudrait que le cimetière ait été installé ici. Plus je réfléchis, plus je m'en convaincs. Pourtant, je ne cesse d'avoir envie de revenir à la sortie est. Celle où le *yōkai* m'attendait.

— Essayons de trouver des villageois.

Nicolas acquiesce et vient replacer la voiture au centre du village.

Nous partons à pied faire du porte-à-porte à la recherche du maire. Une vieille dame nous indique où se trouve sa maison : à moins de cinquante mètres. Nous y allons et Nicolas aborde la femme en train de bêcher le potager attenant. Il s'adresse à elle avec amabilité et assurance, dans un russe coulant. Nous jouons franc jeu : nous cherchons un homme, un Allemand mort ici pendant la guerre. Nicolas me présente comme un Français venant de Paris exprès.

La paysanne, une belle blonde entre deux âges, se redresse. Ses yeux sont bleu clair et nous observent alternativement, Nicolas et moi. Elle propose d'aller chercher son mari et nous fait signe d'attendre dans la cour. Un Russe épais et tout en muscles, les mains et les bottes pleines de sang comme s'il était en train de saigner un gros animal, sort de derrière la maison. Il vient vers nous en essuyant le sang noir qui s'infiltre sous ses ongles. C'est lui, le maire de Mirochny. Même regard que celui de sa femme. À la fois accueillant et méfiant. Il répond à Nicolas sans poser la moindre question sur la raison de notre présence à Mirochny. Si nous cherchons la dépouille d'un Allemand mort, c'est notre affaire, nous devons avoir une bonne raison.

L'homme est une précieuse source d'informations : un hôpital de campagne allemand se trouvait sur la route remontant vers Kirillowtschina et un cimetière avait été construit devant. Il s'agit de la sortie nord du village, par là où nous sommes arrivés initialement. Des étrangers sont venus faire des fouilles dans ce cimetière, en 2001, et elles ont duré longtemps. La date correspond, il s'agit très certainement de l'organisme allemand en charge de Korpowo. Les corps exhumés et déplacés viennent très certainement de là. L'homme ajoute que ces mêmes personnes sont revenues il y a cinq ou six ans, pour fouiller dans une autre propriété du village à la sortie... est.

Quand Nicolas, qui me traduit au fur et à mesure, m'annonce ça, lui-même a un regard étrange. Il a en tête le souvenir de ma réaction inexplicable et pourtant si forte à cette même sortie est, moins d'une heure plus tôt. Quant à moi, je suis troublé et ému, mais l'homme n'en sait pas beaucoup plus. Nous prenons congé et je demande à Nicolas de nous rendre à cette maison.

Elle se trouve à une trentaine de mètres avant l'endroit où nous nous étions arrêtés, là où repose toujours le chien viverrin mort. À la sortie est de Mirochny.

Une maison aux murs de bois.

Un chien noir agressif, enchaîné sous un appentis construit en vis-à-vis de la maison de plain-pied, aboie sans interruption. Une clôture enserre un terrain assez vaste. La bâtisse est dans un état peu reluisant, mais elle est habitée. La cour de terre est un véritable dépotoir. Des déchets de toutes sortes, des planches, des seaux, des objets indéfinissables, des bouteilles, un infernal bric-à-brac jonche l'endroit. Un garçon joue seul dans l'enceinte. Nicolas et moi approchons du portail. Une femme d'une soixantaine d'années répond à nos appels. Très méfiante, elle avance vers nous avec réticence. La voix de Nicolas se fait diplomate.

À la différence du maire, cette femme lâche les infos au compte-gouttes. Je laisse entièrement Nicolas manœuvrer. Quand il me fait la synthèse de ses échanges, je cache avec peine mon excitation. La dame confirme que des étrangers sont venus et ont établi un contrat avec elle pour pouvoir procéder à des fouilles et sortir de nombreux corps enterrés, avec leurs plaques d'identification et leur équipement. Elle précise à Nicolas que ces étrangers avaient des cartes et semblaient disposer du relevé précis des tombes. Ils ont effectué des sondages avec des tiges métalliques et ont sorti des corps enterrés à plus d'un mètre cinquante de profondeur.

— Combien de corps ? demande Nicolas.

— Ils ont sorti une trentaine de corps, tous ceux qui étaient enterrés ici, répond la dame avec le même regard inquiet.

— Où ont-ils fouillé ?

— Devant la maison, ici, dit-elle en désignant la partie de son jardin qui borde la route.

— Seulement ici ? Pas ailleurs ?

— Si, il y en avait aussi derrière, dans le poulailler... Ils ont emmené tous les corps qui étaient chez nous.

On est au cœur de la campagne russe. Une partie des maisons du village, comme celle devant laquelle nous sommes, sont faites de murs aux poutres épaisses, posées sur un soubassement en dur. Quelques autres sont en briques et recouvertes de torchis et de chaux. La dame nous apprend qu'en face, de l'autre côté de la route, se tenait un bâtiment en dur qui abritait le commandement allemand. Il n'en reste que des pans en ruines. Et deux grands arbres de part et d'autre.

Nous remercions et nous éloignons de quelques pas. Nicolas me regarde.

— C'est intéressant, elle a mentionné que les personnes venues sortir les corps avait des cartes précises désignant les emplacements des tombes.

— Tu penses qu'il peut s'agir de documents militaires de l'époque ?

— Sûrement. Surtout au début de la guerre. Les choses étaient bien organisées. Ce que je retiens, c'est que ces gens savaient très précisément où chercher.

— Donc ils devaient savoir où était la tombe numéro 50, si elle se trouvait ici ; or la plaque militaire d'Alexander n'a jamais été découverte.

— Il était peut-être enterré à l'autre cimetière, celui de l'entrée nord.

— Oui, peut-être...

— Tu n'aurais pas moyen de récupérer le plan dont disposaient les hommes de ce service allemand ?

Je pense soudain à Andréa. Il faut que je lui raconte ce que nous avons trouvé et que je lui demande.

— Quelqu'un peut m'y aider en Allemagne, je vais envoyer un e-mail une fois à l'hôtel.

Un couple s'active dans le jardin de la maison mitoyenne. Nicolas et moi approchons. Tout sourire, un vieux bonhomme rondouillard assis en retrait et une babouchka emmitouflée qui sent le feu de bois répondent de bonne grâce à nos questions. Après une introduction sommaire, Nicolas leur demande si des fouilles ont aussi été entreprises sur leur terrain.

— Non, il n'y a personne sur notre terrain ! répond la très vieille dame en plissant les yeux.

— Et à côté, vous avez vu des gens fouiller ? demande-t-il en indiquant la maison d'où nous venons.

— Oui, des étrangers sont venus récupérer des corps. Mais il en reste…

— Il en reste ?!

— Ils ont sorti trente corps. Ils étaient bien alignés, mais ils n'ont cherché que dans le jardin, et il y en a d'autres sous la maison.

— Comment le savez-vous ?

— J'étais une petite fille pendant la guerre. Je les ai vus les enterrer, il y en avait tellement…

— Vous étiez là pendant la guerre ?

— Oui… avant que les enfants ne soient évacués. Les Allemands occupaient toutes les maisons et nous, les habitants, on vivait dans les caves… Pour les corps, la voisine n'est pas au courant. C'est son frère qui a discuté avec les étrangers. Il ne voulait pas qu'ils détruisent sa maison pour les sortir d'en dessous, alors il a refusé et seulement permit qu'ils déterrent ceux du jardin. Il a dit à sa sœur qu'il n'y avait plus de corps sous leur propriété.

La vieille dame s'amuse de la bonne blague involontaire du frère. Nicolas est estomaqué.

Moi, je suis dans un drôle d'état.

Des dépouilles allemandes toujours présentes. Peut-être des dizaines de corps.

Alexander est encore là. Je le sens. À quelques mètres de moi.

Mais comment être sûr ? Comment savoir ? Nous passons le reste de l'après-midi dans le village sans en apprendre beaucoup plus.

De retour à l'hôtel de Valdaï avant le crépuscule, j'envoie immédiatement un long e-mail à Andréa. J'explique en détail les découvertes de la journée et lui demande si elle ou Marlène ne pourrait pas essayer de récupérer le plan des tombes de Mirochny auprès de la Kriegsgräberfürsorge, le service allemand venu faire les fouilles dans le village. Je sais qu'il est peu probable qu'elle y parvienne, mais connaissant sa ténacité, elle va se donner à fond, et si une solution est à sa portée, elle ne lâchera pas. Je conclus mon message par un réaliste : « Ce serait un vrai miracle, mais des miracles se produisent ces temps-ci. »

Après le dîner, dans le restaurant presque vide, de retour dans ma chambre je ne tiens pas en place. Comment vérifier mes perceptions ? Si j'en avais la possibilité, je prendrais une pelle, je foncerais dans la nuit sur Mirochny et irais creuser moi-même. Je veux *vraiment* déterrer un mort ?

Dans le village un peu plus tôt, plusieurs fois devant la maison, je me suis fait la réflexion que j'aurais bien aimé disposer d'un pendule. Je ne pratique pas, mais je sais combien le pendule peut être un formidable outil pour poser des questions. Trouver de l'eau, une personne disparue, etc. Le grand-père de ma femme était guérisseur et travaillait au pendule. Natacha sait aussi s'en servir... Natacha. Mais bien sûr ! Elle a des perceptions également. Je l'appelle. Elle est en train de dîner avec notre ami... le guérisseur Robert Martin. Génial. Je vais faire d'une pierre deux coups. Avant de partager avec elle ce qui s'est passé dans ma journée, je procède à un petit test.

— Je vais vous mettre tous les deux à contribution.

— Ah oui ? Ok... pour quoi ?

— Dès que vous êtes prêts, je pose une question dans ma tête. Une question à laquelle on ne peut répondre que par oui ou par non.

— D'accord...

Nous faisons souvent ce genre de chose avec ma femme. Parfois, je formule ma question à voix haute, parfois j'y pense simplement et Natacha exprime la première sensation qui lui vient. C'est fulgurant. Et souvent juste. C'est un moyen où la rapidité permet de contourner le mental. Mais je ne peux poser qu'une seule question parce qu'à la deuxième, c'est le mental qui répond. Le téléphone à l'oreille, j'ouvre une carte sur la table et pose mon doigt sur le village de Mirochny.

— Prêts ?

— Oui, vas-y, me répond Natacha.

Alors je pense très fort : *« Alexander est-il encore enterré à Mirochny ? »*

— Oui... Oui. Oh, j'ai des frissons tellement c'est juste. La réponse est « oui », me dit la voix de ma femme.

Tous les deux, en même temps, ont eu un « oui » évident.

Rasséréné par ce qui constitue à mes yeux un élément de confirmation, je me recouche et éteins la lumière.

Mais je n'arrive pas à fermer l'œil. Je suis si impatient de découvrir ce que va me répondre Andréa. Et puis j'ai tellement hâte d'être demain matin et de retourner sur place. Pourquoi n'ai-je pas emporté un pendule ? Il faut que j'interroge un pendule. Il *faut* que je le fasse. Je n'utilise jamais ça, mais là, c'est plus fort que moi, *quelque chose* me le commande.

Je vais m'en bricoler un.

Je me lève, je rallume, et trouve du fil à coudre dans ma trousse. J'enlève mon alliance et la fixe au bout d'une des extrémités du fil. Je coupe la bonne longueur pour que l'alliance pende à une quinzaine de centimètres. Et voilà mon pendule. Encore un truc de ma femme. Il me reste à établir une *convention* avec le pendule. Je descends la main qui tient le fil, l'alliance touche la table et s'immobilise.

— Maintenant, dis-moi « oui ».

Je relève la main verticalement, l'alliance se retrouve dans le vide et commence à osciller d'avant en arrière. Le déplacement s'amplifie, perpendiculairement à moi. Ok, ce mouvement de va-et-vient sera le « oui ». Je descends à nouveau la main et pose l'alliance sur la table.

— Maintenant, donne-moi le « non ».

En relevant, un nouveau mouvement s'imprime. Mais alors que mon geste est exactement le même, cette fois la bague se met à tourner légèrement dans le sens inverse des aiguilles d'une montre. Très bien, ce mouvement sera le « non ».

Ma convention est établie à la manière des sourciers chercheurs d'eau, qui pratiquent ainsi depuis la nuit des temps.

Sur ma carte de la région, j'ai inscrit une grosse lettre rouge à chacune des trois sorties de Mirochny. Un « A » pour la sortie nord, un « B » pour la sortie ouest, et un « C » pour la sortie est. Je redescends la bague, l'immobilise et me concentre. Je fais le vide autant que possible et demande de l'aide, de toute mon âme.

— Alexander est-il aujourd'hui à Mirochny ?

« Oui. »

— Est-il là ? Mon doigt pointe la sortie nord, le « A ».

« Non. »

— Est-il là ? Sortie ouest, le « B ».

« Non. »

J'immobilise la bague. Désigne la sortie est, le « C ».

— Est-il là ?

« Oui. »

Dans un état second, à la fois profondément concentré et en même temps très détendu, dans l'instant présent, je poursuis.

— Est-il sur la propriété de la dame au chien noir ?

« Oui. »

— Sous sa maison ?

« Oui. »

— Est-il facilement accessible ?

Pas de réponse franche. La bague ne bouge quasiment pas, il est impossible de dire si elle oscille ou se balance. Je recommence. Une fois, deux fois... pas de réponse. Natacha m'a prévenu qu'il ne faut pas insister en cas de réponse évasive. Cela signifie soit que la question est mal posée, soit que ce n'est pas le bon moment pour obtenir une réponse ; aussi j'arrête. Et je remercie.

Ai-je encore le droit de douter ?

Ordre de repli

Samedi 18 octobre 1941. Alexander, comme les autres soldats, est recroquevillé dans son trou. La morsure du froid est terrible, mais moins que l'incessant barrage de l'artillerie et des mortiers de l'infanterie russe. Depuis que la nuit est tombée, l'ennemi arrose d'un feu nourri, et quasiment ininterrompu, l'arrière des positions conquises par les SS durant la journée d'hier. Impossible de fermer l'œil, ou alors seulement quelques minutes. Mais à peine le sommeil gagne-t-il les hommes que subitement un fracas assourdissant les sort de leurs rêves tandis que le souffle des explosions et des gerbes de terre secoue leurs corps engourdis. Et, soudain, c'est à nouveau le réel. L'ennemi pilonne. Le monde est brutal, désespérant. Et la peur, à nouveau. Et le froid.

À l'approche de la fin octobre, les nuits se recouvrent de glace. La boue se fige, les mares sont gelées et l'obscurité devient un interminable enfer. Le froid pénètre les semelles épaisses des bottes, s'insinue sous les couches de feutre des vêtements, scie le visage et les mains, et gagne même les os. Durant l'hiver 1941-1942, qui commence, soixante pour cent des pertes allemandes seront dues aux maladies et au froid.

Les combats vont réduire d'intensité, ne consistant plus qu'à tenir les positions acquises.

À la lueur des explosions, Alexander regarde ses hommes.

Chacun s'est enterré comme il a pu. S'enfouir dans la terre gelée est à peine possible tant elle est dure. Encore a-t-il fallu creuser dans l'urgence, après une offensive harassante, tout en restant trop exposés malgré la conquête du hameau de Cholmy et la route vers Sukhaya Niva.

Dans deux jours, c'est la nouvelle lune. Seuls les obus soviétiques éclairent fugacement le périmètre, puis le noir le plus opaque retombe et replonge les hommes dans leurs pensées. Impossible de se réchauffer avec un feu. Fumer une cigarette, c'est s'exposer à coup sûr aux tirs habiles des snipers. *Ivan* n'est pas mauvais à ce jeu-là.

Alexander partage cet enfer avec ses hommes depuis des mois. « L'amitié compte beaucoup pendant la guerre. Cela est d'ailleurs assez curieux. Dans cette période de haine généralisée, les hommes du même camp sont souvent soudés par une solide amitié, alors qu'en temps de paix les portes se ferment sur la médiocrité de chacun.[26] »

La médiocrité.

Est-ce parce qu'il pensait la fuir qu'il s'est retrouvé ici ?

La neige tourbillonne au-dessus de Cholmy et de la crête des arbres. Le vent souffle entre les troncs. La nuit est trop courte, et pourtant elle n'en finit pas. Attendre sans parvenir à reprendre un peu de force.

Vers 3h45, encore loin de l'aube, Alexander et les autres chefs de compagnie du 1er bataillon qui avaient envahi Cholmy reçoivent l'ordre de se replier. Ils se trouvent trop en amont de leurs lignes et leurs flancs sont exposés. L'objectif est d'éviter qu'une partie de la division ne se retrouve coupée du restant des troupes, voire encerclée par les Soviétiques.

Alors que l'ordre passe d'homme en homme, l'artillerie SS lance un feu de couverture pour aider à l'évacuation.

Quand le jour se lève, et durant les premières heures matinales, les mouvements de repli se poursuivent afin d'éviter l'encerclement de certaines poches. Mais le jour a réveillé la hargne, et les Soviétiques se jettent à l'assaut de toutes les positions SS. À nouveau des pertes importantes sont à déplorer. Cependant, certaines positions en hauteur qui ont pu être conservées permettent aux armes lourdes de continuer à faire feu sur la brèche ouverte par l'ennemi à l'est de Kirillowtschina. En retour, une batterie de missiles russes ouvre le feu sur la localité. L'infanterie ne peut guère que s'enfouir dans la terre car, aux moindres mouvements, elle essuie un feu nourri de la part des Russes. Les tireurs d'élite soviétiques se font sentir de manière particulièrement désagréable.

En milieu de journée, des groupes d'éclaireurs constatent que les Russes renforcent les positions qu'ils viennent de regagner, notamment sur Cholmy et au sud de la route Cholmy-Sukhaya Niva. Vers 16h30, le poste de commandement de la division informe ses unités sur le terrain que l'offensive doit être poursuivie malgré les difficultés.

À 20h40, la division reçoit du haut commandement de l'armée son ordre de mission pour le lendemain, dimanche 19 octobre 1941. « La SS-Totenkopf-Division tient la ligne conquise et procède au regroupement en vue de l'offensive du 20 octobre 1941.[27] »

Quelques heures de répit.

La forêt des âmes

Cholmy, la localité conquise quelques heures par Alexander et ses hommes le 17 octobre 1941. Aujourd'hui, moins de dix maisons debout, c'est un tout petit bourg oublié aux toitures de tôle qui se creusent. Partis à l'aube de Valdaï, nous arrivons tôt. Le ciel gris est bas. Trois hommes s'affairent autour d'un cochon raide mort. La bête de bonne taille est couchée sur une planche devant une maison de bois, une entaille grossière sur le cou. Sang pourpre sur l'herbe. Les paysans brûlent méticuleusement chaque centimètre de sa peau avec des sortes de chalumeau à pétrole. Griller la vermine pour conserver la viande. Le plus jeune nous jette un regard torve. Il est corpulent, porte une veste militaire et le cheveu long et gras, collé sur le front. À ses côtés, un adulte costaud racle la couenne roussie avec un couteau. Le troisième, et le plus âgé, s'est détaché du groupe et nous accueille. Nicolas engage la conversation et lui dit que nous cherchons un homme tombé ici pendant la guerre. Le dentier chancelant mais l'esprit clair, le vieux répond à nos questions de bonne grâce.

— J'avais douze ans à l'époque, lance-t-il, tout fier.

Effectivement, il ne fait pas son âge.

— Vous êtes de Cholmy ? demande Nicolas.

— Moi ? Non, on habitait le village de Poljzo. Mais il a été complètement rasé. Vous êtes allés sur la route entre Kirillowtschina et Sukhaya Niva ?

— Oui.

— Poljzo était là, entre ces deux villages. Tout a été détruit, comme Borok ou Jeruschkovo...

— Et donc votre famille est venue s'installer à Cholmy ?

— Après la guerre.

— Vous souvenez-vous de la guerre ?

— Pas vraiment. Au début, quand les Allemands sont arrivés, on a très vite été déportés en Lettonie avec les autres enfants d'ici.

— Pendant toute la durée de la guerre ?

— Oui, je suis revenu en 1946. Et depuis je vis ici, à Cholmy.

— C'est votre maison ? demande Nicolas en désignant la bicoque derrière nous.

— Oui, dit le vieux.

— C'était comment, avant que vous ne soyez déporté ?

— Ce village n'a pas été occupé par les Allemands, mais il s'est retrouvé coincé entre eux et nos forces. C'était complètement rasé, ici... il y a eu tant de destructions... quand je suis revenu je ne reconnaissais plus rien. Les villages détruits, les arbres, même les routes avaient changé.

Et puis, d'un ton où se devine une certaine mélancolie pour ces temps d'autrefois quand, malgré la dureté de la vie, le monde était tout de même plus simple :

— Il y avait moins de forêt à l'époque et beaucoup plus de gens. La région était habitée.

Nous contemplons avec lui en silence le village abandonné quand un couple sort de la maison d'en face. Le vieux poursuit son monologue :

— Ces voisins-là, ils ne vivent ici que l'été. Ils repartent aujourd'hui à Saint-Pétersbourg pour y passer l'hiver. C'est dur, ici, l'hiver.

C'est vrai que le coin est désert et un peu triste. Mais je n'ai pas envie d'en repartir trop vite non plus. Savourer ces minutes, respirer l'air frais et pur. Devant la maison du couple de Saint-Pétersbourg, le jardin est mis en ordre pour les grands froids. Les plantations coupées à ras sont recouvertes de jeunes rameaux de sapin qui protégeront les racines et les bulbes du gel. Les ruches ont été rentrées à l'abri dans une petite grange, avec les abeilles, pour l'hibernation. Les rideaux sont tirés. Nous les saluons en faisant le tour du hameau. La moitié des maisons sont inoccupées, et s'écroulent.

Cholmy est clairement sur une hauteur. Au sud, la forêt; au nord, une longue perspective sauvage. La position est évidemment intenable, beaucoup trop exposée.

— Poljzo, Borok, j'aimerais bien qu'on aille dans le coin où se trouvaient ces deux villages, voir si l'on découvre quelque chose.

— On y va, me répond Nicolas en faisant un signe de la main aux trois paysans devant leur cochon noirci.

On repasse par Sukhaya Niva, toujours sans s'y arrêter, on pique vers le sud et nous franchissons le pont sur la Lushenka. Après cinq cents mètres, Nicolas range la voiture sur le bas-côté.

— Borok devait être par ici, me dit-il en coupant le contact.

Champs vallonnés, herbe haute qui arrive à la taille, bosquets de bouleaux et de frênes, pas trace en revanche de la moindre habitation. Nicolas et moi nous enfonçons dans la végétation à grandes enjambées. La rosée imprègne nos pantalons et mouille nos chaussures. Nous gravissons la côte à gauche de la route. Une hauteur qui devait servir de ligne de défense devant Borok. Nicolas lit le terrain avec ses yeux d'ex-militaire.

— Borok devait se trouver en contrebas, là, vers la rivière, et les défenses russes, par ici.

Il désigne la ligne de crête à une centaine de mètres en hauteur de la route et vers laquelle nous avançons. J'ouvre mon sac pour en sortir les comptes rendus de combats et trouve ce que je cherchais : l'attaque de ces bunkers russes où les Soviétiques accueillirent les SS avec une nouvelle arme projetant des gerbes de flammes de plusieurs mètres de haut et de trente de long. « Elles surgissaient brusquement du sol à l'approche des fantassins allemands. Touchés par le feu, plusieurs SS flambèrent comme des torches. »

C'était là, précisément devant Borok.

La découverte de l'utilisation de ces lance-flammes géants m'interpelle. Lorsque, des mois plus tôt, à Paris, la guérisseuse Agnès Stevenin m'avait fait ce soin durant lequel elle comme moi avions eu des sortes de vision, elle m'avait dit capter des images de destruction alors qu'elle travaillait sur mon ventre. Elle parla plus précisément « d'un volcan, comme d'un cône à l'envers partant du sol. D'explosions qui jaillissent. De destruction colossale, de fumée ». Était-ce un *souvenir* de Russie, accroché à mes boyaux ?

Nicolas me sort de ma rêverie. Il vient de tomber sur une tranchée. Nous en découvrons une autre, dix mètres plus loin, puis encore une troisième dans l'alignement. Quelques trous profonds camouflés par les herbes. Je descends dans la première. En grattant la terre, des douilles rouillées apparaissent. Les vestiges d'un combat à mort. Ici même. Et soudain la situation s'éclaire. Je vois la défense russe un peu plus clairsemée que je ne l'aurais imaginée. Me tournant vers le sud, mes yeux fouillent la pente herbeuse par laquelle les hommes de la Totenkopf ont attaqué. Je les cherche du regard. Dans l'air invisible. Leur assaut a suivi une longue préparation de l'artillerie, mais malgré tout il restait des défenseurs en vie qui actionnèrent le feu des enfers. Cela n'allait pas les sauver. Car je comprends aussi comment cette hauteur a pu être encerclée. Tous les Russes, terrifiés, se sont défendus jusqu'au dernier dans des corps-à-corps désespérés. Partout, cela a été d'une extrême violence, mais ici, en aval de Borok, plus particulièrement.

En redescendant vers le nord, là où devait se trouver le village, Nicolas débusque un campement de fouilleurs sur les bords de la Lushenka. Des hommes ont passé plusieurs jours ici, arpentant le terrain boisé avec leurs détecteurs de métaux et creusant la terre sablonneuse à chaque signal. Des crânes de chevaux, des morceaux de douilles d'artillerie, des caisses d'obus de mortiers, des cartouches non tirées jonchent le bivouac abandonné. Nous explorons les berges et découvrons les traces d'autres positions soviétiques. La forêt en est constellée. Des broussailles, parfois des arbres les recouvrent partiellement, mais Nicolas lit le paysage pour moi. Ici une ligne de tranchée, là un poste de mitrailleuses.

— Orienté de cette manière, il protégeait d'un assaut venant de l'est. Deux hommes servaient la mitrailleuse. Sans doute un troisième restait avec eux en couverture...

Nicolas décrypte le moindre relief du sol. Une motte de terre, un creux dans le sol sont autant d'indices qui lui permettent de comprendre les combats qui se sont déroulés ici même, avec précision et détails. C'est impressionnant. En même temps que nous errons ensemble dans cette forêt, il m'apprend à voir un autre monde invisible. Celui de la guerre passée. Celui de la lutte des hommes, une mémoire qui n'a laissé que ces innombrables griffures dans la terre du Valdaï. Marques si aisément décryptables par lui. Après une petite heure d'exploration, je comprends mieux le paysage.

Ses volumes commencent à me parler, à me révéler leurs souffrances secrètes. Cela me sera utile après-demain matin, lorsque je m'engagerai seul sur les pas d'Alexander dans la forêt au sud-ouest de Cholmy.

Le silence s'étend à travers la forêt. Seulement rompu par le clapotis discret de l'eau de la Lushenka qui coule en contrebas. Midi approche.

— Je commence à avoir faim, pas toi ?

Nicolas acquiesce.

— Descendons à Mirochny, peut-être y trouvera-t-on quelque chose à manger ?

— Je ne suis pas sûr qu'on trouve notre bonheur... me fait observer Nicolas.

— Dans ce cas, tant pis, on dînera ce soir. Mais j'aimerais malgré tout aller voir cette vieille dame dont nous a parlé le maire hier... et puis je tenterais bien d'entrer dans la maison sous laquelle repose Alexander.

— Effectivement, retournons voir le maire.

Il ne nous faut que quelques minutes pour atteindre Mirochny. Plusieurs voitures tout-terrain et un groupe d'hommes armés habillés de tenues militaires aux motifs camouflage se tiennent au milieu du village. Pause repas d'un groupe de chasseurs qui ressemblent davantage à un commando de Spetsnaz, les forces spéciales russes, qu'à des retraités français traquant le chevreuil. Voix fortes et graves, rires puissants. Tous grands et farouches, ils sont équipés d'armes de guerre. On rencontre des ours et des loups dans les forêts du Valdaï.

Nicolas entame la discussion. L'un des chasseurs lui apprend que la maison devant laquelle nous sommes est une épicerie. Pour acheter quelque chose, il faut appeler la propriétaire dont le numéro de téléphone est écrit sur un bout de carton glissé derrière la vitre. Nous avons faim, Nicolas sort son portable. Au bout du fil une voix lui dit que quelqu'un arrive. En attendant, les chasseurs nous offrent à boire. Une sorte de jus de baie rouge alcoolisé.

De l'extrémité de la rue qui part vers l'est arrive une bonne dame d'un pas tranquille : l'habitante de la maison cimetière, la maison au chien noir.

Avec les clés du magasin ; c'est elle l'épicière !

Elle est plus souriante qu'hier, mais tout de même gênée. Je comprendrai pourquoi plus tard. Nous lui achetons du saucisson et du pain, discutons quelques minutes avec elle, puis sortons déjeuner sur le capot de l'Audi alors que les chasseurs s'en vont. Dans la dernière Lada à partir, un Arménien géant place son fusil de sniper entre ses jambes et nous sourit de toutes ses dents. L'épicière referme son échoppe, nous salue, et repart vers chez elle.

Rassasiés par plusieurs tranches de bon pain, nous nous dirigeons vers la maison du maire. Une pluie épaisse se met à tomber tandis que nous frappons à sa porte. La tête de sa femme apparaît et nous invite à entrer. Nicolas et moi pénétrons dans un grand vestibule qui sert de sas entre le froid de l'hiver russe et le foyer, où règne une délicieuse température. Passé le sas, on débouche dans la cuisine où un feu couve dans un grand poêle en briques. Construit au-dessus de l'âtre, un réservoir métallique garde en permanence de l'eau bien chaude. Le maire, sa femme, leur fille et son petit garçon nous attendaient. Un bébé dort dans la chambre attenante. Bientôt la table se couvre de café, de thé, de saucisson, de gâteaux, de pain, de crème fraîche, d'une boîte de chocolats ouverte spécialement pour nous, et encore d'autres victuailles que nous sommes fermement invités à déguster. Et nous, comme deux idiots, nous venons d'engloutir une demi-miche de pain et un saucisson entier, debout dans le froid. La mère s'appelle Valentina et son mari, le maire, Michael. Leur fille au regard coquin, jeune maman des deux bambins, s'appelle Macha. Iaroslav, son fils de deux ans et demi, est très excité par les deux étrangers qui tombent du ciel. Valentina nous apprend qu'elle a vu sa grand-mère – la vieille dame dont ils nous parlaient hier – et qu'elle a confirmé les informations de la veille.

— Ma grand-mère a toujours habité Mirochny. Elle a aujourd'hui 89 ans.

— Elle était présente en 1941 ?

— Oui...

Je calcule rapidement.

— Elle avait... une quinzaine d'années, à l'époque ?

— Oui, à peu près... Elle a dit qu'il y avait beaucoup plus que cent quatre-vingt-onze tombes allemandes à Mirochny quand je lui ai parlé de ce chiffre que vous m'avez donné.

— C'est le nombre de corps que les étrangers ont exhumé du village pour les emmener au cimetière militaire de Korpowo, après Demiansk, dis-je.

— Elle m'a assuré qu'il y en avait beaucoup plus.

— Ah oui ?

— Il y avait ceux enterrés autour de l'hôpital de campagne, sur la droite en sortant du village en direction de Kirillowtschina, il y en avait aussi à gauche, et puis encore d'autres sur le terrain où se trouve aujourd'hui la maison de Tania.

— Tania ?

— Celle qui tient l'épicerie. Je crois que vous y êtes allés hier. Il y a un gros chien noir attaché devant...

— Ah oui, bien sûr... nous venons de la croiser...

— Ma grand-mère m'a dit qu'un homme roux, un soldat SS, s'occupait des tombes et qu'il venait chercher des fleurs chez nous lorsque des soldats étaient enterrés. Ça devait être lui qui avait la charge des funérailles.

— Nous sommes allés parler à Tania hier, elle nous a dit que des étrangers étaient venus chercher tous les corps chez elle.

Valentina et Michael se regardent, sourient et lèvent les yeux au ciel.

— Mais il reste encore plein de soldats morts sous son terrain ! Tania n'a laissé prendre qu'une rangée. Tout le monde le sait ici, sauf elle ! On hésitait un peu à vous le dire hier.

Voilà une deuxième confirmation de l'information donnée la veille par la voisine de Tania. Je suis ravi. Michael poursuit :

— Son frère lui a raconté qu'il n'y avait plus rien, je ne sais pas si elle le croit vraiment ou si elle fait exprès de ne pas l'entendre, mais il y a de nombreuses autres rangées de corps, notamment en dessous de la maison. La grand-mère de ma femme nous l'a encore dit.

Je me tourne vers Valentina.

— Votre grand-mère en est sûre ?

— Oui, la maison de Tania a été construite après la guerre par sa mère, qui y habite toujours aujourd'hui d'ailleurs. Pendant la guerre, ce terrain situé entre deux propriétés était vide. C'est pour ça que les Allemands en ont fait un cimetière. Les corps sont uniquement sous son terrain, et pas sous les autres maisons.

Nicolas et moi commençons à avoir une idée plus nette de ce qui s'est passé dans le village. Le cimetière de l'hôpital ainsi que celui qui était en face ont été entièrement vidés par les hommes du service funéraire des anciens combattants allemands. Ces mêmes hommes ont obtenu la permission d'exhumer un premier rang de corps sur le terrain de la maison de Tania, il y a cinq ans. Mais de nombreux autres sont encore là. Et Alexander aussi, très certainement.

— Est-ce que vous pensez que l'on pourrait aller voir votre grand-mère ?

Valentina est un peu gênée.

— Elle est très vieille et se fatigue vite... Et puis parler de cette période la rend nerveuse. Elle n'aime pas évoquer la guerre. Elle est encore traumatisée par ce qu'elle a vu.

— Ça a dû être terrible...

— Oui... une chose l'a marquée plus que tout. Un événement horrible. Un camion transportant des Allemands touché de plein fouet par un obus et qui a explosé.

— Mais comment se fait-il que la maison de Tania se trouve sur un cimetière ?

— Elle a été construite après la guerre. Des gens savaient ce qu'il y avait en dessous, mais la mère de Tania n'en a eu que faire, visiblement. Et puis les tombes ne se voyaient pas. Toutes les traces avaient été enlevées. Alors...

Et, effectivement, les maisons d'ici n'ont pas de fondations. Elles sont posées sur le sol, parfois avec une sorte de soubassement qui sert de cave et ne s'enfonce que de quelques centimètres sous le niveau du sol. La maison de Tania doit être construite sur ce modèle. Elle habite là, avec une très vieille dame, sa mère. Le frère qui a autorisé les fouilles ne s'y trouve pas. Sans doute que Tania suspecte quelque chose mais préfère ne pas savoir. C'est pour ça que notre présence la met mal à l'aise.

Ayant épuisé le sujet des tombes, je demande à Nicolas de poser une question un peu étrange à Valentina et Michael. Y a-t-il des histoires de fantôme dans la région ? Nicolas traduit et le regard de Valentina s'éclaire. Il y a de la curiosité, mais aussi de la crainte dans sa réponse.

— Il n'y a pas de fantômes ! Seuls ceux qui fouillent les tombes et sortent les squelettes voient des fantômes.

— Beaucoup de gens font des fouilles ?

— Oui, beaucoup, et régulièrement ils trouvent des morts dans la forêt. Mais il faut les laisser tranquilles... Il y a cet homme avec son fils qui venaient de Moscou. Ils ont fait tellement de cauchemars après être tombés sur un mort qu'ils ont tout arrêté.

Valentina ne plaisante pas, et son mari, qui voudrait en rigoler, n'est finalement pas très rassuré. Une autre anecdote lui revient.

— Il y a un an et demi, le mari de Macha a trouvé un soldat mort dans les bois, un Russe, en allant aux champignons. Le type avait toutes ses affaires, comme s'il était tombé là et n'avait pas bougé depuis. Mon gendre a ramené les affaires du soldat à la maison et les a laissées dans la grange. Et la nuit qui a suivi j'ai entendu des chuchotements et des rires, des bruits, aussi.

— Vraiment?

— Oh oui! J'ai pas aimé du tout. Le lendemain, j'ai demandé à mon gendre de tout donner à un fouilleur, ce qu'il a fait deux ou trois jours après. Dès que les affaires n'ont plus été dans la maison, les bruits ont cessé. J'entendais quelqu'un rire et donner des petits coups. Je pense qu'il était content d'avoir été trouvé.

— Pourquoi content?

— Parce que quand on retrouve des soldats, on les réenterre et on offre un service religieux pour eux, pour les morts... Mais j'étais quand même pas à l'aise du tout tant «qu'il» était dans la maison. C'était pas menaçant, mais bon... j'entendais des rires...

Un fantôme joyeux.

— Parfois, des enfants disent voir des fantômes...

Mise en confiance par notre écoute, Valentina poursuit.

— Il y a quelques années, ce petit... comment il s'appelait? Bon, peu importe. C'est un garçon du village, à l'époque il avait cinq ou six ans. Il s'est égaré dans les bois, et il a raconté que c'est un soldat qui lui a montré le chemin pour revenir au village. Une autre fois, c'est un autre enfant qui était allé se perdre dans les marais vers l'ouest, et pareil, il a dit qu'un soldat l'avait guidé jusqu'au village. Mais on n'a jamais vu ces soldats… moi, je dis qu'il ne faut pas aller les sortir de terre…

Je vois dans les yeux de Valentina qu'elle est très sérieuse. Et l'après-midi continue avec bienveillance autour d'un café.

Nous prenons finalement congé de Michael, Valentina et de la charmante Macha pour poursuivre notre exploration. La magnifique nouvelle est qu'en demandant si nous pouvions dormir quelque part dans le village la nuit prochaine, Valentina a suggéré que nous restions dans la maison de sa tante, dans Mirochny même. Je n'osais en rêver, dormir sur place entre le 19 et le 20 afin d'être au plus près d'Alexander pour sa dernière nuit de vie.

Avant que la nuit, qui tombe relativement tôt, ne nous impose de regagner l'hôtel à Valdaï, je désire me rendre à quelques kilomètres plus à l'est pour parcourir cette zone de forêt autour du village disparu de Chilkovo, où j'ai découvert que le bataillon d'Alexander avait été posté en position de défense dès le 13 septembre 1941.

Comme le village, le chemin qui menait à Chilkovo n'existe plus. Quelques décennies ont suffi à ce que la forêt l'engloutisse. La seule route existante part en direction du sud-est et du village de Domashi. Nous l'atteignons après cinq kilomètres. Sa particularité est qu'il abritait avant guerre la grande basilique de la région. Une bâtisse orthodoxe imposante, aujourd'hui carcasse éventrée dans laquelle poussent des bouleaux. L'édifice fut bombardé sans relâche par les

Soviétiques car les Allemands qui tenaient la zone se servaient du clocher comme poste d'observation pour leur artillerie installée un peu en retrait au sud. Il reste les murs épais et un morceau de voûte. Sinon, le ciel est ici en accès libre. À l'intérieur de l'église, il suffit de lever la tête pour apercevoir le soleil ou les étoiles, suivant l'heure à laquelle on la visite.

Alexander a vécu sur cette zone plus de cinq semaines entre le moment où les positions se sont figées vers la mi-septembre 1941 et le 20 octobre. Mirochny, avant d'accueillir sa sépulture, fut sans doute un lieu de repos et de relative *détente* lorsqu'il quittait ses hommes et les positions de défense de sa compagnie dans la forêt. Valentina nous a bien dit que les Allemands avaient réquisitionné toutes les maisons en dur pour leurs officiers. Il a nécessairement passé des nuits dans le village. Peut-être même dans la maison dans laquelle nous allons dormir demain soir...

Quittant les ruines de la basilique, nous remontons vers le nord-ouest et le gros bourg de Bolshoye Zamoshye. C'est à mi-distance entre les deux localités que nous débusquons sur notre gauche un chemin de terre permettant l'accès aux zones de front. Bientôt, l'état du passage impose de laisser la voiture et de poursuivre à pied.

Nous nous enfonçons sous la voûte des arbres, dans la forêt des âmes.

Les positions SS sont partout visibles. C'est impressionnant.

Longues tranchées en zigzag pour éviter les alignements dangereux, postes de tir, des centaines d'hommes de la Totenkopf gardaient cette ligne. Parmi eux, Alexander, à la tête de sa compagnie.

Nous croisons un Russe couvert de boue, une mitrailleuse rouillée posée sur l'épaule: la découverte du jour. Nous échouons effectivement bientôt sur un périmètre où lui et d'autres fouilleurs ont travaillé aujourd'hui. À côté de trous fraîchement creusés traîne ce qui est trop commun pour avoir été emporté : grenades à manche, chargeurs circulaires de mitrailleuses, casques, chaussures, masques à gaz, bouts d'obus de mortier, etc., juste sortis de la terre. La zone fouillée se trouve quelques mètres en contrebas des lignes allemandes. Et soudain je comprends : nous sommes sur la zone d'assaut des troupes soviétiques, face aux positions de défense SS. À l'endroit exact où, vague après vague, les soldats russes tombaient, fauchés par la mitraille et les balles allemandes. Je les *vois,* ces pauvres bougres, sans autre choix que d'obéir et de s'engager dans ces attaques suicidaires. Tout autour de moi, les balles sifflent, l'enfer se déchaîne, des hommes sont déchiquetés, s'effondrent, et sont enfouis dans la terre meuble. Leurs corps sont encore là. Jour après jour, les fouilleurs les découvrent et leur rendent les honneurs dans des ossuaires commémoratifs improvisés sur le bord des chemins.

Tous ces trous.

Et combien de corps encore en dessous ?

La nuit descend. Je me sens lourd. La gorge sèche. La tête qui tourne.

Nous rebroussons chemin, retrouvons la voiture et poursuivons notre boucle pour repartir par le nord. On se perd dans Bolshoye Zamoshye, mais un villageois ivre nous remet sur la bonne route. Des hameaux se succèdent dont on ne distingue plus que les ombres dans l'obscurité qui s'installe. Karpeya, Zlodari, puis nous retrouvons Cholmy et poursuivons en direction de l'ouest.

Trois cents mètres environ avant d'atteindre Sukhaya Niva, dans un état de plus en plus chancelant, je ressens brusquement à nouveau *quelque chose* d'incompréhensible et dit à voix haute : « Il est mort là. »

— Je m'arrête ? demande Nicolas.

— Juste une minute.

Comme à Mirochny hier matin, je viens de percevoir une sorte d'évidence physique, fulgurante. Nous sommes passés tout près de l'endroit où Alexander est mort. Je le sens. Aucune maison n'est encore visible, mais le village est tout proche. À gauche et à droite, il y a des champs. Je ne me sens vraiment pas bien, je vais revenir ici. Demain.

Il fait désormais complètement nuit. Nicolas roule vite et la route vers Valdaï jongle dans ses phares. Je me sens de plus en plus mal. Comme si je me vidais de toute mon énergie. Je suis pris de nausée, je me sens si faible. Le sang quitte mon visage. Il faut que l'on arrive vite à l'hôtel. Je suis si fébrile.

En *danger*.

Un morceau de la forêt est resté collé à moi. De la boue, du sang, une sorte de gélatine opaque et sombre m'englue et m'aspire. Je veux vomir mais il ne faut surtout pas stopper la voiture. « Roule, Nicolas, ne t'arrête pas... » Je m'affaisse et prie de toutes mes forces pour que je tienne jusqu'à la ville.

Une fois dans ma petite chambre, je demande à toutes les forces du monde invisible, à mes alliés et à mes guides, de m'aider à me nettoyer et à enlever de moi ce qui n'a rien à y faire.

Les âmes de la forêt m'ont observé traverser leur rêve. Certaines m'ont suivi, pensant que je pouvais quelque chose. Les délivrer de leurs tourments ? Les relever de leur poste ? Elles se sont collées à moi avec espoir. Sans comprendre ce qui se joue, ballottées par leurs frayeurs. Mille fantômes, dix mille détresses. Énergies égarées que je suis trop faible pour guider. Ils ne peuvent rester dans la forêt, mais seul je ne suis pas assez fort. Alors, dans ma chambre, je prie, j'implore que l'aide nous soit offerte pour les conduire vers la lumière, vers des proches qui les attendent encore et qui les aiment.

Il y avait des Russes, des adultes à peine sortis de l'adolescence et déjà emportés avant d'avoir senti la chaleur du ventre d'une femme, d'autres plus vieux et tout autant perdus, et des Allemands aussi, et certaines de ces âmes ont *reconnu* le SS-Ostuf Herrmann.

C'était les lignes tenues par son bataillon.

C'est Alexander que certains fantômes ont vu soudain surgir du néant, revenu d'entre les morts, parmi ses hommes. Ce sont eux qui ont suivi leur officier.

Ses hommes.

Corps-à-corps

Dimanche 19 octobre 1941. Dès les premières heures du jour, des groupes d'éclaireurs sont à nouveau envoyés observer les lignes soviétiques. À leur retour, ils ne signalent aucun changement du positionnement ennemi, mais ils ont eu très chaud en essuyant un feu nourri.

À l'opposé de la zone où se trouvent Alexander et ses hommes, d'autres bataillons de la Totenkopf livrent des combats pénibles dont beaucoup se transforment en corps-à-corps au milieu de la forêt. Plusieurs assauts soviétiques sont également contrés au canon d'artillerie.

Un jeune sous-lieutenant SS écrit dans son journal: « Aujourd'hui, les Russes sont complètement fous. Les grenades se suivent sans interruption. Dans notre creux et autour des pièces d'artillerie, on n'aperçoit que des cratères d'explosion. Nous avançons quand même, afin de chercher une position de tir à proximité de la côte 172,2. Nous ne marchons pas – nous courons et nous nous jetons par terre. Sur ce trajet, il est absolument impossible d'être visible ne serait-ce qu'un court instant. Le fond du ruisseau derrière la petite sapinière est déjà appelé "le creux de la mort". Les blessés reviennent en une file ininterrompue. Il n'y a pas un mètre de terrain sans risque.[28] »

À l'ouest d'Alexander, au nord de Lushno, une partie de la division avance vers les positions ennemies à travers une forêt marécageuse. La percée est une réussite mais de nombreuses pertes sont à déplorer. Les Russes contre-attaquent avec le soutien de blindés. Le secteur où stationne Alexander est relativement épargné, malgré une tentative de percée russe à la jonction entre les 1er et 3e bataillons. C'est l'artillerie une nouvelle fois qui libère l'infanterie de la pression russe. Bien placée, elle est en mesure d'arroser les Soviétiques de tous les côtés. Ils subissent de lourdes pertes et se replient, vers 17 heures, sur leur position de départ.

Ces successions d'attaques et de contre-offensives ont sérieusement impacté certaines zones du dispositif de la Totenkopf. À titre d'exemple, la 6e compagnie du 2e bataillon placée sur l'aile droite ne compte plus que vingt-deux hommes au lieu de cent quatre-vingts !

Lorsque la nuit descend, l'artillerie ennemie tire toujours à la même cadence.

Le 19 octobre, à 19h40, la division reçoit du corps d'armée l'ordre de marche pour la journée du lendemain, 20 octobre : « La SS-Totenkopf Division attaque au-delà de la Lushenka à l'est de Borok vers le nord, pivote ensuite vers l'ouest et progresse en direction de Sukhaya Niva.[29] »

Quelque part dans la forêt, entre Kirillowtschina et Cholmy, Alexander entre dans la dernière nuit de sa vie.

Il est là

Les esprits des soldats égarés sont partis. *On* est venu les chercher. La nuit m'a délivré de l'emprise des hommes perdus. Et eux ont sans doute retrouvé un peu de lumière. Je suis seul dans ma chambre ce matin, je me sens mieux, à nouveau plein d'énergie et de vie. La nuit a été longue et bienveillante.

Le ciel est bas; le sol, trempé et froid. L'air, vif. Il a beaucoup plu cette nuit.

Étrange journée qui commence. Ce ne sont plus les jours dont je fais le décompte, mais les heures, désormais.

Nicolas est un compagnon de voyage idéal. Il est présent, extrêmement efficace, prévenant, mais également d'une grande discrétion. Le silence est un refuge dont je suis très vite en manque. La plus grande partie de ma vie j'ai voyagé seul, et cette tranquillité m'est indispensable. Nicolas l'a instantanément senti. Nous roulons à bonne allure vers notre zone d'enquête. Valdaï était la ville la plus proche dans laquelle il nous était possible de trouver un hôtel, mais ce soir nous passerons la nuit à Mirochny.

Aujourd'hui, on s'arrête à Sukhaya Niva. Je désire comprendre comment le village se présente et identifier l'évolution des positions des différents protagonistes au cours de la matinée durant laquelle Alexander est mort. La route qui traverse l'endroit est bordée de maisons de bois espacées et de petits jardins. Au milieu, bifurquant plein est, la route vers Cholmy. Je veux faire mes repérages pour demain matin. Alexander est arrivé par là, par l'est. Il a dû tomber quelque part entre son point de départ, situé dans la forêt à plusieurs kilomètres, et la périphérie du village. Dans un périmètre de trois kilomètres de long. Demain, à l'aube, je referai le parcours.

Nous garons la voiture quatre cents mètres après le village, précisément à l'endroit où, la veille au soir, je me suis écrié : « Il est mort là ! » À droite et à gauche s'étendent des champs. Au nord de la route, l'espace est plat et dégagé, complètement à découvert. Il serait suicidaire d'y avancer. Cela fait dire à Nicolas que le bataillon d'Alexander a dû progresser en contrebas, au sud de la route. À cet endroit, le champ est en dénivelé jusqu'à une partie boisée et un « défilement », c'est-à-dire un itinéraire caché de l'ennemi. Une petite gorge d'une trentaine de mètres de large dans laquelle coule un ruisseau.

Nous passons la clôture et nous en approchons. Nous sommes à quelques centaines de mètres en retrait au sud-est de Sukhaya Niva. Pile où la Totenkopf attaqua. Nous pénétrons sous le couvert des arbres et descendons dans le défilement.

Immédiatement, Nicolas repère des postes de défense russes sur les bordures de la gorge. Ils sont orientés pour se protéger de ce qui pourrait arriver depuis l'est : les Allemands. Je comprends mieux la logique de l'assaut. À cet endroit, l'attaquant est invisible depuis Sukhaya Niva et à l'abri des tirs directs. C'était l'itinéraire idéal pour Alexander et ses hommes afin de prendre le village à moindres pertes. Nous suivons le ruisseau en direction du village. Nicolas m'explique que le bataillon d'Alexander ne devait compter qu'à peine plus de deux cent cinquante hommes (contre huit cents en temps normal), chaque compagnie étant réduite à environ soixante-dix hommes et un bataillon étant composé de quatre compagnies.

— Ils devaient avancer en lignes décalées, un homme tous les quinze mètres environ, et Alexander, en tant que commandant de compagnie, se trouvait soit au milieu, soit sur l'un des côtés.

— D'après mes documents, l'attaque s'est effectivement concentrée sur le sud de Sukhaya Niva.

— C'est évident. Regarde, au niveau de la route ils étaient trop exposés. En revanche, dans ce défilement, ils avancent sans doute au prix de lourdes pertes, mais les artilleurs russes ne les voient pas et ne peuvent tirer qu'au juger. C'est là que j'aurais conduit l'assaut à leur place, observe Nicolas.

— Il a quand même été tué comme ça, par un éclat d'obus.

— Les Russes avaient dû faire leurs réglages au préalable.

— C'est-à-dire ?

— Ils savaient où se trouvaient leurs propres lignes, aussi quand ces positions tombent aux mains des Allemands, s'ils tiraient dessus ils avaient des chances d'atteindre les SS. C'est aléatoire, mais dangereux. La preuve, ton Alexander a été touché.

Nous progressons le long du ruisseau et finissons par atteindre la route à la sortie sud de Sukhaya Niva, juste avant le pont. Nous sortons des fourrés et marchons vers le centre du village pour reprendre la bifurcation vers l'est et rejoindre notre voiture. Nous restons à discuter debout à côté tandis que j'observe le paysage à trois cent soixante degrés. Encore un endroit que je ne veux pas laisser. Nicolas allume sa pipe, je fais quelques pas de part et d'autre de la route lorsque soudain mon téléphone sonne. C'est Andréa qui appelle depuis Plauen.

— Andréa, quelle surprise. Vous ne devinerez jamais où je me trouve ?

— Non, en effet…

— À Sukhaya Niva, sans doute à quelques mètres de là où est mort Alexander.

— C'est incroyable…

Je la sens assez émue.

— Votre e-mail m'a beaucoup touchée, Stéphane.

— Je voulais partager avec vous toutes les émotions que je vis ici depuis trois jours… comme promis.

— Ça m'a touchée. Autrement, j'ai eu le temps de téléphoner au Volksbund Deutsche Kriegsgräberfürsorge.

— Ceux qui sont venus exhumer les corps à Mirochny, vous êtes géniale !

— Ça n'a pas été facile, parce qu'ils ne délivrent pas d'informations de ce type au public, mais j'ai insisté, et je crois que vous avez raison…

— C'est-à-dire ?…

— Tous les corps recensés n'ont pas été exhumés des tombes de Mirochny. Ils m'ont confirmé qu'un propriétaire s'était opposé à ce que l'on fasse des fouilles dans sa maison.

— La maison de Tania. Nous y sommes allés et plusieurs villageois nous ont dit que beaucoup de corps devaient encore se trouver dessous. Alors, c'est vraiment officiel ?

— Oui. Mais mon interlocutrice m'a dit qu'il n'était pas possible de nous transmettre le plan de l'emplacement des tombes, et que seul leur service était habilité à procéder à de nouvelles exhumations dans ce village, si le propriétaire l'acceptait.

— C'est fantastique d'avoir obtenu cette information. Et comme ils n'ont jamais découvert sa plaque d'identité sur les corps exhumés, Alexander est très certainement encore sur place.

— Stéphane... vous aviez raison...

La communication est mauvaise, mais je décèle néanmoins qu'Andréa est très bouleversée par ce qu'elle s'apprête à me révéler.

— J'ai essayé de faire parler l'employée du service pour connaître l'emplacement de la tombe numéro 50.

— Oui... Et alors, qu'a-t-elle dit ?

— Elle m'a confirmé entre les mots que cette tombe n'a jamais été exhumée.

— Jamais exhumée ? C'est-à-dire ? Ils ne l'ont pas sur leur carte ?

— Si... elle est très bien localisée sur leur plan. Ils disposent de documents d'archives de la division Totenkopf datant de la guerre, les relevés sont très précis...

— Mais alors ?

— Alors, ils n'y ont pas eu accès et elle est toujours int...

— Allô ? Andréa ? Je n'ai pas entendu la fin de votre phrase...

— Vous m'entendez ? demande-t-elle.

— Oui, c'est mieux là.

— La tombe 50, elle est toujours intacte... Elle se trouve sous la maison !

J'ai le souffle coupé.

— Sous... sous la maison ?

— Oui... Et j'ai compris entre les silences de l'employée à qui j'ai parlé qu'il y a de nombreux autres corps sous cette maison. Et sous la grange, aussi. Il y en a partout, en fait.

Ce moment est magique.

L'instant où une intuition est validée par une investigation rationnelle : Alexander est sous la maison ! Nous en avons désormais la preuve. Et apprendre cela alors que je me trouve à l'endroit où il est tombé, la veille de l'anniversaire de sa mort, relève de l'incroyable. Lorsque je raccroche je mets tout de suite Nicolas au parfum. Pour lui qui a été impressionné par la fulgurance de mon ressenti le premier jour devant la maison de Tania, cette confirmation officielle est plus que troublante. Mais j'ai l'impression que son esprit pragmatique lui permet plus facilement d'accepter les faits, même s'ils contredisent sa vision du monde. Depuis trois jours avec moi, il est gâté.

Alexander est encore dans sa tombe, sous la maison de Tania.

Il n'en a pas bougé depuis sa mort.

Je n'en reviens pas. Mes sensations, mes intuitions ne sont pas juste le fruit de mon imagination. Je capte des choses. Cette révélation me bouleverse presque autant que de savoir la dépouille d'Alexander si proche. Si je m'écoute, je peux avoir accès à des informations invisibles.

Nous redescendons vite sur Domashi, le village où se trouve la basilique détruite. Valentina nous a indiqué hier qu'une vieille dame de quatre-vingt-quatorze ans y habitait encore.

Il ne reste pas grand monde dans ce hameau et nous trouvons sa maison sans mal. Une petite isba bien entretenue et pleine de charme. On frappe, des rideaux frémissent, mais personne n'ouvre. On refrappe, et l'on attend. Il nous semble entendre du bruit à l'intérieur. Puis, comme après une longue hésitation, la porte s'entrebâille. Apparaît une minuscule et très vielle dame portant fichu, blouse et grosses chaussettes. Dardant ses yeux bleus couleur de sel sur nous, elle nous demande ce que nous voulons. La voix de Nicolas se fait très douce quand il lui explique que nous faisons des recherches sur la guerre.

— Je ne sais rien de la guerre...

Avec diplomatie, Nicolas tente une autre approche, moins formelle. Il parvient à obtenir quelques bribes de souvenirs. Nous apprenons que Domashi aussi a été évacué, car la zone était devenue une position d'artillerie pour les Allemands. Enfin, Nicolas lui avoue que nous cherchons le corps d'un Allemand.

— C'est à Mirochny qu'ils sont enterrés, les Allemands!

— Oui, on sait, nous avons parlé à Tania.

— C'est ça, c'est chez elle... il y en a beaucoup, d'Allemands, enterrés chez elle.

— Vous savez combien?

— Jusqu'au puits au fond du jardin...

— Vous les avez vus?

— Oui, bien sûr... il y en avait jusque-là.

Décidément, ce cimetière, tout le monde dans la région le connaît. Les vieux, tout du moins. Il faut dire que les Allemands sont restés très longtemps et se sont intégrés au paysage à l'époque. Force d'occupation.

Jusqu'au puits au bout du terrain! En faisant une estimation sommaire à partir des données dont nous disposons sur les rangés de corps, alors que nous revenons vers Mirochny, Nicolas et moi estimons qu'il y a entre cent cinquante et deux cents soldats enterrés sur le terrain de Tania... et seuls trente ont été sortis.

Valentina, la femme du maire, ne nous attendait pas si tôt. Sa fille, Macha, nous conduit vers la maison où nous allons passer la nuit. Elle a pris une assiette de blinis et un pot de crème épaisse. La maison compte deux grandes pièces, chacune chauffée par un poêle de briques qui sert de four, de foyer et de chauffe-eau. Macha est venue mettre en route celui de la partie où nous allons dormir. Il y fait déjà une température très agréable. Le plafond est bas, la pièce que nous allons occuper est divisée en deux zones séparées par un rideau. Une partie cuisine avec un petit lit situé dans le prolongement du poêle, et une partie salon avec un second lit. Le grand luxe. Macha nous informe que cette maison est celle de sa tante. Elle existait déjà pendant la guerre et avait été réquisitionnée par les Allemands. Elle était remplie d'hommes, à l'époque. Il est probable qu'Alexander soit passé dans cette maison. S'y reposer, visiter un ami officier, et peut-être même y a-t-il dormi quelques nuits, au chaud et au sec. Alexander a séjourné plus d'un mois sur la zone. Même s'il restait le plus souvent avec ses hommes sur le front, à quelques kilomètres à l'est, vers Chilkovo, ces maisons réquisitionnées furent occupées par les officiers de la division.

Alexander a vécu ici. Il imprègne le temps et l'espace.

L'endroit est accueillant. Je m'y sens bien. Tellement heureux d'y dormir. Je prends le lit contre le poêle. Macha nous laisse nous installer et nous propose de venir les retrouver, quand nous le souhaitons, pour le dîner. Hospitalité russe. À peine est-elle partie que Nicolas et moi goûtons quelques blinis avec de la crème. Un délice. Puis, tandis que mon acolyte repart en vadrouille, j'entreprends de noter les événements de la journée.

Et le soleil tombe.

Un festin nous attend. Purée, hachis de viande, saucisses maison, champignons marinés et choux cuits. Le maire n'est pas là, nous dînons seuls avec Valentina, Macha et les enfants.

Douce soirée au chaud. Je me laisse bercer par l'instant. Tout est incroyable, au-delà de mes espérances. Après le repas, un climat de confiance et de confidence s'est installé, aussi Nicolas me demande-t-il si je l'autorise à raconter mon histoire. Quelle bonne idée ! Il se lance. Valentina et Macha découvrent alors que nous sommes venus à Mirochny à cause d'un rêve. Un rêve que j'ai fait. Je ne sais pas si Nicolas parvient à traduire « rêve éveillé », mais pendant qu'il livre mon expérience en ponctuant son récit de précisions demandées par nos hôtes, Valentina me regarde fixement. Son regard est celui d'une femme que plus grand-chose ne surprend. Celui d'une jeune grand-mère qui doit avoir mon âge et que la vie rude a éprouvée. Mais il y a dans ses yeux de l'excitation et aussi de la douceur. De la bienveillance et de la force. Mon histoire l'interpelle et réveille en elle le souvenir que le monde est mystérieux et immense. Les femmes peuvent se souvenir de cela, car elles savent que la vie devient plus savoureuse quand on laisse ses certitudes vaciller.

— C'est bien que vous dormiez ici cette nuit, dit-elle soudain.

— Que voulez-vous dire ?

— À Mirochny, dans cette maison. Savez-vous pourquoi vous avez fait ce rêve ?

Pourquoi dit-elle ça ? Que perçoit-elle ? Elle me regarde comme si elle avait accès à des secrets.

— Non...

— Vous n'êtes pas en paix parce que vous n'avez pas encore trouvé...

Pourquoi suis-je subitement envahi d'une telle émotion ? Valentina est sensible à ce que je vis. Elle en perçoit la force. Elle me dévisage avec intensité.

— Alexander a vécu plusieurs semaines ici, me dit-elle. Il connaissait Mirochny, et comme vous êtes venu jusqu'ici il va sans doute vous montrer des choses. Vous les expliquer d'une manière ou d'une autre.

Après avoir laissé nos hôtes et rejoint notre maison à la lueur d'une lampe de poche, je me glisse sous d'épaisses couvertures. Et le sommeil m'emporte très loin. Pour une longue et chaude nuit.

Lorsque j'ouvre un œil, il fait encore noir dehors. Mais c'est l'heure. L'aube approche. Nous sommes le 20 octobre.

Je me lève.

Dehors, tout est blanc.

La mort

Lundi 20 octobre 1941. Tout est blanc. Couvert de neige et de givre rendu craquant par la température descendue au-dessous de zéro. Au cœur de la nuit, quelque part dans la forêt entre Kirillowtschina et Cholmy, le feu ennemi se déchaîne. Les obus passent en hurlant au-dessus de la tête d'Alexander. Les Russes bombardent de façon soutenue toute la zone tenue par sa division. Mirochny, Kirillowtschina, où stationne le commandement du 1er régiment, ainsi que Poljzo et la région au nord sont particulièrement touchés. S'il n'y avait que ça. Les lignes où Alexander et sa compagnie se sont enterrés sont également sous le feu des mortiers soviétiques dont les tirs de harcèlement font éclater les troncs d'arbres. Tant de jours qu'ils n'ont pas dormi, dans les abris si précaires des premières lignes.

Lorsque les tirs cessent quelques instants, l'obscurité devient totale. Nous sommes à la veille de la nouvelle lune.

Au milieu de la nuit, les 1er et 3e bataillons reçoivent le renfort d'éléments venus à pied depuis Kirillowtschina. Les positions sont sécurisées. En état d'alerte, Alexander donne l'ordre à ses hommes de se positionner en réserve avec le reste du 1er bataillon, afin d'être prêts à tenter d'effectuer une percée au sud-ouest de Cholmy, vers le vallon de la rivière Lushenka.

Et soudain, tous les régiments d'artillerie de la SS-Totenkopf se mettent en action. Un déluge de feu et de fer s'abat sur les positions russes installées le long de la Lushenka entre Borok et Cholmy.

L'offensive est lancée.

Juste avant 6 heures, l'ordre d'attaquer est donné. Alexander et ses hommes s'élancent vers la rivière.

Pour cette journée, que le commandement général juge décisive, le bataillon d'Alexander a reçu l'appui exceptionnel de canons d'assaut. La SS-Totenkopf engage ses gros véhicules blindés d'artillerie mobile en soutien de l'offensive du 1er bataillon sur Sukhaya Niva. Les fantassins s'abritent derrière les mastodontes de métal, et avancent de concert.

La première phase de l'attaque se déroule comme prévu, mais déjà les pertes sont très lourdes dans les rangs allemands.

Une excitation inhumaine a succédé à la peur insoutenable de la nuit.

La fureur s'est réveillée en chacun, métamorphosant tous ces jeunes hommes qui se jettent les uns contre les autres en tueurs acharnés, capables de tout. Les barrières sautent. Les limites morales se disloquent. Avancer dans le bruit et le danger, tirer, tuer, abattre l'ennemi provoque des décharges de plaisir pur.

La rivière est atteinte.

Se dit-il que tout cela est absurde, avant de retomber dans la transe du combat ?

Le 1er bataillon constitue la pointe de l'attaque de la division.

Alexander et ses hommes remontent les flancs en nettoyant bunker après bunker et parviennent, dans les premiers instants de l'aube, au sud de la route entre Cholmy et Sukhaya Niva.

Dès lors, Alexander se tourne vers l'ouest et continue de faire face à une forte résistance. Ses tempes le brûlent.

Sur son flanc gauche, au nord-est de Borok, les compagnies du 3e bataillon avancent également vers Sukhaya Niva. Elles reçoivent le renfort d'une compagnie de pionniers équipée de lance-flammes et prennent une à une les positions de défense ennemies.

Une heure après le lever du soleil, Alexander a soif. Sa gorge est sèche, sa tête bourdonne du vacarme assourdissant des armes. Il est étourdi de fatigue. À l'abri derrière un canon d'assaut dont les chenilles retournent la terre, lui et ses hommes parviennent en visuel de Sukhaya Niva. Ils doivent être à huit cents mètres de la localité. La progression se fait au sud de la route, sous les tirs importants de l'artillerie russe, qui tente, sans succès, de freiner l'offensive allemande. Les esquilles de métal ricochent sur le blindage du véhicule en sifflant. Parfois, un éclat s'enfonce avec un bruit mat dans le corps d'un homme qui tombe, stupéfait.

Le 1er bataillon compte désormais moins de deux cents hommes encore valides. Plusieurs de ses officiers ont été tués.

Alexander regarde sa compagnie. À peine cinquante hommes, exténués mais farouches, avancent, courbés dans leurs épais manteaux. *Absurde.*

La fumée d'échappement du canon d'assaut gicle à chaque accélération dans un bruit de tonnerre. Le moteur hurle. Ses chenilles patinent dans la terre froide.

Ils se rapprochent.

Ce qui reste des premières maisons de Sukhaya Niva fume dans l'air gris.

Plus que cinq cents mètres.

Ils progressent par le sud-ouest. En contrebas de la route, afin de ne pas offrir de cibles faciles aux fusils russes. Alexander encourage ses soldats, dont plusieurs continuent de tomber. Tous ne peuvent pas s'abriter derrière le blindé. Il faut toute la fureur de toutes les forces de la division pour gagner chaque mètre. Ses bottes sont lourdes. L'air qui entre dans sa trachée le brûle. Il cherche sa respiration. Tant d'efforts depuis tant d'heures. Il se décale pour observer à l'avant du blindé.

Alors Alexander sent quelque chose heurter son cou. Ses jambes se dérobent, il est soudain sans forces, il s'effondre...

La dernière aube

Tout est blanc. Couvert de neige et de givre rendu craquelant par la température descendue en dessous de zéro. Quelque part dans la forêt entre Kirillowtschina et Cholmy règne le silence le plus complet.

Depuis l'aube, je suis dans les bois. Seul. Dans le calme et un froid saisissant.

Nicolas m'a déposé à environ deux kilomètres à l'est de Sukhaya Niva. Alors que sa voiture repartait, je quittais la route et m'enfonçais dans la végétation rejoindre les fantômes d'une armée disparue.

La dernière aube, être avec Alexander.

Je pars sur ses traces. Juste nous deux, et la forêt.

La pâle lumière du soleil se glisse entre les branches des arbres. Au-dessus de la canopée, le ciel est limpide, mais au niveau du sol tout est encore sombre et bleuté. Comme si la nuit ne parvenait pas tout à fait encore à céder la place.

Un givre épais recouvre tout d'une pellicule blanche. Herbe, buissons, feuilles mortes, zones de marais, tout est gelé. Tout craquelle sous mes pas. Mes chaussures pénètrent profondément dans la végétation en sommeil. Parfois, des branchages recouverts de mousse dissimulent des flaques d'eau boueuses. La mince couche de glace ne résiste pas, et je m'enfonce alors jusqu'à la cheville en jurant. Je fais beaucoup de bruit en progressant maladroitement. Je ferais un piètre éclaireur.

Tout est blanc. Comme dans mon rêve.

Pas un animal. Pas un frôlement d'oiseaux, pas un chant, aucune trace de vie.

Mon cœur bat la chamade. Et si je me perdais ? Après trente minutes, j'oblique en direction de l'ouest, là où je pense que la route se trouve. Je tombe bientôt dessus. Je franchis le fossé et me tiens quelques instants debout au milieu du chemin, immobile, hésitant, le regard tendu vers l'est.

Une vie chaude coule en moi.

Le silence est oppressant. Rien ne bouge, seuls les morts se promènent dans cette forêt.

Je rebrousse chemin et m'engage à nouveau dans les bois, accompagné d'une étrange appréhension. Mon regard est méfiant et épie le moindre mouvement alentour ; tout est pourtant immobile.

Je commence à éprouver un certain malaise. Ma peur s'alimente d'elle-même et va croissant. Je progresse lentement en prenant de grandes respirations. Il faut que je me calme, que je me raisonne. Il n'y a personne dans cette forêt. Et qui me voudrait du mal ? Brusquement, je me retourne, scrutant les fourrés. Troncs immobiles, air suspendu. Il n'y a rien. Je n'ai pas peur des morts, pourtant. Mais de quoi, alors ? Je stoppe et tends l'oreille. Un silence épais s'installe aussitôt. Pas un bruissement ne vient le rompre. J'entendrais aisément quiconque approcher, je suis bien seul. Je me remets en route en soufflant. La peur qui hante ce lieu m'effraie.

Calme-toi.

Je continue à marcher. Par endroits, je me heurte à une masse infranchissable de broussailles que je dois contourner en tâchant de garder mon cap. J'avance au juger, et parviens bientôt dans une gorge où serpente le ruisseau. Je l'ai trouvé ! C'est lui que suivaient Alexander et ses hommes. Je reste sur le flanc nord tout en longeant le cours d'eau et j'aperçois les bunkers qui servaient de postes de défense aux soldats russes. Pas de constructions en dur, juste des creux, des bosses, des trous que Nicolas m'a appris à repérer. Plus j'approche, plus ils sont nombreux.

À chacun, lentement, dans le danger et les hurlements, il fallait tuer les occupants, parfois à coups de pelle, en essayant de ne pas se faire tirer dessus par ceux de la rangée suivante. Sur l'écran pâle des feuilles jaunies, dans l'air vide et silencieux, apparaissent, surgis de mon esprit, des hommes invisibles et pris de folie. Ils se battent en des corps-à-corps désespérés, leurs yeux immatériels emplis de panique. La végétation n'était pas aussi dense en 1941. J'accompagne maintenant les hommes d'Alexander. Ils progressent autour de moi, dans les difficultés que j'ignore. Je sens qu'Alexander n'est pas encore mort à cet instant du jour. Ce défilement est un piège. La progression coûte très cher en vies humaines, malgré l'abri aléatoire procuré par les canons d'assaut qui accompagnent le bataillon, mais il vit encore. Alexander commande et avance au milieu de ses soldats.

C'est la première image dans mon rêve : une vue du dessus, de très haut, des hommes comme des petits points noirs, progressant le long d'un ruisseau au milieu de deux ou trois chars. « Un char d'assaut, les hommes avancent protégés derrière, ce sont des soldats. Ce sont des Allemands, c'est la guerre. Ils avancent en s'abritant du char. » Le terrain où je me trouve est semblable en tout point. Les éléments historiques provenant des rapports du bataillon correspondent également.

Tout concorde si précisément ! Je suis déjà très impressionné de me retrouver aujourd'hui là où Alexander combattit et vécut les dernières heures de sa vie. Mais une émotion nouvelle me bouleverse alors que le réel et le souvenir de ma vision se superposent si justement.

Ce dont j'ai rêvé s'est vraiment produit, ici même !

La scène s'est déroulée à cet endroit. Jour pour jour. Les deux cents hommes des quatre compagnies du 1er bataillon avançaient sur cette ligne, le long du ruisseau. La compagnie commandée par Alexander se trouvait sur la droite du défilement, entre le ruisseau et la route.

Ce matin, en sortant dans l'obscurité du jour naissant, le froid m'avait saisi et j'imaginais ma souffrance s'il avait simplement fallu que je passe la nuit dehors. Comment ont-ils fait dans la forêt glacée et humide toutes ces semaines ? Alors que moi, après deux heures de marche sur leur voie de progression, alors que le jour est levé, le froid me gagne à chaque arrêt. Dans les pieds, le torse ; pourtant, j'ai de bons vêtements. Comment ne pas désirer de tout son être que cesse enfin cette souffrance ? Entrer dans un lit chaud, s'endormir dans un endroit calme et silencieux. Délivrance si inaccessible pour Alexander.

Après un kilomètre en pleine forêt, je débouche sur une zone de sous-bois plus dégagée, à environ cinq cents ou six cents mètres de Sukhaya Niva. Des champs bordent désormais la gorge de part et d'autre. Et toujours cette appréhension qui m'habite. Une crainte diffuse et étrangère. Des souvenirs personnels remontent également. Des peurs d'enfance qui me surprenaient dans la forêt, cette terreur paralysante dans la cité d'Aïkhanoum, en Afghanistan, sous le feu des talibans – je ne voulais plus bouger de mon trou –, d'autres encore comme autant de scènes qui se mélangent, des phobies qui s'entremêlent et ne font plus qu'une. Un maelström au goût familier; celui de la mort.

Je regarde ma montre: 9h12. Alexander n'a pas encore été touché. Je le sais. Oui, il est encore vivant.

Le froid me crispe les doigts.

Mes lèvres sèchent.

Me voici presque à découvert. À la hauteur de l'endroit où nous nous étions garés hier, mais davantage en contrebas. Je sors de la gorge et dépasse les quelques arbres qui me séparent du champ. À l'ouest, je distingue les toits des premières maisons de Sukhaya Niva.

La compagnie d'Alexander a poursuivi sa progression dans le défilement, à l'abri le long du ruisseau, vers la partie au sud du village. Je m'étais mis en tête de suivre cet itinéraire, pourtant quelque chose me fait hésiter.

Un arbre est couché à l'orée du champ, je m'y assois.

Le soleil est haut mais le givre recouvre encore la plaine.

Je prends quelques notes, avale une gorgée d'eau, regarde ma montre – 9h20 – et reste assis un moment en silence. Puis je me redresse et avance vers la route. Me voilà au milieu du champ. Ma raison me dit de redescendre vers le ruisseau, de poursuivre vers l'ouest, mais je ne bouge pas. Je fais quelques pas, puis demi-tour, comme un pantin indécis. Je pousse jusqu'à la route, franchis la clôture, puis repasse dans le champ et gagne à nouveau le tronc d'arbre couché.

Où est-il tombé? Mes yeux scrutent les lignes du paysage tandis que mon esprit ressasse toutes les données que j'ai accumulées depuis des mois. Mais pourquoi est-ce que je me focalise tellement sur la localisation exacte de sa mort? Je suis dans ce village, dans la région depuis des jours. Pourquoi est-ce que j'en veux toujours davantage ? Je tords la question dans tous les sens et commence à comprendre qu'il me sera impossible d'obtenir une indication plus précise. Grâce aux détails contenus dans les documents militaires consultés, j'ai réduit la fourchette temporelle et la zone géographique autant que possible. Mais aucun rapport ne me dira qu'il est tombé à tel endroit au mètre près.

Alors je demeure immobile, le froid en train de monter le long de mes jambes. Les minutes s'égrènent.

Et quelque chose lâche.

Je me laisse envahir par le rêve, l'histoire, la transparence du paysage.

Je cesse d'attendre.

Je décide alors de rejoindre le village afin de retrouver Nicolas, qui doit m'y attendre. Mais, à peine debout, me voilà de nouveau incapable d'avancer, saisi par l'hésitation. Par où passer ? Par où entrer dans Sukhaya Niva ? La perplexité m'envahit. Aller le long du ruisseau, comme la poignée d'hommes survivants de la 2e compagnie, ou par la route ? À nouveau cette confusion étrange. Je suis aimanté par ce champ. Bloqué sur ce petit espace dégagé à une centaine de mètres en contrebas du chemin, à l'abri des tirs directs mais pas de l'artillerie légère ni des mortiers. Je me trouve à la hauteur de l'emplacement où j'ai dit, le deuxième soir, « C'est là qu'il est mort ! », lorsque nous roulions sur la route. Je demeure indécis sur ces quelques mètres de terre que mon corps ne peut se résoudre à quitter. Il est maintenant 10 heures. À ce même instant, les combats dans le village faisaient rage. Les hommes de la division prenaient maison après maison. Les différentes poches soviétiques étaient réduites. Dans une demi-heure, Sukhaya Niva sera entièrement sous contrôle allemand. C'était un vacarme insoutenable, et pourtant, là, maintenant, je suis entouré d'un grand silence... les feuilles tombent des arbres, emportées par la petite brise qui se lève. Quelle tranquillité. Le soleil me réchauffe, le ciel est bleu cobalt, le givre s'évapore. Depuis que je me suis arrêté à l'orée du champ, il s'est écoulé quarante-cinq minutes. Voilà trois quarts d'heure que je tourne littéralement en rond sur un tout petit périmètre. Et soudain, je comprends pourquoi : c'est là qu'Alexander est mort !

À cette seconde, une vague puissante monte du sol et me fait vaciller. À nouveau l'émotion m'étreint. Et je suis submergé par l'évidence.

C'est ici, à cet endroit, qu'il est tombé. Sous mes pieds.

Voilà pourquoi *quelque chose* me retient ici depuis bientôt une heure.

Comme d'habitude, ma tête voulait garder le contrôle, réfléchir, analyser, mais mon corps, lui, savait depuis le début où Alexander était tombé. Et lorsque j'ai su lâcher prise, la justesse de mes perceptions s'est imposée avec force. Je fouille l'espace du regard avec l'espérance de voir apparaître sa silhouette. *Sa silhouette...*

Mais elle se trouve dans une autre dimension, que mes yeux ne peuvent voir.

Je ne parviens toujours pas à bouger. Nous sommes le jour anniversaire de son départ, à l'heure même où cela s'est produit. J'attends ce moment depuis tant de mois. Nous avions rendez-vous là. « Tu m'y as conduit. »

Un grondement d'abord imperceptible emplit soudainement le ciel. Je relève la tête et vois venir de l'est une forme noire étrange et très lente. Le bruit augmente et l'objet grossit, menaçant, puissant. Il arrive droit sur moi, à très basse altitude. Un Sukhoï, un avion de chasse russe, solitaire, passe au-dessus de ma tête dans un déchirement assourdissant.

Je remarque distinctement son double empennage et son long fuselage pointu. C'est sa vitesse qui me surprend, il est si lent, comme suspendu dans le vide. Que l'apparition est irréelle !

Exactement à la verticale de Sukhaya Niva, il s'incline très posément et opère une boucle pour prendre la direction du nord. Empereur noir du ciel. Aigle technologique. Je reste sans voix.

Un avion de guerre, seul et flottant dans le ciel limpide et bleu, premier signe de vie de la journée, au moment exact de la mort d'Alexander.

Comme un salut, un adieu aux armes.

Il est 10h10.

Esprit

Lundi 20 octobre 1941, 10 heures. Le corps sans vie est couché sur le sol, ses hommes poursuivent leur avancée. Son sang se déverse dans l'herbe brûlée par le gel. Alexander est allongé de tout son long, le visage tourné sur le côté, la joue à plat sur la terre mouillée. Ses yeux s'éteignent. Il observe la finesse d'un brin d'herbe gelé qui lui touche le nez, à quelques centimètres de ses paupières. Plus loin, au second plan, un paysage incertain vacille, des ombres noires, une masse de métal, des gerbes de feu. Et *en même temps* il est debout, flottant à bonne hauteur, pris dans un tourbillon de lumière. Il ne comprend rien, car soudain ces deux mondes se chevauchent. Dans celui qui se dissipe et s'efface de sa vue, il y a de la fureur, du bruit, de la violence, des flammes et des particules de givre virevoltantes. Dans l'autre, il est bien, il n'a plus de crampes, plus soif, aucune douleur, comme enveloppé d'une douce chaleur. Un silence étrange règne, et puis cette lumière l'attire si loin... C'est si déconcertant, il commence à avoir peur. Ses craintes augmentent et se transforment en véritable panique. Son cœur bat trop vite et trop fort, chacune de ses pulsations cardiaques résonne dans tout son corps, qui devient un gigantesque tambour. Il transpire, et en même temps il est glacé. Il brûle, et en même temps il est porté par le vent. Il ne sent plus son corps. La terreur le submerge, c'est atroce, comment se fait-il qu'il ne contrôle plus rien ? Il va être absorbé, enfoui dans cette terrifiante crise de panique. Écrasé dans une presse titanesque. Aucun secours n'est possible, il veut crier, il hurle pour qu'on l'aide, mais pas un son ne sort. Il n'y a plus que le néant autour de lui. Son cœur va exploser, son corps se déchire, il est pris de nausée. Il ne voit plus ses membres. Il voudrait perdre connaissance mais cela aussi semble être impossible. Il est en train de se dissoudre. De disparaître. Se peut-il qu'il soit mort ? Que le moment soit venu ? Que tout s'arrête ? Non, il vient juste d'être blessé, on va venir s'occuper de lui... On va s'occuper de lui... Il est au bord d'un gouffre. Des pensées obsédantes l'envahissent. Son corps cesse-t-il de vivre ? Mais non, il est vivant, puisqu'il a peur. Une énergie gigantesque et massive pénètre chacune de ses cellules. Un univers entier s'écrase sur lui et le disloque... Les mots s'éloignent, la pensée s'éteint. Le noir, oui, le noir, le néant. Alexander disparaît, englouti.

Et soudain tout est calme, et il y a cette lumière...

Et à nouveau il sait.

Sukhaya Niva est investie et déclarée prise à 10h30. Les pertes de la division ont été très lourdes. Tous les officiers du 1er bataillon ont été tués. Il ne compte plus que cent trente-sept hommes valides, et ses quatre compagnies participent à la fin de l'offensive sous la direction des sous-officiers, avant d'être retirées des premières lignes.

Les Soviétiques se défendent encore âprement dans leurs positions sur la côte, au sud-ouest devant Borok. L'assaut est compliqué par la pente abrupte. Ils sont écrasés sous les obus mais pas un défenseur russe n'abandonne. Ils sont achevés dans des corps-à-corps acharnés.

En milieu de journée, les Soviétiques lancent une contre-attaque sur Sukhaya Niva. Elle est repoussée par un violent barrage d'artillerie et les compagnies du 3ᵉ bataillon.

Les positions conquises sont nettoyées et sécurisées. Les blessés commencent à être évacués. Les morts, rassemblés et alignés par terre, suivront.

La dépouille d'Alexander est jetée sur le sol métallique d'un véhicule autotracté. L'engin démarre et patine dans la boue, se stabilise, puis prend la direction du sud, vers Mirochny. Les cahots provoqués par la route défoncée malmènent le corps abandonné du jeune lieutenant. La peau de son visage aux paupières mi-closes est diaphane. Mèches de cheveux blonds collées de sang. À chaque embardée, la tête rebondit et roule sur le plancher entre les rigoles de métal. La gorge, ouverte et exsangue, bâille dans les mouvements. Les membres désarticulés s'abandonnent, sans plus aucune vie.

Alexander observe la scène : un corps mort qui cahote et qui lui semble familier, alors qu'au-dessus de la crête des forêts, autour de lui, flottent d'innombrables grandes formes lumineuses dont il se sent proche.

La tombe

Je suis absent. Nicolas conduit en silence. Vers le sud, vers Mirochny. Les irrégularités de la chaussée me secouent et je *vois* le corps sans vie d'Alexander glisser sur le sol du véhicule qui le descend vers son tombeau.

Je suis le mort et je suis le vivant.

Le soleil inonde le ciel et mes yeux d'une lumière éblouissante.

Arrivé dans le village, Nicolas s'arrête devant la maison au chien noir sous laquelle est sa tombe. Le portail est ouvert. Je n'ai qu'un désir : le sortir de là. C'est une idée vraiment saugrenue, mais elle m'obsède depuis des semaines. Si sa dépouille est bien là, sous la maison, lui n'y est plus. J'ai perçu la présence de son corps, cette propriété est remplie de cadavres, mais la vie ne s'y trouve plus.

Juste des cauchemars.

Alexander est dans un temps éternel que je ne peux atteindre. Un espace situé au-delà de la matière visible, paradoxalement très proche, tout en étant inaccessible. Et il se trouve en moi également.

Alors, pourquoi je désire tant sortir son corps de terre ?

Alexander a-t-il envie d'être déplacé ? Non. Il est aujourd'hui si loin de ce jour d'octobre 1941. Revenir à son corps le replonge dans une existence fâcheuse : la souffrance, la colère et la guerre.

Il ne veut plus cela.

Alors, pourquoi ce désir m'obsède-t-il ? Je voudrais mettre au jour ses os, son crâne, fouiller ses poches, sans doute cachent-elles une lettre, une photo, un mot, quelque chose *qui m'est destiné*. Les soldats tués étaient jetés en terre avec toutes leurs affaires. Qu'a-t-il emporté dans sa tombe ?

Je remarque soudain que la voiture garée dans la cour est immatriculée en Allemagne. C'est cocasse. Une jeune femme sort sur le palier, s'approche d'un air sévère et nous demande ce que nous voulons. Nicolas lui explique et cela fait retomber la tension. Elle nous autorise à entrer. Nicolas et moi franchissons le portail. Il s'agit de la fille de Tania. Je laisse mon acolyte entamer la discussion et avance vers la maison, bouleversé de pouvoir l'approcher. Lorsque Nicolas évoque les fouilles du service funéraire allemand, la fille le regarde, interrogative.

— Ils ont fouillé derrière, sous le poulailler. Vous voulez voir ? nous demande-t-elle.

Nous la suivons à l'arrière, pour constater que les traces des tombes excavées sont encore visibles.

— Voilà, vous voyez, les corps étaient là, sur cette partie du terrain.

Elle aussi semble ignorer qu'un grand nombre de sépultures sont encore présentes dans la propriété et sous la maison.

— Effectivement, les emplacements sont très nets. Quand la maison a-t-elle été construite ?

— En 1947... Ceux qui sont venus s'occuper des soldats morts ont ouvert trois rangées et ont sorti sept corps par rangée, à cet endroit.

— Vous étiez présente ?

— Non, c'est mon oncle qui m'a raconté, moi, j'habite en Allemagne...

— ... c'est, c'est votre voiture devant ?

— Oui, pourquoi ?

— Pour rien, il est juste étonnant de voir une voiture allemande par ici.

— Je viens régulièrement avec mon fils rendre visite à ma mère.

— Vous habitez où en Allemagne ?

— Près de Berlin, mon mari est allemand. Nous comptons venir nous installer tous ensemble ici prochainement.

Que se passe-t-il ? Quelles énergies sont en jeu ici ? Quelle est la part de hasard, de coïncidence, ou d'influences invisibles ? C'est tellement improbable : un Allemand épouse la petite-fille d'une Russe qui habite une maison construite sur un cimetière rempli de soldats SS morts, et avec son mari et son garçon de quatorze ans ils décident de venir vivre sur ce terrain. Ce déménagement est-il vraiment un *choix* délibéré ? Ces morts cherchent-ils un gardien ? Un moyen de sortir ? S'accrochent-ils à la vie, par cette sorte de procuration, sans même s'être rendu compte qu'ils étaient morts ? Un frisson me parcourt le dos.

Je remarque une trappe qui conduit sous la maison et me tourne vers la jeune fille.

— Où cela mène-il ?

— Dans la cave.

— Puis-je jeter un coup d'œil ?

Elle acquiesce, après un bref instant d'hésitation. Moi aussi les fantômes m'attrapent. Ils me collent depuis des mois. Je dégage la barre de métal qui bloque la petite porte, je tire dessus et découvre qu'en fait de cave le passage donne accès à un espace de moins de quatre-vingts centimètres de haut, courant sous toute la superficie de la maison. La bâtisse n'a pas de fondations, elle est simplement posée sur le sol. Le plancher de la partie habitation est surélevé et permet, en dessous, de stocker toutes sortes de vivres dans cet espace exigu. Le sol de terre est au même niveau qu'à l'extérieur.

— Puis-je entrer ?

— Si vous voulez.

Je me mets à quatre pattes et me faufile à l'intérieur. La « cave » est remplie de caisses de légumes, de pommes de terre, de citrouilles et de courges. Des choux pendent, accrochés aux poutres qui soutiennent le plancher. J'ai peine à manœuvrer mais parviens à pénétrer complètement sous l'habitation. La maison de Tania nous était interdite depuis notre arrivée à Mirochny, et elle s'ouvre aujourd'hui, le jour anniversaire de celui où une tombe fut creusée dans la terre accueillante. Ce n'est pas anodin. La magie étrange de l'existence est par moments saisissante. Allongé dans l'ombre fraîche, sous le plancher d'une isba, je suis arrivé à destination.

Dans un caveau.

Couché sur la tombe d'Alexander.

Si près de ce corps qui fut *le mien avant*.

Du sol de terre noire monte une odeur humide. Je voudrais l'attaquer de mes mains. Là, maintenant, creuser, fouiller de mes doigts l'humus fertile. Dégager un passage, un tunnel, un accès vers lui, à m'en casser les ongles.

Alexander est si proche.

Distant, à cette seconde, de moins d'un mètre.

Impression que toutes les réponses sont là mais encore inaccessibles. Je suis déchiré. Que faire ? Les secrets de notre lien se trouvent-ils sous la terre ? Il a forcément un message pour moi, il le porte sur lui. Je demeure immobile, couché et indécis. Voilà le bout du chemin. Je ne peux me résoudre à l'idée que l'enquête prenne fin comme ça.

Mais, finalement, je ressors. Car que faire d'autre ? Je me redresse. J'ai besoin de calme, de silence, de *me retrouver*.

Nicolas et moi prenons congé de la jeune femme et je rejoins la maison qui nous a accueillis pour la nuit. Je vais y demeurer tout le reste de la journée, seul, alternant temps de méditation et écriture. Tellement ému, tellement retourné, j'ai besoin d'intégrer les sensations et les événements que je vis depuis l'aube, cette dernière aube. Je reste ainsi de longues heures dans cette immobilité du corps et de l'esprit, attentif à ce que pourrait vouloir me dire le silence. Pourquoi suis-je venu là aujourd'hui, en définitive ? Dois-je réellement ouvrir cette tombe ? Et comment le ferais-je ? Alexander reste silencieux.

En fin d'après-midi, je retrouve Nicolas et nous allons faire nos adieux à Valentina et à Macha. Nous devons regagner Valdaï ce soir. Dans vingt-quatre heures, mon avion part de Saint-Pétersbourg pour Paris.

Quelques minutes autour d'un thé. Dans la cuisine, Nicolas fait la conversation pendant que je suis perdu dans mes pensées. Mon regard flotte dans le vide et se pose sur la fenêtre en face de ma banquette. Je demeure immobile, vidé, regardant à l'extérieur, le potager, la clôture. C'est alors que je vois, à moins de dix mètres de la maison, pile dans mon axe, un renard assis sur ses pattes arrière et qui me regarde fixement. La scène est tellement inattendue que je demeure interdit. Durant trois longues secondes, lui et moi ne bougeons pas. Face à face, les yeux dans les yeux. Le moment est surréaliste. Puis, sortant de ma stupeur, je pointe la fenêtre du doigt.

— Il y a un renard...

Les autres l'aperçoivent aussi. Et le petit animal file dans les herbes hautes, comme un coquin.

Nous partons. La voiture est garée au centre du village et déjà Nicolas a fait démarrer le moteur. *Mais je ne veux pas partir.*

— Attends-moi une minute...

Je fais quelques pas en direction de la maison de Tania. Le soleil est maintenant très bas sur l'horizon et donne à la façade un ton rouge. Je me rapproche, restant à une distance suffisante pour que le chien noir ne me voie pas et ne se mette pas en fureur. Alors je murmure, à tous les soldats encore enterrés: « Je pars, ne venez pas avec moi. Il y a une lumière pour chacun d'entre vous. Elle est là, vous pouvez la voir. Des proches vous attendent. Soyez calmes et attentifs, et ils vont apparaître. Vous êtes morts, vous ne pouvez me suivre. Cherchez cette lumière, elle est là pour chacun de vous. »

Un court instant j'ai la vision de tous ces hommes alignés dans leurs tombes, ces hommes si nombreux, si loin de chez eux.

Avec beaucoup de délicatesse, Nicolas demeure silencieux tandis que notre voiture quitte Mirochny et remonte vers le nord, dans les lumières chaudes du crépuscule. Je quitte cet endroit. Le voyage s'achève.

Nous rejoignons la route principale. Toujours aucune circulation. L'obscurité descend sur la solitude de la forêt. Soudain, une forme bouge sur la droite, juste à la bordure d'un champ. Un renard. À nouveau. Il court le long de la route et suit des yeux notre voiture qui passe, puis je le vois obliquer vers les arbres. Il disparaît dans l'épaisse végétation.

Plusieurs e-mails m'attendent alors que je retrouve une connexion Internet à l'hôtel de Valdaï. Je les passe sans les lire jusqu'à en découvrir un, écrit par le fils de Gunther Dittmar, le garagiste de Bad Arolsen et neveu de la femme d'Alexander. Je n'avais plus un seul signe de vie de la famille depuis mon départ de Bad Arolsen. Une phrase laconique: « Cher Stéphane, voici les photos d'Alexander et de Luise », accompagnée de quatre fichiers joints. Rien d'autre. Pas d'explication, pas de légende. Je les copie sur mon ordinateur et les ouvre. Une photo de Luise et trois d'Alexander apparaissent. Je le découvre jeune, fier et souriant pour la première fois. Sur l'une, il est vêtu d'un costume clair et est assis dans une chaise longue avec Tommy sur les genoux. Tommy, c'était le chien de son frère. Alexander en avait hérité après que l'animal avait accidentellement renversé le landau de Marlène. Un petit fox-terrier.

Alexander sourit.

C'est la première fois que je le vois sourire.

Après

Cinq mois ont passé. Je roule vers Plauen l'esprit apaisé, dans la fraîcheur d'une nuit de printemps, la veille de Pâques. Je reviens d'un autre monde, le versant inversé et invisible de celui qui défile dans les traînées de pluie qui courent derrière les vitres obscures de ma voiture filant à bonne vitesse sur une autoroute allemande. Un autre monde aussi présent qu'un son ou qu'une odeur, et pourtant aussi insaisissable qu'un souffle dans un sous-bois.

Ce voyage est déterminant : je vais annoncer à la famille d'Alexander, à Marlène, mon désir d'écrire un livre sur cette histoire. Ils n'en savent encore rien, le prétexte officiel de notre rendez-vous est le compte rendu que je dois leur faire de mon voyage en Russie. Ce sont eux qui m'ont proposé de nous retrouver à Plauen.

J'ai besoin de leur accord, et je ne peux envisager qu'ils refusent. Mais c'est loin d'être gagné.

Arrivée, hôtel. Nuit calme. Le dimanche de Pâques, grand soleil sur la ville. Je suis heureux de retrouver Andréa et André. Nous déjeunons tous les trois et je leur raconte ce qui s'est passé depuis notre dernière entrevue. J'ai le sentiment de partager cela avec des vieux amis. Comme un clin d'œil, Andréa me dit qu'elle croit aux esprits. La façon dont les choses lui sont venues durant ces mois d'enquête l'interpelle encore. Dès notre première rencontre, elle a été extrêmement surprise, par exemple, de la rapidité avec laquelle elle a été en mesure de retrouver la trace de Marlène. En effet, dans les archives de Plauen était conservé, contre toute logique, l'acte de décès d'Alfred, le frère d'Alexander, pourtant mort dans une autre ville. Normalement, ce document n'aurait jamais dû se trouver là. Et, grâce à lui, Andréa a découvert Bertram, puis Marlène. Et cela a été comme ça tout le temps. Nous étions aidés. Pour elle qui est habituée aux recherches généalogiques, obtenir si vite autant de résultats a été vraiment troublant.

En effet, combien de synchronicités durant ces mois ? Je ne les compte plus tellement elles ont été incroyablement présentes. Comme si tout faisait partie d'un même ensemble, d'une même partition, d'une chorégraphie précise et orchestrée. Comme si *quelqu'un* nous mettait en relation les uns avec les autres, plaçait tel document sur notre route, inspirait telle action décisive. Dans quel but ? Je n'ai pas toutes les réponses, mais je comprends aujourd'hui cette aide comme la confirmation de la justesse de ma démarche.

Nous passons avec plaisir l'après-midi ensemble, puis je retrouve le calme de ma chambre. La nuit file en un battement de cils ; là aussi j'observe avoir gagné en sérénité. Dans mes rêves.

Au matin, lundi de Pâques, Andréa et André me rejoignent à l'hôtel pour l'arrivée de Marlène et de son mari, Joachim, ainsi que de Bertram. Retrouvailles émues. Tout va se jouer dans quelques instants. Je suis tendu, même si je n'en laisse rien paraître. Voilà plus d'un an que je suis engagé dans cette recherche, et si Marlène s'oppose à ce que j'en fasse un livre, comment vais-je réagir ? Dans un premier temps, je détaille mon voyage en Russie. Je leur explique où se trouve le corps d'Alexander, mais curieusement j'ai la sensation que Marlène préfère le savoir à Korpowo, même si je lui démontre que ce n'est pas le cas. Je comprends que je ne dois pas insister.

Lorsque j'en viens à l'objet le plus important de mon déplacement, c'est d'abord une certaine surprise qui accueille mon désir d'écrire. Et puis, spontanément, Marlène et son mari annoncent y être plutôt favorables.

Quel soulagement, quel bonheur.

Instantanément, un poids colossal disparaît de mes épaules. La discussion se poursuit, notamment pour évoquer les détails pratiques les concernant. Nous convenons de modifier leurs noms ainsi que plusieurs détails géographiques. Je leur propose de me suggérer les pseudonymes qu'ils aimeraient porter. L'exercice provoque l'hilarité.

En conclusion, ils acceptent que je raconte mon enquête dans un livre, mais, plus important encore à mes yeux, ils m'autorisent à utiliser le nom véritable d'Alexander Herrmann. Se doutent-ils qu'ils me font là un cadeau inestimable ? Par cet accord, ils me disent implicitement qu'une part d'eux croit en mon rêve.

Le soleil est encore haut quand je les quitte dans le hall de l'hôtel. Le printemps est précoce sur la Saxe. Il fait doux. Je sors dans la rue et entame quelques pas en ville, profondément soulagé.

Je peux commencer l'écriture maintenant.

Livrer cette incroyable aventure.

Dès demain, dès mon retour à Paris, je m'y attelle.

Dans ces heures qui précèdent le crépuscule, j'entreprends de faire mes adieux à la ville qui vit naître Alexander. Je marche jusqu'à son ancienne école, puis prends la direction de chez lui, sur Neundorfer Straße. La rue de son enfance. Je la remonte sur deux cents mètres et retrouve l'immeuble avec émotion. Façade jaunie, Pan et Séléné sont toujours là-haut, de part et d'autre des fenêtres du quatrième. Je m'immobilise devant l'entrée.

Quelques minutes passent ainsi et soudain je me souviens de cette photo que m'a donnée Marlène sur laquelle Alexander et son frère jouent dans l'arrière-cour de l'immeuble. Je sors l'ordinateur portable de mon sac et l'affiche sur l'écran. J'aimerais entrer à présent pour voir l'endroit, mais l'immeuble semble désert et inoccupé. J'attends quand même, on ne sait jamais. Au bout d'un quart d'heure, je distingue des ombres derrière la porte vitrée du hall. Et, posant mon œil sur un coin de vitre propre, je vois deux hommes et un enfant descendre l'escalier et aller vers cette cour intérieure. Je frappe pour attirer leur attention et l'un d'eux vient m'ouvrir. Il ne parle pas anglais, mais en lui montrant la photo sur mon portable et avec quelques gestes, il consent à me laisser entrer. Je comprends qu'il me demande si je veux acheter l'immeuble. Je lui réponds que non, et dis simplement « famille » en montrant les deux frères en photo.

Me voilà dans l'arrière-cour.

Rien n'a changé depuis un siècle. Mêmes briques rouges, même marche devant l'entrée, même tuyau de gouttière, même rebord de fenêtre, jusqu'à la porte en bois, qui me paraît bien identique. C'est vraiment troublant.

J'avais rendez-vous avec ce petit garçon.

Ce petit blond qui pensait encore par lui-même, qui était heureux et innocent. Oui, innocent. Plus de quatre-vingt-dix années séparent ces deux instants, celui en gris sur l'écran et le mien. Et une partie de moi est présente dans les deux. À cheval entre deux mondes, enjambant un temps d'horreur dont nous sommes parvenus à sortir, lui et moi.

Le petit garçon joue avec son frère dans l'arrière-cour. Il rit de bonheur.

Je passe dans le hall, ouvre la porte vitrée et sors dans la rue. Et je m'en vais sans me retourner. Je suis un homme nouveau et c'est une sensation très insolite. Il se passe du temps avant que je comprenne que ce poids que j'avais en moi depuis toujours n'est plus là. Cette inexplicable violence, ces images d'armes, ces pulsions brutales ont disparu. Je suis léger.

Comme c'est étrange, une nouvelle vie qui commence...

Épilogue

Quelle curieuse aventure. Mais, au moment du bilan, je mesure combien elle a permis que l'ombre qui m'habitait et me hantait depuis l'enfance prenne un visage. Puis l'accumulation d'éléments précis et vérifiables m'a conduit à accepter la rencontre avec cet homme apparu au détour d'un rêve éveillé.

Il ne pouvait y avoir pire que la vie d'Alexander: la violence, l'abjection, la honte, une époque de sang. Pourtant, mon intuition me soufflait à l'oreille que la confrontation était nécessaire. Et qu'elle portait en elle la graine de l'apaisement.

Alors j'ai persévéré. Cela a éclairé son histoire, qui est aussi la mienne en conséquence. Puis, en me trouvant le jour anniversaire de sa mort dans le hameau oublié de Sukhaya Niva, une chose s'est produite dont il a fallu des mois pour que j'en comprenne toute la portée.

La guérison des vivants guérit les morts.

Alexander et moi ne sommes pas le même homme, mais des émanations d'une même conscience. Nous sommes liés par un souffle qui nous traverse tous deux et s'imprègne du caractère et des émotions de nos deux vies ; et sans doute de bien d'autres encore. Il m'a été offert de mesurer durant ces mois d'enquête combien les vies sont individuelles et uniques, même si ce qui les anime est éternel.

Je ne suis pas Alexander *qui revient*, mais un individu porté par une brise immortelle, qui passe depuis l'éternité dans des corps mortels.

La pensée raciste et misérable qui a emporté Alexander durant une vie ne lui a pas survécu à travers moi. C'est même totalement l'inverse. Toute ma vie, j'ai été l'antithèse d'Alexander. Je suis un homme profondément ouvert au monde. J'ai parcouru notre planète sans relâche pour entendre et comprendre celles et ceux qui pensent et vivent différemment. Sans jugement, dans une écoute sincère. Depuis toujours je m'évertue à être vigilant et bienveillant dans mes pensées comme dans mes actes. En devenant journaliste à dix-neuf ans, âge auquel Alexander s'est engagé dans la Waffen-SS, je me suis jeté avec passion dans LE métier qui, selon le mot de Dan Rather, permet de « dire aux gens ce que l'on essaye de leur cacher ». Un journaliste est à mes yeux l'ennemi de la propagande. Avec ses mots, il apporte la liberté et offre à chaque individu la possibilité d'être maître de sa réflexion, là où avec ses poings Alexander n'apporta que la peur et la souffrance.

Découvrir, vérifier et partager des informations a été pour moi, et l'est encore aujourd'hui, une tâche sacrée.

À l'inverse, Alexander a été happé par la logorrhée nazie. Dès l'adolescence, il a cessé de réfléchir par lui-même et a décidé de devenir le bras armé et aveugle d'une pensée inhumaine. Pour cela, il a écrasé sa propre conscience. Car *avant*, n'était-il pas un enfant gentil, ouvert et curieux, né dans une famille aimante ?

Notre relation démontre à l'évidence la fragilité des pensées qui nous jettent les uns contre les autres. La faiblesse de ces idées pour lesquelles certains s'entre-tuent. Parce que les idées d'Alexander n'ont pas résisté au passage de la mort. Elles ne valent rien, n'ont aucune force et aucun avenir. Elles survivent juste dans la crainte. Mais elles n'ont pas survécu en moi. J'offre à Alexander de le comprendre. À travers moi, il se rend compte combien la frustration l'a conduit dans l'erreur, et la mort l'a piégé dans ses peurs.

Nous n'avons qu'une seule vie, en définitive. Car nous traversons une multitude d'existences, certes, mais celles d'individus à chaque fois uniques. Je ne serai qu'une seule fois Stéphane Allix, comme Alexander Herrmann n'a eu qu'une seule vie. Deux visages différents, deux personnalités opposées sur bien des choses, deux vies, une seule éternité.

Après mon retour de Russie, j'ai vécu d'étranges semaines. L'automne céda la place à l'hiver, les journées devinrent minuscules et les nuits, interminables. Je n'aime pas ce temps d'ombre, moi qui ai hérité de la pire des obscurités. J'étais encore habité par l'écho des canons. Cette horreur qui fut mienne. Je me rends compte aujourd'hui que mon corps, mes cellules avaient en elles la mémoire de la mort. Elle était là. Tapie. Inaccessible à mon esprit, à ma pensée, à ma raison ou à ma conscience. Cette peur s'agitait quand je la provoquais. D'ordinaire, elle restait sous le niveau de la conscience, mais elle était bien là. Car je suis porteur d'une parole de l'ombre. Je porte la voix d'une armée, de tous ces soldats oubliés et sans sépultures. De ces morts anonymes dont certains ont dû croiser mon chemin dans les forêts de Russie.

Et je porte aussi le souvenir de leurs victimes. De ces visages innocents. De ces femmes, de ces enfants et de ces hommes précipités dans le néant par cette haine pure apparue au cœur de notre Europe. Cette honte *qui peut revenir*.

Et en effet, au fur et à mesure que je menais ce voyage au côté d'Alexander, la peur s'est réveillée. Plusieurs fois, perclus de honte et de tristesse, j'ai voulu renoncer. Abandonner ce projet de livre, brûler les documents et tout oublier de cette histoire, de ce nom.

Je portais sa chute en moi. En m'engageant résolument dans ce voyage, je me suis confronté aux mêmes défis, aux mêmes tentations que lui. La reprise du contact était piégée et dangereuse, son ombre aurait pu me rattraper. Ces démons tourmenteurs m'avaient déjà approché. Je les reconnaissais à cette colère qui, parfois, s'installait en moi. La colère de la révolte, même lorsqu'elle semble justifiée par la dureté du monde, reste de la colère, et elle ne mène qu'au néant. Elle débordait pourtant de tout mon être à la moindre contrariété.

Oui, combien de fois je voulus renoncer.

Et puis ma femme me fit découvrir cette phrase admirable de Romain Gary: « Lorsque vous écrivez un livre, mettons, sur l'horreur de la guerre, vous ne dénoncez pas l'horreur, vous vous en débarrassez.[30] » Alors j'ai accepté d'aller jusqu'au bout, et d'écrire, de tout dire, parce que je désirais tellement me débarrasser de ce passé qui me poursuivait depuis toujours. Et, pour se libérer du passé, il faut le regarder en face. Sinon, la vie n'est qu'une cascade de répétitions. Alors j'ai poursuivi le voyage, jusqu'à ce champ à l'est de Sukhaya Niva. Et j'ai accompagné un démon vers la lumière.

Guérir a été aussi de prendre conscience que cette colère me séparait doucement de ce qui fait la vie: mes proches, ma relation aux autres, ma capacité d'accepter une parole différente, d'accueillir l'imprévu avec joie.

Alexander est aujourd'hui distant. Libéré, je le sens. Il tente de gagner son pardon. Notre relation a retrouvé une juste mesure, mais parfois je continue de m'interroger. Il n'est plus un inconnu, cependant il reste tant de points mystérieux. Qui était cette personne qu'il avait tant aimée, par exemple ? Est-ce que cet amour perdu aurait pu laisser une émotion dans ma propre vie ? S'est-il vraiment promené rue Gay-Lussac ou dans le jardin du Luxembourg, théâtre de mes jeux d'enfant ? Pourquoi est-il revenu en France, en moi ? A-t-il aimé quelqu'un dans mon pays ? Que s'est-il passé dans la ville de Bailleul ? À quel moment, enfin, et c'est la question la plus essentielle, à quel moment s'est-il aperçu qu'il participait à l'horreur ? Peut-être l'avenir m'offrira-t-il des parcelles de réponse.

Il restait une dernière question : que faire de la dépouille d'Alexander sous la maison de Mirochny ? Est-ce que j'y retourne pour l'exhumer, ou je le laisse là où il repose ? C'est l'ange gardien qui partage ma vie, ma femme, qui, une nouvelle fois, trouva les mots justes.

Un soir où nous étions chez nos amis Sandra et Christian Gamby, je racontais les derniers développements de cette histoire et mon hésitation à repartir en Russie. À cet instant, Natacha me regarda et me dit : « Aller le déterrer, c'est le faire renaître, et réactiver cette énergie en toi. »

Et, à la seconde, je sus que je ne retournerais pas en Russie.

La dépouille d'Alexander restera à jamais là où elle fut enterrée, dans le passé, sous la terre froide de Russie.

Natacha venait de souffler sur le dernier reliquat d'ombre encore accroché à mes vêtements. Ma mission n'était pas de faire renaître Alexander, mais de le guérir de son ignominie, de nous guérir. Et cela est en train de s'accomplir.

Notre métamorphose a commencé. Devant moi, désormais, la vie et la joie. La lumière a besoin de l'obscurité pour être perçue.

La lumière...

Suite…

Lumière. Neuf ans ont passé. Voilà neuf années que j'ai refermé cette tombe invisible sous la maison de Mirochny, avant même de l'avoir ouverte. Geste presque contre-nature pour moi ; ne pas aller au bout. Et pourtant, c'était à l'époque la seule chose à faire, à l'évidence. Ne pas ramener à la vie un océan d'ombre comme on soufflerait imprudemment sur des braises dans une forêt ravagée, l'incendie à peine éteint.

Je ne suis jamais revenu à Mirochny. Je ressens parfois qu'une part de moi aimerait y retourner. Je dois l'avouer. Non seulement vagabonder de nouveau dans ces forêts, mais aussi finalement oui, quand même, entamer la terre noire de sous la maison, exhumer ses os froids, les lambeaux de ses vêtements, fouiller ses poches à la recherche d'un secret, saisir son crâne à pleine main, plonger mon regard dans ses orbites vides – quelle illusion ultime que ces deux « moi » qui s'observeraient.

Mais pourquoi ? Pourquoi cet étrange élan se manifeste-t-il encore ? Certes bien rarement désormais, mais tout de même ; pourquoi ? Comme un désir un peu inavouable, une matière de psychose dissociative. Une toute petite partie de moi se réveillant, étrangement, et instillant l'idée que repartir en Russie aurait quand même quelques vertus. Je sais que ce n'est pas le cas, j'ai réglé cette question dès avant l'écriture de ce livre. Alors pourquoi ?

Mais ! parce que je suis ça, aussi.

Nous sommes toutes et tous des êtres multiples et contradictoires, chahutés d'incohérences. Avancer en âge permet de comprendre cela, et invite à montrer davantage d'indulgence envers soi-même. Cesser de se juger dès que nos pensées, nos désirs, nos élans s'éloignent du cadre dont nous avons décidé – d'ailleurs qui est ce « je » qui décide ? – qu'il était le seul convenable. Nous abritons d'inconciliables paradoxes. J'ai longtemps considéré ces pulsions avec une forme d'impatience, tel un parent face à un enfant incapable d'entendre raison et refaisant encore et encore les mêmes bêtises idiotes. Je culpabilisais de n'être pas celui que je pensais devoir être. Désormais, je les observe avec davantage de bienveillance, ces élans incongrus. Aujourd'hui, c'est apaisé. Depuis cet automne déjà lointain en Russie, une paix indiscutable et bien pérenne a aujourd'hui remplacé, en moi, les mouvements inconscients des mémoires d'un autre. Cette aventure dont vous venez d'achever la lecture a bien guéri l'écorce de mon âme blessée. Et ces soubresauts ne sont plus que d'inoffensives pulsions ; l'envie m'a passé de vouloir les suivre. Ils ne sont plus *dangereux*. Alors je les accueille, sans crainte, et sans en être déstabilisé. Alexander est définitivement redevenu un autre.

Les questions qui m'habitaient tout au long de mon enquête sont désormais libérées de leur charge autrefois écrasante, même si au fil de ces neuf années écoulées Alexander a continué d'être présent, se signalant parfois. Un signe, une sensation, une résonance avec une lectrice ou un lecteur rencontré au *hasard* d'un salon et me témoignant être accompagné d'une mémoire similaire. Un instant de tension. J'aurais appris de tout cela que l'ombre ne disparaît jamais, elle est certes endormie et consolée, mais reste présente, dans l'éternité de nos corps. Guérir, c'est accepter d'être multiple. Accepter que nos ombres et même les plus inavouables, fassent partie de la complexité de notre être. Accepter qu'elles ne soient plus considérées comme des ennemis, des parts de soi à rejeter, des bouts à amputer, mais des sources d'énergie, des forces complémentaires. Des visages de Dieu, aussi.

Transformer la culpabilité en énergie, accepter l'ombre, sans plus être fasciné par elle.

Ne plus se battre contre soi-même.

S'aimer, tout entier.

Remerciements

Ce livre est le récit d'un rendez-vous, d'un de ces moments d'une vie qui marquent à jamais. Il est né d'une accumulation de rencontres, de synchronicités, d'intuitions. La découverte de ce pan de mon « histoire » n'aurait pas été possible sans l'implication, parfois très engagée, de ces femmes et de ces hommes qui m'ont poussé, inlassablement, à suivre ma route. Toutes et tous sont des amis chers à mon cœur. Parfois bien plus.

Merci à Marie-Pierre Dillenseger pour avoir initié ce voyage au Pérou, là où « *il y a des pierres* », et m'avoir conseillé ensuite avec tant d'énergie durant mon enquête.

Merci à Jan Kounen et Anne Paris, que le « hasard » a mis sur ma route un soir d'automne pour me conseiller de rencontrer Yann Rivière.

Merci à Yann Rivière pour m'avoir offert le cadre de douceur propice à l'émergence de cette mémoire.

Merci à Serge Augier de m'avoir reconnecté à mon corps.

Merci à Charles Trang, dont les conseils et les écrits m'ont grandement permis de pénétrer le quotidien d'Alexander en France et en Russie, et dont l'aide dans l'exploration des dossiers d'archives fut sans prix.

Merci à Andréa et André Harnisch, qui m'ont ouvert tant de portes en Allemagne.

Merci à Thomas Goisque pour m'avoir conseillé Nicolas Freal. Et merci à Nicolas Freal pour son aide patiente sur les routes de Russie. Nicolas est un compagnon de voyage idéal.

Merci à Sylvie Baldacchino pour avoir pris soin de mon corps, théâtre parfois de tant de tristesse.

Merci à Mika de Brito pour son aide.

Merci à Claus et Monika Weisbach pour leur si chaleureux accueil.

Merci à Sandra Gamby, Ria Wormser, Béatrice Isner, Pirjo pour leur aide et leurs traductions de l'allemand.

Merci à Véronique Dimicoli pour ses patientes retranscriptions.

Merci à Antonin Dehays, Jean-Luc Neveu, Charles W. Sydnor, Lutz Möser (Bundesarchiv Berlin) pour le partage de leurs connaissances historiques et leur aide logistique.

Merci à Agnès Stevenin, Florence Hubert, Patrick Manreza, Laurie Fatovic, Michel de Grèce, Robert Martin, Henry Vignaud, Pierre Yonas pour avoir partagé leurs perceptions de ces autres réalités si présentes, et pourtant inaccessibles à tant d'entre nous.

Merci à Djohar Si Ahmed, Jim Tucker, Bénédicte Uyttenhoven, Thomas d'Ansembourg, Arnaud Riou pour m'avoir écouté leur livrer des pans de cette étrange histoire, et pour leurs précieux conseils.

Merci à mon éditeur, à Michka et à Tigrane, piliers fondateurs de cette merveilleuse maison qu'est Mama Éditions. Merci à vous deux, ainsi qu'à Juliette et à toute votre équipe dont l'engagement et l'enthousiasme pour ce livre n'ont jamais baissé d'intensité. Vous m'avez accompagné avec bienveillance, les yeux brillants à chaque étape de ce long voyage. Comme si vous saviez depuis le début où tout cela allait nous mener, alors que je l'ignorais encore.

Merci à mes premiers lecteurs, dont les retours ont été si importants : ma mère, Claude Allix, Christophe Fauré, Fabrice Midal, Laurent Gounelle, Amélie Nothomb et Tom Verdier, Agnès Ledig, Matthieu Ricard, Boris Cyrulnik...

Merci à Natacha, ma si belle et indispensable moitié, qui la toute première a lu ce livre et m'a apporté ses précieux conseils, en plus d'avoir dû supporter la présence d'un *autre* pendant tous ces longs mois. Je t'aime tant.

Merci à Luna pour ta curiosité, tes questions et l'intelligence de ton regard.

Merci à la famille d'Alexander Herrmann, qui a accepté de recevoir ce Français à l'histoire complètement folle. Malgré leurs doutes et leur scepticisme, ils ont perçu ma sincérité, et l'importance pour moi de mener cette enquête. En plus de leur aide et de leur accueil, ils ont accepté que je raconte cette histoire en utilisant le vrai nom d'Alexander. Je leur en suis infiniment reconnaissant. Il était si important, pour moi, que je puisse parler d'Alexander Herrmann, ce nom qui a émergé dans mon esprit lors de ce rêve éveillé. En revanche, pour préserver leur anonymat, nous sommes convenus que tous les autres noms soient changés, ainsi que certains petits détails qui auraient conduit à leur identification. La question de la Seconde Guerre mondiale est éminemment sensible, aussi ai-je voulu respecter ce désir d'une famille qui a découvert à travers moi un peu plus du parcours de leur parent, esclave d'un temps d'ombre.

Enfin, merci à mes alliés, à mes maîtres et guides du monde invisible.

Notes

CHAPITRE 6 : COMPRENDRE L'HORREUR

1. Samuel Pisar, *Le Sang de l'espoir*, Robert Laffont, 2003, p. 51
2. Agnès Stevenin, *De la douleur à la douceur,* Mama Éditions, 2014

CHAPITRE 9 : LE DOSSIER MILITAIRE

3. Jonathan Littell, *Les Bienveillantes,* Gallimard, 2006, pp. 26-27

CHAPITRE 19 : BAD AROLSEN

4. Primo Levi, *Si c'est un homme*, Pocket, 2003, p. 163
5. Samuel Pisar, *Le Sang de l'espoir,* Robert Laffont, 2003, p. 24

CHAPITRE 25 : RÊVE

6. Karl Marlantes, *Partir à la guerre,* Calmann-Lévy, 2013, pp. 104-105
7. Karl Marlantes, *Partir à la guerre*, Calmann-Lévy, 2013, p. 109

CHAPITRE 26 : HITLER ACCÈDE AU POUVOIR

8. Laurence Rees, *Ils ont vécu sous le nazisme,* Perrin, 2008, p. 86
9. August von Kageneck, *Examen de conscience,* Perrin, 2004, p. 11
10. Laurence Rees, *Ils ont vécu sous le nazisme,* Perrin, 2008, p. 15
11. *Géo Histoire*, « Le nazisme, aux racines d'une idéologie dévastatrice, 1871-1933 », n°26 (avril-mai 2016), p. 101
12. *Géo Histoire*, « Le nazisme, aux racines d'une idéologie dévastatrice, 1871-1933 », n°26 (avril-mai 2016), p. 101
13. Jacques Lusseyran, *Et la lumière fut,* Éditions du Félin, 2005, p. 184
14. Samuel Pisar, *Le Sang de l'espoir,* Robert Laffont, 2003, p. 12

CHAPITRE 31 : MÉDIUMS

15. Stéphane Allix, *La mort n'est pas une terre étrangère,* J'ai Lu, 2013 (poche), et *Le Test*, Albin Michel, 2015

CHAPITRE 34 : *EINSATZGRUPPEN*

16. Charles W. Sydnor, Jr., *Soldiers of Destruction - The SS Death's Head Division,* 1933-1945, Princeton University Press, 1990, p. 39

17. Laurence Rees, *Ils ont vécu sous le nazisme,* Perrin, 2008, p. 12

18. Michel Onfray, « Une généalogie de guerre civile », *in Le Point* n° 2290, 28 juillet 2016, p. 38

CHAPITRE 39 : SAINT-PÉTERSBOURG

19. Timothy Snyder, *Terres de sang. L'Europe entre Hitler et Staline,* Gallimard, 2012, p. 13

20. Uwe Timm, *À l'exemple de mon frère*, Albin Michel, 2005, pp. 42-43

CHAPITRE 40 : OPÉRATION BARBAROSSA

21. Charles Trang, *Opération Barbarossa. La Waffen-SS au combat,* Heimdal 2013, p. 24

22. Charles Trang, *Opération Barbarossa. La Waffen-SS au combat,* Heimdal 2013, p. 31

23. Wolfgang Vopersal, *Soldaten, Kämpfer, Kameraden. Marsch und Kämpfe der SS-Totenkopf-Division.* Band 2A, Biblio-Verlag, 1999, p. 366

24. Timothy Snyder, *Terres de sang. L'Europe entre Hitler et Staline,* Gallimard, 2012, p. 294

25. Wolfgang Vopersal, *Soldaten, Kämpfer, Kameraden. Marsch und Kämpfe der SS-Totenkopf-Division.* Band 2A, Biblio-Verlag, 1999, p. 455

CHAPITRE 44 : ORDRE DE REPLI

26. Guy Sajer, *Le Soldat oublié,* Robert Laffont, 1967, p. 107

27. Wolfgang Vopersal, *Soldaten, Kämpfer, Kameraden. Marsch und Kämpfe der SS-Totenkopf-Division.* Band 2A, Biblio-Verlag, 1999, p. 464

CHAPITRE 46 : CORPS-À-CORPS

28. Wolfgang Vopersal, *Soldaten, Kämpfer, Kameraden. Marsch und Kämpfe der SS-Totenkopf-Division.* Band 2A, Biblio-Verlag, 1999, p. 465

29. Charles Trang, *Opération Barbarossa. La Waffen-SS au combat,* Heimdal 2013, p. 52

ÉPILOGUE

30. Romain Gary, *Chien blanc,* Folio Gallimard, 1972

Bibliographie

ALLIX, Stéphane,

La mort n'est pas une terre étrangère, J'ai Lu, 2013

Le Test, Albin Michel, 2015.

ARENDT, Hannah,

Eichmann à Jérusalem, Rapport sur la banalité du mal, Folio Histoire, 1991 (Gallimard, 1966).

Le Système totalitaire. Les origines du totalitarisme, Gallimard, 2002 (1951).

BEEVOR, Antony

Stalingrad, Le Livre de Poche, 2001.

La Seconde Guerre mondiale, Calmann-Lévy, 2012.

BEST, Werner, *Portraits de nazis*, Perrin, 2015.

BORLANT, Henri, *« Merci d'avoir survécu »*, Seuil, 2011.

CHAPONNIÈRE, Corinne, *Les Quatre Coups de la Nuit de cristal*, Albin Michel, 2015.

D'ALMEIDA, Fabrice *Ressources inhumaines*, Fayard, 2011.

DESBOIS, Père Patrick, *Porteur de mémoires*, Champs Histoire, Flammarion, 2009.

FERRO, Marc, *L'Aveuglement*, Tallandier, 2015.

FEST, Joachim C. , *Les Maîtres du IIIe Reich*, Livre de Poche, 1965.

FRANÇOIS, Stéphane, *Les Mystères du nazisme*, Puf, 2015.

FRANKL, Viktor, *Un psychiatre déporté témoigne*, Éditions du Chalet, 1967.

GABLIER, Miriam, *La Réincarnation*, Éditions de la Martinière, 2014.

GARY, Romain, *Chien blanc*, Folio Gallimard, 1972.

GOLDHAGEN, Daniel-Jonah, *Les Bourreaux volontaires de Hitler, Les Allemands ordinaires et l'Holocauste*, Points essais, Seuil, 1998.

GOYA, Michel, *Sous le feu, la mort comme hypothèse de travail*, Taillandier, 2015.

GRAY, Jesse Glenn, *Au combat : Réflexions sur les hommes à la guerre*, Tallandier, 2012.

GROSSMAN, Vassili,
Vie et Destin, (Dans *Œuvres*) Bouquins, Robert Laffont, 2006.
Carnets de guerre, Le Livre de Poche, 2007.

HOPQUIN, Benoît, *Nous n'étions pas des héros*, Calmann-Lévy, 2014.

HUSSON, Édouard, *Heydrich et la solution finale*, (Poche) Perrin, 2012.

KAGENECK, August von,
Examen de conscience. Nous étions vaincus mais nous nous croyions innocents, Perrin, 2004 (1996).
La Guerre à l'Est, (Poche) Perrin, 2002.

KAUFFMANN, Jean-Paul, *Outre-Terre*, Équateurs, 2016.

KERSHAW, Ian,
Qu'est-ce que le nazisme ? Problèmes et perspectives d'interprétation, Folio Gallimard, 2003 (1992 et 1997).
Le Mythe Hitler : Image et réalité sous le IIIe Reich, Champs Histoire, 2013 (Flammarion, 2006).
L'Opinion allemande sous le nazisme, rééd. Poche CNRS éd., 2010 (1995).
Hitler 1889-1936, Tome 1, Flammarion, 1999.
Hitler 1936-1945, Tome 2, Flammarion, 2000.
Hitler – Essai sur le charisme en politique, Gallimard, 1995.

KRESSMANN TAYLOR, Kathrine, *Inconnu à cette adresse*, Flammarion, 2012.

LANGLEY-DÁNOS, Eva, *Le Dernier Convoi*, Albin Michel, 2012.

LELEU, Jean-Luc, *La Waffen-SS, Soldats politiques en guerre*, Perrin, 2007 (réédité en 2 volumes), coll. Tempus, 2014.

LEPAGE, Jean-Denis, *La Hitler Jugend, 1922-1945*, Le Grand Livre du mois, 2004.

LEVI, Primo,
Si c'est un homme, Pocket, 2003.

Les Naufragés et les Rescapés, Quarante ans après Auschwitz, Gallimard, 1989.

LITTELL, Jonathan, *Les Bienveillantes*, Gallimard, 2006.

LOPEZ, Jean et WIEVIORKA, Olivier (Sous la direction de), *Les Mythes de la Seconde Guerre mondiale*, Perrin, 2015.

LUSSEYRAN, Jacques, *Et la lumière fut*, Éditions du Félin, 2005.

MANSTEIN, Erich von, *Mémoires*, Perrin, 2015.

MARLANTES, Karl, *Partir à la guerre*, Calmann-Lévy, 2013.

MIDAL, Fabrice, *Auschwitz, l'impossible regard*, Seuil, 2012.

MORSCH, Günter et OHM, Agnès (Sous la direction de), *The Administrative Centre of the Concentration Camp Terror*, Metropol Verlag, 2015.

PISAR, Samuel, *Le Sang de l'espoir*, Robert Laffont, 2016 (1980).

PRAZAN, Michaël, *Einsatzgruppen: Les commandos de la mort nazis*, Points Histoire, 2015.

REES, Laurence,
Ils ont vécu sous le nazisme, Perrin, 2008.
Auschwitz, les nazis et la solution finale, mini-série pour la BBC, 2005. DVD, puis TF1, livre publié en 2005 par Albin Michel.
Adolf Hitler, la séduction du diable, Albin Michel, 2012.

RYBACK, Timothy W., *Les Premières Victimes de Hitler*, Équateurs, 2015.

SAJER, Guy, *Le Soldat oublié*, Robert Laffont, 1967.

SNYDER, Timothy,
Terres de sang. L'Europe entre Hitler et Staline, Gallimard, 2012.
Terre noire, l'Holocauste, et pourquoi il peut se répéter, Gallimard, 2016.

STEVENIN, Agnès, *De la douleur à la douceur*, Mama Éditions, 2014.

SYDNOR, Charles W. Jr, *Soldiers of Destruction – The SS Death's Head Division, 1933-1945*, Princeton University Press, 1990.

TIMM, Uwe, *À l'exemple de mon frère*, Albin Michel, 2005.

TORODOV, Tzvetan, *Face à l'extrême*, (Poche) Seuil, 1994.

TRANG, Charles, *Opération Barbarossa. La Waffen-SS au combat*, Heimdal, 2013.

VOPERSAL, Wolfgang, *Soldaten, Kämpfer, Kameraden. Marsch und Kämpfe der SS-Totenkopf-Division. Band 2A*, Biblio-Verlag, 1999.

WALTERS, Guy, *La Traque du mal*, Champs, Flammarion, 2015.
ZÁMEČNÍK, Stanislav,
C'était ça, Dachau, 1933-1945, Le Cherche Midi, 2013 (2003).

GÉO HISTOIRE, « Le nazisme, aux racines d'une idéologie dévastatrice, 1871-1933 », n°26, avril-mai 2016.

À propos de l'auteur

Ancien reporter de guerre, concepteur et animateur des documentaires *Enquêtes extraordinaires* sur M6, fondateur de l'*Inrees* (Institut de recherche sur les expériences extraordinaires), fondateur du magazine *Inexploré*, Stéphane Allix a publié de nombreux livres, dont *Le Test* (Albin Michel) et *La mort n'existe pas* (HarperCollins).

Stéphane Allix débute dans le journalisme en rejoignant clandestinement, à l'âge de 19 ans, un groupe de résistants à l'occupation soviétique en Afghanistan. Sans le dire à ses parents, il passe plusieurs mois, entre le printemps et l'été 1988, dans les maquis de ce pays au cœur de l'Asie centrale, aux côtés des « combattants de la liberté ».

Autodidacte, il est alors fasciné par le métier de grand reporter. Devenir photographe de guerre est son unique objectif. Quoi de mieux que le terrain pour apprendre ? Alors qu'il est encore jeune, cette plongée dans le terrible conflit afghan va le marquer profondément.

Dès son retour en France, il se met à l'écriture pour accompagner ses reportages photo. Il se forme au journalisme grâce à la bienveillance de quelques rédacteurs en chef de grands quotidiens et d'hebdomadaires qui, voyant ce garçon si motivé, acceptent de lui faire refaire sa copie. Dans les années qui suivent, il repart en voyage, toujours en Asie, entre Inde, Népal et Tibet, et se concentre sur la résistance du peuple tibétain à l'invasion chinoise. En novembre 1989, il interviewe le dalaï-lama dans sa résidence de Dharamsala. C'est la première d'une série de rencontres avec cet homme d'exception. En 1990, couvrant la révolution du parti du Congrès népalais à Katmandou, il publie son premier article dans *Le Monde*. Désireux de rester totalement indépendant, Stéphane décide de ses destinations et des sujets qu'il couvre. Se consacrer à des pays ou à des sujets complexes est le moyen de pouvoir commencer à vivre de ce métier de photoreporter free-lance. Allier photo et texte lui permet d'avoir deux cordes à son arc et, tant bien que mal, de commencer à vivre de sa passion. Malgré tout, les temps de vaches maigres sont fréquents.

Durant des années, les destinations se succèdent et le monde se dévoile : Corne de l'Afrique, Madagascar, Iran, Pakistan, Asie centrale, Caucase, Europe, États-Unis. À partir de 1995, Stéphane se spécialise sur la production d'opium et le trafic d'héroïne depuis l'Afghanistan, ce pays étant devenu le premier producteur mondial. Cela débute par des mois de recherche sur le terrain en qualité d'enquêteur pour l'écrivain américain Larry Collins, qui préparait un roman ayant pour toile de fond la contrebande d'héroïne. Cette immersion dans l'économie noire, cette exploration des filières du trafic et de leur proximité avec les guerres civiles et les mouvements terroristes, ainsi que sa connaissance de l'intérieur du mouvement des talibans conduisent Stéphane Allix à publier en 1998 son premier livre : *La Petite Cuillère de Schéhérazade*. Larry Collins, qui l'a pris sous son aile, lui fait l'amitié et l'honneur d'en signer la préface. Cette enquête, qui fait le récit d'un voyage sur les routes du trafic de drogue, depuis les champs de pavot du Croissant d'or jusqu'aux portes de l'Europe, est saluée par les spécialistes du renseignement et de la lutte antidrogue comme un ouvrage de référence. Parallèlement, Stéphane collabore sur ces sujets avec de nombreux médias dont *Le Monde diplomatique,* Arte, Canal+ et France 2.

En 2000, il fonde à Kaboul l'antenne de la Société des explorateurs français en Afghanistan. Dans l'équipe qui l'accompagne sur le terrain, ses deux frères, Thomas et Simon, sont de l'aventure. Le 12 avril 2001, alors qu'ils se trouvent dans deux voitures différentes au sud de la capitale afghane, Thomas est tué dans un accident de la circulation.

La mort de son frère est un cataclysme. Après ce jour qui imprègne tout son être, déjà taraudé depuis l'adolescence par ces grandes questions existentielles que l'on apprend finalement à faire taire, Stéphane ressent dès lors l'absolue nécessité de leur trouver des réponses. L'idée de poursuivre sa vie dans l'insouciance n'a plus aucun sens. Il manque l'essentiel à ce quotidien confortable. Que se passe-t-il après la mort ? Et cette question en appelle une autre, tout aussi décisive : pourquoi vit-on ?

Durant deux ans, la métamorphose s'opère, et, en 2003, il tourne définitivement la page sur ses quinze années de grand reporter pour s'engager dans l'exploration des mystères de la conscience, avec toutefois la même rigueur, le même sérieux, la même exigence de rationalité.

Il découvre que, loin d'être une citadelle de certitudes établies, la science est secouée en profondeur par une révolution colossale qui remet en question les fondements mêmes de notre vision du monde. La physique a touché du doigt, voici presque un siècle, les paradoxes de notre définition de la réalité ; elle est rejointe aujourd'hui par d'autres disciplines.

L'étude des recherches sur les conséquences de cette révolution scientifique en cours offre l'occasion à Stéphane de rencontrer de nombreux chercheurs à travers le monde: des physiciens, des biologistes, des médecins, des astrophysiciens, etc. Au contact de ces éminents scientifiques, il constate que les expériences humaines inexpliquées, loin de se réduire à des hallucinations ou à des délires, sont au contraire les échos innombrables de ce qui commence à s'imposer jusque dans les cercles les plus rationnels: notre réalité est constituée d'une dimension immatérielle, énergétique – en d'autres termes, spirituelle. La conscience n'est pas un produit de notre cerveau matériel. Elle est même sans doute ce qui fait émerger la matière.

Cette idée étant présente dans de nombreuses traditions spirituelles, du bouddhisme tibétain au chamanisme, Stéphane Allix décide de se lancer dans une grande enquête afin de mettre en évidence les parallèles entre sciences dures (physique quantique, biologie, astrophysique, etc.) et sciences humaines (psychologie, anthropologie, psychiatrie, etc.) avec, d'une part, les expériences inexpliquées, et les connaissances traditionnelles millénaires d'autre part.

Fin juin 2006, il assiste, à Iquitos, en Amazonie péruvienne, à une conférence internationale sur le chamanisme qui réunit des chercheurs du monde entier, des psychologues, des anthropologues et des chamanes de toute l'Amazonie. La rencontre avec le chamanisme est décisive et marque un tournant dans sa vie. L'expérience directe et puissante des états modifiés de conscience devient dès lors une source d'apprentissage.

L'année suivante, en juillet 2007, Stéphane Allix fonde l'Inrees, l'Institut de recherche sur les expériences extraordinaires. L'objectif de l'Inrees est de se pencher avec sérieux sur ces sujets que nous qualifions d'extraordinaires, voire de surnaturels. En ces temps où des champs nouveaux de connaissances émergent, l'Inrees offre ainsi un cadre pour parler de science et de spiritualité, des dernières recherches sur la conscience, de la vie, de la mort, et rapprocher de manière scientifique et rigoureuse le monde visible du monde invisible. Sans tabou, sans préjugé, avec rigueur et ouverture. En 2008, ce qui deviendra le magazine *Inexploré* est lancé, d'abord par abonnement, puis en kiosque.

Cette posture novatrice séduit les grands médias et conduit M6 à signer, en 2009, la série documentaire *Enquêtes extraordinaires*, dont la chaîne diffusera deux saisons. Stéphane Allix en est le concepteur et le présentateur. Celle qui partage sa vie depuis des années, la réalisatrice Natacha Calestrémé, dirige la collection et réalise la majorité des épisodes. Devenu en quelques années le spécialiste de ces « expériences extraordinaires », il intervient régulièrement dans les médias et fait publier en France des livres parmi les plus importants sur ces questions dans les collections dont il assure la direction auprès de plusieurs éditeurs.

Stéphane Allix a aujourd'hui cédé la direction de l'Inrees et de ses rédactions pour se consacrer exclusivement à l'écriture et à l'exploration intérieure.

En juin 2013, à la mort de son père, il décide de procéder à une expérience destinée à tester la possibilité de communication avec l'au-delà. Pour ce faire, il cache, sans le dire à personne, plusieurs objets dans le cercueil de son père, et rend visite quelques mois plus tard à différents médiums, ces personnes qui prétendent communiquer avec les défunts, dans le but de les tester. Les résultats sont stupéfiants. Stéphane les livre dans son ouvrage, *Le Test*, qui rencontre un très grand succès en France et qui est traduit en plusieurs langues. Avec *Lorsque j'étais quelqu'un d'autre*,

Stéphane Allix va encore plus loin dans l'exploration des relations entre les défunts et les vivants.

En 2020, Stéphane entreprend de faire la synthèse de ses quinze années de recherche et d'expérience autour de la conscience. Plusieurs années de travail sont nécessaires à la rédaction de ce livre référence, *La mort n'existe pas*, qui rencontre un très grand succès populaire et sera traduit dans de nombreux pays. Au printemps 2023, Stéphane et Natacha mettent fin à 22 ans de relation. Stéphane poursuit aujourd'hui son aventure intérieure et spirituelle.

INDEX

SOMMAIRE

Édition collector, tirage limité

Couverture :
Portrait de Stéphane Allix © Melania Avanzato
Portrait d'Alexander Hermann © Bundesarchiv
Photo de l'auteur © Stéphane Allix

Cahier photos :
© Stéphane Allix (sauf mention contraire)

Conception graphique :
Philippe Fourquet

Achevé d'imprimer en août 2024
sur les presses de Grafica Veneta (Italie)
pour le compte de Mama Éditions.

ISBN 978-2-84594-606-4
Dépôt légal août 2024
1759785/1

PAPIER CERTIFIÉ